DIETER HIRSCHBERG

TAGEBUCH DES TEUFELS

E. T. A. Hoffmann ermittelt weiter

Krimi

berlin.krimi.verlag

Bibliografische Informationen der Deutschen Bibliothek

Die Deutsche Bibliothek verzeichnet diese Publikation in der Deutschen Nationalbibliografie; detaillierte bibliografische Daten sind im Internet über http://dnb.ddb.de abrufbar

KulturBrauerei Haus S
Schönhauser Allee 37, D-10435 Berlin
post@bebraverlag.de
Lektorat: Gabriele Reinhold, Berlin
Umschlag: Hauke Sturm, Berlin, unter Verwendung von Abbildungen
aus dem bpk, Berlin (Bildnr. 13.139, 2.278, 1.869)
Gestaltung: Magde Blues, Berlin
Schrift: Stempel Garamond 9,6/13,5
Druck und Bindung: GGP Media GmbH, Pößneck

ISBN 3-89809-500-2

VORGESCHICHTE

Wolken jagten an der hellen Mondscheibe vorbei, als acht vermummte Männer – sieben Reiter und ein Fuhrknecht mit einem Wagen – sich dem einsam gelegenen Gutshof des früheren Regimentsquartiermeisters von Jenitzsch bei Misma im Sächsischen näherten. Vor dem Haus banden sie ihre Pferde an. Der Wagen wurde dicht an der Hauswand unter einem der hoch gelegenen Fenster abgestellt. Der Hofhund schlug an. Einer der Männer warf ihm ein blutiges Stück Rindfleisch vor, über das er sogleich herfiel. Kurz danach verendete das Tier an der großen Dosis Gift, mit der das Fleisch versetzt war.
Es war drei Uhr in der Nacht. Einer der Männer zog einen Schlüssel aus seiner Tasche und öffnete damit die Tür des Gutshauses. Geräuschlos drangen die Räuber in die Vorhalle ein. Drinnen entzündeten sie kleine Wachsleuchten und verblendete Laternen, so genannte Diebslichter. Offensichtlich waren sie über die Lage der Räumlichkeiten wohl informiert. Einer der Männer öffnete, ebenfalls unter Verwendung eines mitgebrachten Schlüssels, die Kellertür und stieg mit einem Komplizen hinab. Zwei blieben in der Vorhalle stehen. Sie waren lediglich »Transportarbeiter«, die das gestohlene Gut hinaus zu dem Wagen und zu den Pferden bringen sollten. Der Fuhrknecht und ein weiterer Helfer warteten draußen, um das Diebesgut in Empfang zu nehmen und zu verstauen, zugleich auch, um aufzupassen, ob niemand des Weges kam, den Raubzug zu stören.
Zwei der Räuber, die grausamsten und ruchlosesten der Bande, wie sich schnell herausstellen sollte, drangen in das Zimmer des Leutnants von Eberhard und seiner Gattin, der ältesten Tochter des Gutsherrn, ein. Der Leutnant wurde kurzerhand im Schlaf erstochen. Seine Gemahlin wurde aus dem Bett gezerrt. Man hielt der zu Tode Erschrockenen einen Dolch an die Kehle und drohte, ihr den Hals abzuschneiden, falls sie nicht mucksmäuschenstill sei. Anstatt zu

gehorchen, begann die Leutnantsfrau jedoch aus Leibeskräften zu schreien. Die Räuber schlugen sie, zerrten sie an den Haaren, warfen sie zu Boden und drückten ihr ein Kissen auf das Gesicht, wodurch sie ihre Schreie endlich erstickten.

Zuvor jedoch war des Leutnants Tochter, ein dreizehnjähriges Kind, das mit seiner Tante, der jüngeren Schwester der Leutnantsfrau, im Nebenzimmer schlief, von dem Lärm erwacht und stand unversehens in ihrem leichten Nachtgewand, noch wirr und schlaftrunken, in der Tür, um zu sehen, was im Schlafzimmer ihrer Eltern vorging. Während einer der beiden Eindringlinge damit fortfuhr, die Mutter zu misshandeln, stürzte der andere sich auf das Mädchen, riss es an den Haaren, zerrte es durchs Zimmer und warf es auf das Bett, in dem ihr ermordeter Vater in seinem Blut lag. Vom Entsetzen gelähmt, vermochte das Mädchen weder zu schreien noch sich zu wehren.

Die jüngere Tochter des Quartiermeisters a. D., die in ihrem Bett geblieben war, hörte, wie einer der Schurken dem Mädchen zuzischte: »Stille! Kein Laut! Oder wir bringen dich um!«, während der andere, in dessen Gewalt sich die Frau Leutnant befand, diese bedrängte, ihm das Versteck des Geldes, das sich im Haus befinde, zu verraten. (Die jüngere Tochter, die als einzige diese Nacht überlebte, diente dem Gericht, das diesen Fall in den kommenden Wochen und Monaten untersuchte, als Zeugin für das entsetzliche und grausame Vorgehen der Verbrecher, deren Rücksichtslosigkeit und Menschenverachtung alles bis dahin Bekannte weit übertraf.)

Die bedrängte Frau weigerte sich – sei es aus Trotz oder weil ihr das Entsetzen die Zunge lähmte –, den Ort anzugeben, wo Leutnant Eberhard das Geld und die Preziosen verwahrte, die er in seinem Offiziersleben erbeutet hatte. Daraufhin schlugen die Räuber ihr brutal ins Gesicht, traten ihr in den Leib, rissen sie an den Haaren zu Boden und schleiften sie durch das Zimmer, wobei sie immer wieder fragten: »Wo ist das Geld? Wo ist das Geld? Rede, oder du bist des Todes!« Als die Offiziersgattin weiterhin schwieg, stellte sich einer der beiden Räuber neben das Bett, in dem das Kind neben dem toten Vater lag, und sagte, zu der Mutter gewandt: »Sieh her, was passiert, wenn du nicht redest!« Daraufhin warf er sich auf das Mädchen und vergewaltigte es. Der andere Räuber fasste die Mutter derweil bei den Haaren und drehte ihr Gesicht in Richtung auf das Bett, sodass sie den gesamten Vorgang mit ansehen musste.

Um einem ähnlichen Schicksal zu entgehen, hatte sich die jüngere Schwester der Frau Leutnant mittlerweile unter dem Bett versteckt. Damit rettete sie ihr Leben, denn die Räuber durchsuchten, ehe sie abzogen, das ganze Haus nach möglichen weiteren Zeugen und hätten sie zweifellos ohne Bedenken getötet, so wie sämtliche anderen Hausbewohner, wenn sie sie gefunden hätten. Offenbar nahmen sie jedoch an, die Tochter des Offiziers habe allein in dem Bett geschlafen, und zum Glück für die Bedrohte versäumten sie es, nachdem sie der Schätze habhaft geworden waren, die Räume allzu gründlich zu visitieren. Die Leutnantsfrau flehte unterdessen um Gnade für ihre Tochter und bezeichnete den Dieben das Versteck ihres Vermögens. Es befand sich in einem alten Vorratsraum unter dem Bett, der mit einer verborgenen Bodenklappe versehen war. Die Diebe räumten die Möbel zur Seite, öffneten die Luke. Einer der beiden stieg hinunter in das geheime Gelass und reichte dem anderen die dort versteckten Behälter hinauf. Es handelte sich um zwei Beutel und eine Truhe. Die letztere war mit Münzen im Wert von viertausend Talern gefüllt, die Beutel enthielten Schmuck und Silberzeug, das der Leutnant als Kriegsbeute aus seinen diversen Feldzügen heimgebracht hatte. Die beiden Räuber riefen ihre Kumpane, die zum Lasttragen ausersehen waren, und übergaben ihnen die Beutestücke. Kaum waren die Handlanger verschwunden, zogen die beiden Mörder ihre Dolche. Ohne Gnade und Barmherzigkeit schnitt der eine von ihnen der Tochter, der andere der Mutter die Kehle durch. Inzwischen durchwühlten die anderen Räuber im Erdgeschoss die Schränke und Kästen, rissen alles heraus, was ihnen wertvoll genug erschien, um mitgenommen zu werden, und stopften die ausgewählte Beute in Säcke, die an Ort und Stelle versiegelt wurden, als handle es sich um amtliches Postgut. Auch diese Säcke wurden zu dem Fuhrwerk gebracht, das vor der Tür bereitstand.

Von alldem hatte der Hausherr, Quartiermeister a. D. von Jenitzsch, bisher noch nichts bemerkt, da er wegen der Gicht, die ihm heftige Schmerzen bereitete, ein starkes Schlafpulver einzunehmen pflegte. Sein Schlafzimmer lag überdies im ersten Stock seines Hauses, den er als Witwer allein bewohnte, während seine Töchter und sein Schwiegersohn sich im Erdgeschoss eingerichtet hatten.
Der Rittmeister a. D. hatte dreißig Jahre als Offizier im sächsischen Heer gedient. Bekanntlich war keine Position innerhalb einer Armee so sehr geeignet, ihren Inhaber zu einem reichen Mann zu machen, wie die des Quartiermeisters, da dieser fortwährend mit dem Requirieren all dessen beschäftigt war, was eine große Armee im fremden Land brauchte. Während des Durchzuges und der Besatzung war er es, der stets als Erster in die fremden Häuser kam und somit den ersten Zugriff auf alles dort Befindliche hatte. Dies ermöglichte es ihm, nächst den Generalen, denen er den Löwenanteil abzutreten hatte, vom Reichtum eines jeden besiegten Landes den Rahm abzuschöpfen. Kein Wunder also, dass Rittmeister von Jenitzsch nach dreißig Jahren den Heeresdienst als gemachter Mann quittierte. Er siedelte sich in Misma an, wo er einen Landsitz erwarb und beabsichtigte, sein Leben, das er als vierter Sohn eines verarmten Adeligen begonnen hatte, als reicher Gutsherr zu beschließen, seine Schätze zu hüten und eine wachsende Familie um sich zu scharen. Er hatte indes noch nicht lange auf seinem Gut gelebt, als die Räuber seine Pläne zunichte machten.
Diese hatten unterdessen die Kellerräume durchwühlte, ohne auf das, was sie eigentlich suchten, gestoßen zu sein, nämlich die hier verborgen liegenden Vermögenswerte des Hausherrn. Es zeigte sich, dass sie zwar gut vorbereitet waren, offensichtlich sowohl über die wichtigsten Schlüssel als auch über einen Grundriss des Hauses verfügten, der Informant, der ihnen all dies verschaffte, jedoch nicht bis ins Letzte über die Verhältnisse im Haus unterrichtet war, sodass die Diebe zwar wussten, dass der Rittmeister seine Schätze im Keller hortete, das genaue Versteck derselben jedoch nicht kannten. Dem Anschein nach war es ein gut gewähltes, sicheres Versteck, dem-

zufolge sich die Räuber in ihrer Hoffnung, es ohne Schwierigkeiten aufzustöbern, getäuscht sahen.

Was im Folgenden geschah, wurde von keinem Zeugen gesehen. Die Ermittler mussten später ihre Rückschlüsse aus dem Zustand der Leiche des Quartiermeisters a. D. ziehen. Dieser wurde im Keller an ein Fass gebunden entdeckt. Man hatte mit Holzscheiten auf den alten Mann eingeschlagen, ihm dabei Arme und Beine gebrochen, ihn ferner mit Stricken und Lederriemen gepeitscht, Salz in die Wunden gerieben sowie zuletzt seine Nase, Ohren und Augenbrauen versengt. Offensichtlich hatte der Rittmeister sich beharrlich geweigert, das Versteck seines Vermögens anzugeben, woraufhin die Räuber zu immer stärkeren, immer entsetzlicheren Graden der Folter geschritten waren. Endlich hatte der Greis offenbar dem unerträglichen Ausmaß der Schmerzen nachgegeben und die geheime, hinter einer Stellage verborgene Tür seiner Schatzkammer verraten.

Dieses Gelass fanden die Ermittler ganz und gar geleert. Die Räuber hatten sich nicht die Mühe gemacht, die schwere, steinerne Tür wieder zu verschließen. Dem Alten hatten sie, ehe sie den Keller verließen, mit einem Beil zu köpfen versucht, waren dabei jedoch nicht mit dem nötigen Geschick vorgegangen, sodass sie die Halswirbel nicht ganz durchschlagen, den Kopf dadurch nicht völlig vom Rumpf getrennt hatten. Das Beil war in der klaffenden Halswunde stecken geblieben, aus der im Übrigen das Blut wie bei jedem Geköpften hervorgeschossen, dann, mit dem Aussetzen des Herzschlages, nur noch herausgetropft war, wodurch sich mangels eines mit Sägespänen gefüllten Korbes, in dem man es bei offiziellen Hinrichtungen auffängt, eine riesige Lache rings um das Fass gebildet hatte. Einen grauenvolleren Anblick als dieses Ergebnis einer dilettantischen Hinrichtung hatten die Ermittler, wie sie später bekannten, in Friedenszeiten niemals erlebt. Man habe sich, so hielten sie es in den Akten fest, wie in den Dreißigjährigen Krieg zurückversetzt gefühlt.

Doch dies war noch nicht alles. Dem Gutshof des Herrn von Jenitzsch sollte in dieser Nacht noch mehr an Entsetzlichem widerfahren.

ERSTER TEIL

1
Der Teufel in Berlin

Der Kammergerichtsrat Ernst Theodor Amadeus Hoffmann saß am Schreibtisch im ersten Stock des Berliner Gasthauses »Zur Alten Post«. Es war Nacht. Seine Frau Mischa war bereits zu Bett gegangen. Sie schlief. Man hörte sie leise schnarchen. Durch das Fenster starrte Hoffmann hinunter in den Hof, wo soeben die Kutsche aus Leipzig eingetroffen war. Gedankenverloren kaute er an seiner Schreibfeder. Vor ihm lag ein weißes Blatt Papier. Es handelte sich, wie unschwer zu erkennen war, um einen Briefbogen. In der rechten oberen Ecke stand das Datum des Tages, der 30. September 1814, links, eine Zeile tiefer, die Anrede: »Lieber Freund«. Der Rest des Bogens war weiß. Hoffmann versagten sich die Wörter.

Das Schreiben, an dem er sich abmühte, war ein Dankesbrief, ein leidiges Pflichtpensum. Der Brief – wie der Dank – richteten sich an den Baron von Hippel, Gutsherr auf Marienwerder und Kabinettsrat des Staatskanzlers von Hardenberg. Hippel war Hoffmanns Jugendfreund aus Königsberger Tagen, hatte später, wie Hoffmann selbst, Rechtswissenschaften studiert, doch war er dank seiner wesentlich vornehmeren Herkunft mittlerweile in die Kreise der hochmögenden Herrschaften aufgestiegen. Er gehörte nun zu denjenigen, an die man Bittschriften richtete, und leider zählte Hoffmann zu denen, die solche verfassen mussten. In den letzten zehn Jahren, seit dem Verlust seiner Stellung in Polen, hatte er schwere Zeiten durchlebt. Doch mit Hilfe seines einflussreichen Freundes hatte sich sein ewiges Missgeschick nun endlich einmal zu seinen Gunsten gewendet.

Vor wenigen Wochen hatte er sich überwunden und Hippel einen Brief geschrieben, in dem er seine verzweifelte Situation unverblümt geschildert und den Freund gebeten hatte, ihm zu helfen, da er ansonsten nicht mehr weiter wusste. Er war tatsächlich am Ende gewesen. Sieben Jahre als Kapellmeister und Musiklehrer in Bamberg (mit höchst unregelmäßigen, oft unter demütigenden Umständen erzielten Einkünften), danach zwei Jahre als Kapellmeister der Operngesellschaft des Herrn Seconda hatten ihn ruiniert, denn das Salär wurde in diesen Kreisen verspätet, verkürzt oder gar nicht gezahlt. Das Intrigenspiel der Theaterwelt, der Kampf gegen starrsinnige und strohdumme Gesangskünstler, deren Eitelkeit es widerstrebte, sich von einem Dirigenten etwas sagen zu lassen – all das mitten im Chaos des Befreiungskrieges –, hatte seine Nerven zerrüttet und ihn an den Rand des Irrsinns gebracht. In seiner Verzweiflung hatte er im Übermaß zu trinken begonnen. Kurz, er schien verloren und war im Begriff, endgültig zu scheitern. Was ihn gerettet hatte, war die Literatur. Er hatte auf Anraten eines Bamberger Weinhändlers, der sich als Verlagsgründer versuchen wollte, damit begonnen, seine inneren Wirren in Form einiger kurzer Novellen zu Papier zu bringen, in denen ein Kapellmeister Kreisler als sein Alter Ego die Hauptrolle spielte. Der Gedanke, diesen skurrilen Menschen sein eigenes Denken und Empfinden, sein Leiden an der Unerreichbarkeit seiner musikalischen Ideale zum Ausdruck bringen zu lassen, erwies sich als glücklich. Er hatte mit den zwei schmalen Bänden der »Phantasiestücke in Callots Manier«, wie er seine literarischen Gehversuche nannte, beim Lesepublikum eine überraschend günstige Aufnahme gefunden und sich dadurch ermutig gefühlt, auf diesem Weg fortzufahren. Er, der leidenschaftliche Musiker, war demzufolge im Begriff, ein Dichter zu werden. Er durfte sich schon als vollwertiges Mitglied der Literatenzunft betrachten, denn das Beste der »Phantasiestücke«, die Novelle »Ritter Gluck«, war auch von Kennern und Kritikern hoch gelobt worden. Die ersten Talentproben des neuen (wenngleich nicht mehr jungen) Autors hätten den Namen »Hoffmann« bei den Lesern zweifellos bekannt gemacht, wenn er sie nicht anonym hätte erscheinen lassen. Seine neueste Arbeit, das eben fertig gestellte Märchen »Der goldene Topf«, sollte nun hoffentlich bewirken, was die beiden früheren Novellenbände versäumt hatten.

Allerdings erhielt die Zuversicht des aufstrebenden Literaten dadurch einen Dämpfer, dass es erfahrungsgemäß unmöglich war, sein Leben als Künstler zu fristen, und es daher unvermeidlich schien, sich auf einen Brotberuf zu stützen. Doch da Fortuna nun einmal im Begriff war, ihr Füllhorn über ihm auszuschütten, war ihm das Glück nach neun mageren Jahren auch in Bezug auf die Wiederherstellung seiner bürgerlichen Existenz hold gewesen. Der siegreiche Befreiungskrieg, das Abschütteln des französischen Joches, hatte vielen der entlassenen preußischen Beamten, die sich jahrelang in abwegigen Berufen durchschlagen mussten, die Möglichkeit eröffnet, wieder in den Staatsdienst zurückzukehren. Natürlich bedurfte es dazu – angesichts der Vielzahl der Bewerber – guter und wirksamer Beziehungen. In dieser Lage hatte Hoffmann sich zu einem Bittschreiben an seinen einflussreichen Jugendfreund entschlossen, den er zufällig in Leipzig, kurz vor dem Beginn der berühmten »Völkerschlacht« im Oktober 1813 wieder getroffen hatte. Der Baron von Hippel nahm sich seines gestrandeten Freundes bereitwillig an. Schon wenige Monate später wurde Hoffmann die Bestallung zum Rat am Königlich Preußischen Kammergericht angetragen – bei Anerkennung seiner früheren Dienstjahre in Posen, Plozk und Warschau! Das verschaffte ihm – nach einer angemessenen Zeit der Einarbeitung – ein Jahresgehalt von sage und schreibe eintausend Talern, eine geradezu fantastische Summe für einen Mann, der kurz zuvor noch mit Kupferpfennigen gerechnet hatte.

Der Haken bei dieser Bestallung war, dass Hoffmann ein halbes Jahr lang unbezahlt als Beisitzer fungieren musste, um sich mit der Arbeitsweise des Kammergerichtes und der neuesten Rechtsprechung vertraut zu machen. Es war nicht leicht, sich nach Jahren des Künstlertums wieder in die Jurisprudenz einzuarbeiten – und dies unter finanziell drückenden Bedingungen. So kam es zu dem eigenartigen Zusammentreffen, dass Hoffmann zwar in Amt und Würden ein-

gesetzt, aber dennoch ein armer Teufel war, der sich an allen Ecken und Enden Geld zusammenborgen musste, um – bei höchster Sparsamkeit – über die gehaltlose Zeit hinwegzukommen.
Dieser Umstand – an den er gewöhnt war – stellte jedoch nicht den Hauptgrund dafür dar, dass Hoffmann mit der günstigen Wendung seines Schicksals nicht recht zufrieden war. Seine innere Reserve beruhte vor allem auf der Tatsache, dass seine künftige Wirksamkeit als Jurist ihm die künstlerische Tätigkeit erschwerte, ja womöglich ganz und gar verbaute. Aus diesem Grund bereitete es ihm Mühe, einen tief empfundenen Dankesbrief an seinen Freund und Wohltäter zu formulieren. Statt einer bescheidenen, aber stetigen Erwerbsquelle, wie sie Hoffmann vorschwebte, hatte der fürsorgliche Baron ihm nun zwar den Einstieg in eine höchst respektable Karriere verschafft – jedoch kein Einkommen! Er, Hoffmann, würde in dem kommenden halben Jahr all seine Kraft daransetzen müssen, zum »etatmäßigen« Kammergerichtsrat aufzurücken. Das Dichten und Komponieren würde demgegenüber zurückstehen müssen. Das war nun durchaus nicht in Hoffmanns Sinn. Es war, als wäre er vor dem Ertrinken gerettet, dabei aber ans falsche Ufer gezogen worden. Die Aussicht auf ein zufrieden stellendes Künstlerleben, das ihm eben noch zum Greifen nahe erschienen war, würde sich nun wohl ein weiteres Mal in Luft auflösen.
Er konnte seinen Freund jedoch keinesfalls dadurch beleidigen, dass er die ihm angebotene Position ablehnte. Auch konnte er Mischa nicht eine Wiederaufnahme der künstlerischen Existenznöte – diesmal als Dichter statt als Musiker – zumuten. Sie hatte mit ihm die sprichwörtlichen sieben mageren Jahre durchgestanden (es waren leider mehr als sieben gewesen), nun war er ihr die fetten Jahre schuldig. Er hatte ihr – das musste er zugeben – im bisherigen Verlauf ihrer Ehe kein leichtes Leben bereitet, und er fühlte nun die Verpflichtung, ihr endlich jene bürgerliche Sicherheit zu schaffen, auf die sie zweifellos ein Anrecht hatte.
Nun, er hatte die Bestallung samt den damit verknüpften Bedingungen natürlich angenommen. Die Ernennungsurkunde würde ihm in

den nächsten Tagen überreicht werden. Er hatte bereits einen Schneider aufgesucht, um sich die Beamtenuniform anmessen zu lassen, ohne die es bei einem preußischen Gericht nicht ging – wobei er keineswegs wusste, wie er den Mann und seine Arbeit bezahlen sollte. Auch die Anschaffung der Gesetzbücher, nach denen er Recht zu sprechen und die er nun erneut zu studieren hatte, war ins Geld gegangen. Seine bürgerliche Existenz begann mit einem beunruhigenden Berg von Schulden!

Neben den juristischen Sammlungen und Kommentaren lag auf seinem Schreibtisch ein Stapel Manuskriptblätter bereit, für den Fall, dass ihn eine Inspiration überkam. Aber obwohl er nun schon seit einigen Stunden an seinem Schreibtisch saß, wollte sich weder der göttliche Funke noch der Antrieb zum Studium der Gesetzestexte einstellen. Letzteres war wohl auch weniger wichtig, denn er vertraute darauf, dass sich die meisten Fälle, mit denen er es zu tun bekommen würde, mit Hilfe des gesunden Menschenverstandes lösen ließen. Etwas anderes war es mit der künstlerische Inspiration. Würde es ihm in Zukunft noch möglich sein, ein Werk wie den »Goldenen Topf« zu verfassen?

Hoffmann seufzte. Er lenkte seine Gedanken zurück zu dem vor ihm liegenden Briefbogen, dessen leere weiße Fläche ihn vorwurfsvoll anstarrte. Es half nichts, er musste sich seiner Dankesschuld entledigen. Er war damit so lange im Rückstand, dass es schon beinahe anstößig war. Er tauchte die trocken gewordene Feder ins Tintenfass. Bald flog sie nur so über das Papier. Aber es war nicht der Dankesbrief, den er schrieb.

»Hinaus, hinaus rannte ich in die stürmische Nacht! Fort ging es über die Opernbrücke, bei dem Schlosse vorbei – ich bog ein, lief über die Schleusenbrücke, bei der Münze vorüber. Ich war in der Jägerstraße; da brannten freundliche Lichter in einem Keller. Sie sprachen von Austern und gutem Eilfer-Wein. Weil mich fror und ich nach einem guten Schluck starken Getränkes durstete, ging ich hinein …«

Nach drei Stunden konzentrierter Arbeit war er erschöpft und legte die Feder beiseite. Doch schrieb er zuvor einen Titel über seine neue

Erzählung: »Die Abenteuer einer Silvesternacht.« Er hatte einen guten Druckbogen zustande gebracht.
Nun war es zu spät, sein Gehirn war zu ausgepresst, um jetzt noch einen Dankesbrief zu formulieren. Er beschloss, es dem Helden seiner Novelle gleichzutun und sich in die Jägerstraße in das ebenso gute wie preiswerte Weinlokal zu begeben, um sich zu entspannen und mit ein paar Schoppen die nötige Bettschwere anzutrinken. Er küsste die schlafende Mischa auf die Stirn, warf sich einen Rock über und verließ das Zimmer.

Die Gaststube war leer und machte an diesem Abend einen eher trüben Eindruck. Hoffmann hatte noch kein Stammlokal in Berlin; er sondierte erst die Weinstuben rings um das Hotel. Der Wirt dieses Etablissements war freundlich, er hielt die Gläser und Tische sauber, die Dielen waren mit Scheuersand belegt, und erfreulicherweise untersagte ein Schild, Tabaksaft auf den Boden zu spucken. Aus der Küche duftete es zart nach gewürztem Fleisch und Suppen. All dies war Hoffmann Vertrauen erweckend erschienen, und er kam nun schon zum zweiten Mal hierher. Er setzte sich und legte ein Manuskript, das er mitgenommen hatte, zurecht, damit es ihm statt der noch fehlenden Bekannten Gesellschaft leiste. Er bestellte Rheinwein, lehnte das Angebot eines Abendessens höflich ab und begann zu lesen.
»Unter diesen Worten hatte der Hofmeister den Schieber des Kistchens schnell aufgeschoben und die schwarze, sonderbar geformte Flasche herausgenommen. Es verbreitete sich wirklich, wie der Bruder Cyrillus mir gesagt, ein starker Duft, der indessen nichts weniger als betäubend, sondern vielmehr angenehm und wohltätig wirkte. ›Ei!‹, rief der Graf, ›ich wette, dass das Elixier des Teufels nichts weiter ist als herrlicher ‚echter Syrakuser'. Der Hofmeister holte einen stählernen Korkenzieher aus der Tasche und öffnete, meiner Protestation unerachtet, die Flasche. Stärker stieg nun der Duft daraus hervor und wallte durch das Zimmer …«
In diesem Moment betrat ein schlanker Herr das Lokal, sah sich auf

der Türschwelle kurz um und setzte sich ohne Umstände an Hoffmanns Tisch (obwohl deren mehrere im Raum frei waren), als sei er ein alter Bekannter. Der Herr legte seinen Hut neben sich auf die Bank. Es schien Hoffmann, als ob es ein Dreispitz wäre, wie ihn die englischen Schiffskapitäne trugen, aber er war sich dessen nicht sicher.

»Guten Abend«, sagte der Herr. »So spät noch in Geschäften?« Offensichtlich hielt er Hoffmanns Manuskript für Geschäftspapiere.

Hoffmann entbot seinen Gruß. Im Grunde war es ihm ganz recht, dass der fremde Herr an seinem Tisch Platz genommen hatte. Er fand es stets angenehmer, einen Abend in Gesellschaft zu verbringen als allein.

Der Fremde war sehr schlank, fast dünn, und außerordentlich hoch gewachsen. Sein Gesicht hatte etwas Markantes, was vornehmlich an der weit vorspringenden, römischen Nase lag sowie an zwei hellblau funkelnden Augen. Der Mann war bartlos, sein Haar war blond, also stammte er vermutlich aus dem Norden. Beim näheren Hinsehen hatte sein Blick etwas Durchdringendes, Abschätzendes; auch konnte er vermutlich einschüchternd dreinschauen. Man bekam den Eindruck, dass er gewohnt war zu kommandieren. Er mochte, falls er kein Kapitän war, ein Offizier sein. Doch standen ihm auch, wie er sogleich bewies, die Mittel zur Verfügung, sich als jovial, ja als, wie man so sagte, »patenter Kerl« zu präsentieren.

»Gestatten«, stellte er sich mit einer überraschend weichen, melodiösen Stimme vor, »Lichtbrinck mein Name, Heinrich Lichtbrinck. Ich handle mit Likören. Noble Liquors. In England sehr bekannt. Was hoffentlich bald auch hier der Fall sein wird.«

»Hoffmann, Kammergerichtsrat in spe«, stellte Hoffmann sich seinerseits vor.

»So sind das Gerichtsakten?«, fragte Herr Lichtbrinck, auf Hoffmanns Manuskript deutend. »Ein Mordfall, wie ich im Interesse eines interessanten Abends hoffe.«

»Durchaus ein Mordfall. Sogar deren mehrere«, erwiderte Hoffmann lachend. »Doch leider keine tatsächlichen, sondern nur fiktive.«

»Fiktive? Wenn ich das Wort richtig deute, so handelt es sich demnach um einen Roman oder eine Novelle. Mir scheint, ich habe Ihre Berufsbezeichnung nicht recht verstanden. Sagten Sie nicht, Sie seien Kammergerichtsrat?«

»In spe«, wiederholte Hoffmann. »Ich trete meinen Dienst erst morgen an. Zurzeit zähle ich mich noch zur Zunft der brotlosen Fabulierer. Ich befinde mich, sozusagen, auf der Schattenlinie, beim Übergang von einem Reich ins andere.«

»Und ich darf Ihnen dabei Gesellschaft leisten! Das ist eine besondere Freude für mich. Es war also doch ein guter Stern, der mich in dieses Lokal führte.«

»Ich hoffe, ich kann Ihren Erwartungen gerecht werden.«

»Daran zweifle ich keinen Augenblick!«, versetzte der Likörhändler. »Ich bin, wie sagt man, passioniert für alles Literarische. Mein Deutsch ist leider ein bisschen eingerostet.«

»Sie waren im Ausland?«

»Lange. Viel zu lange. Ich darf wohl sagen, ich habe die Welt umrundet. Zu Land und zu Wasser.«

»Sie machen mich neugierig.«

Der Mann winkte ab. »Ach, das ist gar nichts. Ich war Seemann, aber ich bin von Bord gegangen. Wissen Sie, die Bewohner des Meeres haben, wie soll ich sagen, zu wenig Hirn. Der Geist weht dort, wo die Menschheit sich drängt. Außerdem muss ich meine Ware an den Mann bringen, und womit sollte mich ein Hai oder ein Blauwal schon bezahlen? Nein, das Meer ist ein Transportweg, ansonsten vergrößert es sinnloserweise die Distanz zwischen den Kontinenten. Früher einmal lagen sie dichter beieinander, wussten Sie das?«

»Nein, das ist mir neu«, gestand Hoffmann.

»Es ist sehr, sehr lange her. Damals hingen Amerika, Afrika und Europa zusammen. Das war sehr sinnvoll, meiner Ansicht nach. Es hätte so bleiben sollen. Die Menschheit hätte es nicht nötig gehabt, ihre Wälder für Schiffsplanken abzuholzen.«

»Und warum blieben sie nicht zusammen?«, fragte Hoffmann den merkwürdigen Menschen.

»Alles ist ein Kampf des Beharrenden gegen das Dynamische, der Kraft gegen die Ruhe, des Yin gegen das Yang und so weiter und so weiter.«
»Sie sind anscheinend Philosoph.«
»Man erfährt so dies und das, wenn man lange genug lebt.« Der Fremde lachte. Er hatte, während er sprach, dem Wirt Zeichen gegeben und war offenbar verstanden worden. Eben jetzt wurden ein Krug Wein und ein großer Teller mit Austern vor ihn hingestellt. Auch vor Hoffmann erschien ein Teller, der mit den schwarz glänzenden Muscheln beinahe überladen war. »Sie gestatten mir, Sie einzuladen«, rief Lichtbrinck, indem er sich in strahlender Vorfreude die Hände rieb. Hoffmann, der Austern nicht allzu sehr schätzte, bedankte sich. Der Likörhändler griff zu. »Kennen Sie Herrn Humboldt? Alexander von Humboldt? Befindet er sich zurzeit in Berlin?«, fragte er, indem er eine Auster schlürfte.
Nein, Hoffmann kannte den berühmten Forschungsreisenden nicht und konnte nicht sagen, ob dieser sich derzeit in Berlin aufhielt.
»Habe ihn«, schlürfte der Fabrikant, »in Südamerika kennen gelernt. – Genauer gesagt – in Peru. – Ich konnte ihm einiges über die Inkas erzählen. Sie sind, sozusagen, mein Spezialgebiet. In Peru – habe ich mich länger als ein Jahr – aufgehalten. Ebenso in Mexiko. Herr von Humboldt und ich haben zusammen dem Chimborazzo bestiegen.«
»Den Chimborazzo?«
»Höchster Berg (schlürf) der Anden.«
»So, so.«
Hoffmann lag mittlerweile um mehr als ein halbes Dutzend Austern im Rückstand.
»Die Deutschen sind ja ansonsten keine großen Reisenden. Kennen Sie die Forsters? Vater und Sohn?«
Hoffmann hatte von ihnen gehört.
»Haben die Welt umsegelt. Mit Captain Cook. Verfassten ein Buch darüber. Sehr kurzweilig. Sie haben einiges gesehen. – Die beiden.«

»Beneidenswert.«
»Sie mögen keine Austern?«
»Ich habe reichlich zu Abend gegessen«, log Hoffmann.
»Im Gegensatz zu mir.«
»Ich überlasse Ihnen gern meine Portion.«
Ohne falsche Höflichkeit tauschte der Fremde seinen leer gegessenen Teller gegen den noch beinahe unangerührten Hoffmanns.
»Aber reden wir von Ihnen!«, sagte er mit emporgerecktem Hals, durch den soeben unsichtbar eine glibberige Auster glitt. Hoffmann schauderte es ein wenig beim Gedanken an die Schleimspur in der Speiseröhre des redseligen Kapitäns.
Lichtbrinck tippte auf Hoffmanns Manuskript, das dieser zu einem Packen zusammengelegt und an den Tischrand geschoben hatte. »Wie heißt denn der Roman – falls es einer ist?«
»Es soll einer werden«, erwiderte Hoffmann. »Der Titel lautet: ›Die Elixiere des Teufels‹.«
Es schien, als bliebe dem Kaufmann eine Auster im Halse stecken. Er starrte Hoffmann offenen Mundes ungläubig an. »Das ist nicht wahr!«, rief er.
»Warum sollte es das nicht sein?«, fragte Hoffmann erstaunt.
»Nun, wenn das kein Zusammentreffen ist!« Der Fremde schlug mit der Faust auf den Tisch. »Ich handle mit Elixieren, und Sie schreiben darüber?«
»Ich hoffe, die Ihren sind nicht des Teufels«, scherzte Hoffmann.
»Wer weiß, wer weiß«, orakelte der Kaufmann. »Wollen Sie mir nicht ein Stück vorlesen?«
»Ich ziehe es vor, Ihre Unterhaltung zu genießen«, wehrte Hoffmann ab.
»Kommen Sie! Tun Sie mir den Gefallen! Ich brenne darauf!«, bat Lichtbrinck.
Hoffmann seufzte. Schließlich schob er den leeren Teller beiseite und zog das Manuskript zu sich heran. Er wollte mit der ersten Seite beginnen, doch da legte sich die Hand des Fremden auf den Stapel Papier.

»Verzeihung, darf ich?«
Der Mann ließ die Blätter durch seine Finger gleiten. Er tat dies mit großem Geschick, wie ein geübter Kartenspieler. Was er damit bezweckte, war indessen fraglich, es sei denn, er wollte aus der Dichterlesung ein Spiel mit dem Zufall machen. Tatsächlich hielt er an einem bestimmten Punkt inne und schlug das Manuskript auf.
»Lesen Sie diese Seite!«, befahl er – wenngleich er durchaus nicht wissen konnte, was dort stand.
Hoffmann sah nach. Es war die Stelle, an der beschrieben wurde, welche Bewandtnis es mit dem von den Mönchen verwahrten Elixier hatte. Natürlich konnte dies reiner Zufall sein.
»Es stört Sie nicht, wenn ich esse?«, fragte der Fremde höflich.
»Wenn es leise geschieht, nicht«, scherzte Hoffmann. Dann begann er zu lesen: »*Als ich die Reliquienkammer betreten, war alles still und ruhig. Ich schloss den Schrank auf, ergriff das Kistchen, die Phiole … Bald hatte ich einen kräftigen Zug getan! Glut strömte durch meine Adern und erfüllte mich mit dem Gefühl unbeschreiblichen Wohlseins. Ich trank noch einmal, und die Lust eines neuen, herrlichen Lebens ging in mir auf …*«
An dieser Stelle schlug Lichtbrinck erneut mit der Faust auf den Tisch und rief: »Donnerwetter noch mal!« Hoffmann hielt erschrocken inne, doch der Likörhändler forderte ihn mit einer ungeduldigen Handbewegung auf: »Lesen Sie weiter! Es ist nur … Der Teufel soll mich holen! Es ist, als ob Sie … Weiter, weiter!«
Hoffmann fuhr fort: »*Ich erbebte unwillkürlich, aber ein buntes Bild jagte das andere bei dem aufgerüttelten Geiste vorüber. Die Brüder bemerkten meine Veränderung. Statt wie sonst in mich verschlossen, war ich nun heiter und lebendig. Nur zu sehr hatte ich gefürchtet, dass der Zustand nicht lange anhalten würde. Aber dem war nicht so …*«
So ging es eine gute Weile fort. Der Fremde aß längst nicht mehr und hörte gespannt zu. Immer wieder schüttelte er ungläubig den Kopf.
»Mir scheint, das, was ich lese, regt Sie sehr auf«, unterbrach sich Hoffmann endlich.
»Sapperlot«, sagte Lichtbrinck. »Dieses Elixier … Sehen Sie her!«

Der Kapitän griff in seine Tasche und stellte zwei Phiolen auf den Tisch.
»Nun, was sagen Sie?«
Hoffmann war verblüfft. Die beiden Fläschchen entsprachen aufs Haar der Beschreibung, die er in seinem Roman von denjenigen gegeben hatte, in denen das »Teufelselixier« aufbewahrt wurde – nur waren die seinen schwarz, diese hier dagegen bunt.
Die beiden Phiolen, die der Kauffahrteifahrer auf den Tisch gestellt hatte, waren zweifellos Produkte feinster, vermutlich venezianischer Glasbläserkunst. Sie sahen sehr kostbar aus, bei weitem zu wert- und kunstvoll für einen schlichten Likör – von dem sie im Übrigen kaum mehr als einen Fingerhut voll enthalten konnten. Es war ein seltsames Produkt, das der Händler da vertrieb. Inhalt und Verpackung schienen in einem sehr ungleichen Verhältnis zu stehen. Eines der Fläschchen war rot, das andere blau.
»Wenn ich es nicht besser wüsste, würde ich behaupten, Sie waren, bevor Sie mit Ihrem Manuskript begannen, in England«, sagte der Kaufmann.
»Dort war ich niemals«, versicherte Hoffmann, der sich jedoch ebenso wenig erklären konnte, wie das »Plagiat« zustande gekommen war.
»Ist Ihnen wirklich nie eines meiner Produkte unter die Augen geraten?«, fragte der Fremde misstrauisch. Offensichtlich fürchtete er um die Originalität seiner Ware.
»Niemals. Ich schwöre es!«
»Dann will ich verdammt sein!«, sagte der Händler ärgerlich.
»Ich bin auch geziemend überrascht«, bekannte Hoffmann.
»Mir scheint, uns hat das Schicksal zusammengeführt«, konstatierte Lichtbrinck.
»Nun«, sagte Hoffmann. »Ich habe Ihnen eine Probe meines Produktes gegeben. Vielleicht geben Sie mir jetzt eine Probe des Ihren.«
»Das war meine Absicht«, erwiderte der Weltreisende. »Allerdings, ein paar Worte müssen Sie mir vorab schon gestatten. Diese Liköre sind etwas Besonderes. Dergleichen gibt es nicht ein zweites Mal auf der Welt, wenn ich so kühn sein darf, das zu behaupten. Dieses hier«,

er wies auf das rote Fläschchen, »kommt aus dem Orient. Genauer gesagt, die Grundstoffe, aus denen das Getränk destilliert wird, kommen dorther.«
Er zog ein schmales Taschenbuch aus seinem Gehrock und klappte es auf. Es enthielt, soweit Hoffmann erkennen konnte, auf leere Seiten geklebte getrocknete Pflanzen. Hoffmann sah, dass unter den Präparaten lateinische Namen standen. Lichtbrinck blätterte das Buch vor seinen Augen um.
»Dieses hier sind die Ursprungspflanzen für die rote Essenz«, erläuterte er. »Sie schmeckt, wie Sie merken werden, süßlich-herb. Ich will damit sagen, dass sie mit einem sehr aromatischen, kräftigen Kräutergeschmack versehen ist. Man kann sie übrigens in Wasser oder Wein auflösen. Der Wein bekommt dadurch einen Geschmack, der griechischem Harzwein ähnelt, falls Ihnen der bekannt sein sollte.«
Hoffmann musste bedauern.
»Aber der Geschmack ist es nicht allein, der den Wert des Getränkes ausmacht«, fuhr der Händler fort. »Es besitzt gewisse Eigenschaften – gerade so wie der ›Syrakuser‹ in Ihrem Buch. Zum Donnerwetter, es ist, als hätten Sie bereits eine Probe davon genossen.«
Hoffmann versicherte nochmals, dass es sich bei seinem Elixier um ein reines Produkt seiner Fantasie handle.
»Unfassbar! Unglaublich!«, sagte der Kaufmann. »Nun gut«, fuhr er schließlich fort, »der blaue Extrakt wird aus anderen Pflanzen gewonnen.« Er blätterte die dicken, festen Pergamentseiten seines Musterbüchleins um.
Hoffmann zeigte sich höflich interessiert an der Demonstration. Er konnte mit Pflanzenpräparaten kaum etwas anfangen. Er verstand äußerst wenig von Botanik. Auch die lateinischen Bezeichnungen halfen ihm nicht weiter.
»Sie stammen aus Südamerika. In der Hauptsache aus Mexiko. Dort wird das Getränk auch hergestellt. In der Neuen Welt ist dieses Produkt außerordentlich erfolgreich, ebenso in England. Auch die Russen haben die Liköre bereits schätzen gelernt, ja, sie verbreiten sich

dort mit erstaunlicher Schnelligkeit. Die Russen sind ein trinkfreudiges Volk. Ich hoffe, das Gleiche trifft für die Berliner zu.«
»Ich denke, Sie werden Ihr Glück machen«, sagte Hoffmann.
Der Kaufmann gab dem Wirt daraufhin ein Zeichen, sie aufs Neue mit Wein zu versorgen.
»Bevor wir zur Kostprobe kommen, eine Bemerkung zu den Eigenschaften dieser beiden Elixiere – um Ihr Wort zu benutzen. Das blaue ist eine Art Verdauungslikör, doch ist es, wie ich behaupten darf, sehr viel stärker und wirksamer als die bisher im Handel erhältlichen. Es stammt, wie gesagt, aus südamerikanischen Pflanzen, die man hierzulande noch gar nicht kennt. Das Getränk besitzt die Eigenschaft, den Verstand zu wecken, einen klaren Kopf zu machen, die Gedankentätigkeit anzuregen. – Das rote Elixier dagegen bewirkt, wenn man so will, das genaue Gegenteil. Es fördert und steigert die Sinnlichkeit. Es macht ein wenig träge – ohne jedoch geradezu einzuschläfern. Man fühlt sich wohlig, angenehm, entspannt …«
Hoffmann nahm, indem er dem anpreisenden Sermon des Händlers lauschte, einen Schluck von dem Wein, den der Wirt gebracht hatte. Es schien, als habe der Mann zu seiner besten Flasche gegriffen. Offenbar schätzte er die Zahlungsfähigkeit seines Kunden hoch ein.
»Ich wage zu behaupten, dieses sind die vortrefflichsten Liköre, die jemals auf der Welt destilliert wurden«, sagte Lichtbrinck mit ungeniertem Aplomb.
Hoffmann hob erstaunt die Augenbrauen. Zwar kannte er die großsprecherische Art der Kaufleute nur allzu gut, doch stellte diese Behauptung zweifellos den Gipfel des Eigenlobes dar.
»Gewiss sind sie sehr teuer?«, erkundigte er sich.
»Das sind sie selbstverständlich«, bestätigte der Kaufmann. »Das Edle hat seinen Preis. Von Ihnen verlange ich allerdings kein Geld, sondern nur – einen Auszug aus Ihrem Manuskript.«
»Ich denke, ich weiß, welche Passage Sie interessiert.«
»Das Kapitel, in dem Sie das Wesen und die Wirkung Ihres Elixiers beschreiben.«
»Es wird einige Tage dauern, die Abschrift anzufertigen.«

»Ich bin noch längere Zeit in Berlin. Ich schlage vor, Sie hinterlegen die Seiten in meinem Hotel.«

»Sie haben mein Wort.«

»Dann wählen Sie eines der beiden Fläschchen!«

Hoffmann erinnerte sich an die Beschreibung, die der Kaufmann von seinen beiden Likören gegeben hatte. Die sinnliche Wirkung der roten Essenz reizte ihn durchaus zu einer Kostprobe, doch hatte er im Bereich der Sinnlichkeit in seiner jüngsten Vergangenheit genügend üble Erfahrungen zu verzeichnen, um ihn vor weiteren Experimenten vorerst zurückschrecken zu lassen. Das blaue Elixier hingegen sollte, wenn die Lobpreisungen des Händlers stimmten, den Geist schärfen. Eine derartige Wirkung konnte ihm angesichts der neuen Aufgaben, die auf ihn zukamen, wohl nützlich sein, doch musste er womöglich um seine Nachtruhe fürchten, wenn er um diese Zeit so etwas wie ein Kaffeekonzentrat zu sich nahm.

»Die Entscheidung ist schwer«, gestand er.

»Nun, so nehmen Sie beide!«, bestimmte der Kaufmann kurzerhand.

»Ich bedanke mich. Sie sind sehr großzügig.«

»Ich mache Ihnen einen Vorschlag: Wir verlegen die Likörprobe in unsere privaten Räume. Ich wohne im Hotel ›Zur Alten Post‹.«

»Ach! Dann sind wir ja so etwas wie Nachbarn«, stellte Hoffmann lachend fest.

»Ist es die Möglichkeit? Sie sind ebenfalls in dem morschen Kasten abgestiegen? Seltsam, dass wir uns noch nicht begegnet sind.«

»Das Hotel ist groß«, sagte Hoffmann. »Außerdem verlasse ich selten das Zimmer. Ich habe viel zu arbeiten.«

»Ich hingegen bin fast den ganzen Tag unterwegs. Die Geschäfte … Gleichviel. Ich schlage vor, wir begeben uns in unser Hotel. Gastwirte sehen es in der Regel nicht gern, wenn man in ihren Räumen mitgebrachte Getränke konsumiert anstatt die hier feilgebotenen.«

»Einverstanden.«

»Ich darf mir erlauben, Sie einzuladen.« Ohne Hoffmanns zaghaften Protest zu beachten, winkte Lichtbrinck dem Wirt. Er bat den Herbeieilenden um die Rechnung.

Hoffmann steckte die beiden Fläschchen behutsam in die Tasche.
»Keine Angst, sie sind nicht so leicht zerbrechlich«, kommentierte der Kaufmann sein Tun. »Es ist solides Kristall aus Murano.«
»Ich bin äußerst gespannt auf den Inhalt«, erwiderte Hoffmann.
»Seien Sie gewiss, Sie werden Ihr blaues Wunder erleben«, versprach der Kaufmann. »Oder ein rotes. Nach Belieben.«
Zum Abschluss veranlasste Lichtbrinck den Wirt des Kellerlokales zu einem tiefen Bückling, indem er ihm mehr als das Doppelte des geforderten Preises bezahlte. Offenbar verstand der Fremde es vorzüglich, sich Freunde zu machen. Falls ihm die Mittel dazu nicht ausgingen, würde er in Berlin bald ein bekannter und begehrter Mann sein.

2

Vor dem Lokal wartete eine Kutsche. Hoffmann kam sie nicht wie eine Droschke vor. Anders als die öffentlichen Gefährte, war sie zweispännig und sehr gut instand. Der Schlag war geöffnet und der Tritt ausgeklappt, sodass Hoffmann das Wappen nicht sah, das an der Tür prangte. Ohne Arg stieg er, Lichtbrinck folgend, ein.
Der Weg zum Hotel schien Hoffmann ungewöhnlich lang. War er zuvor kaum eine Viertelstunde zu Fuß gegangen, so fuhren sie nun, wie es schien, sehr viel länger durch die Nacht. Hoffmann vermochte jedoch nicht zu sehen, wo er sich befand, denn vor den Fenstern der Kutsche hingen Vorhänge und die konnten nicht beiseite gezogen werden. Dennoch hatte Hoffmann nicht das Gefühl, es könne sich um eine Entführung handeln.
Lichtbrinck hielt während der gesamten Fahrt das Gespräch in Gang. Es zeigte sich, dass er großes Interesse an allem hatte, was mit dem Teufel, Satan, Luzifer zusammenhing. Hoffmanns Manuskript erweckte seine unverhohlene Neugier. Er bat, es ganz lesen zu dürfen. Hoffmann, der dem Aberglauben vieler Autoren anhing, es schade dem Werk, wenn man Einblick in ein unvollendetes Manu-

skript gewährte, vertröstete ihn auf später. Lichtbrinck fragte Hoffmann, ob er jemals persönliche Erfahrungen mit dem Teufel gemacht habe, ob Satan oder Luzifer ihm jemals begegnet seien. Hoffmann verneinte. Lichtbrinck deutete an, er sei mit Luzifer in Berührung gekommen, der verstoßene Engel sei ihm erschienen und er verfüge über das Geheimnis, ihn zu beschwören. Es gebe überall auf der Welt Gemeinden Luzifers, auch hier in Berlin. Ob Hoffmann nicht den Wunsch habe, seinem Roman zuliebe, diese Leute kennen zu lernen, von ihnen in ihre Geheimnisse eingeweiht zu werden? Da Hoffmann nur ein schwaches Interesse bekundete, warnte ihn Lichtbrinck, sich weiter mit dem Teufel zu beschäftigen. »Wer über ihn schreibt, lockt ihn an«, sagte er.

Noch in der Kutsche hatte Lichtbrinck zwei seiner Phiolen aus einem Behälter geholt, sie geöffnet und eine davon Hoffmann gereicht. Es war ein rotes Fläschchen, nicht das blaue, das Hoffmann gewählt hatte. Lichtbrinck brachte den Trinkspruch aus: »Auf die Zukunft und den Erfolg Ihrer Arbeit!« Er trank aus dem blauen Fläschchen, und Hoffmann konnte nicht umhin, das seine ebenfalls zu leeren. Der Geschmack des Elixiers war angenehm. Zunächst verspürte er kaum eine Wirkung. Waren sie deswegen so lange unterwegs? Wollte Lichtbrinck abwarten, bis der »Likör« zu wirken begann? Wollte er seinen Gast im Auge behalten?

Hoffmann erinnerte sich später nur noch an wenige Einzelheiten dieser Fahrt. Lichtbrinck berichtete von einer Sammlung, die er angelegt habe. Es handelte sich um Teufels- und Dämonenmasken, die er auf seinen Seereisen in aller Welt zusammengetragen habe. Er sprach von der weltumspannenden Macht des Dämonenglaubens, der wesentlich älter sei als der Glaube an einen Gott, der von den »Monotheisten« unterdrückt worden sei, jedoch den ältesten und wahrsten Glauben der Menschheit darstelle. Leider gebe es kaum schriftliche Überlieferungen aus jenen frühen Tagen, da die Menschen die Schrift zu der Zeit noch nicht gekannt hätten. Das geheime Wissen sei mündlich bewahrt und weitergegeben worden. Erst spät, jenseits des magischen Zeitalters, habe man mit Aufzeichnungen begonnen, von denen wiederum nur wenige der Vernichtung durch die späteren, machtgierigen Religionen entgangen seien. Es gebe jedoch bei den Eingeborenen Afrikas und Südamerikas noch lebende Kulte, die man als letzte erhaltene Beispiele für den einst weltumspannenden Dämonismus ansehen könne. Einige von ihnen habe er, Lichtbrinck, besucht. Dort habe er viele seiner Masken und Statuen erworben und sich von ihrer Kraft und Wirksamkeit überzeugen können. Er bekannte sich als Anhänger der »Naturreligion«, wie er sie nannte. Wer sie studiere, erwerbe selbst magische Fähigkeiten und könne die Grenzen der Wirklichkeit überschreiten, sich frei durch Zeiten und Räume bewegen und erkennen, wie die Welt tatsächlich aussehe, jenseits des simplen Trugbildes, das unsere beschränkte sinnliche Wahrnehmung uns vorgaukle.

Hoffmann verstand von alldem nur wenig, äußerte weder Zustimmung noch Ablehnung. Seine Gedanken schweiften immer wieder ab von dem, was sein Gastgeber ihm erzählte. Es schien, als verenge sich zunehmend sein Sehfeld, als blicke er durch Scheuklappen, als zögen sich schwarze Wolken um ihn zusammen. Bilder, Luftspiegelungen ähnlich, erstanden vor seinen Augen. Er sah Gestalten und Ereignisse aus seiner Kindheit in seltsamer Plastizität vor sich auftauchen. Er sah seinen Vater und seine Mutter, die beide längst verstorben waren, in scheinbarer Lebendigkeit vor sich. Mitunter stiegen auch unheimliche, Furcht erregende Bilder vor ihm auf; es handelte sich offenbar um jene Teufels- und Dämonenfratzen, von denen Lichtbrinck redete. Hoffmann wünschte, sein Gastgeber hätte von angenehmeren Dingen gesprochen. Er hatte längst das Gefühl für Zeit und Raum verloren. Er wusste nicht, wohin und wie lange sie schon fuhren. Die Kutsche selbst schien sich entmaterialisiert zu haben; es war, als säße man nicht mehr in einem rasselnden und rollenden Gefährt, sondern schwebe frei durch den Raum dahin. Es war ein traumähnlicher Zustand, in dem der Geist sich vom Körper löste und sein eigenes schwereloses, entgrenztes Spiel trieb. Er spürte Kräfte in sich aufsteigen, deren Macht ihn zugleich erschreckte und verlockte. Er war von einer geradezu faunischen Sinnlichkeit erfüllt.

Er fühlte, dass diese Kraft zu sein, zu zeugen und zu werden ihn mit aller Natur und Kreatur vereinte. Aber dies waren schon keine Gedanken mehr, dies waren machtvolle, physische Empfindungen; es war die Sprache seiner Zellen, seiner Nerven, seines berauschten Blutes. Er glaubte, hellwach zu sein, und war zugleich von einer ungeheuren, wohligen Trägheit erfüllt. Vermutlich schlief er, rein physisch betrachtet. Aber er hatte im Schlaf eine Schwelle überschritten und streifte wie ein waches, mit gesteigerter Sinneswahrnehmung begabtes Raubtier durch eine unbekannte, jenseitige Welt. Eine Art All-Empfindung durchströmte ihn. Sein Ich löste sich auf; ein Gefühl des Fließens und Überströmens erfüllte ihn, trug ihn davon. Es war, als häute er sich, als fiele er in sehr frühe, vorbewusste Erfahrungen zurück und steige zugleich in die strahlenden, kosmischen Dimensionen eines Überbewusstseins hinauf. Alles war eins. Alles drehte sich um ihn und er sich mit allem. Schon lange saß er nicht mehr mit dem plappernden Freund Luzifers in der Kutsche. Sein Geist war viele, viele Sternreisen entfernt und nahe daran, zu erkennen, was sich hinter der Sonne verbarg.

Plötzlich hörte er, wie Lichtbrinck nicht mehr mit ihm, sondern mit einem anderen sprach. Dessen Stimme kam aus dem Nirgendwo. Lichtbrinck antwortete ihr demütig, fast unterwürfig.
»Hast du getan, was ich dir befohlen habe?«
»Ja, Meister.«
»Wie geht es ihm?«
»Er hat das Bewusstsein verloren. Er träumt. Er schläft.«
»Welches Fläschchen hast du ihm gegeben?«
»Das rote. Ich selbst trank das blaue.«
»Gut. Dann wird er sinnliche Träume haben. Ich gönne ihm das Vergnügen. Was hast du ihm über das Elixier erzählt?«
»Eine Geschichte. Halb Wahrheit, halb Erfindung.«
»Hat er sie geglaubt?«
»Sicherlich.«
»Wohin bringst du ihn?«

»Ich dachte, in die Kirche.«
»Nein, das ist zu früh.«
»In das öde Haus?«
»Nein. In den Wald. Bringe ihn in den Wald. Die Natur ist am besten. Heller Mond und schwarze Schatten. Es wird ihn beeindrucken.«
»Zu Befehl, Meister.«
»Ich muss dich loben. Du bist mein treuer Diener. Du hast dich heute bewährt.«
»Ich danke Euch, Meister.«
»Luzifers Reich komme!«
»Luzifers Reich komme!«
»In Ewigkeit.«
»In Ewigkeit.«
»Heil.«

Die Worte schwebten wie geisterhafte Wesen, wie Partikel von Sternstaub an Hoffmann vorbei, durch ihn hindurch, entschwanden im Nichts, ohne eine Spur in seinem Bewusstsein zu hinterlassen. Er hörte sie, aber er hielt sie nicht fest. Alles war frei. Auch die Wörter. Die Sprache war eine tanzende, schwingende Musik, ein Kitzeln im Ohr. Was der Mensch sagte, bedeutete nicht mehr, als was die Wolken, die Steine, die Planeten sangen. Alles vereinte sich zu einer großen Sinfonie. Er hätte sie spielen können mit seinen musikalischen Händen, aber wo war das geeignete Instrument? Es gab keines, das solche Klänge erfasst und hervorgebracht hätte. Und war es nicht gleichgültig? War nicht alles gleichgültig – und doch so unendlich mit Sinn erfüllt? Ein großes Glücksgefühl durchdrang Hoffmann, daran sollte er sich später erinnern, wenn er vergebens versuchte, sich darauf zu besinnen, wo er in dieser Nacht gewesen war, was er erlebt und was er geträumt, was er getan und was nur fantasiert hatte. Hätte man ihm, wie dem Jungen im Märchen, gesagt, er habe sieben, ja hundert Jahre geschlafen – er hätte es glauben müssen. Und war es nicht gleichgültig? Waren Zeit und Welt nicht gleichgültig?

Was zählte, war der Traum. Er war die höchste Realität, frei und unbegrenzt. Die absolute Herrschaft des Geistes über die Materie. Tanzte er? Ja, er tanzte. Sang er? Ja, er sang. Und war doch reglos und stumm, fuhr mit einem Diener Luzifers durch die Nacht. Oder lag er in seinem Zimmer im Bett? Lag Mischa neben ihm, oder war er allein? Die Wirklichkeit zerfiel in jener Nacht – und sollte sich nie mehr zu einer unbezweifelbaren Erinnerung zusammenfügen. Die Nacht dehnte sich in die Unendlichkeit, der Zeitstrom floss uferlos dahin, Räume reihten sich an Räume, durch die man raste wie ein Meteor.

3

Am nächsten Morgen fand Hoffmann sich pünktlich beim Kammergerichtspräsidenten ein. Es war sein erster offizieller Arbeitstag.
»So. Unser neues Mitglied. Rat Hoffmann. Heiße Sie willkommen«, begrüßte ihn sein Vorgesetzter.
Der Präsident des Kammergerichtes, Baron von Trützschler, war ein jovialer und wohlmeinender Junker, Bruder eines sehr einflussreichen Kammerherrn im Gefolge des Preußenkönigs, Besitzer eines Gutshofes, dessen Erträge in den Auf- und Fallwinden der Zeit stark ins Trudeln geraten waren. Dennoch hielt er unverdrossen auf sein hergebrachtes Recht eines guten und herrenmäßigen Lebens, war Kartenspieler und Rotweintrinker, alter Herr der Borussia, dessen durchschnittlicher Verstand in vielen Amtsjahren ein wenig aus den Fugen geraten war und der mitunter einer unaufgeräumten Schublade glich, in der die gerade benötigten Begriffe nur schwer zusammenzukramen waren. So wirkte er ein wenig zerstreut, was ihm jedoch, da er das dazu passende Alter besaß, nicht als nachlassende geistige Spannkraft, sondern als Bonhomie und Jovialität angerechnet wurde. Er war selten vor zehn Uhr im Gericht und verließ es zur Mittagszeit für mindestens vier Stunden. Man fürchtete ihn nicht. Es ging recht menschlich zu im Kammergericht, wo überwiegend Adelige über

Adelige urteilten, sodass sich die Mehrzahl der Fälle schon allein durch die Regeln der Konvention lösten, ein gutes Wort im Club, das Ansprechen des richtigen Vermittlers oft mehr bewirkten als langwierige Sitzungen oder Verhandlungen. Man kannte einander, wusste die ernsten von den beiläufigen Fällen, die einflussreichen Kläger von den unbedeutenden, die Streithammel von den Versöhnlichen wohl zu unterscheiden und jeden nach seiner Fasson zu behandeln. Die Juden, für die das Kammergericht ebenfalls zuständig war, sprachen von einer Mischpoke; die Junker verstanden es so, dass der Adel seine Angelegenheiten unter sich bereinigte, in einem eigenen, exklusiven Rechtsbezirk, in dem tatsächlich viele Generationen lang nur Adelige über ihresgleichen Recht gesprochen hatten. Nun, in dem neuen Zeitalter nach dem Befreiungskrieg, musste auf den Bänken der Elite (ein wenig) Platz gemacht werden für die Bürgerlichen sowie – drei Kreuze! – für Juden!

»Höre von Ihren Fähigkeiten. Staatsrat von Hippel. Hm, ja, ja. Junger Adel. Sehr jung. Will natürlich nichts besagen. So manche alte Familie, nun ja, schweigen wir. Waren in Polen? Warschau. Hm, ja. Schöne Stadt. Ging uns ja nun leider verloren. Waren dann Hauslehrer?«

»Kapellmeister und Klavierlehrer«, korrigierte ihn Hoffmann.

»Doch hoffentlich nicht hier in Preußen!«, entfuhr es der Exzellenz. »Verstehen Sie, wäre peinlich, wenn demnächst ein Kläger ... bei dem Sie einst das liebe Töchterlein ... Könnte zu Protesten führen. Sie verstehen? Manche Leute sind empfindlich. Begreifen nicht, wie das Schicksal so spielt, dass die Zeitumstände und so weiter, Sie wissen schon. Vorurteile des Standes. Lakai bleibt Lakai. Damit meine ich natürlich nicht Sie persönlich, bewahre!«

»Ich war in Süddeutschland tätig. In Bamberg.« Hoffmann bemühte sich, trotz seines aufsteigenden Ärgers verbindlich zu bleiben.

»Süddeutsch? Sind Sie etwa katholisch?«, fragte der Gerichtspräsident mit unverhohlenem Entsetzen.

»Durchaus nicht. Ich bin gut protestantisch«, beruhigte ihn Hoffmann.

»Gott sei Dank!«, entfuhr es seinem Vorgesetzten. »Wäre höchst peinlich. Verstehen schon. Die Religion. Spielt große Rolle in den Familien. Katholiken allgemein verhasst. Kommt von den Franzosen. Napoleon war Katholik. Sagt schon alles. Also protestantisch. Gut, gut.«

Hoffmann hielt es für angezeigt zu verschweigen, dass seine Frau Polin und Katholikin war.

»Nun, gibt viel Arbeit«, fuhr der Gerichtspräsident fort. »Sie sind ja zunächst nur cum voto consultativo. Werden sich hineinfinden. Anfangs selbstverständlich Schwierigkeiten. Melden sich, wenn's zu arg wird. Manche Parteien. Hm, nun ja, wissen schon. Dies ist ein Standesgericht. Sie sind, mit Verlaub, nicht von Adel. Mir natürlich einerlei. Habe keinerlei Vorurteile. Aber in den alten Familien. Hm. Nun ja. Bestehen auf adeligem Richter. Privileg von alters her. Verstehen nicht, wieso nun plötzlich. Das bürgerliche Element. Ausgerechnet am Kammergericht. Betrachten Sie womöglich als unstandesgemäß. Nun ja. Werden sich wappnen müssen. Vorerst ja auch nur mit beratender Stimme. Mein Rat: Halten sich im Hintergrund. Augen und Ohren aufsperren. Später dann. Mensch ist Gewohnheitstier. Auch die Stiftsdamen werden irgendwann einsehen, dass ein Mensch auch ohne *von* im Namen ein Mensch ist. Aber bis dahin: Behutsam. Fingerspitzengefühl. Sie verstehen. Hm, nun ja. Dann alles Gute und ein herzliches Willkommen am Königlich Preußischen Kammergericht, Rat Hoffmann.«

Hoffmann siedete innerlich. Sein Vorgesetzter hatte ihm mit seinem jovialen Gestammel nicht weniger zu verstehen gegeben, als dass er ihn, als eine Person niedrigen Standes, am Kammergericht im Grunde für fehl am Platz hielt. Er hatte das Wort »unstandesgemäß« gebraucht, wenn er es auch den »Stiftsdamen« unterschoben hatte. Dies zeigte wohl deutlich genug, welche Zukunft ihn, Hoffmann, in dieser von Standesdünkel geprägten Institution erwartete, zumal Herr von Trützschler es auch nicht versäumt hatte, darauf hinzuweisen, dass er seine Anstellung nur der Protektion durch den Inhaber eines »jungen« (also minderwertigen) Adelstitels verdankte – ein

Umstand, der wohl kaum erwähnt worden wäre, wenn es sich bei dem Förderer um ein Mitglied der alteingesessenen Familien und bei dem Protegé um einen »Herrn Leutnant von« gehandelt hätte, und sei er geistig noch so beschränkt. Hoffmann würde hier an diesem Ort, das ahnte er, seinen Platz nur durch außerordentlichen Fleiß und herausragende Fähigkeiten behaupten können – falls es ihm denn jemals gelang, an allen (offenen oder versteckten) Widerständen und Intrigen vorbei zu einer festen Besoldung zu kommen! Nun, die Unterredung war offensichtlich beendet. Hoffmann schickte sich an, das Kabinett zu verlassen.

»Ach, äh, eines noch!« Also hatte der Vorgesetzte doch noch etwas auf dem Herzen.

Hoffmann hielt inne.

»Nicht schreiben!«

Wie? Hatte Hoffmann richtig gehört? Offensichtlich sah er seinen Vorgesetzten ziemlich verständnislos an, denn dieser fühlte sich bemüßigt, seine Worte zu interpretieren.

»Möchte nichts über das Kammergericht … Wissen schon. Dichter und so weiter. Nichts Dienstliches drucken lassen. Nichts aus den Akten. Und mein Name schon gar nicht. Am besten – hören Sie ganz auf damit. Kinderkram.«

Hoffmann erstarrte. Sein Vorgesetzter verbot ihm das Schreiben! Das war entsetzlich. Mit so etwas hatte er nicht gerechnet. Das war ein Hieb in die Magengrube.

»Verstehen schon. Dichter im Haus – immer gefährlich. Wollen uns nicht plötzlich porträtiert und gedruckt sehen. Werde darauf achten. In diesem Sinne!«

Nun war Hoffmann endgültig entlassen. Mit einer respektvollen, beinahe ein wenig devoten Verbeugung verbarg er die wahren Regungen in seinem Inneren, als wäre er ein gelernter Diplomat, und verabschiedete sich von seinem zerstreuten Vorgesetzten, der seinen neuen Mitarbeiter bereits wieder vergessen zu haben schien und die Schubladen nach seinen Zigarren absuchte, nachdem er Hoffmann bedeutet hatte, ein Diener habe Auftrag, ihm seinen Arbeitsplatz

zuzuweisen, an dem er sich, hm, nun ja, hoffentlich wohl fühlen werde.
Damit war »Rat Hoffmann« Mitglied des Kollegiums des Königlich Preußischen Kammergerichtes und hatte, ginge es nach seinem Vorgesetzten, aufgehört, ein Schriftsteller zu sein.

Ein Diener, der sich gebärdete, als trüge er gleich zwei »von« in seinem Namen, geleitete ihn zu der Kammer, wo er in den folgenden sechs Monaten (so lange dauerte seine Probezeit) residieren sollte.
Hoffmann konnte sich gut genug an die Jahre erinnern, die er dereinst, am Beginn seiner Karriere, in schäbigen, mit abgenutzten Möbeln voll gestellten Dienstzimmern – oder besser: Bürokammern – verbracht hatte. Was er hier vor sich sah, unterbot jedoch seine schlimmsten Erwartungen. Das Amtszimmer, das man eines »Gerichtsrats zur Probe«, der er ja nun war, für angemessen erachtete, ließ das Büro jedes Hilfsaktuars als Prunkgemach erscheinen. Der Raum war so schmal, dass man sich kaum an einen der beiden Tische, die mit ihren Kanten aneinander gerückt worden waren, setzen konnte, ohne in Atemnot zu geraten. An den Wänden ringsum standen hölzerne Gestelle, prall mit uralten Akten gefüllt, was kenntlich machte, dass man sich in einem widerwillig geräumten, ehemaligen Teil der Registratur befand, und zwar in dem finstersten und abseitigsten, in dem die prähistorischen Konvolute aus der Zeit der Wenden vor sich hin schimmelten. Die Sicherheit derer, die in dieser feuergefährlichen Umgebung arbeiteten, wurde durch einen rostigen, eisernen Kanonenofen mit einem schief zur Decke steigenden Rohr höchst leichtfertig aufs Spiel gesetzt. Auf jedem der beiden Schreibtische fand sich ein Sammelsurium von Leuchtmitteln, vom dreiarmigen Kerzenständer bis zur Öllampe, aus dem man sich das für die Augen am wenigsten schädliche heraussuchen mochte. Das Tageslicht zwängte sich durch eine von Spinnweben verhangene, grauglasige Luke, die hoch über Hoffmanns Kopf in die Wand geschnitten war und dem Raum etwas Kerkerhaftes verlieh. Um dieses

trostlose Fensterchen zu öffnen oder gar einen Blick nach draußen zu werfen, musste man auf einen Stuhl steigen – wenn man dazu nicht ohnehin ein Einbruchswerkzeug benötigte. Das Fenster schien auf eine Nebenstraße zu führen, denn der Verkehrslärm der belebten Lindenstraße, in der das Kammergericht lag, war hier nicht zu hören. Kurzum, es handelte sich um einen Ort, der dazu geeignet war, verdammte Seelen über ihre irdischen Sünden nachdenken zu lassen, ein Verließ, wie es Dante als Verbannungsort allzu hoffärtiger Offizianten in seine Höllenfantasien hätte einreihen können.

Die mit hohen Schutzwällen von Akten umfriedeten Schreibtische schienen, ihrem Zustand nach, die Schlacht von Kunersdorf mitgemacht zu haben. Hoffmann war, wie es aussah, der hintere, der Fensterluke am nächsten stehende Tisch zugedacht, denn der vordere war durch einen jungen Mann besetzt, der im Rauch einer langstieligen Tabakspfeife wie in Morgennebel gehüllt dasaß.

Der Diener empfahl sich mit einer Verbeugung, die bei weitem spärlicher ausfiel als diejenige, die Hoffmann seinem Vorgesetzten gegenüber für angebracht gehalten hatte.

Der junge Mann hieb zur Begrüßung seine sporenbewehrten Stiefel auf die Platte seines Schreibtisches. Tiefe Narben und Krater im Holz des Tisches ließen erkennen, dass dies eine seiner dauerhaften Angewohnheiten war. Bei näherer Bekanntschaft mit seinem Zimmergenossen sollte Hoffmann erfahren, dass der Jüngling den größten Teil seiner Dienstzeit damit zu verbringen pflegte, mit den Rädern seiner Sporen auf der Tischplatte hin- und herzufahren, während er gelangweilt gegen die Decke starrte und von einer besseren Zukunft träumte. Auf der Tischplatte waren bereits tiefe Rillen entstanden, und es würde ihm im Verlauf seiner Dienstzeit zweifellos gelingen, die Platte gänzlich entzwei zu sägen – wobei dies womöglich das Einzige wäre, was ihm an diesem Ort gelang.

Auf den ersten Blick erkannte Hoffmann, dass der junge Mann offenbar zwei Eigenschaften zur Förderung seiner Karriere für nützlich hielt, nämlich Trinkfestigkeit und Fertigkeit im Kartenspielen. Trotz der frühen Stunde hatte er eine bereits halb geleerte Flasche

Rotwein vor sich stehen, die wie ein Kirchturm von Bauernkaten, von etlichen Haufen teils alter, teils frisch in den Dienst gestellter Spielkarten umringt war. Im Übrigen sah man, dass der junge Mann seine Pfeifen stets an der rechten Kante des Tisches auszuklopfen pflegte, da sich an dieser Stelle auf dem Fußboden ein stattlicher Aschekegel von der Höhe eines Maulwurfshügels angehäuft hatte – nebenbei ein Hinweis darauf, dass eine Reinigung des Zimmers allenfalls in Jahresfrequenz stattfand.

»Statten? Von Warnke!«, begrüßte ihn der Alteingesessene mit einer Stimme die, stellvertretend für ihn selbst, quasi die Hacken zusammenschlug.

»Hoffmann«, erwiderte derselbe.

»Von Hoffmann zweifellos.«

»Bedaure. Schlicht Hoffmann.«

»Von Schlicht-Hoffmann? Mir nicht bekannt, die Familie. Wohl schlesisch.«

»Ich stamme aus Königsberg.«

»Von Schlicht-Hoffmann aus Königsberg, verstehe. Angenehm.«

»Bleiben Sie nur ruhig sitzen. Gestatten, dass ich mich vorbeizwänge?«

»Nur zu. Verzeihen gütigst, dass ich mich türnahe angesiedelt. Bin Frischluft bedürftig. Leide unter Raumangst.«

»Falls es Sie drängt, zu toben und zu schreien, bitte ich gefälligst um vorherige Warnung«, versetzte Hoffmann.

Der junge Mann lachte schallend. »Unbesorgt!«, sagte er. »Bin harmlos. Keine Irren in der Familie seit hundert Jahren.«

»Hoffentlich setzen Sie diese Tradition fort.«

»Keine Sorge. Theorie zufolge trifft Wahnsinn nur Übergescheite. Brauche demnach keine Angst zu haben.« Er lachte erneut schallend. Immerhin schien er über ein erfreuliches Maß an Selbstkritik zu verfügen.

»Widriger Wind wehte Warnken hierher«, tönte es plötzlich, unter starker Betonung der Alliterationen, aus dem Mund des Kollegen.

»Sie dichten?«, fragte Hoffmann verblüfft.

»Stabreime, mit Verlaub. Uralte teutsche Reimart. Gehört reanimiert. – Spielchen gefällig?«
»Leider beherrsche ich kein Kartenspiel.«
»Schafskopf.«
»Wie bitte?«, fuhr Hoffmann auf. Einem derartigen Mangel an Respekt seitens eines jüngeren Kollegen musste von vornherein entgegengetreten werden, falls er hier etwas werden wollte.
»Beliebtes Kartenspiel. Leicht zu erlernen. Bringe es Ihnen in fünf Minuten bei.«
Hoffmann erinnerte sich dunkel eines »Schafskopf« genannten Kartenspieles, das seiner Kenntnis zufolge häufig in Bauernschenken gespielt wurde.
»Bevorzuge Whist. Englisches Spiel. Sehr modern. Schnell, raffiniert. Bridge dagegen langweilig. Tantenspiel.«
»Ich spiele nicht Karten, vielen Dank.«
»Wieder eine Hoffnung geplatzt!«, seufzte der junge Mann – der auf wer weiß welchem Irrweg zur Juristerei gekommen war.
»Bedaure sehr«, erwiderte Hoffmann, der sich inzwischen eine nervenaufreibende Schreckenszeit in der Gesellschaft dieses Einfaltspinsels ausmalte.
»Stelle anheim«, sagte der junge Mann. »Da Raum offensichtlich zu eng für zwei Personen, Arbeit jedoch getan werden muss, empfehle folgende Vorgehensweise. Sie arbeiten, ich verziehe mich. Resultat: Ruhe für Sie, Muße für mich.«
»Sie meinen, ich soll Ihre Arbeit mit übernehmen?«, erkundigte sich Hoffmann ein wenig ungläubig.
Herr von Warnke winkte ab. »Quantité négligeable«, sagte er. »Lohn dafür himmlische Ruhe.«
Was auf den ersten Blick unverschämt klang, gewann für Hoffmann umso mehr an Reiz, je intensiver er sich das ständige Zusammensein mit einer solchen Nervensäge in diesem kleinen Zimmer vor Augen führte.
»Mir scheint, der Vorschlag hat etwas für sich«, stimmte er zögernd zu.

»Jeder nach seiner Fasson!«, rief der junge Mann. »So lässt sich leben!«

»Es scheint mir nicht die schlechteste Strategie zu sein.«

»Also abgemacht? Sie die Arbeit, ich das Leben.«

»Abgemacht.«

»Unter diesen Umständen«, sagte der junge Mann, indem er sich erhob, seine Pfeife zur Seite legte und Hoffmann mit einem schelmischen Grinsen seine Hand darbot, »heiße ich Sie, Herr Amtsgerichtsrat Hoffmann, im Königlich Preußischen Kammergericht auf das herzlichste Willkommen.«

Hoffmann war nicht wenig verblüfft über die unverhoffte Metamorphose des jungen Mannes. Herr von Warnke lachte schallend. »Verzeihen Sie mir die Komödie«, sagte er.

»Sie wirkten sehr überzeugend«, bekannte der genasführte Hoffmann.

»Dieses Kompliment erfreut mich umso mehr, als es meiner heimlichen Leidenschaft gilt, der Schauspielerei«, sagte der junge Jurist. »Übrigens heiße ich Warnke, nicht von Warnke. Als *von* hätte man mich zweifellos nicht in dieses Verließ gesperrt. Ich studiere gerade die Rolle des Riccaut de la Marlinière«, sagte er, indem er die Requisiten auf seinem Schreibtisch mit Blicken liebkoste.

Natürlich kannte Hoffmann die komische Figur aus Lessings bürgerlichem Lustspiel »Minna von Barnhelm«. »Ich hoffe, dass es dabei ohne Deklamation abgeht«, erwiderte er.

»Sorgen Sie sich nicht. Sie dürfen mich zu den Stillen im Lande zählen.«

Während Warnke wieder in den Text seines heiß geliebten Lustspieles über das Soldatenglück eintauchte, begann Hoffmann sich mit den Aufgaben zu befassen, die ihm seine Dienstvorgesetzten zugedacht hatten. Seufzend zog er den verschnürten Aktenstapel, den man ihm in die Mitte der Tischplatte gepflanzt hatte, zu sich heran, löste den Knoten, schlug den oben liegenden Faszikel auf und fing an zu lesen.

Ich werde mich hüten, den Leser mit der Darstellung eines öden Gerichtsvormittags zu langweilen. Es gibt für Außenstehende nichts Ermüdenderes als einen jahrelangen Prozess, der sich in einer endlosen Kette von Klagen und Gegenklagen, seitenlangen Schriftsätzen von Advokaten, Urteilen und Widersprüchen niederschlägt. Der Verfasser bewundert die Juristen, die in solch einem völlig unübersichtlichen Geflecht von Haarspaltereien noch einen Sinn zu erkennen vermögen. Er sieht in ihnen Menschen, die sich, wie die Holzwürmer, von trockenster Materie ernähren. Genug. Der Verfasser hat sich entschlossen, seine ansonsten penible Chronik an dieser Stelle zu kürzen und Hoffmanns ersten Vormittag im Königlich Preußischen Kammergericht zu einer Fußnote seiner Erzählung schrumpfen zu lassen.

4

Froh, sich den Aktenstaub aus den Lungen blasen zu können, verließ Hoffmann das Kammergericht um die Mittagszeit. Ohne ein festes Ziel lief er durch die Stadt Berlin.

Er spazierte in Richtung Opernplatz, wo die berühmte Prachtallee Unter den Linden begann.

Nachdem er die Schlossfreiheit, eine schmale Gasse zwischen dem königlichen Schloss und dem Marstall, durchquert hatte, erreichte er den Lustgarten, den breitesten und größten Platz Berlins. Hier sah man den mächtigen Dom zur Rechten sowie, auf der anderen Seite des Kanales, das Zeughaus, das wohl prächtigste und eindrucksvollste Gebäude der Stadt, ihm gegenüber den Palast des Kronprinzen, den jetzt der König bewohnte, nebenan das Palais der Prinzessinnen. Ein Stück weiter das Opernhaus, den Marstall, die Akademie und das Observatorium. Und dann, in einiger Entfernung, die Linden! Ja, wahrhaftig, die berühmte Chaussee Unter den Linden.

Da er seinen Blick allzu frei schweifen ließ, wäre er um ein Haar mit einem Bürgersmann zusammengestoßen, der ihm auf dem Trottoir entgegenkam. Dieser hatte jedoch besser auf den Weg und die Passanten Acht gegeben als Hoffmann und streckte zum Schutz vor dem Zusammenprall die Arme aus, sodass der Kammergerichtsrat geradewegs in ein Paar zupackender Hände lief.

»Nun, nun, wohin so eilig, mein Freund?«, fragte der Bürger.

Hoffmann kannte die Stimme. Er blickte auf und sah in das breite, gemütliche Antlitz seines Freundes Julius Hitzig.

»Du träumst vermutlich von einer neuen Spukgeschichte«, mutmaßte Hitzig mit freundlichem Spott, da er die Gewohnheit seines Freundes kannte, mitunter in einen halb somnambulen Zustand zu verfallen, wenn ein musikalischer oder poetischer Einfall sich in ihm regte.

»Nun, es ist gut, dass ich dich treffe«, sagte Hitzig. »Morgen früh wird der Mordfall der Baronin Meusen verhandelt, in dem ich ermittelt habe. Wie ich höre, sollst du als Beisitzer an diesem Prozess teilnehmen.«

»Als Beisitzer? Ich? So, so.«

»Du hast Glück«, stellte der Kriminalrat fest. »Es ist ein interessanter Fall.«

»Freut mich, freut mich.«

»Vergiss nicht unser Treffen heute Abend im ›Café Kranz‹!«, fuhr Hitzig fort. »Du musst unbedingt erscheinen. Ich habe dich groß angekündigt.«

In dem Moment fiel Hoffmann ein, dass er tatsächlich das Literatentreffen vergessen hatte, das am Abend in der berühmten Hofkonditorei stattfinden und bei dem Hoffmann die Ehre haben sollte, dem literarisch-musischen Freundeskreis Hitzigs vorgestellt zu werden. Hitzig hatte während der Besatzungszeit ebenso wie Hoffmann seine Stellung als Jurist und Regierungsrat verloren. Dank seiner wohlhabenden Verwandten war es ihm jedoch gelungen, sich in Berlin als Buchhändler und Verleger zu etablieren. Aus jener Zeit stammte seine Bekanntschaft mit den Berliner Literaten, in deren Kreise er Hoffmann nun einzuführen gedachte – in der berechtigten Annahme, dass dieser sich in einem solchen Zirkel eher heimisch fühlen würde als im steifen Milieu der Räte und Beamten.

Solcherart aus den Tiefen der Grübelei in die Wirklichkeit zurückgeholt, fiel es Hoffmann ein, dass er wohl gut daran täte, sich vorab ein wenig mit der Materie zu befassen, über die er am nächsten Morgen – wenn auch nur als Besitzer mit beratender Stimme – sein Urteil zu fällen haben würde, und er verabschiedete sich von seinem wohlmeinenden Freund, um sich zurück zum Kammergericht zu begeben.

5

Tatsächlich lag an seinem Arbeitsplatz ein Reskript, mit dem er zum Beisitzer in dem Gattenmordprozess gegen die Baronin von Meusen bestellt wurde, unterzeichnet von Baron Trützschler, anbei die zugehörige Gerichtsakte. Der Kammergerichtspräsident persönlich gedachte diesen Prozess zu leiten. Seine Ernennung zum Beisitzer verdankte Hoffmann im Übrigen einer fiebrigen Erkrankung, die den ursprünglich für diese Funktion vorgesehenen Richter-Kollegen unverhofft befallen hatte. So kam es, dass Hoffmann als Neuling schon gleich mit einem wichtigen und Aufsehen erregenden Prozess befasst wurde.

Es war zu spät, um noch die gesamte Akte zu lesen, die aus zahlreichen Untersuchungsberichten, Verhörprotokollen und so weiter zusammengestellt worden war. Zum Glück gab es einige Zeitungsmeldungen, denn sowohl die »Vossische« wie auch die »Spenersche« hatten sich der Geschichte angenommen. Hoffmann überflog, um sich rasch ins Bild zu setzen, zunächst diese Berichte, die ihm auch tatsächlich in Kürze die erwünschte Gesamtschau der Ereignisse verschafften, ohne allzu sehr auf die Einzelheiten einzugehen, die aber ohnehin im Laufe des Prozesses zur Sprache kommen würden. Hoffmann sah keinen Anlass, sich zuvor schon allzu tief in die Details der Kriminaluntersuchung zu versenken – selbst wenn diese von seinem Freund Hitzig durchgeführt worden war.

Vor wenigen Wochen, berichteten die Zeitungen, war der Baron von Meusen im Auftrag seiner Frau, einer geborenen Gräfin von Weringhausen, durch gedungene Mörder auf grausame und blutige Art ums Leben gebracht worden. Die Baronin wurde nebst einem hiesigen Gelehrten, der als ihr Mittäter und heimlicher Geliebter bezeichnet wurde, verhaftet und im Laufe der nachfolgenden Untersuchung ohne jeden Zweifel der »ruchlosen und empörenden Tat« (so die Zeitungen) überführt, wenngleich sie »standhaft« (so das eine Blatt) beziehungsweise »halsstarrig« (so das andere) ihre Unschuld beteuerte. Nach einem Monat Haftzeit in der Hausvogtei hatte sich der mutmaßliche Mittäter erhängt, was von den Zeitungsschreibern als indirektes Schuldbekenntnis angesehen wurde, obwohl er auch in seinem Abschiedsbrief kein Geständnis abgelegt, sondern nur sein »trauriges Los eines unschuldig Verfolgten und Geschmähten« beklagt hatte, das ihm sein Leben vergälle. Somit war einzig die Baronin als Angeklagte übrig geblieben, da man ihre Helfershelfer, die beiden bezahlten Mörder, nicht hatte fassen können. Übrigens war auch die Leiche des getöteten Barons verschwunden. Die Mörder hatten sie laut Aussage des Hauptzeugen, eines Hausverwalters namens Neubert, mitgenommen, um sie in einem Sumpf oder See zu versenken.

Die Anklage unterstellte ein doppeltes Motiv für die Untat. Zum einen sollte das Paar, nämlich der Gelehrte und die Baronin, sich von ihr eine Fortsetzung ihres ehebrecherischen Verhältnisses versprochen haben, das der Baron als rechtmäßiger Gatte zu zerstören gedroht hatte. Zum anderen besaß die Baronin auch ohnedies hinreichend Gründe, ihren Mann zu hassen, da dieser sie nicht nur betrogen und verlassen, sondern sie obendrein durch ein offenkundiges Verhältnis mit einer stadtbekannten liederlichen Wirtin, mit der er unter einem Dach lebte, gedemütigt hatte.

Die Baronin galt allgemein als sehr fromme, wohltätige Frau, wenngleich ihre Wohltätigkeit, wie es schien, nicht aus einem warmen, liebenden Herzen kam, sondern kaltem und berechnendem Pflichtgefühl entsprang. Sie war sehr reich, und die zehn Prozent ihres Einkommens, die sie den Armen schuldig zu sein glaubte, machten eine beträchtliche Summe aus, die sie einerseits nach ihren eigenen

Prioritäten verteilte, zum anderen Teil der städtischen Armenkommission zur Weitergabe an die Bedürftigen überließ. Seltsamerweise hatte ihr diese seltene Großzügigkeit nicht die Herzen der Berliner gewonnen. Dem stand ihre strenge, gesetzmäßige Frömmigkeit entgegen sowie ihr – nach außen hin – untadeliges, moralisch unanfechtbares Leben, von dem man wohl nicht ganz zu Unrecht vermutete, dass sie es für beispielhaft erachtete und dementsprechend auch allen, die mit ihr zu tun hatten, als Muster christlicher Lebensweise vorführte. Ihr Charakter hatte obendrein etwas Hochfahrendes und Stolzes, und man hatte sie stets mehr gefürchtet als verehrt, hatte den Dank und den Respekt, den man ihr schuldig war, eher widerwillig und mit Gift im Herzen abgestattet. So mancher hatte wohl gar ein Almosen, das von einer so kalten Hand gegeben wurde, abgelehnt! Nun aber hatte sich ihre Sittenstrenge als Heuchelei, ihr fester Glaube als Pharisäertum entpuppt.

Der Pöbel der Großstadt genoss es sichtlich, über eine Frau herziehen zu können, vor der man bis dahin hatte katzbuckeln müssen. Die Genugtuung darüber, die Ehrbarkeit nur als fadenscheinige Hülle für Ruchlosigkeit und blutigen Mord, die Heilige als Monster demaskiert zu sehen, entlud sich nicht nur in Klatsch und wilden Schmähungen, sondern auch in Scheibeneinwürfen und Mistabladen vor der Tür des Meusen'schen Hauses – und würde zweifellos zu einem großen Andrang des Publikums beim morgigen Prozess führen.

Die Sensationsgier der Menge wurde überdies dadurch angestachelt, dass nicht wenige Einzelheiten über die Ausführung der Tat sowie über das Leben des Mordopfers auf welchem Wege auch immer ans Licht der Öffentlichkeit gelangt waren. Der Baron von Meusen war, wenngleich von Stand, ein ausgemachter Schurke, der die reiche Freifrau offensichtlich nur um ihres Geldes willen geheiratet hatte, sie jedoch nach wenigen, mühsam ertragenen Ehejahren schon wieder verließ, um in sein altgewohntes Vaganten- und Zigeunerdasein zurückzufallen. Unter dem Vorwand, in den Krieg zu ziehen, wovon es ja in jener Zeit nur allzu viele gab, hatte er dem Stammsitz derer von Weringhausen Adieu gesagt (er selbst besaß weder Gut noch Geld) und sich in der Welt herumgetrieben, wo er Spuren eines wüsten Lotterlebens hinterlassen hatte. Die Baronin hatte ihr Schicksal (zumindest nach außen hin) stoisch und klaglos ertragen, hatte ihre umfangreichen Güter bewirtschaftet, ihrem Mann immer wieder Geld geschickt und vorgeblich eine Art frühzeitigen Witwendaseins geführt. In Wahrheit hatte sie sich offenbar heimlich mit einem nicht mehr ganz jungen Theologen, der als Bibliothekar in ihrem Hause war, verbunden. Vermutlich um einer Entdeckung dieses Verhältnisses und einem daraus folgenden Skandal vorzubeugen, war sie aus ihrem in Westfalen gelegenen Stammschloss Weringhausen nach Berlin gezogen, wo sie ihren Lebenswandel einer weniger strengen Beobachtung ausgesetzt glaubte. Sie verschaffte ihrem Geliebten (so nannten ihn die Zeitungen) eine kleine Stelle an der hiesigen Universität, sodass er nach außen hin getrennt von ihr und ihrem weitläufigen Stadthaus lebte, sie jedoch, wie sich bei der Morduntersuchung herausstellte, beinahe täglich besuchte und viele Stunden, auch einsame Abende mit ihr verbrachte, wobei sie sich nach Aussage der Dienstboten keineswegs wie Herrin und Domestik, sondern wie zwei vertraute Personen unterschiedlichen Standes verhielten. Dieses traute Glück drohte nun durch den plötzlichen Entschluss des Barons Meusen, »in den Schoß seiner Familie zurückzukehren«, zunichte zu werden.

Übrigens lebte auch der Baron von Meusen mittlerweile in Berlin, weil er zuletzt als Offizier in preußischen Diensten gestanden hatte. Er sah seine Frau jedoch nur höchst selten, lebte nicht mit ihr unter einem Dach, ja mied geradezu ihre Gegenwart. Er hatte sich, wie gesagt, mit einer Wirtin liiert, die von ihrem Vater einen sehr großen Gasthof (eine andere Lesart besagte: ein Bordell) geerbt hatte, wo er in der Gesellschaft von Spielern, Trunkenbolden, entlassenen Offizieren, Zuchthäuslern und überhaupt jeder nur denkbaren Art von Galgenvögeln ein unzüchtiges Leben führte. Offensichtlich bestand zwischen ihm und seiner Frau ein stillschweigendes Abkommen dergestalt, dass keiner des anderen Lebenskreise störte, solange die

Baronin sich bereit erklärte, für den enormen Geldbedarf ihres Gatten aufzukommen. Irgendwann schränkte die Baronin die Apanage jedoch ein, hielt den Baron knapp und knapper und ließ ihn schließlich um »sein« Geld wie um ein Almosen betteln. Endlich ging das dem Baron wider die Ehre, und er fasste den Entschluss, der »geizigen alten Schachtel« zu zeigen, wer der Herr war. So kündigte er ihr an, er werde zu ihr zurückkehren und seinen ihm gebührenden Platz als Hausherr und Ehegatte wieder einnehmen.

Dummerweise hatte es die Baronin bei ihrer Eheschließung versäumt, eine Gütertrennung zu vereinbaren. Somit besaß der Baron aufgrund seines Ehekontraktes einen umfassenden Zugriff auf das Vermögen seiner Gattin. Angesichts der Tatsache, dass er bereits sein eigenes, vordem nicht unbeträchtliches Vermögen durchgebracht hatte, konnte kein Zweifel darüber bestehen, welches Schicksal dem Geld und Gut der Baronin zugedacht war. Ganz davon abgesehen, hätte der Baron, sobald er im Hause lebte, den Besuch des Hausfreundes – schon aus reiner Bosheit – keinesfalls geduldet. Dieser war schwach, ein schüchterner Stubengelehrter und einem skrupellosen und kampferprobten Recken wie dem Baron in keiner Weise gewachsen.

Der Baronin standen also schreckliche Zeiten bevor. Die Akte (nicht die Zeitungen) schilderte das Ganze Hin und Her der Versuche, welche die Baronin unternahm, um die Rückkehr ihres Gatten mit friedlichen Mitteln zu verhindern. Der Baron lehnte jedoch alle ihre Angebote zu einer gutwilligen Einigung ab. Aus religiösen Gründen (sie war katholisch) verbot sich für die Baronin die Scheidung, zudem fürchtete sie die skandalösen Begleitumstände eines solchen Schrittes, da sie ihrem Gemahl bei einem Prozess dessen Lotterleben würde vorhalten müssen, woraufhin der sich – wie er offen bekannte – nicht scheuen würde, ihre ehebrecherische Beziehung zu dem Gelehrten (er nannte ihn einen Lakaien) anzuprangern. Der Baron schien an der ganzen Angelegenheit umso mehr Gefallen zu finden, als er die Angst und Hilflosigkeit der Baronin erkannte; er genoss es, sie zur Verzweiflung zu treiben. Wochen- ja monatelang spielte er Katz und

Maus mit ihr, indem er seine Rückkehr mal ankündigte, dann wieder verschob, auftauchte und wieder verschwand, kurzum, die Baronin regelrecht terrorisierte. So verfiel die Bedrängte am Ende auf den unseligen Gedanken, ihre Liebe und ihr Geld durch einen Gattenmord zu retten. Offensichtlich hatten sich die Mordbuben, die sie schließlich beauftragte, von sich aus bei der Baronin gemeldet. Sie entstammten dem Milieu ihres Mannes, kannten diesen gut und hatten von der Absicht des Barons, sich des Vermögens seiner Frau zu bemächtigen, durch diesen selbst erfahren. Als schlaue Verbrecher rechneten sie sich aus, dass die Baronin angesichts der Alternative, entweder gegen das fünfte Gebot zu verstoßen oder selbst zugrunde zu gehen, wohl am Ende das Erstere wählen würde, wenn man sie nur in Sicherheit wiege, was die Ausführung und mögliche Entdeckung anging. Angebot und Nachfrage trafen letztendlich zusammen, die Tat wurde geplant und ausgeführt. Doch gingen die Meuchelmörder, die vermutlich betrunken waren, dermaßen ungeschickt vor, dass es in der Mordnacht zu einem Höllenspektakel kam, aufgrund dessen alles Hausgesinde zusammenlief und buchstäblich mit ansah, wie der Baron von seinen Mördern regelrecht abgeschlachtet wurde, ja, wie am Ende die Baronin selbst ihm den tödlichen Degenstich ins Herz versetzen musste, weil ihre gedungenen Helfer versagten.

So viel hatte Hoffmann gelesen, als es für ihn Zeit wurde, sich für das Treffen der Musensöhne im »Café Kranz« bereitzumachen.

6

Hoffmann hatte eben die Akte in die Schublade gelegt, als es an der Tür klopfte und auf sein: »Nur herein!«, ganz unerwartet der Spirituosenhändler Lichtbrinck eintrat. Er schien stark beunruhigt zu sein. So mochte sich jemand gebärden, der mit einem bedeutsamen Anliegen zum Gericht kam. Doch Lichtbrinck war nicht als Kläger erschienen, wie sich sogleich herausstellte, als er, mit einer

Geste Hoffmanns Erlaubnis erbittend, sich auf Warnkes leeren Stuhl setzte und mit einem durchdringenden Blick auf Hoffmann zu reden begann:
»Ich bin gekommen, um mein Versprechen einzulösen.«
Hoffmann war nicht danach zumute, sich mit dem Likörhändler zu unterhalten, er musste jedoch die Formen der Höflichkeit wahren, zumal der Besucher bereits damit begonnen hatte, ein Paket, das er mitgebracht, zunächst von einem Stück Wachstuch, dann von dem seidenen Papier zu befreien, mit denen es umhüllt gewesen war. Er hatte wahrlich gut daran getan, sein Geschenk nicht nur vor Staub und Schmutz, sondern auch vor neugierigen Blicken zu schützen, denn sein Mitbringsel war nichts weniger als – eine gräuliche Teufelsmaske, etwa so groß wie Hoffmanns beide Handteller. Hoffmann starrte nicht ohne Widerwillen auf die verzerrte Fratze, musste jedoch zugeben, dass es sich um ein vorzügliches Stück Handwerksarbeit handelte, ein ebenso kunstreiches wie dämonisches Meisterwerk eines mittelalterlichen Holzschnitzers. Wenngleich er auf dem Gebiet kein Kenner war, schätzte er das Alter der Maske auf mehrere hundert Jahre. Es war zweifellos ein diabolisches Kunstwerk; es weckte zugleich den Wunsch, es zu besitzen, und die Furcht, sich damit etwas Verfluchtes, nicht Geheures ins Haus zu holen.
»Warum wollen Sie mir so etwas schenken?«, fragte Hoffmann, der einen leichten Schauder vor der Maske empfand, die Augen aber doch nicht von ihr abwenden konnte.
»Nun sagen Sie bloß, Sie haben vergessen, worüber wir gestern geredet haben!«, fuhr Lichtbrinck in vorgetäuschter Empörung auf. »Sie waren am Ende wohl ein wenig – transzendental. Starker Stoff, mein Likör, nicht wahr?«
»Zweifellos«, entfuhr es Hoffmann. »Man kann kaum glauben, dass es sich um eine gewöhnliche Spirituose handelt.«
»Wer sagt, dass sie das wäre? Gleichviel. Sie schwebten zweifellos in höheren Regionen. Es war mühsam, Sie die Treppe hinaufzubringen. Ich musste den Hausknecht zu Hilfe holen. Er hat sein Trink- und

Schweigegeld übrigens bereits bekommen. Ich hoffe, Ihre Frau hat Sie nicht allzu xanthippenhaft in Empfang genommen.«

»Nein, das ist nicht ihre Art«, entgegnete Hoffmann, der sich in Wahrheit durchaus nicht mehr daran erinnern konnte, wann und wie er nach Hause gekommen war. Als er am Morgen zum Gericht aufbrach, hatte seine Frau ihm den Rücken zugekehrt und geschnarcht. Nun dämmerte ihm, dass dies vielleicht eine Demonstration ihres Unwillens gewesen sein könnte. Immerhin hatte er ihr in Bamberg versprochen, künftig nicht mehr so viel zu trinken!

»Apropos. Habe Ihnen weitere Kostproben mitgebracht. Seien Sie vorsichtig. Der Genuss in der Öffentlichkeit ist oft mit Verlust der Orientierung verbunden. Es steht damit wie in dem Sprichwort: der Fuß auf der Gasse, das Haupt in den Sternen.« Damit stellte er zwei weitere Fläschchen auf Hoffmanns Tisch. Der wollte sich bedanken und sie zurückweisen, doch Lichtbrinck brachte ihn mit einer Geste zum Schweigen und verkündete, dass eine Ablehnung als Beleidigung empfunden würde!

»Nun, dann nehme ich sie wohl besser an«, sagte Hoffmann und öff nete die Schublade, um die beiden Phiolen dort zu deponieren.

»Vorsicht! Ich sehe, die Lade ist unverschlossen. Sie sollten nichts Wertvolles darin aufbewahren.«

Hoffmann zuckte die Achseln und steckte die Fläschchen in die Tasche seines Gehrockes.

»Nun, ich bedanke mich jedenfalls«, sagte er. »Allerdings frage ich mich, womit ich mich für so teure Geschenke revanchieren kann.«

»Donnerwetter, mit Ihnen zu handeln ist schwierig!«, rief der Besucher aus. »Ihr Gedächtnis reicht anscheinend nicht von zwölf bis Mittag. Sie versprachen mir Ihr Manuskript. Ebenjenes, in dem Sie mir meine Erfindung zumindest rein literarisch stehlen und ihr einen diabolischen Stammbaum zuschreiben.«

Hoffmann gab vor, das Manuskript eben jetzt nicht zur Hand zu haben, beteuerte jedoch, es bei nächster Gelegenheit auf Lichtbrincks Zimmer bringen zu lassen.

»Sie wohnen doch immer noch in der ›Alten Post‹.«

»Das tue ich, wiewohl ich demnächst auszuziehen gedenke. Aber ich hinterlasse meine Adresse.«

»Gut, dann …«

Lichtbrinck sah ihn verblüfft an. »Wollen Sie etwa das Gespräch schon beenden, obwohl wir noch gar nicht zum Hauptgegenstand gekommen sind?«, fragte er empört.

Hoffmann bemerkte mit Verlegenheit, dass er einen Lapsus begangen hatte. »Verzeihung«, sagte er. »Natürlich. Die Maske.«

»Ich versprach Ihnen ein Exemplar aus meiner Sammlung. – Bei allen Göttern Griechenlands, auch daran erinnert er sich nicht mehr!«, rief Lichtbrinck händeringend aus.

»Ihr Trank hat eine wahrhaft auslöschende Wirkung«, stellte Hoffmann fest. »Sie sollten ihn unter dem Namen Lethe verkaufen.«

»Hm. Klingt gut. Erfordert aber zu viel Bildung. Um die ist es schlecht bestellt heutzutage. Ich ziehe den Namen Lichtbrincks Likör vor. Das ist eindeutig und – beachten Sie den Stabreim! – nicht unpoetisch.«

»Und wird Ihren Namen bekannt machen«, bestärkte ihn Hoffmann.

»Kommen wir auf die Maske zurück. Sie stammt, wie Sie unschwer erkennen können, aus dem frommen, dämonengläubigen Mittelalter. Genauer gesagt: aus der Gotik. Sie soll in einem Kloster entstanden sein. Eine schöne, kunstvolle Arbeit.«

»Sie ist zu wertvoll, um sie mir zum Geschenk zu machen«, wandte Hoffmann ein. Ihm war die bösartige, hasserfüllte Miene mit den glühenden Augen, die aus zwei Rubinen oder roten Glasstücken zu bestehen schienen, unheimlich. Zweifellos würde Mischa ihn ausschimpfen, wenn er damit heimkam, erst recht, wenn er sie an die Wand hängte.

»Larifari«, widersprach Lichtbrinck. »Ich erwarb sie für ein paar Groschen von einem französischen Soldaten. Der hatte die Rubine, die einst in den Augenhöhlen steckten, zuvor schon herausgebrochen und gesondert verscherbelt. Ich ließ sie durch zwei Glasstücke ersetzen.«

»Sie wird wohl aus einem Kirchenraub stammen«, mutmaßte Hoffmann. »Es steht einem Gerichtsrat nicht gut an, Diebesgut anzunehmen.«
Lichtbrinck winkte ab. »Falls Ihr Gewissen Sie allzu sehr plagt, so bilden Sie sich ein, Sie nähmen sie nur in Verwahrung, bis der Prior oder Domherr, dem sie gestohlen wurde, sich bei Ihnen meldet.«
Noch immer zögerte Hoffmann.
»Möge es Ihrem Roman nützen!«, sagte Lichtbrinck, indem er die Maske wieder in das Papier und das Tuch wickelte. »Übrigens, keine Sorge: Es hat mit der Fratze nichts weiter auf sich. Es stecken keine okkulten Kräfte in ihr. Nur etwas Holz und zwei Stücke Glas. Der Wert liegt in dem, was der Mensch, ein Meister aus der Vergangenheit, daraus gemacht hat.«
»Nun, so danke ich Ihnen«, sagte Hoffmann zögernd.
»Halte Sie dann nicht länger von Ihren Dienstgeschäften ab«, sagte Lichtbrinck, indem er sich erhob und Hoffmann das umhüllte Geschenk feierlich überreichte. »Möge er über Ihr Werk wachen und alle bösen Dämonen, namentlich den der Ideenlosigkeit, von Ihnen abhalten.«
Hoffmann bedankte sich nochmals.
»Bei Gelegenheit werde ich Ihnen mehr über meine Sammlung erzählen. Womöglich findet das eine oder andere Eingang in Ihren Roman«, versprach Lichtbrinck, ehe er sich empfahl.
Hoffmann war im Begriff, das Geschenk in die Schublade zu legen, besann sich jedoch auf das, was Lichtbrinck ihm über unverschließbare Schubfächer und darin zu verwahrende Wertgegenstände gesagt hatte. Zweifellos würde es einen seltsamen Eindruck machen, wenn sich im Schubfach eines preußischen Amtsrichters eine gotische Dämonenmaske fände. Dem dreisten Warnke war zuzutrauen, dass er fremde Laden öffnete und geheimnisvolle Gegenstände, die sich darin fanden, in Augenschein nahm. Hoffmann musste sich das teuflische Objekt notgedrungen unter den Arm klemmen.

Als er in sein Zimmer kam, saß Mischa, in einen bequemen Hausmantel gehüllt, auf dem Bett und blätterte in einem Heft, das Hoffmann auf den ersten Blick wie eine illustrierte Zeitschrift vorkam. Nachdem er sein wohl verpacktes Geschenk auf den Tisch gelegt hatte, küsste er sie zur Begrüßung, ließ sich von ihr umarmen und entledigte sich danach seines Hutes und Gehrockes, was sie veranlasste, ihre Lektüre beiseite zu legen, sich zu erheben und ihm beim Auskleiden zu helfen.

»Muss Rock gebürstet und gebügelt werden«, stellte sie fest, als sie das Kleidungsstück besah. »Habe ich hier kein Eisen. Muss ich bringen zum Schneider. Kostet wieder zwei Groschen! Aber kannst du nicht gehen so zu Gericht. Halten sie dich für einen Verbrecher und sperren hinter Gitter.«

Hoffmann seufzte. Er wusste, dass Mischa unter dem notorischen Geldmangel litt, den er ihr zumuten musste, obwohl sie sich hütete, ihre gemeinsame Lage durch Klagen und Lamentieren weiter zu verschlimmern. Noch mehr litt sie vermutlich unter der Unbehaustheit, die er ihr nun schon seit beinahe zwei Jahren auferlegte. Seit Bamberg hatten sie keine eigene Wohnung mehr besessen. Zwei Jahre lang waren sie buchstäblich auf dem Thespiskarren umhergezogen, immerzu zwischen Dresden und Leipzig pendelnd. Was sie besaßen, konnten sie auf dem Buckel davontragen. Der Kammergerichtsrat in spe hoffte auf die Hilfe seines Freundes Hitzig bei der Suche nach einer Wohnung. Dessen Verwandte besaßen zahlreiche Häuser in der Stadt. In einem von ihnen würde sich zweifellos eine passende Unterkunft finden lassen – wenngleich Hoffmann nicht wusste, wie er den Mietzins für ein standesgemäßes Domizil aufbringen sollte. Sie würden sich wohl einstweilen mit eher bescheidenen Wohnverhältnissen zufrieden geben müssen.

»Ist ein Mann hier gewesen, hat gefragt nach dir«, sagte Mischa.

»Ich weiß. Er kam zu mir ins Gericht.«

»Wer ist er? Woher kennst du ihn?«

»Ich traf ihn in einem Lokal, in das ich gestern – nach drei Stunden harter Arbeit! – einkehrte. Wir kamen ins Gespräch. Wir redeten

auch über meinen Roman, ich las ihm ein paar Abschnitte daraus vor. Es stellte sich heraus, dass er großes Interesse für alles Teuflische besitzt. Er brachte mir ein Geschenk, um meinen Geist anzuregen. Passend zum Thema des Romans.«
»Hm. Dachte ich schon, du hättest etwas mitgebracht für mich. Stück Kuchen vielleicht.«
Hoffmann schämte sich, dass er nicht an ein Mitbringsel gedacht hatte, doch Mischa lenkte sofort von diesem Thema ab.
»Siehst du, was ich hier habe?«, fragte sie, indem sie das illustrierte Blatt, in dem sie gelesen hatte, von ihrem Nachttisch aufhob und Hoffmann hinhielt. »Ist Prospekt für Möbel.«
»Prospekt?«
»Sagt man nicht so? Haben sie gezeichnet, was sie verkaufen alles. Ist große Fabrik. Kann man hingehen und sofort mitnehmen. Muss man nicht gehen zu Schreiner und lange warten. Musst du ansehen! Haben sie Tisch, Bett, Schrank, alles schön und nicht teuer.
Hoffmann stand nicht der Sinn nach der Auswahl von Möbeln. Dennoch rührte ihn die Tatsache, dass Mischa sich schon mit der Einrichtung ihrer zukünftigen Wohnung beschäftigte – wenngleich sie noch gar keine besaßen. Hoffmann fühlte sich dazu aufgefordert, mehr Energie auf die Wohnungssuche zu verwenden, als er es bisher getan hatte.
»Zeig mir, was man dir hat geschenkt!«, forderte Mischa ihn auf.
Hoffmann zögerte. »Es wird dir nicht gefallen«, sagte er vorsichtig. »Es handelt sich um – eine Teufelsmaske.«
Mischa schrie zornig auf. »Musst du nicht beschwören den Bösen!«, rief sie. »Muss ich aufhängen Bilder von Jungfrau Maria, zu bannen schlechte Geister! Warum du hast so viel mit Teufel? Zuerst in Buch, jetzt auch noch Maske! Mir gefällt nicht! Wenn man ruft bösen Dämon, dann er kommt.«
»Beruhige dich, ich werde sie nicht aufhängen«, sagte Hoffmann. »Ich konnte das Geschenk nicht zurückweisen.«
Mischa verzog das Gesicht. »Ist nicht gut, wenn du bringst Böses in neue Wohnung«, sagte sie.

Hoffmann teilte ihr mit, dass er am Abend fort sein werde, da sein Freund Hitzig ihn mit seinen Künstler- und Literatenfreunden bekannt machen wolle. Mischa war an Hoffmanns abendliches Ausgehen gewöhnt, darum erhob sie keine Einwände. Der Möbelprospekt würde sie vermutlich über ihre Einsamkeit hinwegtrösten. Während Hoffmann sich zurechtmachte, kümmerte sich Mischa um seinen Rock, der am Ende halbwegs passabel aussah, als er ihn sich überzog. Nur nebenbei nahm er zur Kenntnis, dass Mischa ihm von einer polnischen Landsmännin erzählte, die sie am Vortag rein zufällig getroffen habe. Die Dame sei auf der Königstraße vor ihr hergegangen. Plötzlich sei sie zusammengebrochen. Erschöpfung sei es gewesen. Mischa habe sich um die Frau gekümmert, habe sich mit ihr auf eine Bank gesetzt, so seien sie ins Gespräch gekommen. »Eine liebe Person«, nannte Mischa ihre neue Bekannte. Hoffmann behauptete, er freue sich, dass Mischa hier in der fremden Stadt allmählich Bekanntschaften schließe. Dann drückte er ihr einen Abschiedskuss auf die Lippen.

7

Da Hoffmann noch Zeit bis zum Beginn des Symposions im »Café Kranz« hatte, wählte er den Weg durch den Stadtteil Neucölln, den er noch nicht kannte. Er hatte die Absicht, sich auf diese Art allmählich ganz Berlin zu erwandern. Er befand sich in einer nicht sehr hellen Straße in der Nähe des Oberwalles, als er plötzlich Schritte hinter sich vernahm, die sich in einem ähnlichen Rhythmus wie seine eigenen hielten, sich verlangsamten, wenn er selbst gemächlich ging, sich hingegen sofort beschleunigten, wenn er in eine schnellere Gangart verfiel. Solcherart bald davon überzeugt, dass man ihm heimlich folgte, schlüpfte er, nachdem er um eine Straßenecke gebogen war, schnell in eine Toreinfahrt und wartete dort, bis die dunkle Gestalt, deren vage Umrisse er hinter sich bemerkt hatte, an ihm vorbeiging, sodass er ihr ins Gesicht sehen konnte. Zu seiner Überraschung handelte es sich um den jungen Assessor Warnke.

»Wohin des Wegs, verehrter Herr Kollege?«, fragte Hoffmann, indem er aus dem Schatten trat.

Warnke erschrak ob dieser unverhofften Anrede, fasste sich jedoch schnell und fand zu seiner juvenilen Dreistigkeit zurück. »Ah, sind Sie es tatsächlich!«, rief er. »Ich war mir dessen nicht sicher, als ich Sie da so fürbass gehen sah, aber nun, da ich Ihnen gegenüberstehe – freue ich mich.«

»Mir scheint, Sie haben sich an meine Fersen geheftet. Darf man fragen, warum?«

»Ich – zögerte, Sie anzureden«, antwortete der junge Mann in zweifellos gespielter, da allzu übertriebener Verlegenheit.

»Dabei sind Sie doch sonst nicht so schüchtern.«

»Nun ja, aber heute … Es gibt da bestimmte Umstände, die …« Plötzlich hellte sich sein Gesicht auf, als sei ihm soeben ein glorreicher Einfall gekommen. »Darf ich Sie zu einem Glas Wein einladen?«

»Danke, aber ich habe bereits eine Verabredung«, lehnte Hoffmann ab, dem es nicht darum zu tun war, dem Jüngling seine Sache allzu leicht zu machen.

»Oh, ist sie hübsch?« Offensichtlich gewann die angeborene Frechheit seiner Natur rasch wieder Gewalt über den jungen Mann.

Hoffmann ließ die ungehörige Frage unbeantwortet.

»Verzeihung, es fuhr mir so heraus«, entschuldigte sich Warnke zerknirscht.

»Dann sagen Sie umgehend, was Sie von mir wollen – oder entfernen Sie sich!«, forderte Hoffmann ihn auf.

»Nun, es ist so, ich …«, stammelte Warnke. »Man hat mich gebeten, Sie … Kurzum, ein Herr möchte Sie sprechen.«

»Wer ist dieser Herr?«

»Er nannte sich Mohr.«

»Mohr?«

»Er sagte, Sie würden den Namen kennen.«

»Oh, den kenne ich in der Tat!«, rief Hoffmann. »Falls es derselbe Mann ist, den Sie und ich meinen«, schränkte er sogleich ein, da er es sich kaum vorstellen konnte, dass jener einstige Assessor Mohr, der zehn Jahre zuvor sein Untergebener gewesen war und auf abscheuliche Art gegen ihn intrigiert hatte, aus der Vergessenheit erneut in sein Leben getreten sein konnte.

»Er sagte ferner, die Parole sei *Plozk*.«

Plozk. Nun konnte es keinen Zweifel mehr geben. Der Mann, der ihn zu sprechen wünschte, war jener unleidliche Intrigant aus der Vergangenheit, denn eben in jener polnischen Provinzstadt an der Weichsel war es gewesen, wo sich ihre Wege gekreuzt – und zum Glück auch wieder getrennt hatten. Aber was in aller Welt veranlasste diesen Menschen, nach ihm zu schicken und zu einer nicht eben geschäftsmäßigen Zeit – von der Art und Weise ganz zu schweigen – um eine Unterredung zu bitten?

»Teilen Sie ihm mit, ich sei an einer Begegnung nicht interessiert«, entschied Hoffmann barsch.

»Oh, ich bitte Sie …«

»Was? Sie sind lästig, junger Mann. Ich habe gute Lust, meinen Kontrakt mit Ihnen zu kündigen!«

Warnke schlug in gespieltem Entsetzen die Hände zusammen. »Um des Himmels willen! Haben Sie unseren Arbeitspakt – der durchaus scherzhaft gemeint war – etwa wörtlich genommen? Arbeiten Sie tatsächlich für zwei? Das wäre! Ich stünde auf ewig in Ihrer Schuld, wenn ich Sie zu einem amtlichen Galeerendasein verurteilt hätte.«

Hoffmann kam dieser Mensch mit seinen übertriebenen, wie auf Bühnenwirkung berechneten Reaktionen allmählich albern vor. »Nun, ich habe meinen Teil getan und gedenke, einen ruhigen Abend zu verbringen. Gute Nacht, mein Herr.« Damit wollte Hoffmann sich verabschieden.

Warnke hielt ihn jedoch am Ärmel fest, zuckte allerdings, als Hoffmann ärgerlich herumfuhr, wieder zurück, als habe er sich die Finger verbrannt. »Verzeihen Sie meine Dreistigkeit«, bat er.

»Und wenn nicht?«

»Erlauben Sie mir wenigstens, mich eines Auftrages zu entledigen, für den ich bezahlt wurde.«

»Sie wurden bezahlt? Etwa von diesem Herrn Mohr.«
»Ich gestehe, dass ich mich unterfing, eine bescheidene Summe von ihm anzunehmen.«
»Sie lassen sich für Botengänge bezahlen?«, fragte Hoffmann befremdet. »Steht es so schlecht um Ihre Finanzen?«
»Hundsmiserabel«, gestand Warnke freimütig.
»Nun denn. Richten Sie aus, was Sie zu bestellen haben. Aber hoffen Sie nicht, mich zu einem Treffen mit Mohr überreden zu können.«
»Es geht um einen Raubüberfall, der sich vor einiger Zeit bei dem sächsischen Dorf Misma abgespielt hat.« Warnke versuchte verzweifelt, Hoffmanns Aufmerksamkeit zu gewinnen. »Es ist eine längere Geschichte. Aber interessant, höchst interessant!«, fügte er schnell hinzu, als er Hoffmanns Widerwillen, sich ausufernde Erzählungen anzuhören, spürte. »Außerdem hat sie entfernt mit dem Fall Meusen zu tun.«
»Sie meinen, mit dem Gattenmord-Prozess?«
»Nun, nicht direkt mit ihm. Das Ereignis fand lange vorher statt. Aber es wirft ein bezeichnendes Licht auf den Charakter des Mordopfers – und damit des Mordmotivs.«
»Gut, berichten Sie mir davon. Aber, bitte, so kurz wie möglich.«
»Keine Sorge. Ich beginne mit einer hellen Mondnacht, in der acht vermummte Männer auf ein einsam gelegenes Gutshaus zuritten ...« Und so erzählte er, während sie langsam durch die Straßen gingen, Hoffmann die Geschichte des grausamen und blutigen Raubüberfalles auf das Gut Misma, welche wir an den Beginn unserer Chronik zu stellen für richtig befunden haben. Hoffmann vernahm sie mit Schauder und dem gebührenden Mitleid für die bedauernswerten Opfer.
»Reizt Sie die Geschichte nicht wenigstens so weit, dass Sie zu einer kurzen Unterredung mit dem sächsischen Kriminaldirektor bereit wären?«, endete Warnke.
»Nein«, erklärte Hoffmann kategorisch. »Ich sehe nicht, was dieser Fall mit dem bevorstehenden Prozess zu tun hätte. Außerdem, was hat ein sächsischer Kriminalbeamter hier in Preußen zu suchen? Warum wendet er sich an mich statt an die hiesige Polizei?«

»Das eben scheint sein Dilemma zu sein«, antwortete Warnke kläglich. »Es ist ihm verboten, in diesem Land Ermittlungen anzustellen.«
»Nun, so sehe ich nicht ein, warum ich gegen dieses Verbot verstoßen sollte«, beschied ihn Hoffmann.
Warnke griff in seine Rocktasche. »Der Herr sah voraus, dass Sie sich weigern würden, und hieß mich, Ihnen für diesen Fall das folgende Schriftstück auszuhändigen.«
»Was ist das?«
»Ein persönlich an Sie gerichtetes Schreiben, das ich mich niemals unterfangen würde, zur Kenntnis zu nehmen«, behauptete der Assessor.
»Na schön, geben Sie her!«, forderte Hoffmann unwirsch. Er wollte den Brief in die Tasche stecken, wurde jedoch von Warnke daran gehindert.
»Ich wurde gebeten, für eine sofortige Kenntnisnahme Sorge zu tragen«, sagte er mit einer entschuldigenden Grimasse.
»Sie gehen recht weit, junger Mann!«
»Da ich die Grenzen des Schicklichen längst überschritten habe, kommt es darauf nun auch nicht mehr an!«, antwortete der Assessor mit entwaffnender Logik. »Ich bitte ergebenst um allergnädigste Lektüre!«
»Na schön, gehen wir zur nächsten Laterne.«
Warnke strahlte vor Dankbarkeit. Während Hoffmann das Siegel des Briefes erbrach und das Blatt auseinander faltete, ließ der Assessor ihn wissen: »Übrigen wartet unweit von hier eine Gondel, für den Fall, dass Sie die Verabredung doch noch einhalten wollen. Empfehle mich!«
»Halt! Bleiben Sie hier!«, rief Hoffmann ihm nach. Doch Warnke tat nur einen Hüpfer, als wiche er vor einem Steinwurf aus, und verschwand um die nächste Straßenecke.
Hoffmann hielt den Brief ins Licht und begann zu lesen:
»Sehr geehrter Herr Kammergerichtsrat, ich erlaube mir, Ihnen folgende Abschrift aus den Ermittlungsakten des sächsischen Kriminalgerichts zur Kenntnis zu bringen …«

Hier folgte noch einmal kurz gefasst eine Schilderung des Überfalles auf das Gut Misma, die Hoffmann überging. Der Bericht endete jedoch nicht mit dem Entschwinden der Räuber in Nacht und Dunkelheit. Vielmehr gab er eine Darstellung dessen, was angeblich geschehen war, nachdem zwei der Räuber noch einmal an den Schauplatz der Tat zurückgekehrt waren. Die beiden Verbrecher drangen erneut in den Gutshof ein, doch diesmal nicht, um zu rauben. Vielmehr ging es ihnen bei ihrer Rückkehr einzig darum, ihren grausamen Gelüsten genüge zu tun, und dies in einer so abscheulichen, unfassbaren Weise, dass der Briefschreiber es für geraten hielt, sich einer ausführlichen Beschreibung zu enthalten. Auf zwei Dinge wolle er sich, um einen Eindruck zu vermitteln, beschränken: Zunächst habe die Polizei, die einige Tage später anrückte, zu ihrem Entsetzen festgestellt, dass nachträglich das gesamte Dienstpersonal, das zuvor bei dem Raubüberfall außer Acht gelassen wurde, auf entsetzliche Weise hingemetzelt worden war. Den Gipfel der Grausamkeit gewahrten die verspätet eingetroffenen Helfer jedoch, als sie in den Keller hinunterstiegen. Hier fanden sie die jüngste Tochter des Rittmeisters, die den ersten Überfall überlebt hatte (oder, wie jetzt zu verdächtigen war, absichtlich am Leben gelassen wurde), an die Wand gekettet, wo sie in einem Grauen erregenden Zustand, ohne Wasser und Nahrung hatte mit ansehen müssen, wie ihr geköpfter Vater vor ihren Augen verweste. Nur einen Becher mit Blut vermischten Weines hatte man ihr als Getränk überlassen, was offensichtlich mit der Absicht geschah, sie so lange vor dem Verdursten zu bewahren, bis der Verwesungsprozess so weit fortgeschritten war, dass sich die Leiche ihres Vaters in einem widerwärtigen Stadium befand. Kein Wunder, dass das Mädchen allmählich in Wahnsinn verfiel. Doch zuvor teilte sie der Welt ihr Martyrium mit, denn die wahnsinnigen Mörder hatten ihr eine Schreibfeder, Tinte und ein Skizzenbuch hinterlassen, sodass sie (von den Mördern höhnisch dazu aufgefordert) ihr »Tagebuch« schreiben konnte – ein wahrhaft teuflisches Dokument, wie es wohl niemals zuvor verfasst worden ist. Natürlich beschränkten sich die Eintragungen des unglücklichen

Mädchens auf Hilferufe und verzweifeltes Gestammel, doch konnte man den verwirrten Notizen mit einiger Mühe entnehmen, was sich in der Mordnacht auf dem Gut abgespielt hatte.
»Es gibt, verehrter Herr Kammergerichtsrat, untrügliche Anzeichen dafür, dass der Satan, der dieses Verbrechen beging, sich in Berlin aufhält«, schloss der Brief. Unverständlicherweise wurde es mir als ausländischem Beamten trotz dringenden Ersuchens Seiner Majestät, des Königs von Sachsen, verwehrt, den Unhold in der preußischen Residenz aufzuspüren und festzunehmen. Dieses unbegreifliche Verbot erfolgte unter dem Vorwand, der Betreffende sei verstorben. Wie Ihnen ersichtlich sein dürfte, halte ich mich diesem Verbot zuwider heimlich in Ihrer Stadt auf und vermag deshalb nicht anders, als Sie unter verschwörerischen Umständen, für die ich um Vergebung nachsuche, um eine Unterredung zu bitten, bei der Sie alles, was den sächsischen Gerichten über diesen Fall bekannt ist, erfahren sollen. Ich stelle es in Ihr eigenes Ermessen, weitere Nachforschungen vorzunehmen. Da dies die letztmögliche Maßnahme ist, die mir verbleibt, und ich nicht mehr länger in Ihrer Stadt verweilen kann, ersuche ich Sie dringlich, sich meiner Bitte nicht zu verschließen. Respektvoll Kriminaldirektor Doktor Mohr.«

8

Die Paddengasse führte von der Stralauer Straße zum alten Hafenbecken der Spree. Hier hatten einst die Vorfahren der heutigen Bürger wie die Venezianer Eichenpfähle in den Boden gerammt und Hütten darauf errichtet. Zuvor war hier nichts als ein riesiges Sumpfgebiet gewesen, und noch immer schien es, als ob es unter den Häusern brodle und faulige Dämpfe aus dem Boden stiegen.
Es war finster. Kein Stern glänzte am Himmel. Nirgendwo brannte Licht. Hoffmann war in einen schmalen Durchgang eingebogen, der zum Wasser führte. Er hatte das Gefühl, in die engste und finsterste Gasse Berlins geraten zu sein. Der Gang war so schmal, dass er mit

ausgestreckten Armen zu beiden Seiten die Hauswände hätte berühren können. Dennoch waren die Mauern in der Finsternis mehr zu ahnen als zu sehen. Hoffmann musste sich vorantasten wie ein Blinder, vorsichtig einen Fuß vor den anderen setzen, vor jedem Schritt den unsicheren Grund mit der Fußspitze prüfen. Es kam ihm in den Sinn, dass in der ganzen Stadt wohl kein Ort geeigneter für einen hinterhältigen Raubüberfall war als dieser. Allmählich beschlich ihn das beklemmende Gefühl, in eine Falle geraten zu sein. Von diffusen Ängsten erregt, begann sein Herz schneller zu schlagen. Schon glaubte er finstere Gestalten im Dunkeln umherhuschen zu sehen, vermeinte er heiseres, bedrohliches Flüstern zu vernehmen. – Endlich hörte er, nicht allzu weit entfernt, Wasser gegen die Uferbefestigung schlagen. Vermutlich war dort eine Treppe, die hinunter zum Fluss führte. Dort musste die Anlegestelle sein, an der das Boot auf ihn wartete. Er tastete sich an der Mauer entlang vorwärts. Der Fluss, dem er nun näher kam, ließ wenig verlockende Gerüche aufsteigen.

Nun hatte er das Ende der Gasse erreicht. Tatsächlich führte hier eine Treppe hinunter zur Spree. Hoffmann blickte über das dunkle Wasser auf das massive Gebäude der »Insel«, einer großen Wollmanufaktur, hinter deren Fenstern noch Licht brannte. Offensichtlich waren dort die armen, ausgemergelten Leineweber noch immer bei der Arbeit. Ansonsten lag das Hafenbecken da wie ein zwischen die Ufer gespanntes schwarzes Tuch. Kähne waren an Pfählen und schwimmenden Anlegestellen festgemacht.

In dem Moment sah Hoffmann, dass ein Boot sich von der »Insel« her näherte. Es war schmal und lang gestreckt und wurde von einem einzelnen Mann mit einem langstieligen Ruder gesteuert. Tatsächlich handelte es sich, wie Hoffmann bald erkannte, um eine venezianische Gondel. Der Bootsführer lenkte sein Fahrzeug lautlos durch das stille Hafenbecken.

Der Ruderer war ein Riese, in dessen Hand sich die Stange zerbrechlich ausnahm. Der Mann war in ein schwarzes Cape, einen schwarzen Hut und ebenso schwarze Stiefel gekleidet, sodass sich seine

Gestalt wie ein nächtlicher Felszacken am Heck des Bootes erhob. Sein Gesicht war von einem krausen Piratenbart bedeckt. Er trug einen Degen, dessen Scheide auf der linken Seite unter dem Mantel hervorstach. Geschickt legte er die Gondel vor seinem wartenden Passagier an der Uferkante an.

»Rat Hoffmann?«, fragte er mit einer dunklen, rauen Stimme.

»Der bin ich.«

»Bitte, steigen Sie ein!«

Eine höfliche Bestie, dachte Hoffmann, Schiller zitierend, während er die mit Moos überwachsene, nicht eben sehr gangbare Treppe hinunterstieg, wobei ihm der Riese vorsorglich seine Pranke entgegenstreckte. Gestützt von dem mächtigen Arm des Hünen, dessen Faust hart war wie Granit, betrat Hoffmann die Gondel und nahm auf der ungepolsterten Sitzbank Platz.

Das Boot legte ab. Rasch glitt es, von den lautlosen Ruderschlägen des Gondoliere gelenkt, über die trübe, unbewegte Wasserfläche. Sie glitten in den Friedrichskanal, in dem zu dieser Stunde kein anderes Boot mehr unterwegs war. In Schweigen gehüllt fuhren Gast und Ruderer unter zwei Brücken hindurch. Über eine von ihnen trabte ein uniformierter Reiter, der die Gondel jedoch nicht beachtete oder nicht bemerkte. Der Hufschlag des Tieres klapperte noch weithin hörbar durch die Nacht, nachdem Pferd und Reiter schon längst außer Sicht waren. Nun vollführte der Kanal eine Biegung nach Nordwesten. Links lag der Spittelmarkt, etwas weiter landeinwärts der Dönhoff'sche Platz. Die Gondel fuhr weiter den Friedrichskanal entlang und näherte sich bald der Großen Jungfernbrücke.

Jenes Stück des Kanals, in das sie nun einschwenkten, zählte zu den unheimlichsten Gegenden der Stadt. Der Kanal verengte sich. Hohe, düstere Gebäude ragten links und rechts wie senkrechte, schwarze Felswände auf und bildeten eine lichtlose Gasse, fast schon eine Schlucht. Hoffmann wusste, dass hier einstmals Alchimisten, Okkultisten und Magier gelebt hatten. Unterhalb der Jungfernbrücke wendete der Ruderer das Boot plötzlich in einem Winkel von neunzig Grad und bog in eine schmale, kaum erkennbare Durchfahrt ein. Es schien Hoffmann, als stieße man geradewegs in die Unterwelt vor. Der Seitenarm des Kanals war überbaut worden; man fühlte sich wie in einem überfluteten Kellergang, von dessen modriger Decke mit nachhallendem Klatschen die Tropfen fielen. Doch bald schon gelangte man wieder ins Freie, und die Fahrrinne weitete sich zu einem überfluteten Innenhof. Später erfuhr Hoffmann, dass dies ein stillgelegter, noch nicht zugeschütteter Mühlengraben war. Man befand sich in einem Hof, der von hohen, dunklen Häuserwänden umgeben war. Eine vereinzelte Laterne spendete karges Licht. Der Ruderer dockte das Boot an einer Treppe vor einer eisernen Tür an. Der Riese sprang auf die bemooste Stufe, hantierte kurz mit einem Schlüssel und streckte Hoffmann erneut seine mächtige Pranke entgegen. Hoffmann kletterte aus der schwankenden Gondel und blickte in einen langen, schwach beleuchteten Kellergang. Der Hüne forderte Hoffmann stumm auf, ihm zu folgen.

Es ging durch leere Flure, man stieg Treppen hinauf und hinunter. Endlich gelangten sie in ein Treppenhaus, wo knarzende, hölzerne Stufen in die höheren Stockwerke führten, stiegen dieselben empor und standen endlich vor einer Wohnungstür. Auf ein Klingelzeichen öffnete eine mürrische Frau in einem grauen Kleid. Der Ruderer ging stumm an ihr vorbei, und Hoffmann folgte dem schwarzen Koloss durch einen langen Korridor, an dessen Ende ein Kleiderschrank stand. Der Riese sperrte ihn auf, klappte die Türen wie Altarflügel auseinander und betätigte, ohne dass Hoffmann es genau erkennen konnte, einen versteckten Mechanismus, der die hintere Wand des Schrankes entriegelte und eine Geheimtür freigab. Der Raum dahinter stellte offensichtlich das Ziel der langen Reise dar.

Das Zimmer war fensterlos und kärger eingerichtet als eine Mönchszelle. Nur ein Tisch stand in der Mitte des Raumes. Davor ein leerer Stuhl, der anscheinend für Hoffmann bestimmt war. Am Tisch saß ein Mann, der den Ankömmlingen mit unbewegtem Gesicht entgegensah.

Hoffmann erkannte in ihm unzweifelhaft seinen ehemaligen Assessor Mohr.

Es war Hoffmann nicht angenehm, diesem Menschen hier, unter den seltsamen Vorkehrungen einer opernhaften Geheimbündelei, wieder zu begegnen. Er fühlte, dass nachgebliebener Zorn auf den alten Widersacher in ihm aufstieg, doch er beherrschte sich und blieb ebenso stumm wie der reglos am Tisch sitzende Kriminaldirektor, dem er absichtlich den Gruß verweigerte, den er ihm nach den Regeln der Höflichkeit schuldig war.
»Guten Abend, Herr Kammergerichtsrat«, sagte der Gastgeber an seiner Stelle. Seine Stimme war tonlos, als sei er es seit vielen Jahren gewohnt, in gedämpfter, vorsichtiger Weise zu sprechen.
Hoffmann fixierte ihn schweigend. Die verflossenen Jahre hatten Mohr kaum angegriffen. Es schien jedoch, als habe er zu Hoffmanns Empfang eine frische Schicht seiner bleichen Gesichtsfarbe aufgelegt. Tatsächlich wirkte das Antlitz wie weiß getüncht, was die finstere Wirkung der buschigen, schwarzen Brauen und der hohlen Augen, in deren Tiefe zwei Kohlenstücke zu stecken schienen, stark erhöhte. Es sah aus, als säße Mohr für das Bild eines mittelalterlichen Inquisitors Modell oder vielmehr, als habe eine solche Erscheinung ihm zum Vorbild für seine Ausstaffierung gedient. Seine Hände waren immer noch extrem lang und schmal; nur die sichtbar gewölbten Adern und Sehnen unterschieden sie von denen eines Skeletts. Man glaubte einen Menschen vor sich zu haben, der als purer Asket sein Leben in Zellen und Geheimkammern fristete. Zweifellos hatten strengste Disziplin, scharfe Intelligenz, hohe Wachsamkeit und absolute Hingabe an seine Ziele ihn zu einem Fürsten im Reich der Geheimpolizei gemacht. Vermutlich hatte jeder Schurke, der ihm gegenüberstand, das Gefühl, augenblicklich von ihm durchschaut zu werden.
»Sagen Sie mir, was Sie von mir wollen!«, forderte Hoffmann ihn auf.
»Zunächst muss ich mich entschuldigen«, erwiderte der Angesprochene mit seiner hohlen Flüsterstimme. »Leider konnte ich unter den gegebenen Umständen nur diese ungewöhnliche Form des Zusammentreffens wählen.«

»Genug! Was wollen Sie?«
»Ich bin gekommen, um Ihnen Amtshilfe zu leisten.«
»Sie mir Amtshilfe? Mir scheint doch, dass Sie, im Gegenteil, Hilfe von mir erwarten.«
»Ich glaube, was ich zu sagen habe, wird Ihnen am Ende mehr nützen als mir.«
Mit einer Geste, bei der man die Fingerknochen klappern zu hören meinte, forderte Mohr seinen Besucher auf, Platz zu nehmen.
»Nun, sprechen Sie«, sagte Hoffmann, nachdem er der Einladung gefolgt war.
»Sie haben meinen Brief gelesen?«
»Allerdings.« Hoffmann schauderte noch im Nachhinein vor dem Entsetzlichen, was dort gestanden hatte.
»Sind Sie mit dem Überfall auf das Gut des Rittmeisters Jenitzsch in dem sächsischen Ort Misma vertraut?«
»Oberflächlich«, gestand Hoffmann. »Ich wusste bisher nichts von dem – sagen wir – zweiten Teil der Geschichte, über den Ihr Brief mich unterrichtet.«
»Ich versichere, dass alles, was ich dort schrieb, der reinen Wahrheit entspricht.«
»Kaum vorstellbar, dass ein Mensch eine so entsetzliche Grausamkeit zu begehen vermag«, sagte Hoffmann aus tiefster Seele.
»Diese Tat stellt zweifellos den Höhepunkt einer ganzen Serie von Schurkereien dar, die auf das Konto des Barons gehen.«
»Des Barons?«
»Der Name des Verbrechers ist – Baron Meusen.«
Hoffmann erschrak bei der Nennung dieses Namens. Plötzlich wurde ihm klar, aus welchem Grund Mohr diese Unterredung gewünscht hatte.
Mohrs Scharfblick war Hoffmanns Reaktion nicht entgangen. »Der Name ist Ihnen zweifellos bekannt.«
»Er ist, wenn man so will, stadtbekannt. Die Zeitungen haben in schönster Ausführlichkeit über sein Ableben berichtet.«
»Sie glauben, dass er tot ist?«

»Daran dürfte kein Zweifel bestehen«, erwiderte Hoffmann.
»Sie bestehen durchaus.«
Hoffmann musste sich zusammennehmen, um keine allzu große Verblüffung zu zeigen. Wie konnte es Zweifel am Tod Baron Meusens geben, wenn am folgenden Tag über seine Mörderin Gericht gehalten wurde?
»Das kann nicht sein«, sagte er. »Morgen früh findet, wie allgemein bekannt, der Prozess gegen seine Mörderin statt.«
»Halten Sie seine Gemahlin für schuldig?«
»Das ist eine durchaus ungehörige Frage an den Beisitzer eines Gerichts«, erwiderte Hoffmann scharf.
Mohr hob abwehrend die Hände. »Ich wäre sehr beruhigt, wenn es in diesem Fall keine Zweifel gäbe.«
»Ich habe nicht die Absicht, mit Ihnen über meine Amtsgeschäfte zu reden«, schloss Hoffmann das Thema.
Eine Zeit lang herrschte Schweigen. Bis Mohr wieder das Wort ergriff. »Ich ahnte, dass es schwierig werden würde.«
»Haben Sie erwartet, dass ich Ihnen freundschaftliche Gefühle entgegenbringe?«, versetzte Hoffmann.
»Keineswegs. Ich bin nicht hier, um Freundschaften zu schließen.«
»Sondern?«
»Um der Gerechtigkeit willen.«
»Von Rechts wegen müssten Sie …« Hoffmann unterbrach sich, ehe ihm eine Unhöflichkeit entschlüpfte.
Mohr winkte ab. »Wir sollten unsere persönlichen Differenzen zurückstellen«, schlug er vor. »Es geht um Wichtigeres als alte Affären.«
»Erklären Sie sich deutlicher.«
»Es geht darum, einem furchtbaren Verbrecher, einem wahren Satan, den Garaus zu machen.«
»Warum zweifeln Sie daran, dass Baron Meusen das Zeitliche gesegnet hat?«
»Ich habe keinen triftigen Grund«, gestand der sächsische Kriminaldirektor ein. »Es ist eine Art Instinkt. Gewöhnlich spüre ich es, wenn eine Sache beendet ist. In diesem Fall habe ich dieses Gefühl nicht.«

»Ihre Gefühle in Ehren, aber ...«

»Ich kann mir nicht vorstellen, dass eine Frau wie die Baronin es mit einem solchen Mann aufzunehmen vermag.«

»Sie hatte, wie es scheint, Helfer.«

»Sie sind, mit Verlaub, erst seit sehr kurzer Zeit mit dem Fall befasst«, stellte Mohr fest. »Ich hingegen verfolge ihn seit vielen Jahren. Wissen Sie, welchen Ruf der Baron in Verbrecherkreisen – auch den hiesigen – genießt?«

»Sie sollten im Imperfekt reden. Nun, ich nehme wohl an, einen guten. Gleich und gleich gesellt sich gern«, erwiderte Hoffmann.

»Man zittert vor ihm. Man hält ihn für einen Dämon, für einen Fürsten der Finsternis. Manche schreiben ihm Unsterblichkeit zu.«

»Unsinn.«

»Zweifellos. Aber das ist nun einmal die Aura, die ihn in der Unterwelt umgib. Man fürchtet und verehrt ihn wie den Satan selbst.«

»Nun, was will das besagen? Der Mann ist tot.«

»Das will besagen, dass es schwer halten dürfte, im Verbrechermilieu dieser Stadt einen Mann ausfindig zu machen, der es wagen würde, sich mit ihm anzulegen.«

»Und doch haben sich zwei Meuchelmörder gefunden«, widersprach Hoffmann. »Das Gold bricht anscheinend den Mythos.«

»Auch ich habe Geld ausgegeben, viel Geld. Für Informanten und Zuträger. Sie waren allesamt davon überzeugt, dass niemand in ganz Berlin es gewagt haben würde, es mit dem Baron aufzunehmen.«

»Nun, dann kamen die Mörder eben aus Russland«, entgegnete Hoffmann. »Der Krieg hat reichlich Gesindel aus aller Herren Ländern in unseren Staat gespült.«

»Es ist aber doch merkwürdig, dass die gesamte Verbrecherwelt dieser Stadt fest davon überzeugt ist, dass hier etwas nicht stimmt.«

»Sie scheinen mit diesem Milieu recht gut vertraut zu sein«, spottete Hoffmann.

»Das gehört zu meinem Beruf«, lautete Mohrs kühle Entgegnung.

»Ich beglückwünsche Sie übrigens zu Ihrem beruflichen Erfolg. Der Titel Kriminaldirektor steht Ihnen nicht schlecht.«

»Musikdirektor klingt auch nicht schlecht«, erwiderte Mohr und bewies dadurch, dass er mit Hoffmanns Lebensumständen wohl vertraut war.

Hoffmann bemerkte durchaus, dass der unterschwellige Zorn, der permanent in ihm kochte, im Begriff war, ihn gegenüber seinem Widersacher in eine unterlegene Position zu bringen.

»Sie müssen mir nicht vertrauen«, ergriff Mohr nun wieder das Wort. »Im Gegenteil. Je mehr Misstrauen Sie – in jeglicher Hinsicht – in diesem Fall aufbringen, desto besser.«

»Haben Sie zugunsten Ihrer Theorie noch etwas anderes vorzubringen als die Gerüchteküche der Unterwelt – und Ihren Instinkt?«

»Nein. Aber das scheint mir nicht wenig«, versetzte der Kriminaldirektor.

»Nun, Sie verfügen zweifellos über Erfahrung ...«

»So ist es.«

»Das Gleiche darf man aber wohl von dem hiesigen Kriminalrat annehmen, der diesen Fall bearbeitet und den Gerichten übergeben hat.«

»Sie sprechen von Ihrem Freund Hitzig.«

»Sie sind wirklich gut informiert.«

»Ich kenne den Kriminalrat Hitzig. Ich hatte eine Unterredung mit ihm.«

»Bezweifeln Sie seine beruflichen Fähigkeiten?«

»Durchaus nicht.«

»Was veranlasst Sie dann, seine Untersuchungsergebnisse zu bezweifeln?«

Mohr schwieg. Offensichtlich begann er die Vergeblichkeit seiner Bemühungen einzusehen.

»Kriminalrat Hitzig befasste sich naturgemäß mehr mit der vermeintlichen Täterin als mit dem angeblichen Opfer«, sagte er schließlich mit mühsam erzwungener Geduld. »Ich hingegen habe mich mit dem Leben und den Taten des Barons Meusen befasst. Das ergibt zwangsläufig ein anderes Bild.«

Hoffmann lachte. »Natürlich beschäftigte sich mein Freund mehr mit der Mörderin als mit dem Opfer.«

»Meine Absicht war, Ihr Wissen in dieser Hinsicht zu ergänzen.«
»Wozu sollte mir das nützen?«
»Sollte der Prozess einen unerwarteten Ausgang nehmen …«
»Allmählich habe ich das Gefühl, meine Zeit zu verschwenden«, unterbrach ihn Hoffmann. Plötzlich fiel ihm wieder ein, dass er für diesen Abend eine Verabredung hatte. Die Literatenrunde im »Café Kranz« würde zweifellos schon ungeduldig auf ihn warten und über sein Ausbleiben befremdet sein! »Ich muss leider gehen, bedaure«, sagte er, sich erhebend. »Ich habe eine wichtige Verabredung.«
»Wollen Sie nichts Näheres über den Baron Meusen erfahren?«
»Ich wüsste nicht, was mir das nützen sollte«, stellte Hoffmann abschließend fest. »Es tut mir Leid, aber ich muss fort, und zwar eilends.«
»Sie werden es bereuen«, prophezeite Mohr düster.
Hoffmann achtete nicht auf seine Worte. »Muss ich wieder durch den Schrank klettern, um meine Freiheit zurückzugewinnen?«, fragte er.
»Ich fürchte, es gibt nur diesen einen Weg.«
»Nun, so muss ich damit vorlieb nehmen. Ich wünsche Ihnen weiterhin einen angenehmen Aufenthalt in unserer Residenz«, zitierte er die übliche Floskel der Gastwirte, indem er sich mit einer knappen Verbeugung zurückzog.
»Ihr Spott wird Ihnen noch vergehen, Herr – Kapellmeister!«, rief Mohr in einem plötzlichen Anfall von Zorn, indem er jählings von seinem Stuhl aufsprang.
»Ich bedaure zutiefst, Ihrer Einladung gefolgt zu sein«, erwiderte Hoffmann, der seinem Zorn auf den intriganten Finsterling nun ebenfalls die Zügel schießen ließ. »Sollte ich beim Verlassen dieses Hauses behindert werden, sind Sie es, der etwas zu bereuen haben wird.«
Mohr ließ ein bitteres Hohnlachen vernehmen. »Sie würden nicht einmal den Ausgang finden«, sagte er. »Aber seien Sie unbesorgt, Sie haben freies Geleit.«
»Ihr Charakter hat sich keineswegs verändert«, erwiderte Hoffmann

verächtlich, ehe er sich umwandte und auf die Geheimtür zusteuerte, die übrigens von dieser Seite aus gesehen vollkommen mit der Wandtäfelung verschmolz, sodass Hoffmann einen Augenblick unsicher war, wohin er sich wenden sollte.

»Gott möge Ihnen gnädig sein«, schickte Mohr ihm hinterdrein. »Ihnen und dieser Stadt.«

Offensichtlich verstand er sich auf Schauder erregende Kanzeleffekte, doch Hoffmann, der auf diesem Gebiet ebenfalls über einige Fähigkeiten verfügte, ließ sich davon nicht beeindrucken.

»Gottes Segen ruht offensichtlich eher auf dem Königreich Preußen als auf dem Land Sachsen«, sagte er, indem er heftig gegen die Wand pochte, um das Aufsperren der Geheimtür zu veranlassen.

Mohr reagierte nicht auf diese feindselige Bemerkung, die sich darauf bezog, dass Preußen zu den Siegermächten des überstandenen Krieges gehörte, während das Land Sachsen mit den unterlegenen Franzosen verbündet gewesen war und nun ernsthaft um seinen Fortbestand fürchten musste. Preußens König schien ein Gelüst zu hegen, den Nachbarstaat seinem Reich einzuverleiben.

»Möge es so bleiben!«, erwiderte der unheimliche Sachse in einem Tonfall, als wünsche er das Gegenteil.

Sei es, dass Mohr einen versteckten Mechanismus bediente oder dass dies von der anderen Seite her geschah, jedenfalls wurde in diesem Moment die Tür geöffnet und Hoffmann trat, ohne noch ein weiteres Wort an den sinistren Unglückspropheten zu richten, den Rückweg an.

Erneut folgte er dem schweigsamen Riesen durch Gänge, Flure und über Stiegen. Doch anstatt zu der Gondel wurde er zu einer gewöhnlichen Tür geleitet, die auf eine enge Gasse hinausführte, welche ihrerseits in die Brüderstraße mündete. Schweigend ließ ihn der Hüne über die Schwelle treten. Die Tür wurde hinter ihm verschlossen und verriegelt.

»Hatten Sie eine angenehme Unterredung?«

Hoffmann erschrak, als er mit diesen Worten begrüßt wurde, dann aber verwandelte sich der Schreck in hellen Zorn, als er gewahrte, wer da auf ihn gewartet hatte. Es war niemand anderes als der Assessor Warnke.

»Hören Sie, junger Freund! Ihr Betragen …«

Warnke vollführte vor Verlegenheit einige Hüpfsprünge. Hoffmann schnitt ihm die Verteidigungsrede, in die er ausbrechen wollte, ab: »Ich finde kaum Worte, um meinen Zorn angemessen auszudrücken! Nicht nur, dass Sie mich mit einem mir höchst zuwideren Menschen zusammenbringen – wofür Sie offensichtlich Geld kassiert haben! –, nicht nur, dass Sie mit einer ausländischen Macht in konspirativer Verbindung stehen – was Ihnen von Rechts wegen die Entlassung aus dem Dienst eintragen müsste –, Sie waren offensichtlich schon des Öfteren an diesem Ort, da Sie ansonsten diesen Ausgang, vor dem Sie mir auflauern, nicht kennen könnten. Sie belästigen und verfolgen mich, Sie machen sich der Mittäterschaft bei einer versuchten Richterbeeinflussung schuldig – alles dies reichte, wenn ich es anzeigen würde, aus, um Sie auf die Hausvogtei zu bringen und Ihnen eine kriminalgerichtliche Untersuchung einzutragen.«

»Bitte, zeigen Sie mich nicht an!«, flehte daraufhin Warnke in exaltierter Verzweiflung. »Ich habe sechs Kinder zu ernähren! Meine Frau liegt krank danieder! Die Schwindsucht! Nur die bittere Not konnte mich verleiten …«

»Was reden Sie da von einer Frau und Kindern?«, fuhr Hoffmann ihn an.

»Verzeihung. Ich übertreibe ein wenig. Nein, ich gebe es zu, ich log! Ich habe keine sechs Kinder. Es sind nur drei. Und meine Frau hat nicht die Schwindsucht. Sie hat das Nervenfieber. Oder ist es Magendrücken? Gleichviel. Sie leidet. Und sie ist schwanger! Lassen Sie Gnade walten, Herr …«

»Mir scheint, Sie sind ein Narr!«, rief Hoffmann.

»Ja, ich bin ein Narr! Mein Ehrgeiz geht auf eine bunte Jacke. Aus reiner Torheit ließ ich mich verleiten! Kann denn ein einziger Fehltritt so hart geahndet werden? Schlägt denn kein fühlend Herz in Ihrer Brust? Oh …«

Hoffmann konnte nicht länger an sich halten. Er brach in Gelächter aus. »Nun gut, Sie haben gewonnen. Sie können Ihre Narrenpossen einstellen.«
»Sie begnadigen mich? Oh, höchstes Glück der Erde!«, rief Warnke aus. »Erlauben Sie mir, Ihren Ring, den Saum Ihres Mantels zu küssen!«
»Hören Sie auf, oder ich sehe mich gezwungen, Sie in die Charité einweisen zu lassen! Welch blinde Vorsehung hat aus Ihnen nur einen Juristen anstatt eines Komödianten gemacht?«
Warnke verneigte sich, als habe man ihm applaudiert. »Es freut mich, dass Sie mein Talent gebührend einschätzen. Ich habe, während ich hier draußen wartete, im Geiste lange an dieser Szene geprobt. Ich habe mir ausgemalt, wie ich wohl am besten reagiere, wenn Sie bei meinem Anblick in Wut ausbrechen würden – was leicht vorauszusehen war. Ich entschied mich für die Narrenrolle und legte sie mir zurecht.«
»Nun gut, mein Zorn ist verraucht«, erwiderte Hoffmann. »Trotzdem findet Ihr Verhalten meine Missbilligung. Sie nehmen ganz offensichtlich Geld von einem sächsischen Kriminaldirektor an. Das nennt man dann wohl Bestechung.«
»Bestechung? Gut, sei's drum. Aber ich handle in der besten Absicht.«
Hoffmann besann sich auf seine Verabredung. »Reden wir morgen darüber«, sagte er, indem er sich anschickte, den jungen Mann stehen zu lassen. »Jetzt bin ich in Eile.«
»Morgen könnte es vielleicht zu spät sein!«, beschwor ihn Warnke, indem er sich hartnäckig an ihn hängte. »Lassen Sie uns jetzt reden, jetzt sofort.«
»Hören Sie, guter Freund, Sie haben meine Zeit – und meine Geduld, nebenbei gesagt – schon mehr als genug in Anspruch genommen.«
»Ich bitte tausendmal um Verzeihung. Aber spannen Sie mich nicht auf die Folter! Ich muss es wissen! Hat der Kriminaldirektor Sie überzeugt?«

»Nein«, sagte Hoffmann kurz angebunden. »Nicht im Geringsten.«
»Dann ist alles verloren!«, rief Warnke pathetisch aus.
»Wie meinen?«
»Die arme Baronin! Sie wird ein schreckliches Schicksal erleiden. Oh, dieses Scheusal!«
Hoffmann schüttelte den Kopf über das närrische Gebaren des jungen Mannes. »Ich muss Sie nun bitten ...« Er wollte gehen, doch Warnke stand ihm, absichtlich oder nicht, im Weg.
»Wenn ich ihn nur einmal hätte sehen können! Nur ein einziges Mal. Ich würde ihn mir einverleibt haben, ich würde in seine finstere Seele gedrungen sein. Oh, nur einmal einen solchen Menschen auf der Bühne darstellen! Ich weiß, ich würde das Publikum schaudern machen. Namentlich die Damen. Sie würden kreidebleich in ihren Sesseln sitzen.«
»Würden Sie mir gefälligst aus dem Weg gehen?«
»Ich behindere Sie? Oh, Verzeihung. Durchaus nicht meine Absicht.«
»Nun, dann wünsche ich einen guten Abend.«
»Dürfte ich Sie bitten ...? Ich meine ...«
»Zum Teufel, was gibt es denn noch?«, rief Hoffmann ungehalten.
»Dürfte ich Sie wohl begleiten? Ein Stück nur!«
»Ich wäre Ihnen dankbar, wenn Sie ...«
»Nur bis zur nächsten Ecke. Zehn Worte! Drei. Ach, zwei genügen schon. Sie fassen alles zusammen, was mein Innerstes bewegt. Sie lauten: Baron Meusen!«
»Genug jetzt mit dem närrischen Unfug!«, befahl Hoffmann.
»Ach, könnten Sie sich nicht für mich verwenden? Ich würde für mein Leben gern ...«
»Verwenden? Wofür?«
»Ich möchte an dem Prozess teilnehmen. Ich möchte sie sehen. Sie! Meine Heldin!«
»Ihre Heldin?«
»Die Baronin Meusen, vormals Weringhausen. Ich möchte sie studieren. Ich möchte – bitte, lachen Sie mich nicht aus – ein Bühnenstück

über diesen Stoff schreiben. Ist er nicht wie geschaffen für ein Drama? Natürlich maße ich mir selbst die Rolle des Schurken an, des teuflischen Barons.«
»Nun, so bitten Sie den Baron Trützschler …«
Warnke schüttelte den Kopf und blickte Hoffmann kläglich an. »Er hat meine Bitte bereits abgelehnt.«
»Dann sehe ich nicht …«
»Ihr Wort würde vielleicht …«
»Ich glaube kaum, dass ich …«
»Ich flehe Sie an!«, rief Warnke. »Es ist die Rolle meines Lebens. Ich ahne und fühle es. Das Stück – es braucht die Heldin, die am Schluss, nach langem Leiden, den Schurken besiegt, ihn tötet – obwohl sie ihn liebt! – und dafür vom Volk gefeiert wird, da durch sie die Welt von einer Geißel erlöst wurde. Aber die Justiz kennt keine Gnade. Mord ist Mord. Sie muss auf das Schafott. Sie stirbt als Heldin. Am Ende aber öffnet sich die Bühne, und umflort von himmlischem Licht erscheint Gottes Engel. Gerichtet? Nein, gerettet!«
»Das ist gestohlen«, sagte Hoffmann.
»Besser gut gestohlen als schlecht erfunden«, versetzte Warnke.
Sie waren unterdessen die Brüderstraße hinuntergegangen und sahen nun die hohe, graue Masse des königlichen Schlosses vor sich. Warnke war offensichtlich gewillt, sich an Hoffmanns Rockschöße zu hängen und sich allenfalls durch Stockschläge vertreiben zu lassen. Nun, er war immerhin unterhaltend, und so nahm Hoffmann seufzend die Begleitung hin.
»Am Schlossplatz verabschieden Sie sich dann endlich. Ansonsten werde ich ernsthaft ungehalten«, bestimmte er.
»Freilich, freilich, am Schlossplatz. Wenn Sie nur nicht so schnell gehen würden! Man kommt ja kaum zu Atem. Sehen Sie, ich würde für mein Leben gern … still wie ein Mäuschen, in die Ecke geduckt, unsichtbar wie ein Geist … Oder vielleicht als Protokollant? Ich schreibe schnell und gewandt. Ich habe Übung darin. Ganze Stücke habe ich mitgeschrieben, oben auf der Galerie, wo ich mir den kostenlosen Zutritt oftmals erbetteln musste. Um die Stücke zu studie-

ren, deren Buchausgaben ich mir nicht leisten konnte. Oh, Schiller! Wenn ich doch nur einmal …«

So plapperte der hoffnungsvolle Dramatiker dahin, während sie dem Schlossplatz näher kamen. Hier gedachte Hoffmann, eine Droschke zu nehmen, um den jungen Mann endlich abzuhängen. Doch leider war der große Platz verwaist. Alle Droschken waren unterwegs. Notgedrungen musste Hoffmann seinen Weg zu Fuß fortsetzen – und sich mit der Klette an seinem Rocksaum abfinden.

»Hier wären wir am Schlossplatz«, stellte er fest.

»Bitte, weisen Sie mich nicht fort ohne ein gutes Wort!«

»Genug!«, rief Hoffmann.

»Verstehe, verstehe. Ich verlasse Sie gleich. Dort drüben an der Hundebrücke trennen sich unsere Wege. Ich verspreche es!«

»Also gut, bis zur Hundebrücke. Aber non plus ultra!«

Sie überquerten den Schlossplatz, ohne dass sich ein Droschkenkutscher blicken ließ, und bogen in die Schlossfreiheit ein.

»Werden Sie ein Wort für mich einlegen?«, fragte Warnke eindringlich.

»Wenn Ihnen so viel daran liegt …«

»Glauben Sie mir, die Sache hat das Zeug zu einem Drama. Der Vater, ein geiziger Witwer, verbindet die Tochter gegen deren Willen mit einem reichen Baron, ungeachtet der seine dunkle Vergangenheit kaum zu verschleiern vermag. Alle möglichen fragwürdigen Gestalten tauchen auf. Verbrecher. Man ahnt, die junge Frau stürzt in ihr Unglück. Aber der junge Baron entfaltet seine gesamte Liebenswürdigkeit. Er gewinnt die junge Braut, der es nicht zuletzt darauf ankommt, ihrem harten, lieblosen Vater auf dem finsteren westfälischen Schloss zu entkommen. Man heiratet. – Was halten Sie von dieser Exposition?«

Hoffmann ließ sich zu einem mageren Lob herab: »Sie verfügen durchaus über Fantasie.«

»Oh, keine Fantasie!«, korrigierte ihn der angehende Dramatiker. »Genau so ist es passiert. Muss es passiert sein. Wie könnten sonst ein so edles, unschuldiges Geschöpf und ein so finsterer Schurke …«

»Sie reden von Baron Meusen?«

»Still! Hören Sie nicht, wie der schreckliche Name schauerlich von den Wänden widerhallt? Man könnte fast glauben, er stiege vor uns aus dem Boden!«
»Warum lassen Sie ihn nicht als Gespenst auftauchen? Das würde die Dramatik Ihres Stückes erhöhen.«
»Ein vortrefflicher Rat! Und wie typisch für einen Autor, der den Ritter Gluck vor einem Musikenthusiasten erscheinen lässt!«
Hoffmann blieb stehen. »Sie haben meine Novelle gelesen?«, fragte er verblüfft.
»Im Plural, wenn ich bitten darf. Ich habe Ihre sämtlichen Novellen gelesen, wieder und wieder. Ich bin, mit Verlaub, ein Verehrer Ihrer Werke!«
»Nun, ich hoffe, dass nicht alle Verehrer so hartnäckig sind«, seufzte Hoffmann, indem er seinen Weg fortsetzte, gefolgt von dem unentwegt zappelnden und gestikulierenden Jüngling. Vor ihnen erstreckte sich der Lustgarten. Zur Linken kam die altehrwürdige, hölzerne Hundebrücke in Sicht, die man, wie an den aufgehäuften Baumaterialien kenntlich, demnächst abzureißen und in Stein neu zu errichten gedachte.
»Der zweite Akt meines Dramas setzt mich künstlerisch in Verlegenheit«, fuhr Warnke fort. »Vielleicht könnten Sie mir einen professionellen Rat geben.«
»Ich bin kein Stückeschreiber«, wehrte Hoffmann ab.
»Haben Sie nicht eine Oper geschrieben?«
»Nur die Musik. Das Libretto stammt von Herrn von Fouqué«, sagte Hoffmann.
»Oh, der ritterliche Poet! Wenn ich ihn nur einmal kennen lernen dürfte!«, entfuhr es Warnke. »Ich habe seinen ›Sigurd‹ gelesen. Da entfaltet sich das ganze Mittelalter in seiner stolzen Pracht.«
Inzwischen hatten Sie die Hundebrücke erreicht.
»Hier wäre also die Endstation«, sagte Hoffmann erleichtert.
»Richtig, aber … sprachen wir nicht vom jenseitigen Ufer? Nun, es ist ja nur ein kurzes Stück. Sehen Sie dort drüben das königliche Opernhaus? Dort wird man demnächst Ihre ›Undine‹ aufführen, da

bin ich sicher. Man wird Sie feiern. Um auf den zweiten Akt zurückzukommen …«

»Genug. Wir müssen jetzt Abschied nehmen.«

»Ach, nur noch bis zur Oper! Lassen Sie Gnade walten! Ich bitte Sie um Ihren künstlerischen Rat. Sehen Sie, es müsste nun die Vergangenheit des Barons, des Schurken, des furchtbaren Räubers enthüllt werden. Doch wie? Kann man in einem wohl gestalteten Drama in der Zeit zurückschreiten? Nein, das wäre gegen die Regeln. Aber wie enthülle ich dem Publikum die schreckliche Wahrheit über den Charakter des Barons?«

»Lassen Sie eins seiner Opfer auftreten und ihn anklagen!«

Warnke blieb stehen und sah Hoffmann mit großen Augen an. Dann schlug er sich gegen die Stirn. »Aber ja!«, rief er. »Eins seiner Opfer erkennt ihn. Ein unschuldiges junges Mädchen, das er einst quälte, dem er die Unschuld raubte.«

»Vorzüglich«, stimmte Hoffman bei. »Das Parkett wird in Tränen schwimmen.«

Warnke tat einen Luftsprung. »Ich hab's!«, rief er. »Er hat sie geheiratet! Er ist Bigamist. Aber die Ehe ist ungültig, weil es ein falscher Priester war, der sie verkuppelte.«

»Man spürt die Pranke des Bühnenwolfs!«, versetzte Hoffmann ironisch.

»Der Baron muss sie ermorden, um nicht entlarvt zu werden. Er sperrt die arme Unschuld in ein Verließ.«

»In einen Turm auf öder Heide«, schlug Hoffmann vor. »Oder er verkauft sie an die Piraten.«

»Sie sind meine Rettung!«, jubelte Warnke.

»Dämpfen Sie Ihre Begeisterung, sonst wird die Wache Sie festnehmen.«

Sie hatten das Zeughaus passiert und sahen nun die Schlosswache zur Rechten, das Palais des Kronprinzen zur Linken. Zahlreiche Gardegrenadiere standen Posten. Vor den beiden Männern erstreckte sich die breite Prachtstraße Unter den Linden mit ihren Fahrbahnen auf beiden Seiten und der Allee für Fußgänger in der Mitte.

»Nun, hier wäre die Oper. Hier darf ich Sie wohl zurücklassen«, bat Hoffmann, nachdem sie die Neustädter Brücke überquert hatten.

»Selbstverständlich. Ich verschwinde, ich enteile. Doch zuvor noch ein Wort, ein einziges Wort, zum dritten Akt. Die Baronin – sie braucht ein Motiv für ihre Tat, die durchaus nicht als feiger Mord erscheinen darf. Das Herz des Publikums muss auf ihrer Seite sein.«

»Es wird schwer halten, Sympathie für eine Mörderin zu wecken«, bemerkte Hoffmann im Weitergehen.

»Eben deswegen dachte ich schon daran ... Könnte die Baronin nicht unschuldig sein?«

»Unschuldig vor Gericht gestellt? Nun ja ...«

»Einer der Richter, ein edler Charakter, ganz der Gegenspieler des Schurken, ist heimlich in die Angeklagte verliebt, versucht, sie zu retten.«

»Die beiden entfliehen nach Amerika«, schlug Hoffmann vor.

Warnke verzog das Gesicht. »Hm, hm. Amerika. Verzeihen, mit Verlaub – nein. Nicht Amerika.«

»Nun, dann kein Fluchtversuch«, sagte Hoffmann leichthin.

»Oh, warum nicht? Gesetzt, der Prozess nimmt einen schlimmen Verlauf. Es steht schlecht für die Baronin. Nun schlägt jener Richter ihr vor, sie zu befreien. Aber sie – lehnt ab. Sie will nicht gebrandmarkt sein. Sie will, dass ihre Unschuld festgestellt wird.«

»Schicksal, nimm deinen Lauf!«, kommentierte Hoffmann.

Warnke schien in Gedanken versunken. Leider hing er weiterhin an Hoffmann, dem es nicht gelang, ihn durch eine schnellere Gangart abzuschütteln. Warnke folgte ihm mühelos, wobei er hin und wieder einen seiner seltsamen Hüpfschritte einlegte.

»Leider haben wir ein Problem außer Acht gelassen«, setzte er das Gespräch schließlich fort.

»Welches?«

»Den Mörder! Wenn die Baronin unschuldig ist, wer hat dann den Schurken beseitigt?«

»Der Bruder des Opfers«, schlug Hoffmann vor.

»Oh, wahrhaftig, Sie hat ein guter Geist mir über den Weg geführt!«, rief Warnke aus. »Der Bruder!«
Inzwischen war das an der Ecke Friedrichstraße gelegene »Café Kranz« in Sicht gekommen.
»Ich bin an mein Ziel gelangt«, stellte Hoffmann fest. »Leben Sie wohl.«
»Sie wollen – ins Café?«, fragte Warnke hoffnungsvoll. »Hätten Sie etwas dagegen?«
»Ja!«
»Können Sie so hartherzig sein?«
»Durchaus.«
»Nun, dann – auf Wiedersehen!« Warnke reichte Hoffmann die Hand, schnitt eine Grimasse und vollführte eine tiefe Verbeugung.
Erleichtert, den Plagegeist los zu sein, erwiderte Hoffmann den Händedruck. Doch anstatt die Straße hinauf- oder hinunterzugehen und sich zu entfernen, steuerte der junge Mann schnurstracks den Eingang der hell erleuchteten Konditorei an.
»Heda!«, rief Hoffmann.
Der junge Mann wandte sich um und legte seine Gesichtszüge, sozusagen, in die Frageform.
»Wohin wollen Sie?«
»Oh, mir steht der Sinn nach Gefrorenem. Oder Erwärmtem«, erwiderte Warnke. »Eis oder Schokolade. Die Wahl fällt schwer. Nun, werden sehen.« All diese Überlegungen begleitete er mit einer wahrhaft erstaunlichen Abfolge von Grimassen, die allesamt die Schwere, ja die Qual der Entscheidung zum Ausdruck brachten. Hoffmann konnte sich nicht enthalten, über den seltsamen Komiker zu lachen. Natürlich fiel Warnke sogleich – mit einem Hüpfer! – in das Gelächter ein. »Keine Sorge, ich setze mich nicht an Ihren Tisch – zumindest, sofern noch ein anderer frei ist«, versprach er.
»Ich kann Sie nicht daran hindern, ein öffentliches Lokal zu betreten«, sagte Hoffmann resigniert.
»Tee oder Schokolade? Kuchen oder Konfekt? Oh, welche Qual!«, monologisierte Warnke, während sie in die berühmte Hofkonditorei

eintraten, die um diese späte Stunde noch immer gesteckt voll mit vornehmem Publikum war.
»Sehen Sie nur!«, seufzte Warnke andächtig.
»Was?«
»Das Publikum! Da sitzt es! Bald werden wir uns vor ihm vernehmen lassen, werden es erobern, Beifall wird uns umrauschen. Sehen Sie nur die reizende junge Dame dort drüben. Sie wird uns applaudieren. Ihr Herz wird uns zufliegen!«
»Sie schwärmen.«
»Das Stück wird heißen: Der Teufel in Berlin«, flüsterte Warnke in Hoffmanns Ohr.
»Ich empfehle: Der Teufel und der Engel.«
»Vorzüglich!«, rief Warnke. Sogleich wandten sich zahlreiche Köpfe ihm zu, und an etlichen Tischen verstummten die Gespräche. Warnke zog seinen Hut und vollführte eine tiefe, elegante Verbeugung.
Hoffmann suchte nach seinem Freund Hitzig, konnte ihn aber nicht entdecken.
Warnke bemerkte sogleich Hoffmanns umherschweifenden Blick und erkundigte sich: »Vermissen Sie einen Freund? Waren Sie hier verabredet?«
Hoffmann, ein wenig zerstreut, erteilte unvorsichtigerweise die Auskunft, dass es der Kriminalrat Hitzig sei, den er zu finden hoffe – und gab dem jungen Mann dadurch ungewollt die Gelegenheit, sich weiter an ihn zu hängen, indem er aus sich einen gefälligen Helfer machte. Er eilte davon, um Erkundigungen einzuziehen. Er wandte sich an eine junge Kellnerein, die ihm, leicht errötend, die gewünschten Informationen erteilte, sodass er schon bald zu Hoffmann zurückkehren, ihn mit einem triumphierenden Lächeln bedenken und ihm winken konnte zu folgen. So kam es, dass er auf der letzten Strecke des Weges zu Hoffmanns Führer wurde, nachdem er bisher stets sein Anhängsel gewesen war. Was blieb Hoffmann übrig, als gute Miene zum bösen Spiel zu machen und sich von dem anhänglichen Jüngling in jenes Hinterzimmer des Kaffeehauses lenken zu lassen, in dem die Künstlerrunde tagte? Und nun war es auch schon nicht

mehr möglich, Warnke davonzujagen. So traten sie denn gemeinsam, als wäre es von vornherein so geplant gewesen, in das verräucherte Chambre séparée, in dem die »Seraphinenbrüder«, wie sich die dort Versammelten nannten, ihren wöchentlichen Geselligkeitsabend abhielten.

9

Die Stimmung der Runde war, der vorgerückten Stunde entsprechend, bereits in die hochheiteren Sphären gemütlicher Betrunkenheit vorgerückt. Man hatte schon reichlich Champagner und Wein genossen, und so bedauerte man den Kammergerichtsrat, der seine Verspätung den Amtsgeschäften zuschob, ob seiner drückenden Dienstpflichten mehr, als man ihm seine Saumseligkeit verübelte. Man schien sich aufrichtig zu freuen, den neuen, aufsteigenden Stern am Poetenhimmel, als welchen man Hoffmann bezeichnete, hier zu sehen, und auch der junge Warnke, der seine Wunderlichkeiten im Zaum hielt, wurde freundlich aufgenommen, zumal Hoffmann sich herbeiließ, ein Wort zu seinen Gunsten einzulegen, nämlich dass es sich um einen aufstrebenden Dramatiker handle, der sich eines aktuellen Stoffes, die wohlgeborene Mörderin Baronin Meusen betreffend, anzunehmen gedenke. Als sich nun gar herausstellte, dass Hoffmann in jenem Prozess, dem ganz Berlin mit Spannung entgegensah, als Beisitzer fungieren sollte, war das Haupt- und Staatsthema des Abends gefunden. Man sprach von nichts mehr als von jenem Fall, und da neben Hitzig der Assessor Warnke es war, der noch am meisten darüber wusste – er hatte insgeheim die Ermittlungsakten studiert, daraus wohl auch Exzerpte für sein Stück gezogen –, so standen diese beiden bald im Mittelpunkt des Interesses. Die Frage, ob die Baronin schuldig oder unschuldig sei, spaltete die Gesellschaft, doch tendierte die Mehrheit dahin, sie für schuldig zu erachten. Allzu drückend waren die Beweise, die zu ihren Ungunsten sprachen und die der Kriminalrat Hitzig, der ja die Untersuchung geführt und den Abschlussbericht geschrieben hatte, den Freunden so überzeugend darzulegen wusste, dass für diejenigen, die auf Unschuld plädierten, am Ende nur das eine Argument übrig blieb, dass nämlich ein so frommer und nobler Charakter wie die Baronin keinesfalls einen Mord begangen haben könne. Namentlich der Baron de la Motte Fouqué vertrat diesen Gedanken, der mehr von Ritterlichkeit als von Realismus zeugte, denn das Gebäude der Anklage, so, wie es dastand, schien ganz und gar solide und unerschütterlich, sodass der Baronin, wäre der »Seraphinenbund« ein ordentliches Gericht gewesen, ein Schuldspruch wohl nicht erspart geblieben wäre.

Die Runde, die Hitzig aufgeboten hatte, um Hoffmann im Kreis der Berliner Künstlerwelt willkommen zu heißen, bestand aus einem halben Dutzend Männern. Besonders erfreut war Hoffmann über die Anwesenheit des Barons de la Motte-Fouqué, des Librettisten von seiner Oper »Undine«, der eigens von seinem weit außerhalb Berlins gelegenen Gut Nenndorf gekommen war, um »Mozarts legitimen Nachfolger« (wie er Hoffmann nannte) in die Arme zu schließen. Die übrigen Personen der Runde waren Hoffmann, bis auf seinen Freund Hitzig, unbekannt.

Hoffmann wusste nicht recht, ob er sich in diesem Kreis als Musiker oder als Poet einführen sollte. Er hatte kein Manuskript mitgebracht, was Hitzig ihm umgehend zum Vorwurf machte. Also erbot er sich, in den Pausen, die zwischen den Beiträgen der anderen entstanden, am Klavier zu improvisieren, auf dass aus der Zusammenkunft ein »musischer Abend mit musikalischen Zwischenspielen« werde. Der Vorschlag wurde akzeptiert. Hoffmann nahm am Klavier Platz. Der junge Warnke setzte sich bescheiden in eine Ecke. Es zeigte sich, dass die Dichter der Runde (Hitzig eingeschlossen) an einem gemeinschaftlichen Roman arbeiteten, den sie – nach einer jüngst aufgekommenen Mode – reihum fortsetzten, wobei derjenige, der mit Schreiben an der Reihe war, völlige Freiheit hatte, die Handlung nach seinem Gutdünken zu gestalten. Es war nur zu natürlich, dass sich die Autoren gegenseitig in der Tollheit ihrer Einfälle zu überbieten trachteten, und so war »Versuch und Hindernisse« – wie der Arbeitstitel des Werkes lautete – allmählich zu einem fantastischen Gewirr von Verstiegenheiten und Skurrilitäten geworden, also ganz das Rechte für einen Autor von »Phantasiestücken«, wie Hoffmann es war, dem Hitzig denn auch seinen Platz in dem Quartett abzutreten gedachte. Es war Chamisso, der das neueste Kapitel des Gemeinschaftswerkes verfasst und es der Runde nun vorzutragen hatte.

Der Dichter wurde bei seiner Lesung oft unterbrochen; es gab (durchaus beabsichtigtes) Gelächter, es gab Zwischenrufe, einige besonders eindrucksvolle Stellen untermalte Hoffmann spontan mit einer Improvisation auf dem Klavier. Zuletzt bekam Chamisso einen Lorbeerkranz aufgesetzt, und Hoffmann wurde feierlich – und mit Champagner! – offiziell in den »Seraphinenbund« aufgenommen. Es war Warnke, der schließlich den Vorschlag machte, den Abend mit dem Genuss eines der ganz besonderen Liköre, die ihm kürzlich ein Importeur überlassen hatte, zu krönen. Es gelang ihm, die Runde auf die Novität neugierig zu machen, und es wurde mit Murren zur Kenntnis genommen, dass Warnke nur eine bescheidene Kostprobe des von ihm gepriesenen Getränkes zur Hand hatte.

Zu Hoffmann Erstaunen handelte es sich bei dem Fläschchen, das Warnke schließlich aus der Tasche zog, um eine der Phiolen Lichtbrincks. Daraus ergab sich, dass Warnke und der seltsame Likörhändler offensichtlich miteinander bekannt waren. Dies erschien zwar verwunderlich, jedoch angesichts der bekannten Umtriebigkeit des jungen Mannes nun auch wiederum nicht ganz und gar rätselhaft.

Man begann darüber zu debattieren, auf welche Art man das Getränk zu sich nehmen sollte. Die Idee, es reihum gehen zu lassen, wurde aus Gründen der Schicklichkeit und auch wegen der allzu geringen Menge an Flüssigkeit in der Phiole verworfen. Der Vorschlag, sich aus dem Likör einen Punsch bereiten zu lassen, fand ebenfalls keinen Beifall, da in einer alkoholischen Mixtur der besondere Geschmack des neuen Trankes untergehen würde. Schließlich verfiel man auf den Ausweg, das Fläschchen zu verlosen. Es war übrigens Warnke, der dies vorschlug. Er förderte denn auch sogleich ein Kartenspiel aus seiner Rocktasche zutage und gab als Spielregel für die Lotterie bekannt, dass derjenige, der die höchste Karte zöge, den Preis, die Phiole, gewinnen sollte. Der Vorschlag wurde akzeptiert.

Hoffmann ahnte dunkel, dass Warnke mit der Idee, Karten ziehen zu lassen, eine bestimmte Absicht verfolgte. War der junge Assessor nicht ein geschickter Manipulator von Spielkarten? Hatte er sich nicht, seinen eigenen Worten zufolge, in der Kunst des Riccaud de la Marlinière, nämlich des Falschspieles, geübt? Also würde es ihm wohl möglich sein, selbst zu bestimmen, wem die höchste Karte zufiel. Hoffmanns Vermutung, dass Warnke sich begünstigen würde, stellte sich jedoch als Irrtum heraus. Er selbst war es, der am Ende das Kreuz-As in Händen hielt und damit der Sieger der Glücksziehung war.

Hoffmann bot an, auf seinen Gewinn zu verzichten, doch weigerte man sich, das Glück zu korrigieren und Hoffmanns Angebot, die Phiole nochmals zur Verlosung zu stellen und diesmal selber nicht teilzunehmen, zu akzeptieren. Die Glücksgöttin durfte nicht beleidigt werden. Warnke versprach, er werde »beim nächsten Mal« gewiss ausreichend Warenproben mitbringen, um jedermann zufrieden zu stellen – womit er sich auf geschickte Weise die Teilnahme an der nächsten Versammlung des »Seraphinenbundes« gesichert hatte. Hoffmann hingegen wurde dazu verurteilt, seine Prämie gleich an Ort und Stelle in Besitz zu nehmen und das Fläschchen vor aller Augen zu leeren. Ausflüchte wurden nicht anerkannt. So kam es, dass Hoffmann zum zweiten Mal die Wirkung des Lichtbrinck'schen Zaubertrankes an sich erproben musste.

Er erinnerte sich später, bis in die späte Nacht am Klavier improvisiert zu haben, wobei er sich, wie so oft, dermaßen in seine musikalischen Räusche steigerte, dass ihm das allmähliche Zerbröckeln der Künstlerrunde entging. Zuerst verabschiedete sich Philipp Veit, der Maler, dann Fouqué, der einen sehr weiten Heimweg hatte. Es stand ihm zudem noch vor Augen, dass sein umschleierter Blick die verbliebenen, rund um den Tisch sitzenden »Brüder« mehr und mehr zu grotesken Schemen, zu teils schauerlichen, teils komischen Gespenstern verformte. Zuletzt hatte er ein menschliches Rühren verspürt und war aus dem Zimmer gewankt, um einen Abtritt aufzusuchen. Von dem, was danach geschah, wusste er nur noch, dass er den Rückweg zum »Sitzungszimmer« nicht mehr gefunden hatte und eine Weile in langen, leeren, sich immerfort vor seinen Augen krümmenden und windenden Fluren umhergeirrt war. Den Rest verschloss die Finsternis, die sich über sein Bewusstsein gelegt hatte.

Traumfetzen. Wo tappte er umher, umnebelt, das Hirn wirr vom Wein, mit schwerem, pendelndem Kopf, aus dem die Gedanken leckten? Woher? Wohin? Sich durch Irrgänge tastend, dunklen und hellen, kreuz und quer, müder Minotaurus, ewig irrender Mensch. Da! Vor dem rot glühenden Rachen der Hölle standen stier glotzend, weiß bestäubt die Inkubi. Was schrieen sie? Was schoben sie in den Feuer atmenden Rachen? Brot! Eines Brot fressenden Teufels klaffendes Maul fütterten sie, beförderten mit Holzschiebern an langen Stangen teigige Klumpen ins Flammengebrüll, zogen Gebranntes, Gebräuntes heraus. Feuerzungen leckten an ihren langen Löffeln. Wohlgeruch nach Gebackenem erfüllte das rauchgeschwärzte Gewölbe, das hitzetobende Kellerloch, in dem die Gesellen schwitzten, verdammte, mehlbleiche Sünder, ewige Diener der Völlerei, einer immerfort gefräßigen Menschheit, Sklaven des Magens. Verbannte, Verbrannte, vom Feuer gerötet, geröstet.
Und sie packten ihn, grell auflachend, kreischend, jaulend, sich anfeuernd in einer unbekannten, unverständlichen Höllensprache, packten ihn mit weißen Geisterhänden, fassten ihn an Armen und Beinen und schleppten ihn zum Höllenrachen, dem klaffenden Maul des riesigen Backofens, und schwenkten ihn, als holten sie Schwung, um ihn in die brüllenden, gleißenden Flammen zu werfen, die er auf sich zurasen und wieder zurückweichen, in denen er sich versinken, verbrennen und verglühen sah, die ihm Augen, Stirn und Haar versengten wie einem Ketzer auf dem Scheiterhaufen. Die Dämonen hatten jedoch nur gescherzt, sich mit ihm, dem Verirrten, Betrunke-

nen, einen rohen, teuflischen Spaß erlaubt. Sie stellten ihn, nachdem sie ihn am Feuer ein wenig gebacken hatten, zurück auf den Boden, gaben ihm einen Stoß, jagten ihn die Treppe hinauf, hinaus aus dem glutheißen Keller, dem Vorhof der Hölle, riefen ihm in ihrem fremden Dialekt Zoten und Gemeinheiten nach.

Fort von hier! Leitstern, führe mich! Banne die Finsternis! Schief die Stufen; sie bäumen sich, buckeln, tanzen und springen, lassen den Fuß ins Weiche, ins Leere treten. So stürzte er aufwärts, stand schließlich in einem Saal. Das Parkett bedeckt mit einem riesigen roten Teppich, der wogte und wallte wie die Wellen eines blutigen Meeres. An den Wänden schwarze Tücher. Ein Kamin mit einer rot glühenden Feuerstelle, in der es knackte und prasselte. Davor ein Tisch, ein Sessel. Und in dem Sessel saß einer und starrte ihn an.

Hoffmann erschrak. Eine kalte Hand legte sich ihm auf das Herz. Denn dieser Mann, der da reglos im Sessel thronte, war das Furcht einflößendste Wesen, dem er jemals zuvor begegnet war.

Etwa fünfzig Jahre alt, womöglich auch sechzig. Bürgerlich gekleidet, schmucklos bis auf Uhrkette und Siegelring. Das Gesicht fleischig, ein großer, schwerer Kopf. Aber die Augen! Die Augen! Niemals hatte Hoffmann eine solche Kälte des Blickes gesehen. Wahre Kieselsteine hatte der Dicke in seinem frostigen Antlitz. Der lippenlose Mund eingefroren im Ausdruck der Verachtung. Auf Stirn und Wangen Mensurnarben, deutlich sichtbar. Das Haar grau und halblang über die Ohren gekämmt. Die Blicke durchbohrten das Gegenüber wie eine geschliffene Waffe. Eiskalte Drohung schwang in diesem Ausdruck der Augen, dem jede Gnade und Liebe fehlte, der nur eines ausdrückte: den Willen zu herrschen und die Bereitschaft, jeden Widerstand zu brechen. Ein Basiliskenblick, vor dem der Schüchterne zu Stein erstarrte.

»Rat Hoffmann, bleiben Sie stehen!«, befahl eine Stimme, grob, unwirsch und hart.

Hoffmann stand wankend.

»Sie sind, wie ich höre, zum Richter bestellt über eine bestimmte Person. Eine Mörderin. Ich sage Ihnen: Diese Frau ist schuldig.

Haben Sie verstanden? Sie ist schuldig. Ein Freispruch darf nicht stattfinden. Haben Sie mich verstanden?«
Die Worte wohl, aber nicht ihren Sinn. Was wollte der Grobian von ihm, was kümmerte ihn der Prozess?
»Haben Sie mich verstanden?«, grollte der massige Mensch.
Hoffmann schüttelte den Kopf, wollte das Spukbild vertreiben, doch es blieb fest.
»Das Urteil lautet auf schuldig! Das liegt im höchsten Interesse! Unterstehen Sie sich, daran zu rütteln! Was immer geschieht, was immer Sie denken mögen: Sie schweigen. Und wenn Sie gefragt werden, lautet Ihre Antwort: Ja, sie ist schuldig. Schuldig! Verstanden?«
Hoffmann wandte sich um, taumelte aus dem Saal. »Schuldig!!«, gellte es hinter ihm her. »Fügen Sie sich, falls Ihnen Ihr Leben lieb ist!«
Die Treppe hinunter, die wogenden, wabernden Stufen, Eisklumpen im Blut, eine kalte Hand im Genick. Es war finster, als habe man sämtliche Kerzen auf einmal ausgeblasen. Er stolperte, fiel, rutschte ein paar Stufen hinunter; zum Glück brach er sich nichts; er rappelte sich wieder auf, tastete sich am Treppengeländer entlang. Da kommen plötzlich Männer mit Fackeln, schreien ihn an, leuchten ihm ins Gesicht.
»Wer bist du? Was willst du hier? Rede!«
»Ich habe mich verirrt.«
»Der Kerl ist betrunken! Schafft ihn hier weg!« Hände packen ihn, Fäuste stoßen ihn. Man schleift ihn, wirft ihn zur Tür hinaus. Krachend fällt sie hinter ihm ins Schloss.
Wo bin ich? In der Allee Unter den Linden. Die dunklen Fenster der Konditorei. Kühle Nachtluft. Es muss weit nach Mitternacht sein. Noch immer schwankt die Welt, ein Karussell von Bildern, Bäumen, die fliegen … Der Trank! Der vermaledeite Trank.

Kutschengerassel, vom Brandenburger Tor her. Eine Droschke. Hoffmann will sie anhalten. Sich ihr in den Weg stellen, nach Hause gefahren werden. Er schwankt wie im Sturm. Treibsand unter den

Füßen. Schiffsplanken im Wellengewoge. Betrunken. Der vermaledeite … Er muss sich gegen die Wand lehnen. Ihm ist übel. Die Kutsche rasselt vorbei. Nein.
»Brrr!« Peitschenknallen. Sie hält. Jemand öffnet die Tür. Ein Arm winkt. »Kommen Sie! Steigen Sie ein!«
Hoffmann löst sich von der Mauer, schwankt vorwärts (es ist ihm peinlich, dieses Sichverdrehen der Beine, dieses Kämpfen um Gleichgewicht) auf den offenen Schlag zu. Keine Droschke. Eine vornehme Kutsche. Das Wappen …
Das kennt er. Das hat er schon einmal gesehen. Das ist … Die Erinnerung flüchtet, verschwindet im weißen Rauschen seines Gehirnes. Mühsam steigt Hoffmann ein, von kräftigen Armen gezogen, wirft sich in die Polster. Eine vornehme Kutsche. Roter Samt. Rasselnd setzt sie sich wieder in Fahrt.
Ein Mann sitzt ihm gegenüber. Nobel, wohlgestaltet, fast schön. In einen Frack gekleidet. Der Zylinder neben ihm auf dem Sitz. Schwarzes, glänzendes Haar, geölt wie das eines Italieners.
Wer ist der Fremde?
»Darf ich mich vorstellen? Baron Orlowski. Wir kennen einander aus Warschau, Herr Rat. Hoffmann war doch der Name, nicht wahr?«
»Ja. Woher kennen Sie mich?«
»Ich war Mitglied der Musikalischen Gesellschaft. Hörte Sie oft spielen. Sie sind gut am Klavier. Vorzüglich. Ich erinnere mich wohl. Was treiben Sie so spät in Nacht und Wind?«
»Ich war – mit Freunden …« Gestammel. Schwere Zunge.
Der Baron lacht. »Verstehe schon. Bin selbst ein Geschöpf der Nacht. Langweiliges Nest, dieses Berlin, finden Sie nicht auch?«
Hoffmann gähnt. Es zerreißt ihm fast die Mundwinkel.
Der Baron reicht ihm ein silbernes Fläschchen. »Trinken Sie. Es weckt die Lebensgeister.«
»Was ist das?«
»Messwein!«, sagt der Baron. »Mit Blut versetzt.«
Schlechter Scherz. Hoffmann weist das Fläschchen zurück.
»Nun nehmen Sie schon! Es ist Cognac. Echter. Französischer.«

Hoffmann nimmt. Der Verschluss ist bereits abgeschraubt. Hoffmann setzt an, trinkt. Feurigwarm rinnt es ihm durch die Kehle. Weich und belebend.
»Sehen Sie? Es gibt nichts Besseres. Ich hoffe, die Rinnsteinschwalbe hat Ihnen nicht allzu viel gestohlen.«
Rinnsteinschwalbe? Mühsam begreift er. Der Baron denkt, er habe sich mit einer Dirne …
»Nein.«
Die Belebung währt nur kurz. Die Augen fallen ihm zu. Ein letzter Blick in das Gesicht des Barons. Es scheint ihm höhnisch, ironisch … und doch: »Ein Verführer!«, denkt er. Dann verschwimmt die Welt vor seinen Augen.
Er wird gerüttelt, erwacht. »Aussteigen. Wir sind am Ziel!«
Endlich! Das Hotel! Ein weiches, warmes Bett … Aber, nein. Sie sind … Ja, wo sind sie?
Der Baron, in seinen Mantel gehüllt, den Hut auf den Kopf, fertig zum Aussteigen.
»Auf, auf, Herr Rat!«
Hoffmann muss sich emporwinden. Man greift ihn. Draußen zwei Männer mit Fackeln. Schon steht er auf der Straße, links und rechts gestützt. Oder gehalten, festgehalten, wie im Arrest.
Er sieht sich um. Sie stehen – vor einer Kirche! Die Tür offen. Innen Licht.
»Kommen Sie!«
Man lenkt ihn, leitet ihn, führt ihn auf die Kirchentür zu. Was? Sie bringen ihn zu einem Gottesdienst? Jetzt? Weit nach Mitternacht? Kein Mensch ringsumher. Schwarze, mondlose Nacht.
Wie heißt diese Kirche? Wo steht sie? Hoffmann kennt sie nicht, kennt auch den Platz nicht. Es ist keine große Kirche, das bemerkt er sofort, als er über die Schwelle tritt. Ein altes, schmuckloses Hauptschiff. Taufbecken aus Sandstein. Trocken. Mit Bauschutt gefüllt. Im Mittelgang welke Blätter, vom Wind hereingeweht. Ton, Steine, Scherben. Die Bänke wurmstichig, die Sitze verschmutzt. Doch vorn ein Altar, mit Kerzen beleuchtet, ein umgedrehtes Kruzifix. Ein paar

Männer und Frauen in den Bänken. Wenige nur. Der Priester gekleidet in Rot und Schwarz. Die Fenster verhängt. Hoffmann geht mit schleifenden Füßen, niedergedrückt von schwerer Müdigkeit. Man setzt ihn in eine Bank. Der Baron nimmt hinter ihm Platz, stößt Hoffmann an, als dieser einnicken, das Kinn ihm auf die Brust sinken will.

»Hören Sie zu!«, flüstert der Baron. »Dies ist eine sehr interessante Kirche.«

»Wo sind wir?«, wispert Hoffmann zurück.

»Warten Sie ab. Die Messe beginnt.«

Der Baron – hat er dem Priester ein Zeichen gegeben? Der Schwarzrote nickt, ergreift eine Kerze, steigt auf die Kanzel. Die Kerzenflamme flackert ihm voran. Zwei Ministranten erscheinen, stellen sich neben dem Altar auf. Jetzt steht der Prediger oben, breitet die Arme aus, steht still, versenkt sich.

»Nun müsste stimmungsvolle Musik erklingen«, haucht der Baron Hoffmann ins Ohr. »Leider fehlt uns ein Organist.«

Hoffmann begreift mühsam. Ein Organist ... Wollen Sie, dass er ...?

»Haben Sie nicht in Warschau Kirchenmusik komponiert?«

Ja, das hat er. Zwei Kantaten.

In dem Moment beginnt die Predigt: »Ich hob meinen Blick auf und sah einen Thron, aus Gold gebildet.«

Im Fortissimo. Eine mächtige Donnerstimme. Wie Pauken und Trompeten. Bricht unvermittelt los. Ohne Vor- oder Anrede. In medias res.

»Doch als ich näher hinsah, war es kein Gold, sondern Kot. Und auf dem Thron saß ein Scheusal, das grinste in grimmigem Stolz. Sein Leib war mit Schwären bedeckt. Sein Kleid war aus besudelten Spitalslaken. In seiner Hand hielt er einen verfaulten Rumpf, Teil eines verwesten Leichnams. Den führte er zunächst an seine Nase, um sich an dem Gestank zu weiden. Die Nase aber war mit Warzen bedeckt wie die eines Aussätzigen.«

Hoffmann erfasst Unruhe, Verwirrung. Was ist das für eine Predigt?

Das ist kein gewöhnlicher Gottesdienst! Er sieht sich nach dem Baron um. Der sitzt zurückgelehnt, bequem, lächelt, genießt die gräuliche Sprache des Kanzelredners.

»Er biss ihm den Kopf ab, zermalmte den Rumpf, bis nichts mehr übrig blieb. Er zermahlte die Knochen mit seinen Kiefern. Und seine Zähne waren wie die eines Ebers. Mit denen brach er den Schädel auf und schlürfte das Hirn aus, dass es von seinen Lippen in seinen Bart troff.«

Die Gemeinde heult auf.

»Und jenes Untier saß in einem See aus Blut, sein Thron stand auf einer Insel, die war gebacken aus Kot, und es schwammen allerlei Untiere, Schlangen, Egel und Kröten, in dem Blutsee, in den wurden Menschen geworfen, immerfort, Männer und Weiber, bei lebendigem Leibe. Und die giftigen Würmer fielen über sie her und nagten an ihnen. Und es brodelte in der abscheulichen Masse. Und der Unhold auf dem Thron streckte seine Klauen aus und griff sich einen der Leiber, bedeckt mit Würmern, und fraß ihn, riss ihm die Gliedmaßen ab bei lebendigem Leib.«

Genug, genug der Gräuel! Hoffmann will nicht länger zuhören. Das hier ist keine christliche Gemeinde, so viel ist klar. Dies ist Parodie, Blasphemie …

»Jener Unhold aber«, schrie der Prediger, »ist …«, er pausierte, brüllte dann: »… der Herr der Welt! Und sie nennen ihn Gott! Und sie beten ihn an in Häusern wie diesem!«

Die Gemeinde respondierte mit Wutgeheul und Zorngebrüll.

Hoffmann fuhr auf. Es schauderte ihn. Wohin war er geraten? Was war dies für eine Nacht?

»Er aber zeigt seinen Gläubigen niemals sein Antlitz. Denn wenn sie Ihn sähen, so würden sie schreien wie vor einem Ungeheuer. Sie würden entsetzt sein und fliehen und sich von Ihm abwenden. Er aber will, dass man Ihn ehre, dass man Ihm Opfer darbringe, Myrrhe, Weihrauch und – Gold. Ja, meine Freunde, das will Er! Gold! Viel Gold! Mit dem baut Er seine Tempel, in denen Lügen verbreitet werden. Man nennt sie Kirchen. Und Er ließ ein Buch

schreiben, Ihm zur Feier. Man nennt es Bibel. Es enthält aber lauter Lügen und Verdrehungen der Wahrheit. Denn siehe, es herrscht DAS BÖSE über die Welt. Und Er setzt Priester ein, um alle, welche die Wahrheit sagen, zu verfolgen und zu verbrennen! Und Er setzt Könige ein, die Menschen zu versklaven in Seinem Namen! Und Er lässt Kriege führen, und Er vergiftet das Brot, und Er schickt Fieber und Pest in die Welt! Ich aber sage euch: Lasst ab von Ihm! Denn Er ist der Dämon der Finsternis und des Blutes. Und Er will herrschen über eine Welt nach Seinem Bilde! In der tötet der Bruder den Bruder, hasst die Schwester die Schwester, beraubt und schändet einer den anderen, schlachtet der Starke den Schwachen, entbalgt ihn, weidet ihn aus und entbeint ihn, als wäre der Mensch ein jagdbares Wild oder ein gemästetes Schwein! Darum kehrt um! Lasst ab von Ihm! Schaut Ihm ins Gesicht und erkennt, wer Er wirklich ist: Belial! Satanas! Und so, wie Kain Abel erschlug, so schlug auch Er einst seinen Bruder aufs Haupt und vertrieb ihn, dass Er die Macht über die Welt und ihre Geschöpfe gewänne! Ja! Er vertrieb den Engel des Lichts und Er stahl dessen Thron. Der Engel des Lichts aber ist auferstanden. Er wandelt auf Erden! Er ist unter euch! Sein Name ist – Luzifer!«
Hoffmann wollte aufstehen, davonstürzen, flüchten, als er die wirren Worte dieser närrischen Theologie vernahm, aber er saß da wie gefesselt, wie mit Pfeilen an die Bank geheftet, und er musste zuhören mit gesträubten Haaren, es gellten ihm die lästerlichen Worte in den Ohren. Immer wieder respondierte die Gemeinde mit wildem und wüstem Geschrei. Der Prediger redete sie in einen brünstigen Rausch. Einige von ihnen sprangen aus ihren Bänken, fielen in Veitstanz, stampften, schwangen die Fäuste, schrieen aus Leibeskräften Verwünschungen Gottes, bis ihnen der Schaum vor den Mund trat, warfen sich auf die Erde, zuckten wild mit sämtlichen Gliedern, verloren zitternd das Bewusstsein. Die ganze Kirche drohte in Raserei zu verfallen, als endlich der Name dessen genannt wurde, den sie hier anbeteten: LUZIFER. Alle sprangen nun auf, hüpften, stiegen auf Bänke, stampften mit den Füßen, warfen die Arme in die Luft,

die Fäuste geballt, schrieen, brüllten und kreischten den Namen LUZIFER. Es war ein Getöse und ein Getobe, als wäre der Blocksberg los und die Walpurgisnacht hereingebrochen.
Der Baron aber saß mit einem entzückten Lächeln in seiner Bank. Er und Hoffmann waren die Einzigen, die ruhig geblieben waren.
»Nun, habe ich Ihnen zu viel versprochen?«, fragte der Baron. Er musste die Stimme erheben, um in dem allgemeinen Getöse verstanden zu werden. Er beugte sich vor, flüsterte Hoffmann ins Ohr: »Trauen Sie sich zu, aus dem hier – eine Oper zu machen? Eine Oper zu Ehren Luzifers? Das wäre das größte Musikstück der Welt!«
Hoffmann schauderte es bei dem Gedanken, der wilden, satanischen Raserei eine Musik unterlegen zu sollen, die ja wohl nur eine schrille, aller Harmonie entledigte Kakophonie sein konnte. Er schüttelte den Kopf.
»Oh, ich bin sicher, Sie können es! Ich werde Sie dafür bezahle . Gut bezahlen!«
»Schluss! Ich bleibe hier nicht länger!«, rief Hoffmann.
Der Baron erhob sich. »Kommen Sie!«
Fassungslos, erregt und knieweich taumelte Hoffmann zum Ausgang. Hinaus aus diesem Tempel des Irrsinns! Hinter ihm tobte die Gemeinde, dass die Kirchenwände zitterten.
Draußen stand die Kutsche.
»Wie gefiel Ihnen die Vorstellung?«, fragte der Baron, als sie auf den Polstern einander gegenübersaßen.
»Wie ist so etwas in einer Kirche möglich? Ich kann nicht glauben, dass derjenige, der da gepredigt hat, ein Geistlicher ist.«
»Es ist einer beziehungsweise, er war es. Er hat seiner Kirche den Rücken gekehrt, als er die Wahrheit erkannte.«
»Er ist zweifellos wahnsinnig.«
Der Baron zuckte die Achseln.
»Wieso haben Sie mich hierher gebracht?«, fragte Hoffmann.
»Wer sonst könnte eine Messe für Luzifer schreiben und komponieren? Es bedarf eines Künstlers mit einer zweifachen Begabung. Sie sind der einzige, den ich kenne, der über ein Doppeltalent verfügt.«

»Eine Messe für Luzifer? Das ist grotesk!«
»Was wissen Sie über Luzifer?«
»Wenig«, gestand Hoffmann ein.
»Er war der schönste Engel. Ein Himmelsfürst. Die Griechen nannten ihn Prometheus. Er liebte die Menschen und wollte eine Erde voller Licht und Harmonie. Luzifer bedeutet ›Bote des Lichts‹. Er unterlag im Kampf gegen das Böse, einen riesigen, grausamen Dämon, der den Himmel in Besitz nahm und seither die Menschen quält. Nachdem Luzifer besiegt war, verkehrten Priester im Namen des Dämons die Wahrheit: Luzifer wurde zu einem Bösen verfälscht, zu Satan. Man machte ihn zu einem Fürsten der Hölle. Der Sieger schreibt die Geschichte.«
»Ist es das, woran diese – Wahnsinnigen glauben?«, fragte Hoffmann, dem das alles wie krauses Zeug und ein fantastisches Gespinst des Irrsinns erschien.
»Sie sind die letzten Jünger Luzifers. Oder die ersten, wer weiß.«
»Sie scheinen mir reif für das Narrenspital.«
»Sagte man dergleichen nicht auch von den ersten Christen?«
»Sie sind ein talentierter Sophist«, stellte Hoffmann fest.
»Wer kann sicher sein, dass er Recht hat?«, gab Orlowski zu bedenken. »Hat jemals ein Mensch den Himmel oder die Hölle gesehen? Was ist das Christentum mehr als – Konvention? Man hat den Menschen zweitausend Jahre lang eingeredet, es sei die Wahrheit, und nun glauben sie es. Ein kluger Mensch wie Sie sollte sich von Vorurteilen befreien.«
»Ich werde keine Teufelsmesse komponieren«, erklärte Hoffmann in entschiedenem Tonfall.
»Ich biete Ihnen tausend Taler.«
Hoffmann schüttelte den Kopf – wenngleich ihn die Summe für einen kurzen Moment, einen sehr kurzen Moment in Versuchung führte.
»Zweitausend.«
»Sind Sie ein so reicher Mann?«
»O ja!«

»Es ist unmöglich. Es würde mir nicht wohl geraten. Ein Werk, das gelingen soll, muss aus dem tiefsten Innern der Seele aufsteigen. Wie sollte das bei einem Gegenstand der Fall sein, der mir – wie Ihr Luzifer – eben zum ersten Mal begegnet ist, und zudem in einer Form, die eher abstoßend als anziehend auf mich wirkt?«
»Lassen Sie sich Zeit!«, erwiderte der Baron. »Befassen Sie sich in aller Ruhe mit dem Sujet. Ich werde Sie mit allem Nötigen versorgen. Ich meine nicht allein mit Geld. Ich verfüge über eine bestens sortierte Bibliothek zu diesem Thema, wie man sie auf der Welt wohl kein zweites Mal findet. Studieren Sie die Manichäer, die Gnosis. Zwar haben die so genannten Kirchenväter alles darangesetzt, sämtliche Schriften zu vernichten, in denen die Wahrheit über Luzifer verzeichnet steht. Aber was übrig ist, habe ich gesammelt, ohne Kosten und Mühen zu scheuen.«
»Das klingt reizvoll – doch ich muss bedauern. Meine Amtspflichten machen mir ein gründliches Studium der Esoteriker unmöglich.«
»So geben Sie sie auf!«, rief der Baron. »Quittieren Sie den Dienst in einem stupiden System! Ich meine natürlich die preußische Justiz.«
»Sie halten sie für stupide? Sie scheint mir doch wohl einen sehr guten Ruf zu haben.«
Der Baron winkte ab. »Legenden«, sagte er abfällig. »Die Wahrheit ist: Die Reichen, an der Spitze der König, fürchten um ihr Leben und ihr Eigentum. Darum schaffen sie Gesetze, um beides zu schützen. Und Büttel dazu, um die Gesetze durchzusetzen. Sie wollen, wie es scheint, einer dieser Büttel werden.«
»Ich frage mich, warum Sie die Justiz als Ihre Feindin betrachten, da Sie doch selbst zu den Reichen zählen.«
»Ich betrachte es so: Das Schicksal hat mir ein Vermögen zugespielt, damit ich es einem höheren Zweck weihe.«
»Sie reden von Luzifer. Ich wundere mich, mit Verlaub gesagt, dass Sie ein derart bizarres Treiben, wie wir es eben erlebt haben, ernst nehmen können. Sie sind doch wohl ein kultivierter Mann.«
»Luzifer sucht noch nach seiner Form«, gab Orlowski zu. »Eben

deswegen mache ich Sie mit ihm bekannt. Ich verspreche mir von Ihnen, von Ihren Talenten eine Verfeinerung des Kultes.«
»Ich fürchte, Sie täuschen sich in mir.«
Orlowski schüttelte den Kopf. »O nein. Ich habe Sie gründlich studiert, seit ich Sie in Warschau als Musiker erlebte. Sie stehen im Begriff, ein Meister zu werden. Genau der richtige Zeitpunkt also, um Sie zu einem der unseren zu machen.«
Inzwischen waren sie vor Hoffmanns Hotel angelangt, wo im Hof schon die ersten Kutschen reisefertig hergerichtet wurden. Hoffmann blieben also nur noch wenige Stunden bis zum Beginn des ersten Prozesstages. Wider willen hatte er sich die Nacht komplett um die Ohren geschlagen. Es würde nach alldem mindestens einer großen Kanne Kaffee bedürfen, um ihn verhandlungsfähig zu machen.
»Sie werden kommen, dessen bin ich gewiss«, sagte der Baron zum Abschied.
»Gestatten Sie mir vorerst zu gehen«, erwiderte Hoffmann.
Der Kutscher öffnete von außen die Tür. Hoffmann stieg, nach einer höflichen Verneigung gegen den Baron, aus und betrat das Hotel, das bereits von morgendlicher Geschäftigkeit erfüllt war.

10

Während er zu seinem Zimmer hinaufstieg, stellte Hoffmann mit Verwunderung fest, dass er sich durchaus gesund und munter fühlte, fast gar nicht an den üblen Folgen nächtlicher Exzesse zu leiden hatte, wie sie sonst fast unvermeidlich waren. Abgesehen davon, dass seine Kleider einer Bürste und eines Bügeleisens bedurften, er selbst wohl Wasser, Seife und ein Rasiermesser gebrauchen konnte, ging es ihm ausgesprochen gut. Wenn er die Bilanz dieser Nacht zog, so musste er sie zweifellos zu den ereignisreichsten seines Lebens zählen. Noch nie war ihm innerhalb weniger Stunden eine so große Zahl neuer Personen und Eindrücke begegnet, und er war weit davon entfernt, sie allesamt geistig und seelisch verarbeitet zu haben.

Vorsichtig, auf Zehenspitzen gehend betrat Hoffmann sein Zimmer, um Mischa, die vermutlich noch schlief, nicht zu wecken. Umso größer war sein Erstaunen, als er das Doppelbett leer fand. Von Mischa war nichts zu sehen. Er schaute sich um, rief ihren Namen, aber allein schon die Unberührtheit des Bettes verkündete eindeutig die Tatsache, dass Mischa fort war.
Wo mochte sie sein? Ausgegangen zu so früher Stunde, da eben erst das graue Dämmerlicht sich durch die Vorhangritzen drängte? Das musste wohl der Fall sein – wenn es auch ganz unmöglich schien –, konnte aber gleichwohl nur deswegen als glaubhaft gelten, weil es noch unmöglicher war sich vorzustellen, sie hätte die ganze Nacht außerhalb des Zimmers verbracht. Leider kamen ihm, wenn er nach Gründen für Mischas Abwesenheit suchte, nicht eben angenehme Dinge in den Sinn: Er selbst war, ohne sie zu benachrichtigen, weil allzu stark mitgerissen von den sich überstürzenden Ereignissen dieser Nacht, ausgeblieben, hatte sie in Sorge und Ungewissheit gelassen … Ach, wenn es nur das wäre! Leider vermochte er sich nur allzu gut in die Gedanken und Empfindungen zu versetzen, die sie bewogen haben mussten, als sie Stunde um Stunde, womöglich bis weit nach Mitternacht, hier im Zimmer saß, seiner harrend und von den unerfreulichsten Mutmaßungen über den Grund seines Ausbleibens erfüllt. Was anders konnte sie sich vorstellen, als dass er wieder einmal, Raum und Zeit vergessend, in leichtfertiger Runde beim Wein saß? Er hätte, wäre dem so gewesen, ein Abkommen gebrochen, das zwischen ihnen vereinbart worden war, nachdem sie ihm seine Bamberger Exzesse verziehen hatte. Er hatte ihr versprochen, künftig nicht mehr so viel zu trinken, nicht mehr nächtelang in den Wirtshäusern zu sitzen und im Morgengrauen in aufgelöstem, jammervollem Zustand nach Hause zurückzukehren. Natürlich musste sie annehmen, dass er, kaum angekommen, sein altes, liederliches Leben auch hier in Berlin fortzusetzen gedachte, dass er sich ihre Absolution demnach mit einer erheuchelten Reue erschlichen hatte. Zweifellos war dies der Grund, warum sie fortgegangen war. Sie mochte es nicht länger dulden, zumindest wollte sie ihm – da sie

wohl kaum für immer gegangen sein konnte – demonstrieren, wie dünn und verschlissen ihr Geduldsfaden war, dass sie es nicht mehr ertrug, ihren Gatten elend betrunken über die Türschwelle stolpern zu sehen, wie es wohl in Bamberg, auf dem Tiefpunkt seines Lebens, bisweilen der Fall gewesen war.

Aber wie konnte er sicher sein, dass sie nicht für immer fort war? Weil sie kein Geld hatte, nicht wusste, wohin sich in dieser fremden Stadt wenden? Konnte sie sich nicht (in seinem Namen!) Geld geborgt und die erste Postkutsche nach Polen genommen haben? Aber, nein! Ihre Kleider waren vorhanden, wie Hoffmann sich durch einen Blick in den Schrank überzeugte. Gott sei Dank! Sie war also nicht auf dem Weg nach Polen, sondern hatte – vermutlich – einen Spaziergang unternommen, um ihren Zorn an der freien Luft verrauchen zu lassen. Nun, er würde ihr einen Brief schreiben, in dem er ihr eine halbwegs plausible Erklärung für sein nächtliches Ausbleiben lieferte – natürlich unter Auslassung der bizarren Messe im Tempel Luzifers.

Er begann mit der Morgentoilette – noch immer in der Hoffnung, Mischa möge auftauchen, während er noch mit Seife und Wasser, Rasierschaum und Schermesser hantierte. Doch sie erschien nicht. Nachdem er die Rasur beendet hatte, suchte er frische Wäsche heraus, warf sich in einen neuen Anzug (womit er seine Garderobe erschöpft hatte) und begab sich hinunter in den Gasthof, um ein Frühstück und Kaffee zu bestellen.

Als er den Frühstücksraum betrat, bemerkte er, dass er erwartet wurde. An einem etwas abseits stehenden Tisch saß sein Freund Hitzig, der, als Hoffmann sich näherte, die Morgenzeitung, in der er gelesen hatte, sinken ließ und den Blick vorwurfsvoll auf das Zifferblatt seiner Taschenuhr richtete.

»Eine Viertelstunde zu spät! Ich war schon im Begriff, nach dir schicken zu lassen.«

Hoffmann begrüßte den Freund. Dann nahm er ihm gegenüber Platz und füllte Kaffee in die bereitstehende Tasse.

»Oder sollte dir unsere Verabredung entfallen sein?«

»Durchaus nicht!«, versicherte Hoffmann, der in Wahrheit nicht das Geringste von dieser Verabredung wusste.
»Wie fühlst du dich? Bist du einem langen Prozesstag gewachsen? Ein wenig mehr Gerolsteiner und etwas weniger Niersteiner hätte dir am vergangenen Abend zweifellos besser angestanden«, sagte der Freund, der bisweilen ein arger Puritaner sein konnte.
»Ich fühle mich ausgezeichnet und durchaus zu Unrecht getadelt«, erwiderte Hoffmann. »Habt ihr mich nicht gezwungen, den vermaledeiten Likör zu trinken, dem allein ich eine gewisse zeitweilige Indisponiertheit verdanke? Wer ohne Schuld ist, der werfe den ersten Stein.«
»Man hat dich vermisst. Man war besorgt über dein plötzliches Verschwinden. Man hat sogar das Personal nach dir suchen lassen. Wo bist du geblieben?«
»Ich fühlte mich ein wenig unwohl und ging an die frische Luft. Dort traf ich auf einen Bekannten, der in einer Droschke vorbeikam und mich zum Hotel mitnahm«, log Hoffmann.
»Einen Bekannten?« Als Kriminalrat neigte Hitzig zu Misstrauen.
»Einen Herrn namens Lichtbrinck. Er wohnt ebenfalls hier im Hause. Eine Reisebekanntschaft, wenn man so will.«
Hitzig gab sich endlich zufrieden und verzichtete auf eine eingehende Untersuchung der vergangenen Nacht, da, wie er selbst bemerkte, Wichtigeres zu besprechen war.
»Du hast mich um eine kurze Einführung in den für heute anstehenden Prozess gebeten«, leitete er zum Hauptthema des Treffens über. »Du hattest verständlicherweise nicht mehr die Zeit, die Akten gründlich zu lesen.«
»Die Bestallung zum Beisitzer kam recht überraschend«, bestätigte Hoffmann.
»Nun, ich kenne den Fall gründlich genug, da ich, wie du weißt, die Voruntersuchung durchgeführt habe.«
»Dann lass mich hören. Zum Dank werde ich das Frühstück auf meine Rechnung nehmen.«
»Nicht nur das Frühstück!« Hitzig schob einen bereitliegenden Zettel

über den Tisch. Hoffmann ergriff ihn und sah, dass es sich um eine Rechnung handelte – mit einer erschreckend hohen Endsumme.

»Dies ist der Betrag, den ich dir kreditieren musste, weil du so plötzlich verschwandest«, erläuterte Hitzig. »Ich erwarte baldige Erstattung. Unserer Freundschaft zuliebe will ich auf das Erheben von Zinsen verzichten.«

Hoffmann dachte zerknirscht an das notorische Vakuum in seinem Geldbeutel. »Beim ersten Gehalt …«, murmelte er, indem er den Zettel in seine Rocktasche schob. »Natürlich mit Zinsen.«

Hitzig runzelte die Stirn. Er war, wie Hoffmann wusste, in Welddingen ein wenig pedantisch.

»Nun, kommen wir zu dem Prozess«, schlug Hoffmann mit forcierter Munterkeit vor.

Hitzig räusperte sich wie jemand, der zu einem längeren Vortrag ansetzt. »Ich nehme an, du bist in groben Zügen mit dem Gegenstand vertraut.«

»Ich weiß so viel, als dass es um einen Gattenmord geht. Eine tugendhafte Baronin entledigte sich ihres schurkischen Ehemannes auf zwar berechtigte, jedoch nicht rechtmäßige Weise.«

»Wenn du es so ausdrücken willst. Nun, gut. Der Mord – als solchen bezeichne ich die Tat – fand hier in Berlin, im Haus des Ehepaares statt, das zuletzt nur von der Dame allein bewohnt wurde, da der Mann sich von ihr getrennt hatte, um ein höchst sittenwidriges Leben in fragwürdigem Milieu zu führen, während sie selbst ihre Neigung einem Philosophen und Bücherfreund zuwandte.«

»Der als ihr Komplize gilt«, warf Hoffmann ein.

»So ist es. Wir ersparen uns angesichts der knappen Zeit die Erörterung der Motive und kommen auf die Umstände der Tat zu sprechen. Wie viel weißt du darüber?«

»Das Wenigste. Und auch das nur in groben Zügen«, gestand Hoffmann. »Erzähle mir also, was an jenem Abend vorging, als der Baron in sein Haus – vielmehr das seiner Frau – zurückkehrte.«

Hitzig räusperte sich. »Der Baron«, begann er, »erschien am Abend. Der Eindruck, den er machte, war nicht eben sehr vorteilhaft. Er kam in einem Aufzug daher, der die Vermutung nahe legte, dass er die längste Zeit dieses Tages – und wohl auch der meisten vorherigen – im rauchigen Hinterzimmer einer Kneipe verbracht hatte, wo Würfel über den Tisch rollten und Dirnen, auf den Schößen der Spieler sitzend, sich die Dukaten in die Strumpfbänder steckten. Er roch schlecht; seine Kleidung war nachlässig. Nur Degen und Sporen ließen den Herrn von Stand erahnen.«

»Hat dieser Aufzug eine bedeutende Auswirkung auf die Ausführung der Tat?«

»Nur insofern, als es der Baronin, die sich zu diesem Anlass anständig, wenn schon nicht reich gekleidet hatte, auf drastische Weise vor Augen führte, wen sie da vor sich hatte und was ein Leben an seiner Seite bedeuten würde.«

»War der Liebhaber der Frau im Haus?«

»Dies ist ein wesentlicher Punkt. Es ist gut, dass du danach fragst«, erwiderte Hitzig. »Der Geliebte hatte sich beinahe den ganzen Tag im Haus der Baronin aufgehalten, zog sich jedoch, als ihr Gatte ankam, in ein Nebenzimmer zurück, um diesem nicht zu begegnen. Nachdem er seinen Widersacher in Augenschein genommen hatte, verließ er das Haus und will es an dem Tag nicht mehr betreten haben. Dies stellt jedoch eine offensichtliche Lüge dar, da er von den Bediensteten zur Mordzeit im Hause gesehen wurde.«

»Du sagst, es gibt zahlreiche Zeugen für die Tat?«

»So ist es. Aber der Reihe nach. Der Baron zog sich nach einer knappen Stunde des Zusammenseins mit seiner Frau in sein Schlafzimmer zurück. Übrigens ereignete sich während des Abendessens eine Episode, die ein Licht auf seinen Charakter wirft. Er zwang nämlich seine kleine Tochter, die man seinetwegen aus dem Bett geholt hatte, von allen ihm vorgesetzten Speisen einen Bissen zu probieren, obwohl das Kind keinen Hunger hatte und sich weigerte. Der Zweck dieser Grausamkeit ist offensichtlich: Er fürchtete, vergiftet zu werden, und rechnete damit, dass seine Frau es nicht ertragen könnte, dass ihre geliebte Tochter etwas von dem Gift zu sich nahm, und sich durch ihre heftige Reaktion verraten würde.«

»Er machte seine eigene Tochter zur Vorkosterin. Reizend.«
»Er brachte übrigens auch seinen eigenen Wein mit. Nun gut. Inzwischen war es etwa zehn Uhr geworden. Die Baronin ging hinaus in den Garten, angeblich, um sich in der kühlen Nachtluft abzuregen. Bei der Gelegenheit instruierte sie zweifellos ihren Geliebten, dass auch ihre allerletzten Bedenken gegen einen Gattenmord beseitigt seien und man zur Tat schreiten müsse. Der Geliebte machte sich daraufhin auf, die beiden gedungenen Schurken herbeizuholen, die in einem Gasthof in der Rosengasse warteten. Im Hause wurde es still. Die Dienerinnen waren für den Abend entlassen worden und begaben sich zu Bett.«
»Es handelt sich, wenn ich mich recht erinnere, um zwei Personen, eine alte und eine junge.«
»Es gab eine Köchin und ein Mädchen. Beide wohnten in einer Kammer in der Mansarde. Die Tochter schlief im ersten Stock, im selben Flügel des Hauses wie die Mutter. Das Zimmer, das man für den Grafen hergerichtet hatte, lag auf der gegenüberliegenden Seite der Galerie. Ferner gab es Neubert, den einzigen männlichen Hausangestellten, eine Mischung aus Sekretär und Verwalter.«
»Ein Verwalter in einem Stadthaus?«, wunderte sich Hoffmann.
»Die Baronin besaß und besitzt noch immer umfangreiche Güter in Westfalen. Doch weiter. Bis zwei Uhr nachts blieb es nun still im Haus. Alle schliefen.«
»Einen Augenblick. Hat der Baron sein Zimmer verschlossen?«
»Eine gute Frage. Nein. Er hielt es angesichts der Tatsache, dass nur Frauen im Haus waren und der einzige Mann, Neubert, eher zu ihm hielt als zu der Baronin, weil er sich von dem neuen Herrn Protektion versprach, wohl nicht für nötig, um seine Sicherheit besorgt zu sein. Ohnehin war er von Natur aus furchtlos, ja verächtlich der Gefahr gegenüber.«
»Weiter. Ich fürchte, die Zeit wird uns knapp.«
»Dann wollen wir uns kurz fassen. Die Baronin behauptet, gegen Mitternacht ins Bett gegangen zu sein, ein Schlafpulver genommen und bis zum Morgen fest geschlafen zu haben. Gegen zwei Uhr

nachts wurden die Bediensteten von einem lauten Schuss geweckt. Die Köchin, die einen leichten Schlaf hat, weckte die Kammerzofe, und beide wagten, ein Licht anzuzünden und hinunterzugehen, um nachzusehen. Sie mussten zu dem Zweck eine steile Stiege hinabsteigen und eine Tür öffnen. Dann aber sahen sie alles.«

»Du willst sagen, der Mord wurde von ihnen beobachtet?«

»So ist es. Die Tür zum Schlafzimmer des Barons, eine breite Flügeltür, stand offen, und drinnen sah man eine grausige Szene. Zwei fremde, bewaffnete Männer stachen mit Dolchen auf den Baron ein, der blutüberströmt am Boden lag und um Hilfe schrie. Die Baronin und ihr Geliebter standen im Hintergrund. Die Baronin rief: ›Ihr Tölpel! So bringt es doch zu Ende!‹ Offensichtlich stellten sich die gedungenen Mörder ziemlich ungeschickt an. Schließlich ergriff die Baronin eigenhändig den Degen ihres Mannes und stach ihn dem Opfer in die Brust.«

»Das sahen die Köchin und das Mädchen?«

»Richtig. Die Szene spielte sich quasi auf der Türschwelle ab. Offensichtlich hatte der Baron zu fliehen versucht und die Tür aufgerissen, war aber von den beiden Mördern aufgehalten und zu Boden geworfen worden.«

»Du sagtest, es fiel ein Schuss.«

»Ja. Die Mörder haben wohl zunächst versucht, den Baron zu erschießen. Sie schossen jedoch fehl. Daraufhin mussten sie ihre Dolche einsetzen, mit denen sie den Zeugenaussagen nach nicht sehr geschickt waren. Schwerter oder Degen hatten sie nicht mitgebracht. Sie verließen sich anscheinend auf die Flinte.«

»Zwei rechte Tölpel, wie es scheint.«

»Eben deswegen musste die Baronin am Schluss noch selbst Hand anlegen.«

»Was geschah nun?«

»Zweierlei. Zum einen wurden die Zeuginnen von Neubert abgelenkt, der nun endlich erschien. Neubert rief den beiden Frauen zu, sie sollten sich in ihrer Kammer in Sicherheit bringen. Er selbst stürzte mit einer Pistole in der Hand ins Schlafzimmer.«

»Kam es zu einem Kampf?«

»Nein. Neubert sagt aus, dass er vor Entsetzen gelähmt war über den Anblick, der sich ihm bot, sodass die Helfershelfer ihm die Waffe entwinden und ihn selbst damit bedrohen konnten. Angeblich beratschlagten sie, ob sie ihn und die anderen Zeugen nicht ebenfalls ›beseitigen‹ müssten, doch die Baronin wollte von weiteren Morden nichts wissen. Sie schien nun, nach vollbrachter Tat, am Ende ihrer Nerven zu sein. Sie zitterte am ganzen Leibe. Sie wollte nichts, als die Mörder samt der Leiche so schnell wie möglich aus dem Haus haben. Der Geliebte übergab ihnen den vereinbarten Lohn, woraufhin sie den toten Baron in ein Laken hüllten und mit dem Leichnam das Haus verließen.«

»Wurden die beiden Mörder gefasst?«

»Nein. Bislang nicht. Es ist eine hohe Belohnung für ihre Ergreifung ausgesetzt.«

»Warum wurde nicht sofort die Polizei gerufen?«

»Die beiden Frauen waren zu ängstlich und zu verschüchtert. Überdies verschloss man die Tür, die zur Mansarde führte. Neubert wurde durch die Baronin mit allerlei Versprechungen, Beschwörungen und Drohungen zum Schweigen verpflichtet. Angeblich drohten ihm die beiden Meuchelmörder, sie würden zurückkehren und sich seiner annehmen, wenn er zur Polizei ginge. So kam es, dass Neubert erst einige Stunden später, als es bereits wieder hell war, auf der Wache erschien und die Mörder anzeigte. Er wurde übrigens in Haft genommen, weil er den Mördern durch sein Verhalten einen gehörigen Vorsprung verschafft hatte.«

»Somit gibt es nicht weniger als drei Augenzeugen für die blutige Tat.«

»So ist es. Hinzu kommt noch eine Ohrenzeugin.«

»Die Tochter«, mutmaßte Hoffmann, da nach seiner inneren Zählung nur noch das Kind für diese Rolle übrig blieb.

»Richtig. Das Mädchen. Man hatte die Tür des Kinderzimmers von außen verschlossen. Zweifellos eine Vorsichtsmaßnahme des Mörderpaares. Doch wurde das Kind von dem Flintenschuss geweckt und musste mit anhören, wie sein Vater um Hilfe schrie und um sein Leben flehte. Nach ihren Worten rief der fremde Mann – wie sie ihren Vater nennt: ›Nein, Franziska, verschone mich! Erstich mich nicht!‹«

»Franziska ist der Name der Baronin?«

Hitzig nickte. »Soviel in Kürze. Du siehst, wir haben es hier mit einer Tat zu tun, die ebenso grausam wie unbeholfen ausgeführt wurde. Du wirst zugeben, dass die Schuld der Baronin ganz unzweifelhaft feststeht.«

»Trotzdem beteuert sie ihre Unschuld?«

»Sie behauptet, sie habe die ganze Nacht tief und fest geschlafen und von alldem nicht das Geringste bemerkt. Eine Behauptung, die als widerlegt gelten muss.«

»Ich danke dir für diesen vorzüglichen Rapport«, schloss Hoffmann die Unterredung. »Ich denke, es ist Zeit, zum Gericht zu gehen.«

11

Vor dem Kammergericht waren Neugierige aufgezogen. Ein Dutzend Kutschen, offene wie geschlossene, stand an den Straßenrändern. Vor der Eingangstür zum Gericht bildete allerlei Volk eine Gasse, darunter die üblichen Rudel von Straßenjungen, aber auch nicht wenige Bürgerinnen und Bürger. »Tod der Mörderin!«, riefen einige mutige Kommis, als sie sahen, dass Hoffmann das Gebäude betrat und anscheinend zu den Richtern gehörte. »Hängt se uf!«, rief ein Schusterjunge mit einem Paar Stiefel über der Schulter. Hoffmann beachtete den Pöbel nicht weiter. Es war jedoch unübersehbar, dass der Prozess gegen die Baronin Meusen ein starkes öffentliches Interesse hervorrief. Zum Glück war die Öffentlichkeit von den Verhandlungen des Kammergerichtes ausgeschlossen.

Die Baronin war eine eindrucksvolle Person. Der Aufenthalt im Gefängnis hatte sie keineswegs gebrochen oder ihren Stolz gemindert. Die Verachtung, die sie dem Gerichtsverfahren entgegenbrachte, war unverkennbar. Es schien für sie völlig unfassbar zu sein, dass man sie im Ernst des Mordes, gar eines eigenhändig ausgeführten Gnadenstoßes mit dem Degen beschuldigte. Sie hielt das Ganze für eine Prüfung, die ihr der Himmel auferlegt hatte, und sie war entschlossen, der Menschheit ein Beispiel dafür zu geben, wie man Prüfungen erträgt. Der Inhalt des Verfahrens sowie die gegen sie vorgebrachten Beweise schienen sie dagegen kaum zu interessieren. Sie hatte sich in die Verleugnung der ihr drohenden Gefahr so vollkommen eingesponnen, dass sie sich weigerte, einen Advokaten mit ihrer Verteidigung zu beauftragen. Sie betrachtete dies als unnötig, da der Himmel sich doch nicht vorgenommen haben konnte, ihr ein Ende als gehenkte Mörderin zu bereiten. Sie war fest davon überzeugt, alles werde sich am Ende von selbst zum Guten wenden. Im Übrigen vertraute sie auf die Macht des Gebetes.

Äußerlich war sie von jener strengen Hagerkeit, die häufig das Kennzeichen erzfrommer Personen ist. Die Natur hatte ihr überdies schmale Lippen und einen kalten, hochmütigen Blick verliehen. Ihre schwarze Witwenkleidung kontrastierte mit ihrer hellen Haut. Im Übrigen war sie vom nordisch-blonden Typ. Sie wirkte wie eine Vierzigerin, obwohl sie kaum die Dreißig überschritten hatte. Hoffmann fand sie durchaus nicht sympathisch oder Mitleid erregend. Ihm schien, als entspringe ihr Hochmut nicht allein dem Adel, sondern einem stolzen Gefühl göttlicher Auserwähltheit. Sie fühlte sich offenbar, als fiele ein besonderes Licht des Himmels auf sie, als habe Gott eigens ein Auge auf sie geworfen. Sie war zweifellos selbstsüchtig. Ihre gesamte Haltung schien auszudrücken: Seht her, ich bin der weibliche Hiob; was seid ihr alle gegen mich?

Hoffmann vermochte sich kaum vorzustellen, dass die irdische Liebe über eine solche Person jemals dermaßen viel Macht gewinnen könne, dass sie dadurch zu einem Mord verleitet wurde. Dass zwischen ihr und dem ehemaligen Bibliothekar ein zartes, amouröses Verhältnis bestanden haben sollte, deuchte ihm beinahe undenkbar. Womöglich wäre es ihm leichter gefallen, sie sich als verliebte Frau vorzustellen, wenn er sie in anderen als den witwenschwarzen Kleidern gesehen hätte, die sie seit dem Tod ihres Gatten trug. (Später erfuhr Hoffmann, dass sie schon immer die dunklen Farben bevorzugt hatte.) Überdies wäre sie wohl auch ohne die stolze Leidensmiene, die sie zur Schau trug, kaum als reizvoll oder anziehend zu bezeichnen gewesen. Was das Gericht betraf, so schien sie dessen Kompetenz wenig zu achten. Zwar antwortete sie prompt auf sämtliche Fragen, die ihr gestellt wurden, tat dies jedoch in einem Ton und einer Haltung, die unzweideutig besagten: Was gilt mir euer Urteil? Ein Höherer als ihr richtet über mich.

Sie wurde vom Gerichtsvorsitzenden gefragt, ob sie schuldig sei, was sie verneinte.

Auf den Vorhalt, ihr Hauspersonal habe sie bei der Ausführung der Tat gesehen, reagierte sie mit kaum verhohlener Verachtung. Sie bezeichnete das, was die Köchin und das Dienstmädchen ihr anlasteten, schlichtweg als Lügen. Was diese Personen veranlasse, sich in einer solch boshaften, arglistigen Weise gegen sie zu wenden, könne sie sich nicht erklären. Besonders traurig stimme sie, so ihre eigenen Worte, der Verrat der Köchin, die lange Jahre in ihren Diensten gestanden und die sie für treu gehalten habe. Was Neubert betraf, so zuckte sie nur die Achseln. Der Mann sei fleißig, aber liederlich, zudem intrigant und übermäßig ehrgeizig. Sie habe, behauptete sie, ihr Dienstpersonal weder besonders gut noch ausnehmend schlecht behandelt, sondern so, wie es Domestiken zukomme. Einen Grund zur Rache habe sie ihnen nie gegeben. Sollte dies der Fall sein, bitte sie in Christi Namen um Vergebung.

Nun wurde sie gefragt, wie sie die Aussage ihrer Tochter einschätze. Hielte sie es für möglich, dass ihr das Kind bewusst übel wolle, etwa um sich für eine allzu strenge Erziehung zu rächen? Oder stelle es sich womöglich gern mit erfundenen Geschichten in den Mittelpunkt?

Die Baronin bestritt all dies auf das energischste. Sie bezeichnete ihre Tochter als ein liebevolles, ehrliches und frommes Kind, das niemals eine Lüge aussprechen würde. Sie wisse, dass es dem Mädchen große Qual bereite, der eigenen Mutter schaden zu müssen. Es könne je-

doch nicht anders. Es habe gelernt, allezeit unbedingt der Wahrheit die Ehre zu geben, da lügen eine schwere Sünde sei.
Herr von Trützschler hielt ihr daraufhin vor, dass sie sich mit dieser Aussage selbst belaste, denn die Tochter habe ja gesagt, sie habe den Vater um Hilfe rufen und um Gnade flehen hören. Dabei sei ausdrücklich ihr Name gefallen. Wenn das Kind niemals lüge, so müsse die Szene sich tatsächlich so abgespielt haben.
Die Baronin blieb bei ihrer zwiespältigen Aussage, sie wisse sich nicht zu erklären, wie ihre Tochter so etwas gehört haben könne, da sich eine derartige Szene niemals in Wirklichkeit abgespielt habe, hege andererseits aber auch keinerlei Zweifel an der Wahrheitsliebe des Kindes.
Die Frage, ob ihre Tochter lebhaft zu träumen oder im Schlaf zu wandeln pflege, verneinte die Mutter entschieden. Dergleichen sei niemals vorgekommen. Auch sei das Kind nicht fiebrig oder übermäßig nervös gewesen. Auf das Wiedersehen mit dem Vater habe man es lange und gründlich vorbereitet, sodass die Begegnung es nicht übermäßig erregt haben könne. Zudem sei das Dienstmädchen, wie üblich, bei ihm gewesen, bis es fest und ruhig geschlafen habe. Auch sie, die Baronin, selbst habe sich davon überzeugt, ehe sie zu Bett gegangen sei. Übrigens erziehe und belehre sie ihre Tochter, anders als in ihren Kreisen üblich, persönlich und beschäftige daher weder ein Kindermädchen noch eine Gouvernante.
Kurz: Ungeachtet die Mutter sich damit selbst belastete, stellte sie ihrer Tochter das denkbar beste Zeugnis aus. Sie bescheinigte ihr unbedingte Wahrhaftigkeit und machte dadurch die Aussage des Kindes zu einem starken Beweismittel der Anklage. Übrigens zeigte sie an diesem Punkt zum ersten Mal eine menschliche Regung. Sie empfinde, wie sie erklärte, nach wie vor uneingeschränkte Liebe zu ihrem Kind, ohne ihm im Geringsten zu verübeln, dass es dem Gericht seine Wahrnehmungen offenbart habe und somit gegen sie, die Mutter, zeuge. Auch wenn es ihr persönlich zum Schaden gereiche, lobe sie ausdrücklich die hohe Wahrheitsliebe des Kindes, das sich weigere, zugunsten der eigenen Mutter zu lügen. (Hoffmann schau-

derte es bei diesen Worten.) Sie betrachte es als empörend und ungerecht, dass man ihr den Umgang mit dem Kind verbiete, und die einzige Forderung, die sie an das Gericht stelle, sei, dafür zu sorgen, dass sie ihre Tochter sehen dürfe. Sie denke dabei keineswegs an sich selbst, sondern an den seelischen Schaden, den das Kind aufgrund einer solchen Trennung erleiden müsse. Sie habe durchaus nicht vor, Einfluss auf die Aussage des Mädchens zu nehmen. Hingegen werde sie ihr Möglichstes tun, die Belastungen, denen das Kind ausgesetzt sei, zu mildern und ihm zu helfen, sie zu ertragen.

Sie wurde nun aufgefordert darzulegen, wie es zu ihrer Ehe mit dem Baron Meusen gekommen sei, und sie gab eine Schilderung ihres Lebenslaufes ab, die wir hier kurz gefasst den Lesern zur Kenntnis bringen.

Franziska Amalia Henriette von Weringhausen war die einzige Tochter des Reichsgrafen von Weringhausen, auf dessen an der Ruhr gelegenem Besitz sie geboren wurde. Früh verlor sie die Mutter. Ihr Vater war ein geiziger, boshafter und hochfahrender Mensch von einer gallebitteren, zynischen Gemütsart, dabei literarisch und philosophisch gebildet und seiner Umgebung nicht nur an Reichtum und Macht, sondern auch an Geist und Witz hoch überlegen. Er war ein Anhänger der Aufklärung und pflegte über den christlichen Glauben, namentlich die katholische Dogmatik, nichts als Hohn und Spott auszugießen. Er trieb damit mehrere Schlosskaplane zur Verzweiflung.

Komtesse Franziska war ganz das Gegenteil ihres Vaters. Schon früh erfüllte sie ein tiefer Glaube, eine starke, aus dem Herzen kommende Frömmigkeit. Das Leben von Vater und Tochter war ein einziger Glaubenskrieg – wobei die Gräfin es allmählich lernte, ihre geistigen Waffen zu schärfen und Kraft aus ihrer Religion zu ziehen. Endlich starb der Alte. Man sagte, er sei an seiner eigenen Galle verschieden. Die Komtesse hatte ihn zuletzt mit eherner Pflichttreue, doch ohne das geringste Zeichen von Anteilnahme gepflegt. Als der alte Graf seine schwarze Seele aushauchte, war seine Tochter zweiundzwanzig Jahre alt. Das Fräulein wurde nun Herrin auf einem ausgedehnten, ertragreichen Grundbesitz. Natürlich stellten sich, kaum war das traditionelle Trauerjahr vorbei, zahlreiche Bewerber um die Hand der jungen Erbin ein, wobei kein Zweifel darüber bestand, dass es ihnen allen mehr um das Heiratsgut als um das harsche Mädchen ging. Franziska lehnte es jedoch mit größter Entschiedenheit ab, sich zu verehelichen. (Diese Weigerung empfand Hoffmann als durchaus zu ihrem Charakterbild passend; sah er doch in ihr beinahe das Urbild einer strengen Äbtissin.)

Doch wie es vielen erzfrommen Naturen ergeht: Sie finden schließlich ihren Tartüff.

Er kam in Gestalt des Barons Meusen. Anlass der Begegnung war der denkbar simpelste, nämlich eine Einquartierung. Die Baronin sprach nun viel von der Heuchelei und den Verstellungskünsten, die ihr künftiger Ehemann anwandte, um sich bei ihr einzuschleichen. Dabei trat der Baron zunächst durchaus nicht als Freier auf. Er gab sich als Mann von Ernst, Bildung und Religion, und so verfehlte er nicht, allmählich Eindruck auf das einsame Fräulein zu machen. Allgemein wurde festgestellt, dass die Anwesenheit des Barons einen guten Effekt auf die Gräfin hatte. Sie blühte auf, wurde freier, freundlicher, nahm sogar ein wenig an Reizen zu. Je weniger sie bedrängt wurde, desto mehr sank sie hin. Natürlich rief diese Konstellation alsbald die nimmermüden Kupplerinnen auf den Plan, welche Franziska (die eine uneingestandene Sehnsucht nach einem Kind in sich trug) die Vorzüge einer Ehe – und speziell dieses Bewerbers – auf das wärmste zu schildern wussten. Über Baron Meusens Herkommen zog man Erkundigungen ein und erfuhr nur das Beste.

Wie das sein könne, fragte das Gericht, da doch Meusens Adel eher dubios und seine Vermögensverhältnisse kaum anders als zerrüttet zu bezeichnen waren.

Der Baron habe, wie sie später erfuhr, hinter ihrem Rücken ein umfangreiches System von Bestechung und Beeinflussung in Szene gesetzt. Er sei ein überaus begabter Intrigant und Hochstapler und habe es geschafft, sie nicht nur hinsichtlich seiner Gefühle und seines Charakters zu täuschen, sondern auch bezüglich seiner Verhältnisse.

Immerhin dauerte es noch zwei volle Jahre, bis die Festung erstürmt und die spröde Jungfrau endlich zur Eheschließung bereit war. So wurde aus der Gräfin von Weringhausen schließlich die Baronin von Meusen.
Damit war das Ziel des Junkers erreicht, und man hätte meinen können, dass er sich nun nach einem tiefen Griff in die Schatztruhe seiner Gemahlin auf sein Pferd schwingen und durchbrennen werde. Doch dies geschah nicht. Der Baron nahm zu jedermanns Erstaunen sogar seinen Abschied als Offizier und begann ein ruhiges, unauffälliges Leben als Gutsherr zu führen. Im zweiten Jahr der Ehe wurde dem Paar eine Tochter geboren.
Die Tatsache, dass ein Wüstling wie der Baron einige Jahre lang die Rolle eines geduldigen Freiers, dann die eines braven Ehemannes spielte, erregte allgemeine Verwunderung. Die Baronin machte zur Psychologie ihres Gatten eine bedeutsame Anmerkung. Sie sah in ihm keinen von Grund auf bösen Menschen, jedenfalls damals noch nicht, sondern einen Gequälten und von einem Dämon Besessenen, der zumindest damals noch mit seinen inneren dunklen Trieben im Streit lag. Diese Einschätzung wurde ihr auch von ihrem Schlosskaplan bestätigt, der ihr andeutete, der Baron habe ihm die Qualen seines inneren Ringens gebeichtet, ihn gar um Beistand in seinem Kampf um sein Seelenheil ersucht. Er habe einen grässlichen Fehler begangen. Er deutete so etwas wie einen Teufelsbund an, den er eingegangen sei. Mehr dürfe er, der Kaplan, aufgrund des Beichtgeheimnisses nicht sagen.
Kurz, der Baron bemühte sich eine Zeit lang durchaus, ein guter Vater und Ehemann zu sein. Doch der Dämon wirkte in ihm mit immer größerer Macht. Die Jagd, mit der Meusen sich abzulenken versuchte, brachte ihm auf die Dauer keine Erleichterung. Immer wieder floh er das Schloss Weringhausen, oft auf mehrere Tage, um im Wald und auf freiem Feld zu leben. Mit den Jahren wurden aus diesen tagelangen allmählich wochenlange, ja sogar monatelange Ausflüge.
Ob sie wisse, was er während dieser Zeit getan habe, fragte der

Gerichtsvorsitzende nach. Die Baronin verneinte. Sie habe ihren Ehemann mehrmals zur Rede gestellt. Er habe ihr stets gesagt, er sei auf der Jagd gewesen oder habe sich an der Austilgung einer Räuberbande beteiligt.

»Oder deren Gründung, hm, na ja«, murmelte von Trützschler an dieser Stelle.

Der Baron habe dann endlich ein Offizierspatent erworben und sich nach Spanien begeben, wo ein Volkskrieg gegen Napoleon ausgebrochen war, der von beiden Seiten mit außerordentlicher Grausamkeit geführt worden sei. Nach der Beendigung dieses Krieges schlossen sich andere Feldzüge an. Der Baron sei seitdem nicht mehr nach Weringhausen zurückgekehrt. Sechs Jahre lang, so die Baronin, habe sich die Abwesenheit des Barons nun hingezogen. Sie habe nur wenig von ihrem Gatten gehört, kurze Briefe aus Feldlagern zumeist, die belegten, dass der Baron sich überwiegend im Süden Europas aufhielt und mittlerweile zum Feldhauptmann aufgerückt war. Währenddessen habe sie auf dem Familienschloss ein einfaches Leben geführt.

Ob sie ihren Gatten vermisst habe, lautete eine Zwischenfrage.

Sie sei mit ihrem Schicksal recht zufrieden gewesen, antwortete die Baronin ausweichend.

In jene Zeit sei ihre Bekanntschaft mit dem Gelehrten gefallen, den man allgemein der Wahrheit zuwider als ihren Geliebten bezeichne, fuhr die Baronin fort.

Das Gericht gab zu verstehen, dass es bezüglich ihrer Beziehung zu dem Bibliothekar anderer Meinung sei. Die Baronin wich jedoch nicht von ihrer Darstellung ab, mit dem Gelehrten, der auch als Verfasser theologischer Schriften bekannt gewesen sei, nichts anderes als eine rein geistige Freundschaft unterhalten zu haben, welches zwar zugegebenermaßen die übliche Vertraulichkeit zwischen Herrschaft und Dienstboten überstiegen, jedoch niemals die Grenzen des Schicklichen überschritten habe. Das Verhältnis habe vor allem auf ihrer Anerkennung seiner überragenden geistigen Fähigkeiten beruht. Anders als ihre Vorfahren und die meisten Angehörigen ihres Standes hege sie Respekt vor Büchern und ihren Verfassern, zu-

mal, wenn diese gelehrten Inhaltes seien. Das Wissensgebiet ihres Hausfreundes sei übrigens der Kampf der frühen Christen gegen den Manichäismus gewesen.
Hoffmann hielt diese Darstellung – ohne den Mitbeschuldigten gesehen zu haben – für einleuchtend, ja schlicht für die Wahrheit. Kriminalrat Hitzig, der sich mit derartigen Charakteren bestens auskannte, hatte den Gelehrten als den Prototyp eines Bücherwurmes beschrieben, dessen Studierstube eine mit Schriften voll gestopfte Mönchsklause gewesen sei. Er schien schon mit der Kenntnis des Augustinus zur Welt gekommen zu sein. Vor die Wahl gestellt zwischen einem Schäferstündchen mit der schönsten aller Kurtisanen und der Lektüre eines seltenen Buches, gäbe es wohl kaum einen Zweifel, wofür er sich entschieden hätte. Dennoch zog Hitzig aus der Vermutung, dass zwischen der Baronin und dem Bibliothekar wohl tatsächlich Askese geherrscht hatte, nicht die Schlussfolgerung, es habe kein Grund für eine gemeinsame Mordplanung bestanden. Vielmehr stellte er die Hypothese auf, das geistige Band zwischen den beiden Angeklagten sei so eng gewesen wie kaum je eine leibliche Verbindung zwischen zwei Ehepartnern. Im Idealen könnten ebenso feste Verbindungen entstehen wie im Physischen. Man könne durchaus von einer wahrhaftigen Liebe zwischen den beiden sprechen, auch wenn man ihr das Beiwort »platonisch« zubilligen müsse – wobei immerhin offen bliebe, ob es nicht doch hin und wieder zu Grenzüberschreitungen gekommen sei.
Nun erzählte die Baronin, wie sie allmählich mehr von dem Leben erfahren habe, das ihr Ehemann auf seinen Feldzügen führte. Es erschreckte sie zu hören, dass er als eine Art Kondottiere einen wilden Haufen von Söldnern und Landsknechten befehligte, mit dem er sich in die zahllosen Händel und Kleinkriege der oberitalienischen Städte einmischte. War schon ein solches Leben kaum höher als das einer gesetzlosen Räuberbande einzustufen, so entsetzte es die Baronin noch mehr, nach und nach von all den Ruchlosigkeiten und Verbrechen Kenntnis nehmen zu müssen, die auf das Konto ihres Gemahles kamen.

Als schließlich der Krieg in Oberitalien beendet wurde und wieder Ruhe und Gesetzlichkeit einkehrten, zog er mit dem Teil seiner Leute, die keinen Dienst in einer regulären Armee fanden, zurück in seine Heimat, womit in diesem Fall nicht das Schloss Weringhausen, sondern die Stadt Berlin gemeint war.
Anders als viele Offiziere, die mit Beute beladen von ihren Kriegszügen heimkehrten, war der Baron Meusen arm wie eine Kirchenmaus. Er hatte alles, was er jemals erbeutete, auf der Stelle verprasst, verspielt und in die Schenken getragen. Zudem hatte er seinen Landsknechtshaufen allezeit überaus großzügig mit Wein, Dirnen und gutem Essen versorgt, sodass er von seinen Leuten zwar vergöttert wurde, die Kriegskasse seines Freikorps jedoch meistens leer war. Natürlich forderte er nun Geld von seiner Gemahlin, was diese ihm zunächst auch gab, in Erwägung, dass es für einen Mann, der sechs Jahre im Feld zugebracht hatte, nicht leicht sei, in ein ziviles, geordnetes Leben zurückzufinden. Aber dem Baron schien es nun endgültig an jeglicher Neigung zum braven Hausherrn zu fehlen. Er blieb in Berlin, lebte dort in den Tag hinein, verprasste, was er bekam, und sank immer tiefer ins Milieu der Spielhöllen, Spelunken und Dirnenhäuser hinab.
Ob sie von den Raubzügen ihres Gatten, namentlich von dem schrecklichen Massaker auf dem Gut Misma gewusst habe, wurde die Baronin an dieser Stelle gefragt. Sie behauptete, niemals Kenntnis von derartigen Taten des Barons gehabt zu haben. Schließlich habe sie jedoch eingesehen, dass, wie sie sich ausdrückte, der Prophet zum Berge gehen müsse, wenn der Berg nicht zum Propheten komme. Sie zog nach Berlin, um hier vor Ort auf ihren Mann einwirken zu können, an dessen Bekehrbarkeit sie nach wie vor geglaubt habe. Noch immer vermutete sie, so ihre eigenen Worte, einen guten Kern in ihm. Das Haus, in dem sie ihre Wohnung nahm, sei schon länger im Familienbesitz gewesen. Sie habe es lediglich renoviert und mit einer Bibliothek ausgestattet.
Ob sie nicht auch ihrem Geliebten gefolgt sei, der endlich eine seinen Talenten entsprechende Berufung an die neue Berliner Univer-

sität erhalten habe, wurde sie gefragt. Sie reagierte darauf höchst ungnädig und bestritt entschieden, mit dem Gelehrten in Berlin jemals unter einem Dach gewohnt zu haben. Der Baron, so berichtete sie weiter, habe selbst das Fass zum Überlaufen gebracht. Er lebte nicht nur, wie sie zu ihrem Entsetzen erfuhr, in einem verrufenen Gasthaus, sondern war nicht davor zurückgescheut, sich mit der Besitzerin dieser Spelunke von einem dubiosen Feldprediger trauen zu lassen.

»Der Baron war also ein Bigamist«, konstatierte das überraschte Gericht.

Die Baronin bestätigte dies mit verkniffenen Lippen. Fortan, so versicherte sie, war ihr nichts mehr an einer Rückkehr ihres Mannes gelegen. Wäre sie nicht vom Glauben an die Heiligkeit des Ehebundes erfüllt gewesen, hätte sie sich unverzüglich scheiden lassen.

Mit diesem Stand der Dinge gab sich das Kammergericht für diesen Tag zufrieden. Der Präsident schloss die Sitzung, die Baronin wurde zurück in die Hausvogtei gebracht und die Fortsetzung der Verhandlung für den folgenden Tag, vormittags neun Uhr, anberaumt.

12

Zurück in seinem Zimmer, fand Hoffmann auf seinem Schreibtisch einen kurzen Bericht über Baron Orlowski, um den er Warnke gebeten hatte. Die Geschichte des Hauses Orlowski, so schrieb der junge Mann, stelle einen schwer durchschaubaren Wirrwarr dar. Das Geschlecht derer von Orlowski sei, als Polens Westprovinzen 1795 an Preußen fielen, sowohl verarmt als auch auf einen letzten, dürren Spross reduziert gewesen. Demzufolge sei die Baronie Opfer des damals einsetzenden Schachers mit polnischem Grundbesitz geworden, sei von einer Hand in die andere gekommen, geteilt und wieder zusammengefügt worden, kurz: zu einem Objekt der Bodenspekulation verkommen. Dem alten Orlowski sei zuletzt nur noch ein Försterhaus als Wohnsitz übrig geblieben. Das Geschlecht drohte auszusterben. Um 1810 tauchte jedoch plötzlich ein entfernter Verwandter des alten Barons auf, der sich mit allerlei Dokumenten als ein verschollener, scheinbar im letzten Polenaufstand gefallener Neffe auswies, der wegen schwerer Kopfverletzungen einige Jahre lang an Gedächtnisverlust gelitten habe, dem jetzt jedoch die Erinnerung an sein Herkommen zurückgekehrt sei. Zweifel des halbblinden und stocktauben Alten, der sich bis dato als Geschlechtsletzten betrachtet hatte, räumte er durch immense Summen Geldes aus, die er dazu verwandte, die Güter des einstigen Baronats zurückzukaufen, ja, sie noch zu vermehren und dem greisen Baron dadurch einen freudigen Lebensabend voller Genugtuung zu verschaffen. Als der Alte schließlich im Jahre 1813 seinen natürlichen Tod fand, gelang es dem angeblichen Neffen (vermutlich durch Bestechung) vom Adelspräsidium des Bezirkes nicht nur als Besitzer der Güter (die ihm ohnehin gehörten), sondern auch als Erbe des Titels anerkannt zu werden, sodass er sich nun mit Fug und Recht Baron von Orlowski nennen durfte. Warnke sprach scherzhaft von einem »sehr jungen Adel, der eben erst das Laufen lernt und dem man wünschen möchte, dass er die Kinderkrankheiten übersteht«.

Wie Hoffmann, der etliche Jahre in den einstigen polnischen Provinzen Preußens zugebracht hatte, sehr wohl wusste, war dieser Weg, an einen gültigen Adelstitel zu kommen, nicht eben ungewöhnlich, zumal seit die Bodenreform des Jahres 1811 dem freien Handel mit Grundbesitz den Weg geebnet hatte. Seither waren einige sehr frische Wappen entstanden (von denen etliche wohl zehntausend Taler und mehr gekostet hatten). Auch der Baron war demnach ein reicher Emporkömmling, wozu es durchaus passte, dass er sein frisch erworbenes Familienwahrzeichen protzend am Wagenschlag seiner Kutsche zur Schau stellte.

Hätte es noch einen Beweises bedurft, dass Orlowskis Angebot, ihn, Hoffmann, als eine Art Hofkomponisten anzustellen, höchst windiger Natur war, so war er hiermit erbracht.

Hoffmann legte den genealogischen Abriss der Familie Orlowski in seine Schublade und wandte sich einer anderen zweifelhaften Persönlichkeit zu. Der Prozess hatte in ihm das Bedürfnis geweckt, sich eingehender mit den Taten des Barons von Meusen zu beschäftigen. Er bestellte beim Archivar des Kammergerichtes die Akte und begab sich zum Mittagessen.

Als er in sein Richterzimmer zurückkehrte, lag die Akte bereits auf seinem Tisch. Er schnürte sie auf und begann die Lektüre. Bald stieß er auf einen ausführlichen Bericht über die Suche nach den Mördern von Gut Jenitzsch, verfasst vom sächsischen Kriminaldirektor Doktor Mohr. Darin fand er bestätigt, dass die sächsische Polizei den preußischen Innenminister mehrfach um Amtshilfe ersucht hatte. Der wiederholten Eingabe, einem sächsischen Beamten die Befragung preußischer Untertanen hier in Berlin zu ermöglichen, war jedoch nicht stattgegeben worden. Der König selbst hatte höchst eigenhändig die Erlaubnis verweigert – zweifellos aus Animosität gegen seinen sächsischen Kollegen. Bekanntlich waren die Beziehungen zwischen den beiden benachbarten Ländern gespannt – um es milde auszudrucken. Und doch war es ungewöhnlich, dass Ihre Majestät Friedrich Wilhelm III., König von Preußen, in höchsteigener Person die Polizei bei der Suche nach einem gefährlichen Mörder behinderte.

Kriminaldirektor Mohr war bei seiner Untersuchung des blutigen Raubüberfalles verschiedenen Spuren nachgegangen. Zunächst war ihm aufgefallen, dass – abgesehen von dem vergifteten Hofhund, der auf fremde Eindringlinge schließen ließ – am Gutshaus des Herrn von Jenitzsch die üblichen Spuren eines gewaltsamen Einbruches fehlten. Weder war ein Fenster eingeschlagen noch eine Tür aufgebrochen worden. Die Täter hatten also ganz offensichtlich über passende Schlüssel verfügt und sich ihrer bedient. Daraus ergab sich die Schlussfolgerung, dass die Räuber womöglich einen Helfer im Haus – und dort wohl am ehesten unter dem Gesinde des Gutes – gehabt hatten, da sie ansonsten wohl kaum in der Lage gewesen wären, sich die entsprechenden Schlüssel (oder deren Nachbildungen) zu verschaffen.

Ein junger Stallknecht, der als Einziger dem Massaker entkommen war, weil er die Nacht bei einer Magd auf dem Nachbargut verbracht hatte, wurde einem strengen Verhör unterzogen. Er bezeugte, dass die Köchin einen Kellerschlüssel besaß, den sie an einem Haken in der Küche aufbewahrte. Dieser hatte sich, als die Polizei das Haus betrat, an seinem Platz befunden. Doch konnten die Räuber – Ortskenntnis vorausgesetzt – ihn vom Haken genommen und anschließend dorthin zurückgetan haben. Der Einbruch in den Keller gab also wenig Rätsel auf.

Etwas anderes war es mit dem gewaltlosen Öffnen der Haustür (denn dass die Räuber dieselbe benutzt hatten, bestätigten die vorhandenen Wagen- und Hufspuren nahe der Tür). Nur der Gutsherr selbst und sein Schwiegersohn, der Leutnant Eberhard, besaßen einen Schlüssel zum Haupteingang. Die Bediensteten benutzten zum Betreten und Verlassen des Hauses eine Gesindetür, die beim Eintreffen der Polizei verschlossen gewesen war. Die Räuber konnten schon darum nicht durch die Küche gekommen sein, weil sich in dem dort ausgestreuten Scheuersand keinerlei Fußspuren fanden. Die Räuber waren also im Besitz eines Hausschlüssels gewesen.

Der sächsische Kriminaldirektor fand überraschend schnell eine Antwort auf die Frage, wie die Bande vermutlich an den Schlüssel gekommen war. Zwei Tage vor dem Überfall hatte ein Hauslehrer, der ein halbes Jahr lang die Tochter des Leutnants unterrichtete, seine Stellung ohne ordentliche Kündigung verlassen. Er war über Nacht unter Mitnahme seiner sämtlichen (im Übrigen spärlichen) Besitztümer verschwunden. Zuvor hatte er als privilegierter Diener, der ein Zimmer im Herrenhaus bewohnt hatte, hinreichend Gelegenheit gehabt, die dortigen Verhältnisse in allen Einzelheiten auszukundschaften.

Der Name, unter dem der junge Mann im Hause gelebt hatte, lautete Martin Schwarz, war aber möglicherweise gefälscht. Ein ehemaliges Stubenmädchen, das inzwischen in Misma verheiratet war, hatte sich, als es noch auf dem Gut beschäftigt war, in der Kammer des Hauslehrers beim Reinemachen »ein wenig umgesehen«. Sie konnte der

Polizei berichten, dass sich in dessen Besitz etliche Briefe mit Berliner Absenderadressen befunden hatten. Dies war der erste Hinweis auf eine Verbindung der Räuberbande mit der Stadt Berlin. Die Polizei vermutete, dass der Hauslehrer entweder von der Bande angeworben oder von ihr bestochen worden sei. Ob er an dem Überfall teilgenommen oder sich vorher aus dem Staub gemacht hatte, konnte nicht ermittelt werden. Die Suche nach Martin Schwarz war von der Polizei mit großem Aufwand betrieben worden, jedoch bis dato ergebnislos geblieben.

Als man in der Gegend, vor allem in den umliegenden Dörfern, nachforschte, ergaben sich noch weitere Hinweise. Es stellte sich heraus, dass die Räuber in einem Gasthaus am Rande des Dorfes Misma logiert hatten, das sich eines nicht ganz einwandfreien Rufes erfreute, und zwar waren sie dort nicht alle zugleich, sondern im Laufe von vier Tagen, einer nach dem anderen, eingetroffen. Es schien also, dass sich die Bande nur zum Zweck dieses einen Raubzuges hier eingefunden hatte, es sich also nicht um eine der notorischen, in Wäldern und Bergschlüften hausenden Haufen von Straßenräubern und Strauchdieben handelte, die sich aus allerlei entwurzeltem Gesindel zusammensetzten, meist einer bestimmten Region entstammten und dieser treu blieben, bis eines Tages ein größeres Aufgebot von Soldaten, Bürgern und Bauern auszog, um ihnen den Garaus zu machen. Die Mitglieder der Bande von Misma waren Fremde, die man nie zuvor in der Gegend gesehen hatte. Sie schienen über ausreichend Geld zu verfügen, denn sie hatten in der Zeit ihres Aufenthaltes in dem Gasthaus an nichts gespart. Im Gegenteil, je mehr von ihnen eintrafen, desto ausschweifender wurden die Gelage, die sie allabendlich in der Wirtsstube abhielten. Es konnte dem Wirt nicht nachgewiesen werden, dass ihm über die dunklen Absichten der Bande auch nur das Geringste bekannt gewesen wäre.
Bemerkenswert war, dass einer der Fremden dem Dorfschmied (der zu jener Zeit wenig beschäftigt war) für einen Tag dessen Werkstatt angemietet hatte. Er gab vor, er sei ein Goldschmied und habe die

Absicht, ein Schmuckstück anzufertigen, das er seiner Verlobten mitzubringen gedenke. Er hatte zum Beweis seiner Behauptung einen Beutel eingeschmolzenen Goldes vorgewiesen. Tatsächlich hatten er und zwei weitere Mitglieder der Bande einen ganzen Tag lang in der Werkstatt gearbeitet und dabei, laut Aussage des Schmiedes, eine gehörige Menge Brennmaterial verbraucht. Auch hatte man einen Tiegel benutzt, um darin Metall zu schmelzen. Zuletzt hatte man eine zerbrochene Feile, die nicht dem Schmied selbst gehörte, zurückgelassen. Der Schmied hatte die Feile untersucht. Zweifellos war mit ihr kein Edelmetall bearbeitet worden – wozu sie auch wenig geeignet gewesen wäre –, sondern gewöhnliches Eisen.
Der Kriminaldirektor schloss daraus, dass die Diebe in der Schmiedewerkstatt den Nachschlüssel angefertigt hatten, den sie bei ihrem Raubzug benutzten. Vermutlich hatte der Hauslehrer ihnen einen Wachsabdruck des echten Hausschlüssels verschafft.
Im Übrigen bestätigten der Wirt und sein Personal, dass Martin Schwarz, den sie gut kannten, am Tag vor dem Überfall zu der Bande gestoßen war.

Der sächsische Kriminaldirektor hatte ferner herausgefunden, dass die acht Personen der Räuberbande auf den Wirt den Eindruck gemacht hatten, Soldaten oder ehemalige Soldaten zu sein. Einer von ihnen war dem Wirt als ein Herr von Stand, will sagen: als Offizier erschienen. Er hatte sich als Baron Soundso (der falsche Name sei hier nicht erwähnt) vorgestellt. Er war mit einer eigenen Equipage vorgefahren. Und er war in Begleitung einer Dame gewesen, die, wie der Wirt aus verschiedenen Anzeichen vermuten zu können glaubte, nicht seine legitime Gattin, sondern seine Geliebte gewesen sei, da sie etwas Dreistes, Herausforderndes in ihrem Gebaren hatte, was auf einen niederen Stand, aber großes Selbstbewusstsein schließen ließ. Der Wirt nannte sie eine »Marketenderin«.
Hoffmann fand, dass sein ehemaliger Untergebener eine beachtliche Arbeit geleistet hatte.
Umso erstaunlicher war es, dass man ihm die Fortsetzung seiner

Ermittlungen in Berlin nicht gestatten wollte. Es erwies sich nämlich, dass die Spur des Räuberhauptmannes in die preußische Hauptstadt führte. Zum einen hatte der Gastwirt erkannt, dass die Sprache der jungen Frau, die das Zimmer mit dem Anführer der Bande teilte, eine charakteristische Berliner Sprachfärbung aufwies, und zwar umso deutlicher, je stärker sie dem Wein zugesprochen hatte. Zuletzt aber bewirkte der Baron selbst, dass man ihm auf die Spur kam, indem ihm nämlich nach dem Überfall auf der Flucht ein schwerwiegender Fehler unterlaufen war. Seine Equipage hatte einen Radbruch erlitten, sodass er und seine Begleiterin einen Mietwagen nehmen mussten. Dabei war er genötigt worden, sich auszuweisen, und hatte einen gültigen Pass vorgezeigt, in dem er mit seinem wirklichen Namen bezeichnet wurde: Baron Meusen. Von da ab war sein Weg leicht zu verfolgen. Es stellte sich heraus, dass der Baron mit seiner Begleiterin nach Berlin gefahren war.

Die sächsische Polizei gab das Signalement des Barons Meusen an den preußischen Innenminister weiter, verbunden mit dem Ersuchen an seine Majestät, den König, dem sächsischen Kriminaldirektor die Suche nach dem Mörder zu gestatten. Dieses Gesuch wurde, wie bereits gesagt, abgelehnt.

Hoffmann unterbrach die Lektüre, um nachzudenken. Warum war die Suche nach einem gemeingefährlichen Verbrecher in Berlin untersagt worden? Hatte die Berliner Polizei die Untersuchung selbst in die Hand genommen? In der Akte fand sich dafür kein Hinweis. Anscheinend hatte man sich hier nicht darum bemüht, den Baron festzusetzen. – Warum nicht?

Hoffmann verglich die Daten. Es stellte sich heraus, dass Meusen um die Zeit, da das sächsische Gesuch gestellt wurde, noch am Leben gewesen war. Man hätte ihn also fassen und der Justiz überantworten können. Dadurch wäre ein Mord – nämlich die Ermordung Meusens durch seine Frau – verhütet worden.

Jener Mord, der jetzt vor dem Kammergericht verhandelt wurde, fand mehrere Wochen nach der ersten Bitte um Amtshilfe durch den Dresdner Kriminaldirektor Mohr statt. Etwa um die Zeit, als das

Amtshilfeersuchen aus Sachsen in Berlin einging, kündigte Baron Meusen seiner Frau an, er habe die Absicht, in ihr Haus überzusiedeln. War das Zufall, oder gab es da einen Zusammenhang? War Meusen gewarnt beziehungsweise informiert worden, dass man ihn wegen der Teilnahme an einem Raubüberfall suchte? Hatte ihn das veranlasst, dem Verbrechermilieu den Rücken zu kehren, da er sich als wohlbestallter Baron und Ehemann zweifellos besser gegen derartige Anwürfe verwahren konnte?

Aber wer hatte ihn gewarnt? Bis dahin waren nur Amtspersonen darüber informiert gewesen, dass es einen Verdacht gegen ihn gab. Also musste Meusen von der Polizei selbst oder von einem Justizbeamten informiert worden sein. Eine erschreckende Vorstellung.

Zugleich verweigerte man dem sächsischen Ermittler die Einreise. Es schien, als habe Baron Meusen hochgestellte Beschützer gehabt, die dafür sorgten, dass er nicht behelligt wurde. Meusen, der ohne Vermögen war (denn seine Beute pflegte er ja stets sehr schnell durchzubringen oder zu verteilen) beschloss daraufhin, sich wieder mit seiner Frau zu vereinigen, höchstwahrscheinlich, um auf deren Reichtum zurückgreifen zu können, was die Baronin zu ihrer Verzweiflungstat getrieben hatte.

Leider wusste sie nichts von den grausigen Untaten, die ihr Mann begangen hatte. Wäre sie darüber unterrichtet gewesen, hätten ihr bessere Mittel zur Verfügung gestanden, sich der Zudringlichkeit ihres Mannes zu erwehren, als ein Mord. Auf ihre Anzeige hin wäre Baron Meusen zweifellos der Justiz überliefert worden. Doch niemand teilte der Baronin etwas von dem Verdacht mit, der gegen ihren Ehegatten bestand. Das konnte nur bedeuten: Man wollte sie bewusst in Unkenntnis lassen.

Kein Zweifel, der Baron besaß einflussreiche Beschützer.

Meusen war einer der grausamsten Verbrecher, die nach Hoffmanns Kenntnis jemals ihr Unwesen getrieben hatten. Falls Meusens Helfern bekannt war, welche Untaten er begangen hatte, war ein solcher Schutz ungeheuerlich. Es musste dafür einen triftigen Grund geben.

Plötzlich schlug die Angst mit scharfen Krallen nach Hoffmann. Ihm

kam der Unbekannte mit dem stechenden Blick in den Sinn, der ihm die Verurteilung der Baronin befohlen hatte. – Was hatte den Mann dazu bewogen?
Hoffmann fand keine plausible Antwort auf diese Frage. Meusen war tot, darüber bestand kein Zweifel, wie immer der Prozess ausgehen mochte. Warum also übte man Druck auf ihn als Richter aus? Die Frage war nur zu beantworten, wenn er herausfand, wer jener Mann war, der ihn in der vergangenen Nacht so unwirsch behandelt hatte.
So weit war er mit seinen Überlegungen gediehen, als ein Bote an die Tür klopfte und ihm eine Nachricht von seinem Freund Hitzig überbrachte. Der Kriminalrat bat Hoffmann dringend, ihn in dem Lokal »Zur goldenen Kugel« in der Rosengasse zu treffen. Er habe ihm eine äußerst wichtige Mitteilung zu machen. Es ginge um seine Frau Mischa.

13

Die »Goldene Kugel« befand sich im Hinterhof eines Hauses, dessen Eingänge von grimmigen Gendarmen bewacht wurden. Der Hof war außerordentlich schmutzig. Asche und allerlei Abfälle lagen gehäuft um die offenen Müllkübel, die allem Anschein nach nur selten geleert wurden. Es stank pestilenzialisch. Offensichtlich wurde eine der Ecken des Hofes gewohnheitsmäßig als Pissoir benutzt.
Das Lokal lag im Souterrain, die Tür stand offen. Dadurch war die Luft dort drinnen, die sich wie gewöhnlich aus Fuseldunst und Tabaksqualm zusammensetzte, einigermaßen erträglich. Die Einrichtung des Wirtshauses bestand lediglich aus einer roh zusammengezimmerten Theke und zwei langen, an den Wänden aufgestellten Tischen. Bänke und Stühle waren umgestürzt, Gläser und Bierkrüge zerbrochen im Raum verteilt. Entweder hatte es hier eine Saalschlacht gegeben, oder die Gäste hatten auf das Eintreffen der Polizei mit überhasteter Flucht reagiert, wobei sie wenig Rücksicht auf das In-

ventar der Kaschemme nahmen. Hoffmann hatte zuvor schon gesehen, dass vor dem Haus eine Kutsche mit vergitterten Fenstern wartete. Sie diente offensichtlich zum Abtransport von Festgenommenen. Rechts neben der Theke führte eine Treppe zu einer Tür, die ebenfalls geöffnet war.

Inmitten des Durcheinanders stand Hoffmanns Freund, der Kriminalrat Hitzig. Daneben ein Gendarm, der ein etwa vierzehnjähriges Mädchen am Arm festhielt.

»Was ist denn hier passiert?«, fragte Hoffmann, nachdem er seinen Freund begrüßt hatte. Hitzig legte einen Finger auf die Lippen. »Später. Ich möchte darüber nicht in Gegenwart dieses Kindes hier reden«, sagte der Kriminalrat. »Das Mädchen hat dir etwas zu sagen. – Rede, Kind!«

»Ick soll Ihn' saren, die Madamm bleibt heute Nacht bei de Sawatzki'n«, berlinerte das Kind.

»Du meinst, gestern Nacht«, korrigierte sie der Kriminalrat.

»Se haddet mir jestern jesacht, und da war et heute«, widersprach das Mädchen.

Hoffmann versuchte, den Sinn dieser Aussage herauszukristallisieren. »Handelt es sich um Madame Hoffmann, meine Frau?«, fragte er.

»Wenn Sie der Jerichtsrat Hoffmann sind, denn war se't«, sagte das Mädchen.

»Meine Frau hat dir also gesagt, du sollst mich benachrichtigen. Wann war das?«

»Jestan Ahmd. So jejen achte.«

»Und wo hast du sie getroffen?«

»Hier uff'n Hof.«

»Um Himmels willen! Was hat meine Frau hier getan?«, fragte Hoffmann verblüfft.

»Se war bei de Sawatzki'n.«

Hoffmann sah Hitzig ratlos an. »Sawatzkin? Wer soll das sein?«, fragte er.

»Ein Fräulein Sawatzki hat hier im Haus eine Wohnung gemietet«, erläuterte der Kriminalrat.

»Hier soll Mischa übernachtet haben? Hier?«, fragte Hoffmann fassungslos. Er konnte nicht glauben, was er da hörte.
»Davon weeß ick nüscht«, sagte das Mädchen. »Se hat ma nur jesacht, ick soll Ihn' det saren. Se hat ma dafür 'n Jroschen jejeben.«
»Wohin hat sie dich geschickt?«
»In't Posthotel. Se hat jesacht, Sie täten da wohn'.«
»Das ist richtig. Aber du bist nicht zum Posthotel gegangen. Ich habe keine Nachricht erhalten.«
»Se ham ma nich rinjelassen.«
»Sie haben dich nicht in das Hotel gelassen?«
»Nee.«
Das Mädchen trug, wie Hoffmann trotz des Dämmerlichtes in dem Lokal erkennen konnte, nicht eben die sauberste Kleidung. Überdies ging sie barfuss. Es war nur zu wahrscheinlich, dass der Wirt des Posthotels sie für eine Bettlerin gehalten und hinausgeworfen hatte.
»Was hast du dann getan?«
»Ick bin uff Arbeet jejang'.«
»Wo arbeitest du?«
»Na, hier.«
»Du arbeitest hier in dem Lokal? Als was?«
Das Mädchen sah Hoffmann an, als hielte es ihn für ein wenig beschränkt. »Ick bin Zimmermeechen«, sagte es.
»Sie ist Prostituierte«, korrigierte der Kriminalrat.
»Bin ick nich! Ick bin Zimmermeechen!«, rief das Mädchen trotzig.
Der Polizist, der das Mädchen am Arm hielt, schüttelte es. »Du sollst die Wahrheit sagen, verdammte Katze!«, befahl er.
Das Mädchen schrie auf. »Au, Se brechen ma ja den Arm!«
»Ich muss gestehen, diese Nachricht verwirrt mich«, gab Hoffmann zu. »Ich kann mir nicht vorstellen, was Mischa hier, in einer solchen Gegend, zu suchen hatte. Ich kenne kein Fräulein Sawatzki. Das Ganze ergibt für mich nicht den geringsten Sinn.«
»Ich kann dir da leider auch nicht helfen. Ich dachte jedoch, ich sollte dir diese Neuigkeit nicht vorenthalten«, erwiderte Hitzig. »Wir ha-

ben übrigens die Wohnung der Sawatzki durchsucht. Sie hat nur zwei Zimmer. Ein Schlafzimmer und eine Küche. Das Schlafzimmer enthält ein Doppelbett. Beide Hälften des Bettes wurden benutzt. Die Bettwäsche ist sehr sauber, was man in dieser Gegend kaum vermuten sollte.«

Hoffmann schüttelte den Kopf. Die Sache war für ihn völlig rätselhaft.

»Ansonsten wissen wir nicht viel über diese Frau. – Sie können das Mädchen wegbringen!«, forderte Hitzig den Polizisten auf.

»He! Warum lassen Se ma nich loofen? Wohin woll'n Se ma denn bringen?«, rief das Kind beunruhigt.

»Ins Spinnhaus kommste selbvaständlich!«, sagte der Polizist.

»Ick will nich in't Spinnhaus!«, protestierte das Mädchen. »Da kricht man nüscht wie Schläge!«

»Nu komm schon!«, befahl der Polizist. Er zog das immerfort jammernde Kind am Arm hinter sich her.

Hoffmann empfand Mitleid für das magere Wesen. »Du sagst, sie ist Prostituierte? Sie ist doch wohl kaum älter als vierzehn.«

»Sie behauptet, sie ist sechzehn. Sie weiß wohl selbst nicht genau, wie alt sie ist.«

»Nun kannst du mir ja wohl sagen, warum ihr hier seid«, erinnerte Hoffmann seinen Freund.

»Hier ist ein Mord begangen worden. Ein sehr – beunruhigender Mord«, erklärte der Kriminalrat.

Hoffmann erschrak bei dem Gedanken, dass seine Frau hier die Nacht verbracht hatte, während wenige Schritte von ihr entfernt ein Mord verübt wurde.

Hitzig erriet seine Gedanken. »Mischas Anwesenheit hat mit diesem Mord nichts zu tun«, beruhigte er den Besorgten. »Es ist reiner Zufall, dass wir auf dieses Mädchen trafen.«

»Warum sprachst du von einem beunruhigenden Mord? Hat es damit eine besondere Bewandtnis?«

»Das kann man wohl sagen. Er lässt an die Geschichte von Salome und Johannes den Täufer denken – falls du bibelfest genug sein solltest.«

»Salome ließ sich als Belohnung für einen Schleiertanz das abgeschlagene Haupt des Täufers bringen«, erwiderte Hoffmann.
»Wie es scheint, haben wir es mit einer modernen Version dieser Geschichte zu tun.«
Hoffmann sah sich unwillkürlich nach abgeschlagenen Häuptern um.
»Falls du mehr wissen willst, müssen wir eine Treppe hinaufsteigen«, sagte Hitzig.

Sie verließen das demolierte Lokal. Schweigend gingen sie über den Hof, wobei Hoffmann sich Mühe gab, seine Stiefel nicht mit dem überall herumliegenden Unflat zu beschmutzen. Sie mussten eine Treppe emporsteigen. Sie führte auf einen Balkon, der rings um den Hof herum verlief und von dem die Türen zahlreicher Wohnungen abgingen. Viele der Türen standen offen, Dirnen blickten missmutig auf das geschäftsschädigende Treiben der Polizei. Die meisten sahen elend aus. Es schien nicht so, als verdienten sie mit ihrer Arbeit mehr als das Allernötigste.
Was hatte Mischa veranlasst, hier eine Nacht zu verbringen? Wer war dieses Fräulein Sawatzki?
Hitzig schien Hoffmanns Gedanken erraten zu haben. »Dort drüben wohnt übrigens Fräulein Sawatzki«, erklärte er und zeigte auf eine Tür, die auf derselben Etage gegenüberlag.
Er führte Hoffmann zu einer Wohnung, vor der ein Gendarm als Wache postiert war. Der Raum, den sie als Erstes betraten, war, gelinde gesagt, schlicht eingerichtet. Es gab nicht mehr als ein Bett mit einem erschreckend schmutzigen Laken, einen winzigen Waschtisch und einen rostigen Ofen mit einem Rohr, das beinahe auseinander fiel. Die Tür zum Nebenzimmer stand offen, doch man konnte dort nicht hineinsehen.
»Was ist das für eine Wohnung?«, fragte Hoffmann.
»Hierher kommen die Dirnen mit ihren Kunden.«
Hoffmann schauderte es bei dem Gedanken an das, was sich in diesem schmutzstarrenden Bett abspielen mochte.

Hitzig hielt sich jedoch nicht lange in diesem Zimmer auf, sondern führte Hoffmann in den anschließenden Raum. Der war auf den ersten Blick genauso spartanisch eingerichtet wie der benachbarte. Doch war der Waschtisch in die Mitte des Zimmers gerückt worden. Er war mit einem Laken bedeckt, das wesentlich sauberer war als das auf dem Bett. Auf dem Tisch stand ein großer, flacher Zinkteller. Darauf lag der abgetrennte Kopf eines Mannes.

Hoffmann prallte entsetzt zurück.

Um den Kopf herum war ein Papierkragen drapiert. Die einzelnen Blätter waren wie Fächer gefaltet. Das Ganze erinnerte an die Halskrause eines Pastors.

Hoffmann zwang sich, genauer hinzusehen. Das Opfer hatte ein eher grobes Gesicht. Die Haare waren wirr und ohne Sorgfalt gestutzt. Offensichtlich handelte es sich um einen Angehörigen des hiesigen Milieus. Er mochte um die fünfundzwanzig Jahre alt sein.

»Sieh her!« Mit spitzen Fingern nahm Hitzig eines der gefalteten Blätter, aus denen die makabre Halskrause bestand, aus der Schüssel und reichte es Hoffmann. Der erkannte sogleich, dass es sich um eine Seite aus einer Bibel handelte.

»Die Apokalypse«, stellte er fest, nachdem er den Text überflogen hatte.

»Wir müssen dazu einen Geistlichen befragen«, erwiderte Hitzig.

Hoffmann gab den apokalyptischen Fächer zurück. Der Kriminalrat legte ihn wieder an den Platz, von dem er ihn weggenommen hatte.

»Der Täter schickt uns anscheinend eine Botschaft«, vermutete Hoffmann. »Wir sollten versuchen, sie zu entschlüsseln.«

»Eins nach dem anderen«, entgegnete Hitzig. »Zunächst einmal müssen wir herausfinden, wer das Opfer ist.«

»Wie wollt ihr vorgehen?«

»Wir befragen alle Bewohner und Besucher der Rosengasse. Ich bin sicher, dass irgendjemand gesehen hat, wie der Teller hierher gebracht wurde, auch wenn der Kopf mit dem Laken zugedeckt worden war.«

»Ich wünsche euch viel Glück«, sagte Hoffmann. »Ich hingegen muss die Frage klären, wo Mischa geblieben ist und was sie an einem Ort wie diesem zu suchen hatte. Kannst du mir mehr über Mademoiselle Sawatzki sagen?«
»Nicht viel«, gab Hitzig zu. »Sie ist offenbar keine Dirne, sondern scheint so eine Art Wohltäterin zu sein. Sie sorgt sich um verwahrloste Kinder, die in dieser üblen Umgebung wie kleine Wilde aufwachsen und früh von Krankheiten hingerafft werden.«
»Könnte es sein, dass dieses Mädchen, das du hast abführen lassen, mehr über die Sawatzki weiß?«
»Das müsstest du sie schon selbst fragen. Sie dürfte noch in der Gefangenenkutsche sitzen.«
Hoffmann bedankte sich bei seinem Freund und machte sich auf, um mit dem angeblichen Zimmermädchen zu reden.

Die Kutsche war wie ein Lastwagen gebaut: ein schwerer, schwarzer Kasten auf vier Rädern. Die Fenster waren kleine, vergitterte Luken. Der Zugang befand sich an der hinteren Seite. Er war verriegelt und wurde von zwei Gendarmen mit aufgepflanztem Bajonett bewacht. Hoffmann bat darum, das Mädchen aus dem Wagen zu holen. Da man um seine Stellung als Kammergerichtsrat wusste, taten die Büttel, was er verlangte.
»Passen Se uff, det sie Ihn' nich beißt«, riet ihm einer der Gendarmen.
Hoffmann nahm das Mädchen beim Arm und führte es in den Hof des Mietshausblockes.
»Wat woll'n Se denn von mia?«, fragte das Kind, das mürrisch und widerspenstig neben ihm her trippelte.
»Ich bitte dich, mir ein paar Fragen zu beantworten.«
»Wenn Se mir denn loofen lassen«, sagte das Mädchen hoffnungsvoll.
»Kennst du Fräulein Sawatzki?«, fragte Hoffmann, ohne ein Versprechen abzugeben.
Das Mädchen zuckte die Achseln. »Die kennt hier jeda.«
»Erzähl mir etwas über sie.«

»Wat soll ick 'n da erzehl'n?«
»Alles, was du weißt.«
»Det is ne Jute, is det. Die kümmert sich um de Blagen.«
»Wie tut sie das?«
»Na, se kooft ihn' wat zum Essen. Klamotten. Sowat. Wenn eens krank is, bringt se't ooch im Hospedal oder lässt 'n Dokta komm'.«
»Du kriegst einen Taler, wenn du mir sagst, wo ich Fräulein Sawatzki finden kann.«
»En janzen Daler?«, fragte das Mädchen ungläubig.
Hoffmann zog eine Münze aus der Tasche. Das Mädchen starrte sie gierig an. Sie bekam wohl nur selten einen so hohen Lohn für ihre Dienste.
»Davon könnt ick ma satt essen!«, sagte sie. Doch sogleich verfinsterte sich ihre Miene. »Aber ick muss ja in't Spinnhaus. Da bin ick det Jeld schneller los, als wie ick et vadient hab.«
»Du bekommst die Münze – und deine Freiheit. Wenn du mir hilfst«, versprach Hoffmann.
»Stimmt det? Se lassen ma loofen?«
Hoffmann nickte. »Wenn du mir sagst, wo ich Fräulein Sawatzki finde.«
»Se hat da wat mit so'm Waisenhaus zu loofen«, sagte das Mädchen. Sie nannte Hoffmann eine Adresse in der Nähe des Schlesischen Tores. »Bei die Fabricke.«
Hoffmann reichte ihr den blanken Taler, den sie flink wie ein Zauberer verschwinden ließ.
»Stimmt et, det se da ohm 'nen abjehackten Kopp jefunden ham?«, fragte das Kind, ehe es sich davonmachte.
»Das könnte schon sein«, antwortete Hoffmann.
»Denn jeh ick da nie mehr mitten Freia rin!« Das Mädchen schüttelte sich. »Da spukt et ja ab jetze.« Es wandte sich um und verschwand blitzschnell in einer der Kellerwohnungen, deren Tür sofort hinter ihm geschlossen und versperrt wurde.

14

Kurze Zeit später saß Hoffmann in einer Droschke und fuhr stadtauswärts zur ehemaligen von Pfuhl'schen Kaserne. Dies war der Ort, wo sich das Waisenhaus befinden sollte. Die Kaserne war seit längerem aufgegeben worden. Die leer stehenden Gebäude hatte man verkauft. Es hatte sich dort eine Tuchweberei angesiedelt. Nebenher schienen ein paar arme Waisen dort Unterschlupf gefunden zu haben – vermutlich, um von dem Besitzer der Weberei ausgebeutet zu werden. Die elende Lage der Weber war allgemein bekannt. Dennoch fühlte sich niemand aufgefordert, etwas dagegen zu tun. Die Tuchwirker arbeiteten vierzehn Stunden am Tag für einen Hungerlohn – auch die Kinder.

Ein Waisenhaus.

Hoffmann hatte lange darüber nachgedacht, während die Droschke auf der Köpenicker Straße stadtauswärts rollte. Er glaubte nun zu wissen, was in Mischa vorging. Er wusste, wie sehr sie sich ein Kind wünschte. Ein Mädchen. Ihre Tochter, ihr einziges Kind, war vor sieben Jahren gestorben. Das Mädchen hatte nur zwei Jahre gelebt. Es hieß Cäzilia. Hoffmann und seine Frau lebten voneinander getrennt, als sie das Kind verloren. Schuld daran war die bittere Armut, in die er nach seiner Entlassung aus dem Justizdienst gestürzt war. Napoleon hatte, nachdem er 1806 die preußische Armee vernichtend geschlagen hatte, die polnischen Teilungen aufgehoben. Polen war zu einem Großherzogtum gemacht worden. Die preußischen Beamten hatte man davongejagt; neue Anstellungen für sie gab es nicht. Ein Jahr lang hatte Hoffmann sich ohne Arbeit und Einkommen durchschlagen müssen. Mischa war zurück zu ihren Eltern nach Polen gezogen. Hoffmann hatte Frau und Kind nicht ernähren können, war buchstäblich zum Bettler herabgesunken. Noch immer quälte es ihn, wenn er an die verzweifelten Bittbriefe dachte, die er damals an seine Freunde und Verwandten hatte schicken müssen.

Als es ihnen wieder besser ging, weil Hoffmann die Musikdirektor-Stelle in Bamberg bekam, hatte Mischa ihm des Öfteren zu verstehen gegeben, dass sie sich wieder ein Kind wünschte. Hoffmann hatte gezögert. Auch in Bamberg war seine wirtschaftliche Lage nicht rosig. Ein Kind stellte eine große Belastung dar. Inzwischen war Mischa zu alt für eine Geburt. Sie ging, ebenso wie Hoffmann selbst, auf die Vierzig zu. Aber sie konnten ein Kind adoptieren.

Fräulein Sawatzki stand in Verbindung mit einem Waisenhaus. Sie sorgte für bedürftige Kinder. Es war nicht schwer zu erraten, was sie und Mischa verband. Mischa trug sich zweifellos mit dem Gedanken an eine Adoption. Sie sah sich in den Berliner Waisenhäusern nach einem geeigneten Kind um. Wahrscheinlich einem Mädchen.

Mischa hatte den Tod der kleinen Cäzilia nur schwer verwunden. Ihr Kummer wurde noch verstärkt durch die unstete Lebensweise, die Hoffmann ihr zumutete. Eine Zeit lang war sie in eine seelische Krise geraten, bildete sich ein, ihre Tochter käme zu ihr zurück. Sie hatte viel Geld für Kinderkleider und Wäsche ausgegeben. Nun suchte sie also Waisenhäuser auf, traf sich mit einer Kinderpflegerin.

Einerseits war Hoffmann durch diese Entdeckung beruhigt, weil sie eine relativ harmlose Erklärung für Mischas Abwesenheit bot. Andererseits fühlte er sich unangenehm berührt, ja geradezu unbehaglich. Was, wenn Mischa tatsächlich ein Kind annehmen wollte? Konnte er es ihr verwehren? Konnte und wollte er die Verantwortung für ein Kind übernehmen?

Der Kutscher ließ die Peitsche knallen, um anzuzeigen, dass sie ihr Ziel erreicht hatten. Die ehemalige Kaserne lag in der Nähe des Schlesischen Tores. Hoffmann stieg aus und bezahlte den Fahrpreis. Der Kutscher war mürrisch wie die meisten Angehörigen dieses Berufsstandes. Die Berliner Droschkenkutscher waren für ihre Grobheit und Unfreundlichkeit bekannt.

Die Gegend hier draußen war beinahe ländlich. Rechts erstreckte sich das unbebaute Köpenicker Feld. Links floss die Spree. Gegenüber der ehemaligen Kaserne lag der Itzig'sche Garten. Er gehörte den reichen Verwandten seines Freundes Hitzig. Die Itzigs zählten zu den reichsten Familien der Stadt. Sie waren Juden. Hitzig war zum Protestantismus konvertiert und hatte seinem Namen ein »H«

vorangestellt. Böse Zungen sagten, er sei um ein »H« zum Christentum bekehrt worden. Er gehörte einem weniger wohlhabenden Zweig der Bankiersfamilie an, doch stand er sich zweifellos weit besser, als Hoffmann es je tun würde. Er besaß ein schönes Haus in der Husarenstraße, wo er mit seiner Frau und zwei Kindern wohnte.

Es war nicht schwer, das Gebäude zu finden, in dem das Waisenhaus untergebracht war. Es lag ein wenig abseits, vermutlich war es ein ehemaliges Offiziers-Wohnhaus. Der größte Teil der Kaserne wurde von der Weberei und den Wohnungen der dort beschäftigten Arbeiter eingenommen. Hier schienen sehr viele Leute auf engem Raum zu leben.
Das Waisenhaus lag inmitten eines kleinen Gartens, in dem allerlei Spielgeräte aufgestellt waren. Hoffmann sah eine Weile zu, wie die Kinder auf dem herbstdürren Rasen umhertollten. Er konnte sich ausmalen, wie dieses Bild auf Mischa gewirkt hatte, wie es schmerzliche Erinnerung in ihr wachrief.
Schließlich wurde ein Kindermädchen auf den fremden, am Zaun stehenden Mann aufmerksam. Hoffmann nannte seinen Namen und sagte, er sei auf der Suche nach Madame Hoffmann und Fräulein Sawatzki. Daraufhin wurde er ins Haus gebeten.
Die Vorsteherin des »Kindergartens« (Hoffmann hatte diesen Namen noch nie gehört, aber er gefiel ihm) empfing ihn in einem karg eingerichteten, mit allerlei bunten Zeichnungen geschmückten Zimmer, das ihr offenbar als Büro diente.
»Es freut mich, dass Sie zu uns kommen, Herr Kammergerichtsrat«, sagte die Vorsteherin, eine Frau, die wohl erst kürzlich die Dreißig erreicht hatte. »Ich hoffe, Ihre Frau Gemahlin befindet sich wohl«, setzte sie hinzu.
»Das eben wünschte ich hier in Erfahrung zu bringen. Leider ist es eine Weile her, dass ich sie zu Gesicht bekam. Wie ich höre, hat sie mit einer Ihrer Mitarbeiterinnen, Fräulein Sawatzki, Bekanntschaft geschlossen.«

Die Vorsteherin sah ihn erstaunt an. »Mademoiselle Sawatzki ist keine Mitarbeiterin«, sagte sie.
»Nicht? Man sagte mir …«
»Da hat man Sie falsch unterrichtet, Herr Rat. Fräulein Sawatzki ist, nun, wie soll ich es sagen, der gute Geist des Hauses, unsere Förderin und Wohltäterin. Ohne sie gäbe es dieses Heim gar nicht, in dem dank ihrer Unterstützung so viel für die armen Kinder getan werden kann.«
Hoffmann war verblüfft. Ungeprüft hatte sich in seinem Kopf das Bild einer Kinderwärterin festgesetzt. Nun erfuhr er, dass sie eher eine Spenderin war, deren Mittel zum Unterhalt eines nicht gerade kleinen Waisenhauses ausreichten, also eine wohlhabende und philanthropische Dame.
»Dennoch würde ich gern mit ihr sprechen«, sagte Hoffmann.
»Ja, wenn ich nur wüsste, wann wir wieder mit einem Besuch von ihr rechnen können!«, rief die Vorsteherin, die offensichtlich von temperamentvoller und enthusiastischer Natur war. »Aber sie ist leider ständig unterwegs. Sie hilft und rettet in einem Maße – man muss schier fürchten, dass sie sich überfordert. Ich rede ihr zu, sich zu schonen, sooft ich sie sehe – aber sie hört nicht auf mich. Es gebe so viel Not auf der Welt, sagt sie, wie könne man da ausruhen. Es ist ihr nicht gegeben, das Elend der Menschen kalten Herzens zu ertragen. Sie ist ein Engel!«
Hoffmann lächelte über die Begeisterung der Vorsteherin, war jedoch durchaus beeindruckt von dem Porträt, das sie von Mademoiselle Sawatzki zeichnete.
Er fragte nach seiner Frau und erfuhr, dass Mischa just an diesem Morgen zusammen mit Fräulein Sawatzki hier gewesen sei und sich sehr angelegentlich nach dem »Kindergarten« erkundigt, auch eine Weile mit den Kindern gespielt habe. Eine sehr liebenswürdige Frau, sagte die Heimleiterin. Die beiden Damen seien jedoch wieder fortgegangen. Seitdem habe man sie nicht mehr gesehen.
Als Hoffmann erwähnte, seine Frau habe sich in der Gesellschaft Fräulein Sawatzkis in einer sehr anrüchigen Gegend aufgehalten, zog

die Kindergartenvorsteherin ein besorgtes Gesicht. »Ich habe Fräulein Sawatzki schon oft geraten, ihre Wohnung in der Rosengasse aufzugeben«, sagte sie. »Meiner Ansicht nach ist das kein Ort, wo eine Frau wohnen sollte.«

15

Hoffmann beschloss, in sein Hotel zurückzukehren. Er hoffte, Mischa dort anzutreffen. Als er um den Zimmerschlüssel bat, teilte der Wirt ihm mit, in der Schankstube sitze ein Herr, der auf ihn warte. Hoffmann vermutete, dass es sich um den aufdringlichen Warnke handelte, der ihn nach Einzelheiten aus dem Prozess befragen wollte. Er bedankte sich bei dem Wirt, zog es jedoch vor, auf die Unterredung zu verzichten. Er entschied sich, dem Wartenden durch einen Kellner mitteilen zu lassen, er sei sehr müde und bitte, das Gespräch verschieben zu dürfen. Nachdem er eine Flasche Wein und ein einfaches Nachtmahl bestellt hatte, begab er sich auf sein Zimmer. – Mischa war nicht dort.

Wie schön wäre es jetzt gewesen, mit ihr ein Glas Wein zu trinken und die Ereignisse des Tages zu bereden! Es ärgerte ihn, dass er auf der Suche nach ihr kreuz und quer durch Berlin hetzen musste, anstatt sich um seine Arbeit zu kümmern. Er drohte in eine wehmütige, selbstmitleidige Stimmung zu verfallen, was zweifellos eine Folge des Alleinseins war. Allerdings würden ein paar Gläser Wein und einige Stunden Schlaf wohl ausreichen, um ihn wieder mit frischer Kraft und Zuversicht zu erfüllen.

In dem Moment klopfte es an die Tür. Hoffmann rechnete mit dem Kellner und rief: »Herein!«

Es war jedoch Lichtbrinck, der eintrat. Er trug ein Servierbrett, als wäre er ein Hotelbediensteter. »Verzeihen Sie meine Aufdringlichkeit …«

»Nanu«, sagte Hoffmann. »Hat man Sie hier als Kellner angestellt?« Wenngleich er sich ein wenig gestört fühlte, war er zugleich auch nicht undankbar für die Gesellschaft des unterhaltsamen Mannes.

Lichtbrinck setzte die Platte auf den Tisch. Hoffmann sah, dass sein Abendbrot aus einem Stück Braten und Käse bestehen würde.
»Nehmen Sie Platz, greifen Sie zu«, forderte ihn Lichtbrinck mit einer einladenden Geste auf. »Sollten Sie nicht zufrieden sein, beschweren Sie sich ungescheut. Sie sollen mit allem versorgt werden, was Küche und Keller zu bieten haben.«
»Mir wäre tatsächlich nach einer Probe aus dem Keller zumute«, gestand Hoffmann.
»Eh voilà!« Lichtbrinck zog wie ein Bühnengaukler zwei Flaschen Wein aus seinen Manteltaschen. »Rot oder weiß?«, fragte er. Die Flaschen waren bereits entkorkt.
Hoffmann entschied sich für den Roten. Er setzte sich an den Tisch und begann dem Braten zuzusprechen.
Lichtbrinck schenkte sich ebenfalls ein. Auch die Gläser hatte er mitgebracht.
»Zum Wohle.«
»Sie trinken nicht?«
»Zur Zeit nicht. Wie geht es Ihrer Gemahlin?«
»Sie – ist ausgegangen«, erwiderte Hoffmann ausweichend. »Sie besucht eine Freundin.«
Lichtbrinck ging nicht näher darauf ein. »Ich stelle zu meinem Bedauern fest, dass Sie die Maske nicht aufgehängt haben«, bemerkte er stattdessen mit unverhohlenem Tadel, nachdem er sich im Zimmer umgesehen hatte. »Missfällt Ihnen mein Geschenk so sehr?«
Hoffmann griff zu einer Notlüge. »Ich bat den Hausknecht darum. Er hat es offensichtlich versäumt.«
»Wozu benötigen wir einen Hausknecht?« Lichtbrinck stand auf und nahm einen hoteleigenen Stahlstich mit einer Stadtansicht von der Wand. »Hier haben wir schon einen Nagel. Was bedarf es mehr? Wo ist das liebliche Antlitz?«
Zum Glück hatte Mischa die Maske nicht fortgeräumt. Sie lag immer noch wohl verpackt auf dem Tisch. Hoffmann reichte sie Lichtbrinck, der sie auswickelte und liebevoll an den Nagel hängte.
»Das hebt doch gleich den ganzen Raum!«, sagte er wohlgefällig.

Hoffmann konnte dem nicht unbedingt beistimmen. Er fand nach wie vor, dass die Fratze etwas Unheimliches hatte. Es war ihm rätselhaft, wie ein Mensch dergleichen sammeln und sich daran delektieren mochte.

»Wie verlief der erste Prozesstag?«, fragte Lichtbrinck plötzlich.

Das Interesse eines Auswärtigem an dem Fall überraschte Hoffmann, doch musste er sich eingestehen, dass der Gattenmord der Baronin im Augenblick wohl das verbreitetste Stadtgespräch darstellte und es kaum eine Bierschänke oder ein Weinlokal gab, in dem er nicht erörtert wurde.

»Die Baronin wurde einvernommen und gab ihre Darstellung des Falles«, antwortete Hoffmann vage, da er einem Außenstehenden keine näheren Auskünfte erteilen durfte. Lichtbrinck schien jedoch weniger an der Baronin als an ihrem Opfer interessiert zu sein.

»Ich will Ihnen nicht verhehlen, dass die Dame mir Arbeit abgenommen hat?«

Hoffmann hielt mit Essen inne und sah ihn verblüfft an.

»Ich nehme an, Sie wissen nicht allzu viel über den Baron Meusen«, mutmaßte Lichtbrinck.

»Ein wenig schon«, gab Hoffmann zur Antwort. »Er scheint ein grausamer Schurke gewesen zu sein, weit abstoßender als die Frau, die ihn ermordete.«

»Die Dame sollte gepriesen werden!«, sagte Lichtbrinck. »Sie hat die Welt von einem Ungeheuer befreit.«

»Wenn es stimmt, dass er an dem Überfall auf das Gut Misma beteiligt war, haben Sie wohl Recht«, pflichtete Hoffmann ihm bei. »Trotzdem hat sie nicht zu dem probaten Mittel gegriffen und muss nun die Folgen auf sich nehmen.«

»Sie haben von Misma gehört?«, fragte Lichtbrinck eindringlich.

»Ich – las etwas darüber«, bestätigte Hoffmann, die Wahrheit ein wenig zurechtstutzend.

»Sie wissen wahrscheinlich nicht, dass ich mit der Familie von Jenitzsch verwandt bin«, sagte Lichtbinck unverhofft.

Hoffmann hielt überrascht mit dem Schneiden des Bratens inne.

»Mein früherer Name war Jenitzsch«, sagte Lichtbrinck. »Ich änderte ihn drüben in Amerika.«
»Wie weit sind Sie mit dem ermordeten Rittmeister Jenitzsch verwandt?«, fragte Hoffmann.
»Ich bin sein Neffe. Leider bin ich nicht ganz unschuldig an dem Schicksal, das die Familie ereilte.«
Nun legte Hoffmann Messer und Gabel beiseite. Gespannt wartete er, was Lichtbrinck ihm erzählen würde. Doch der blickte nur düster vor sich hin.
»Sie meinen doch nicht etwa, Sie waren an dem Verbrechen beteiligt?«, fragte Hoffmann ungläubig.
»Keineswegs. Natürlich nicht!«, rief Lichtbrinck alias Jenitzsch aus. »Ich war in Amerika, als der Überfall stattfand.«
»Inwiefern geben Sie sich dann die Schuld?«
»Dazu muss ich ein wenig ausholen. Ich bin beziehungsweise war von Beruf Schmuggler.«
Hoffmann glaubte sich dunkel zu erinnern, dass Lichtbrinck ihm schon einmal etwas Derartiges erzählt hatte, war sich dessen jedoch nicht sicher. Er wartete darauf, dass sein Gast sich näher erklärte.
»Ich hatte eine Idee«, fuhr dieser fort. »Es ging um Waffen.«
»Um Waffen?«
»Vergessen Sie Ihre Mahlzeit nicht! Der Gedanke kam mir, als ich zum ersten Mal ein Schlachtfeld erblickte. Ich spreche nicht von dem schrecklichen Anblick der zahllosen Toten. Es finden sich dort aber nicht nur Leichen, sondern – Unmengen von Material. Säbel, Gewehre, Pistolen, Pulver, Bleikugeln und Ladestöcke. Man könnte mit dem, was nach einer Schlacht liegen bleibt, eine komplette Armee ausrüsten.«
»Wird dergleichen nicht wieder eingesammelt?«, erkundigte sich Hoffmann.
»Das geschieht, aber meist viel zu spät. Die Soldaten sind nach dem Kampf zu erschöpft, um sich mit derlei Dingen zu befassen. Der Unterlegene ist überdies auf der Flucht. Der Siegreiche hat unzählige Verwundete zu versorgen. Kurz, das Schlachtfeld bleibt den Aas-

geiern überlassen. Die tauchen dann auch zu Dutzenden, ja zu Hunderten auf und plündern, was nicht niet- und nagelfest ist.«
Hoffmann nickte. Vor seinen Augen stand das Bild des Dresdner Schlachtfeldes, das er vor zwei Jahren besichtigt hatte.
»Ich kam auf die Idee, das Aufräumen der Schlachtfelder im großen Maßstab zu betreiben. Ich heuerte Leute an, die den Auftrag erhielten, alle noch brauchbaren Waffen einzusammeln und die Plünderer zu vertreiben. Ich gedachte, die Gewehre ihren rechtmäßigen Besitzern, den Armeen, gegen einen geringen Stückpreis zurückzuverkaufen. Dazu benötigte ich Verbindungen zu den Verwaltern der Heeresmagazine und Zeughäuser. Diese verschaffte mir mein Onkel, der Quartiermeister der sächsischen Armee.«
Hoffmann konnte sich vorstellen, wie Lichtbrincks Helfer durch Blut und Schlamm wateten, über Leichen und Verwundete stiegen, den Toten die Gewehre aus den starren Fingern rissen, ihnen die Gürtel und Wehrgehänge abschnallten und alles auf einen martialischen Karren warfen. Es war abscheulich.
»Es kam jedoch anders«, fuhr Lichtbrinck fort. »Es stellte sich nämlich heraus, dass es sehr viel Gewinn bringender war, sich an die Plünderer zu halten.«
»Ich verstehe nicht …«
»Sie waren niemals im Krieg, wie ich vermute?«
Hoffmann schüttelte den Kopf. Lichtbrinck erklärte daraufhin: »Die größten Plünderer sind nicht die Bauernburschen und alten Weiber, die nach einer Schlacht die Walstatt nach Brauchbarem absuchen. Es sind die Offiziere der siegreichen Armee.«
»Wie das?«
»Jeder Offizier führt seinen eigenen Tross mit sich, meist zwei oder drei Wagen, mitunter mehr. Diese Wagen sind mit alldem beladen, was so ein hoher Herr auf dem Feldzug benötigt. Sie würden staunen, was da alles mitgenommen wird. Viele Wagen sind, wenn der Krieg beginnt, leer. Im Laufe der Zeit füllen sie sich indes und werden, oft mehrere Male, zurück in die Heimat geschickt.«
»Sie meinen, die Wagen füllen sich mit Diebesgut?«

»Man nennt es Kriegsbeute. Die Wege, die so ein Heer kreuz und quer durch Europa nimmt, sind lang. Und links und rechts bleibt kein Haus, kein Hof, kein Gut und kein Schloss unbehelligt. Die einfachen Soldaten plündern die Bauernhäuser, die Offiziere halten es standesgemäß und suchen die Schlösser und Gutshäuser heim.«

»Was war Ihre Obliegenheit bei diesen Vorgängen?«, fragte Hoffmann, den Kriegsgräuel stets mit Abscheu erfüllten.

»Ich half den Herren, ihre Beute in Geld umzusetzen«, klärte Lichtbrinck ihn auf.

»Ihr Gewerbe war also die Hehlerei?«

Lichtbrinck nickte. »Es ist nicht leicht, das viele Zeug zu versilbern, welches bei so einem gewaltigen Raubzug anfällt«, erläuterte er. »Eine Stadt wie Berlin ist bald mit Teppichen, Tafelsilber, Vasen und Kannen, Bildern und Büchern gesättigt. Man wird nichts mehr los. Die Preise fallen. Es häufen sich Schätze an. Keller und Scheunen füllen sich mit Dingen, die nicht an den Mann zu bringen sind.«

»Da schafften Sie Abhilfe?«

»So ist es. Ich verfrachtete das Zeug nach Amerika.«

»Nach Amerika?«

»Eben das war meine Idee. Amerika hat einen enormen Bedarf an Gewehren. Außerdem ist dort Geld vorhanden. Seit die Kolonien sich von England befreit haben, geht es drüben rapide aufwärts. Innerhalb kurzer Zeit werden enorme Vermögen zusammengerafft. Im alten Europa macht man sich davon überhaupt keinen Begriff. Wir werden bald von den ersten amerikanischen Millionären hören.«

»Das klingt, als wollten Sie mir die Auswanderung schmackhaft machen.«

Lichtbrinck ging nicht auf Hoffmanns Scherz ein. »Diejenigen, die zu Geld gekommen sind, benehmen sich drüben genauso wie hier: Sie bauen große Häuser und wollen sie prunkvoll einrichten. Nur fehlt es in der neuen Welt an Kunsthandwerk. Es ist noch immer ein wilder Kontinent, bedeckt mit endlosen Prärien, in denen Eingeborene nach Büffeln jagen. Ich warf mich darum auf den Import von Luxusgütern.«

»Die Rede ist von der erwähnten Kriegsbeute?«
Ebendarum geht es. Mein erstes Schiff glich einem Kramladen. Ich musste zunächst herausfinden, wonach in Neuyork und Boston der meiste Bedarf besteht. Die Antwort war so simpel wie verblüffend: Nach allem und jedem. Man riss mir meine Waren förmlich aus den Händen. Der Gewinn war über die Maßen hoch. Er war jegliches Risiko wert.«
»Ich sehe noch immer nicht, welche Verbindung Ihr lukrativer Schleichhandel mit dem Überfall auf das Gut Misma hat.«
»Gedulden Sie sich. Ich war trotz des enormen Gewinns, den mir meine erste Schmuggelfahrt einbrachte, nicht sonderlich reich geworden. Ich hatte zu hohe Auslagen. Zahllose Helfer mussten entlohnt, Zollstellen bestochen, Transportmittel beschafft, Lagerhäuser gemietet werden und so fort. Mir fehlte das Geld, um ein solches Geschäft groß anzugehen. Ich musste mich nach einem reichen Teilhaber umsehen.«
»Und? Fanden Sie ihn?«
»Am Ende half mir mein Onkel. Er vermittelte mir die Bekanntschaft mit dem Baron Ermelmann.«
Er pausierte, um festzustellen, ob dieser Name bei Hoffmann eine Wirkung erzeugte – was nicht der Fall war.
»Ermelmann war und ist der preußische General-Akzise-Administrator.«
Nun erinnerte sich Hoffmann, dass er den Namen schon einmal gehört hatte. Baron Ermelmann war der oberste Steuereinnehmer des Königreiches Preußen. Die »Akzise« war eine Steuer, die vor allem die städtischen Bürger, die Handwerker und Kaufleute, betraf, da man sie auf sämtliche Waren erhob, die irgend gefertigt, verkauft und gehandelt wurden und die darum das Leben der Bevölkerung ungemein verteuerte. Da der Landadel keine Steuern zahlte, war die Akzise die Haupteinnahmequelle des Staates, und wer sie im Namen des Königs einzog, war ein äußerst mächtiger (und allgemein verhasster) Mann.
»Wollen Sie sagen, der Staat lieh Ihnen das Geld?«, fragte Hoffmann verblüfft.

Lichtbrinck schüttelte den Kopf. »Ermelmann besitzt selbstverständlich ein riesiges eigenes Vermögen. Aber immerhin, er ist eine der höchst gestellten Persönlichkeiten dieses Staates; er steht noch über den Ministern. Wenn er sich an einer Unternehmung wie der meinigen beteiligt – die zu einem guten Teil aus dem Export von Diebesgut und unterschlagenem Staatseigentum bestand –, muss er dafür Sorge tragen, dass seinen Feinden davon nichts zu Ohren kommt. Wir gründeten demnach eine Geheimgesellschaft.«

»So etwas wie die Freimaurer?«, fragte Hoffmann naiv.

»Unsinn. Es handelte sich um eine Handelsgesellschaft. Ermelmann erhielt achtzig Prozent der Anteile, mein Onkel zwanzig. Ich selbst wurde mit einem Gewinnanteil abgespeist.«

»Sie waren also plötzlich von zwei Geldgebern abhängig«, stellte Hoffmann, an seinem Rindfleisch kauend, fest.

»So ist es. Aber das ist nicht von Bedeutung. Entscheidend ist, dass es zu einem Streit zwischen meinem Onkel und Baron Ermelmann kam. Mein Onkel war mit seinem Anteil nicht zufrieden.«

»Ich vermute, dass Baron Ermelmann anderer Ansicht war.«

»Baron Ermelmann ist ein sehr unangenehmer Gegner. Er ist ein Mann von großem Einfluss – und ebenso großer Entschlossenheit, seinen Willen durchzusetzen. Das hat mein Onkel offensichtlich verkannt.«

»Sie wollen damit andeuten …?« Erneut ließ Hoffmann Messer und Gabel sinken.

»Wie es scheint – ich bin noch im Begriff, das alles auszuforschen –, drohte mein Oheim, der im vermeintlich sicheren Sachsen saß, seinen Partner zu denunzieren. Es wäre für den obersten Steuereinnehmer des Königreichs Preußen sicherlich recht peinlich, wenn seine Verwicklung in den Schleichhandel mit Kriegsbeute ans Licht käme.«

»Wenn ich Sie recht verstehe, wollen Sie darauf hinaus, Baron Ermelmann habe Ihren Onkel samt seiner Familie abschlachten lassen. Das ist eine ungeheure Beschuldigung.«

»Es gibt keine unwiderlegbaren Beweise, aber – Baron Meusen ist

oder war ein Verwandter des Steuereinnehmers«, erklärte Lichtbrinck.
»Sie glauben, Meusen handelte im Auftrag des Akzise-Administrators?«
»Ich bin davon überzeugt, dass Baron Ermelmann den Überfall auf das Gut meines Onkels befohlen hat und dass Meusen ihn durchführte.«
»Haben Sie die Absicht, Anklage zu erheben?«
Lichtbrinck lachte. »Es verlangt mich nicht danach, mit einem Mühlstein um den Hals im Friedrichskanal versenkt zu werden.«
»Aber Sie wollen die Sache nicht auf sich beruhen lassen?«
»Ich kam hierher, um Baron Meusen zu töten«, bekannte Lichtbrinck alias Jenitzsch. »Ich wollte meinen Oheim und vor allem meine beiden Kusinen rächen. Leider kam mir die Frau Baronin zuvor.«
»Sie tötete ihren Gatten, aber nicht den Baron Ermelmann«, stellte Hoffmann fest. »Letzterer harrt, wenn Ihre Geschichte stimmt, noch der verdienten Strafe – womit ich natürlich keine Kugel aus Ihrem Revolver meine.«
»Ihn vor Gericht anzuklagen würde nichts nützen. Er würde alles ableugnen. Ich habe keine Beweise gegen ihn.«
»Ich hoffe, Sie haben nicht vor, einen Akt der Selbstjustiz zu begehen!«, mahnte Hoffmann.
»Nein«, sagte Lichtbrinck. »Zum einen wird er zu gut beschützt. Zum anderen fehlt mir noch der letzte, sichere Beweis seiner Schuld. Ich gedachte aus Meusen ein Geständnis herauszupressen, aber er wurde leider meiner Rache entzogen.«
Hoffmann kam der Gedanke, dass jener Baron Ermelmann womöglich die hoch gestellte Person war, die Meusen beschützt und ihn vor dem Zugriff der Sachsen bewahrt hatte. Der Einfluss des General-Akzise-Administrators würde zweifellos dazu ausgereicht haben. Doch wie sollte man eine solche Einflussnahme beweisen?
»Es heißt, Baron Meusen habe ein Testament verfasst, in dem er seine Taten gesteht«, fuhr Lichtbrinck fort. »Ich bin auf der Suche nach diesem Dokument. Ich hoffe, dass es auch die Mittäter beziehungsweise die Anstifter des Gutsüberfalls beim Namen nennt.«

»Falls es existiert.«
»Falls es existiert. Ich bin jedoch davon überzeugt.«
»Sind Sie dem Baron Meusen jemals begegnet?«, erkundigte sich Hoffmann aus reiner Neugier.
»Nein, niemals. Weder vor noch nach der Ausrottung meiner Familie.« Grimm erfasste Lichtbrinck bei der Erinnerung.
»Er muss ein wahrer Teufel gewesen sein!«, sinnierte Hoffmann.
»Es heißt, er war tatsächlich mit dem Teufel im Bunde. Ich habe mich in den hiesigen Verbrecherkreisen umgehört. Als alter Schmuggler habe ich dort Zugang. Man redet mit großem Respekt, ja beinahe mit Ehrfurcht von ihm.«
»Ich hörte dergleichen«, warf Hoffmann ein.
»Aber ich wäre ihm gewachsen gewesen! Auch ich habe meine Verbündeten!«, rief Lichtbrinck.
»Sie reden von – gewissen Freunden?«, fragte Hoffmann mit Vorsicht.
Doch Lichtbrinck hielt mit der Wahrheit nicht hinter dem Berg. »Wie Sie wissen, interessiert mich das Okkulte. Ich habe mich lange mit dieser Materie befasst. Ich muss gestehen, dass ich unterdessen von Gott und Jesus Christus abgefallen bin.«
»Dafür haben Sie sich Satan zugewandt?«
»Nicht Satan. Luzifer. Das ist ein Unterschied. Ein bedeutsamer Unterschied.«
»Ich kenne mich in derlei Dingen nicht sehr gut aus«, gestand Hoffmann.
»Dennoch schreiben Sie ein Buch über den Teufel?«
»Er selbst figuriert nicht in meinem Roman«, stellte Hoffmann richtig. »Es geht um einen wahnsinnigen Mönch.«
»Nun, wie dem auch sei. Jedenfalls stehen mir Helfer zur Verfügung. Womöglich kann ich es am Ende sogar mit einem Mächtigen wie Ermelmann aufnehmen!«
»Reden Sie von einem – Teufelsbund?«
»Darüber darf ich, wie Sie sich denken können, nicht reden«, sperrte sich Lichtbrinck.

»Ich bin auch nicht begierig, davon zu hören.«
»Es gibt hier in Berlin eine sehr interessante Persönlichkeit«, behauptete der Kapitän. »Ich möchte sie Ihnen gern vorstellen.«
»Um wen handelt es sich?«
»Um Baron Orlowski.«
Hoffmann stutzte. »Ich kenne ihn bereits«, erwiderte er. »Der Baron hat sich mir schon selbst vorgestellt. Er hat mir sogar angeboten, in seine Dienste zu treten.«
»Oh, nehmen Sie an!«, rief Lichtbrinck, sehr zu Hoffmanns Überraschung, vehement. »Er ist ein großer Mann! Der Größte! Er ist …« Er unterbrach sich, offenbar in Erinnerung an sein Schweigegelübde.
»Ich denke nicht, dass ich es tun werde«, erwiderte Hoffmann.
»Sie begehen einen Fehler!«, rief der Schmuggler. »Ein solches Angebot bekommen Sie kein zweites Mal! Ich wäre glücklich, wenn ich …«
»Wie haben Sie Orlowski kennen gelernt?«, erkundigte ich Hoffmann.
»Das ist eine längere Geschichte.«
Offensichtlich fürchtete Lichtbrinck, dass ihm der Mund überfließen würde.
»Nehmen Sie an den Messen in der Gertraudenkirche teil?«, fragte Hoffmann.
Der Schmuggler sah ihn erschrocken an. »Sie wissen …?«
»Ich habe einmal zugesehen.«
»Und? Was empfanden Sie?« Lichtbrinck blickte Hoffmann mit gespannter Erwartung an. Womöglich hoffte er, dass dieser sich als Bekehrter offenbaren würde.
»Abscheu und Widerwillen«, bekannte Hoffmann jedoch wahrheitsgemäß.
Lichtbrinck war enttäuscht. »Sie müssten sich mehr mit der Materie beschäftigen. Dann würden Sie verstehen …«
»Nein, wahrhaftig, ich danke«, wehrte Hoffmann ab. »Mir reicht, was ich an Teufeln im Haus habe. Der halbe Roman und die gotische Maske.«

»Luzifer ist groß!«, entfuhr es Lichtbrinck.
Plötzlich dämmerte Hoffmann eine Erkenntnis. »Luzifer – Lichtbringer – Lichtbrinck … »Haben Sie sich etwa nach ihm benannt?«, fragte er.
Eine Antwort darauf erhielt er nicht. »Ich muss Sie jetzt verlassen«, sagte Lichtbrinck.
»Bleiben Sie getrost hier. Ihre Gesellschaft ist mir angenehm. Bei mir wird niemand um seines Glaubens willen verurteilt.«
»Nein, es ist Zeit. Ich muss gehen.«
»Zeit – für die Messe?«, fragte Hoffmann herausfordernd.
Erneut versagte ihm Lichtbrinck die Antwort. »Nehmen Sie das Angebot des Meisters an!«, empfahl er stattdessen, indem er der Tür zustrebte. »Sie werden Dinge erfahren, die für Sie vorerst noch unvorstellbar sind. Die Augen werden Ihnen aufgetan.«
»Ich habe mich dagegen entschieden«, beharrte Hoffmann.
Lichtbrinck schüttelte den Kopf. »Das glauben Sie«, sagte er. »Aber er wird Sie fangen. Er wird Sie für sich gewinnen. Darin ist er Meister. Es gibt keinen Größeren.«
»Da dächte ich wohl schon an einige«, erwiderte Hoffmann.
»Luzifer wird größer sein als Jesus Christus!«, rief Lichtbinck, von seinem Glauben überwältigt. »Sein Reich wird kommen!«
Hoffmann war der Besuch nun doch unangenehm, und er war froh, als der Freund Luzifers seinen Abschied nahm und die Tür hinter sich schloss. Es überraschte ihn, dass der Kapitän sich als Wahnsinniger entpuppt hatte – wenngleich ihm, das musste Hoffmann zugeben, im täglichen Leben nicht viel von seinem närrischen Aberglauben anzumerken war. Hoffmann hatte sich immer vorgestellt, Satanisten seien sinistre, lichtscheue Figuren in schwarzen Gewändern und mit einem fiebrigen Glanz in den Augen. Nun sah er, dass dies nicht unbedingt so sein musste. Vermutlich ließen sich die Anhänger Luzifers nicht im Vorübergehen erkennen. Man musste in ihre Kreise eindringen, um mit ihnen vertraut zu werden. Dazu verspürte Hoffmann allerdings wenig Neigung.
Erst jetzt, im Nachhinein, fiel ihm auf, dass Lichtbrinck alias

Jenitzsch unter dem Hemd einen Rubin um den Hals getragen hatte, der an einem goldenen Kettchen hing. Er hatte den Stein in der Aufregung des Gespräches hervorzogen und mit ihm gespielt, ihn jedoch sogleich wieder verborgen. Hoffmann fragte sich, ob es mit diesem Rubin wohl eine besondere Bewandtnis habe. Stellten die roten Edelsteine vielleicht das Erkennungszeichen der Jünger Luzifers dar?

16

Hoffmann war allein. Eine Zeit lang lief er in seinem Zimmer umher, als hätte er die Käfigkrankheit, und sein einziges Heilmittel war der Wein. Der rote war passabel, der weiße jedoch sauer. Schnell war die bessere Flasche geleert, und Hoffmann stand vor der Wahl, entweder sein bukolisches Niveau zu senken oder beim Wirt eine neue Flasche zu bestellen. Letzteres würde ins Geld gehen. Hoffmann mischte seinen Seufzer in die weltumspannende Klage der Armen. Er würde wohl mit einem übersäuerten Magen einschlafen müssen. – Doch nein. Da stand ein Fläschchen mit rotem Elixier. Offenbar hatte Lichtbrinck es zurückgelassen. Wie mochte es schmecken? Wie mochte es wirken? Hoffmann nahm es, betrachtete es von allen Seiten, entdeckte nichts Verdächtiges, kein Totenkopfzeichen mit gekreuzten Knochen, das auf ein gefährliches Gift hinwies.
Das blaue Elixier hatte ihn in einen merkwürdigen Rausch versetzt. Was hatte Lichtbrinck noch gleich über die Wirkung des roten gesagt? Sollte es nicht aphrodisierend wirken? Nicht unbedingt das Richtige, wenn man allein war. Doch schnell schlug bei der Wahl zwischen dem kleinen Roten und dem großen Weißen das Pendel nach der Seite der Phiole aus, mochte der Rheinwein darüber auch noch saurer werden!
Hoffmann hielt das Fläschchen an die Nase. Ein lieblicher Duft entströmte ihm, beinahe wie ein Parfüm. Einen Moment fragte sich Hoffmann, ob die Essenz tatsächlich für die innerliche Anwendung

bestimmt war. Doch das Aroma betörte ihn umso mehr, je länger es sich entfaltete. Als stecke ein Strauß Blumen in einer winzigen Vase. Hoffmann nippte und fand den Geschmack annehmbar, wenngleich etwas fremdartig, orientalisch. Womöglich kam die Essenz aus dem Morgenland. Sie war klar und zähflüssig wie Öl. Schon überwältigte ihn die Lust nach einem größeren Schluck! Offenbar hatten die Hersteller eine gute Portion Verführungskraft in den Likör destilliert. Hoffmann setzte die Phiole an die Lippen und trank.
Zunächst passierte nichts – bis auf die Tatsache, dass Bedauern über die allzu geringe Menge sich einstellte. Hoffmann spürte einen süßen, harzigen Nachgeschmack. Er beschloss, heute keinen weiteren Schlaftrunk mehr zu sich zu nehmen. Er begann sich auszukleiden. Sollte er sich schlafen legen, lesen oder den fragmentarischen Brief an seinen Freund Hippel fortsetzen?
Plötzlich spürte er, wie sich die Perspektiven des Raumes verzogen, die Geraden sich krümmten, die Wände pulsierten, die Dielen gleich Wasser in einem Gefäß von einer Zimmerseite zur anderen schwappten. So hatte es auch bei dem blauen Elixier angefangen. Das rote begann offenbar mit einer ganz ähnlichen Ouvertüre. Hoffmann legte sich auf das Bett und wartete, dass weitere Wunder sich offenbarten. Zehn Minuten später stieg, wie Atlantis aus dem Meer, die Insel der Träume aus den Tiefen seines Bewusstseins.

Als Hoffmann erwachte und im Halbschlaf nach dem Wasserkrug tastete, den er vorsorglich neben das Bett gestellt hatte, sah er mehrere beschriebene Blätter auf dem Boden liegen. Zunächst dachte er, der Wind habe sie vom Schreibtisch geweht, doch dann bemerkte er, dass die Fenster geschlossen waren. Er hob eines der Blätter auf und las, was dort geschrieben stand. Es handelte sich um einen Text, den er nie zuvor gesehen hatte und der ihm so befremdlich vorkam, dass er kaum glauben konnte, ihn selbst verfasst zu haben. Doch es war ganz ohne Zweifel seine Handschrift; folglich musste er der Verfasser sein. Die einzige Erklärung dafür lautete, dass er den Text im Rausch zu Papier gebracht hatte, nach einem rätselhaften Diktat.

»Alles war schwarz. Es war aber schwarzes Licht. Das Licht der Frühe war es. Und er sah ein großes Tier, das war stolz und schön wie ein junger Stier, mit Kuhaugen und goldenen Hörnern, die schimmerten matt. Und einem Fell, das war seidig wie das einer langhaarigen schwarzen Katze, und Beinen, die endeten in goldenen Hufen, und einem Gemächt, das pendelte wie ein langer Schlauch von seinen Hüften.

Und das Tier wendete sich um, und auf der anderen Seite, siehe, da war es ein Weib, das hatte ein Fell wie ein Lamm. Weiß war es mit einem silbernen Schimmer. Und sein Gesicht war lieblich, und seine Augen blau, und seine Brüste waren rund und voll, sein Geschlecht war verborgen, und das Lamm hatte Hufe von Silber.

Sie waren aber beide zusammengewachsen. Sie konnten einander nicht erkennen, so sehr sie sich auch danach sehnten. Denn siehe, sie fielen in Brunst und wollten zueinander, aber sie konnten es nicht, denn sie waren das Tier ohne Rücken. So litten sie an ihrer Liebe und konnten nicht fruchtbar sein.

Da kam ein riesiger Engel, der war über die Maßen schön. Er trug einen weißen Mantel, sein Haar fiel golden auf seine Schultern, und sein Antlitz war weiß wie Marmor und bartlos, es war ein reines Menschenantlitz, so rein, dass man nicht sah, ob der Engel männlich war oder weiblich. Und man sah nicht sein Geschlecht unter dem Mantel. Der Engel aber leuchtete und strahlte in der Finsternis, sein Licht war weißer als weiß, als wären Silber und Gold vermischt.

Der Engel aber trug ein großes, scharfes Schwert, das nahm er und hieb die beiden Tiere, das Lamm und den Stier, entzwei.

Und es wuchsen den Tieren Rücken nach ihrer Art. Und sie bluteten nicht und empfanden keinen Schmerz. Und nun, da sie getrennt waren, konnten sie einander erkennen. Und sie taten es und liebten sich lange, lange Zeit und hörten nicht auf, sich zu lieben.

Und es gebar der Stier ein Ei, das war schwarz und innen voll Feuer.

Und es gebar das Lamm ein Ei, das war weiß und innen voll Wasser.

Luzifer nahm einen Feuerball und setzte ihn auf sein Haupt wie eine Krone.

Und er machte viele Planeten und ließ sie um sein Haupt kreisen. Aber nur einen belebte er mit Wesen, die lebten und atmeten und redeten in vielen Zungen.
So geschah es, und so wird es sein bis zum Ende der Tage.«

Der Text stellte Hoffmann vor ein Rätsel. Offensichtlich handelte es sich hier um einen Schöpfungsmythos, der Luzifer die Erschaffung der Welt zuschrieb. Das war zweifellos blasphemisch, abgesehen davon, dass es unsinnig war. War Luzifer nicht ein gefallener Engel, von Gott wegen Hochmuts und Ungehorsams auf die Erde geschleudert, wo er fortan sein Dasein als das leibhaftige Böse zu fristen hatte? War sein populärer Name nicht Satan? War er nicht Herr der Hölle und ihrer Dämonen? Spukte er nicht als Teufel durch die Legenden, als Mephistopheles durch die Sagen und Volksbücher, bis hin zu dem gewaltigen Drama des Herrn von Goethe? Wie kam er, Hoffmann, dazu, sich einen völlig anders gearteten Luzifer auszumalen?
Er musste an den merkwürdigen Gottesdienst in der Gertraudenkirche denken. Hatte man dort nicht auch die Theologie auf den Kopf gestellt, aus Gott das Böse und dem Teufel das Gute gemacht? Das waren Hirngespinste verdrehter Geister. Aber wie kam es, dass dieser gotteslästerliche Geist nun in ihn gefahren war?
Hoffmann kamen allmählich Zweifel an der Harmlosigkeit der Destillate. Was hatte es mit den »Likören« in den bunten Phiolen auf sich?
Er musste sich Aufklärung verschaffen. Gleich. Sofort. Er fühlte sich nicht müde. Im Bett würde er nur wach liegen und grübeln.
Wohnte Lichtbrinck nicht in diesem Hotel? Natürlich war es ungehörig, in später Nacht an eine fremde Tür zu klopfen. Aber seltsamerweise hatte Hoffmann das Gefühl, dass er Lichtbrinck nicht aus dem Schlaf reißen würde, mehr noch, eine innere Stimme flüsterte ihm zu, dass der Schmuggler auf ihn wartete, dass er zu keinem anderen Zweck hier sei, als ihn zu überwachen. Wenn Hoffmann sich nicht sehr täuschte, würde sein Besuch Lichtbrinck jederzeit willkommen sein.

Er kleidete sich notdürftig an (einen korrekten Anzug erforderte der Anlass wohl nicht) und machte sich auf zum Zimmer des Teufelsanbeters.

Lichtbrinck wohnte nur wenige Türen von seinem eigenen Zimmer entfernt. Ein Lichtstreif über der Schwelle verriet, dass drinnen eine Kerze brannte. Hoffmann klopfte an. Als niemand antwortete, probierte er die Klinke, fand die Tür unverschlossen und öffnete sie kurzerhand.

Lichtbrinck saß auf einem Sessel und las in einem Buch. Er ließ es sinken, als Hoffmann eintrat.

»Guten Abend«, sagte Hoffmann.

»Guten Morgen«, verbesserte ihn Lichtbrinck mit einem Lächeln. »Die Stunden, da wir im Finstern sitzen, nähern sich dem Ende.«

Hoffmann zögerte, sein Anliegen vorzubringen. »Ich habe Ihnen das Romanmanuskript mitgebracht«, sagte er ausweichend.

»Oh, ich bedanke mich vielmals«, erwiderte Lichtbrinck, indem er den Papierstapel entgegennahm und auf den Tisch legte. »Ich werde gleich zu lesen beginnen. Ich benötige nicht viel Schlaf. Ich bin das Wachen von der Seefahrt her gewohnt.«

Hoffmann suchte nach einer Fortsetzung des Gespräches.

»Hatten Sie angenehme Träume?«, half ihm Lichtbrinck, nachdem er Hoffmann eindringlich gemustert hatte. »Sie sehen aus, als seien Sie eben aus dem Bett gestiegen.«

»Ich habe recht seltsam geträumt«, gestand Hoffmann.

»Ich vermute, Sie nahmen ein Elixier?«

Hoffmann nickte.

»Aus einem roten Fläschchen. Das Blut des Lammes.« Lichtbrinck lächelte.

Hoffmann merkte bei diesen Worten auf. »Ich habe in der Tat von einem Lamm geträumt.«

»Das weckt meine Neugier«, gab Lichtbrinck zurück.

»Ich nehme an, Sie haben mir etwas Falsches erzählt«, wich Hoffmann aus. »Es handelt sich wohl nicht wirklich um einen Likör.«

Lichtbrinck zuckte die Achseln. »Warum soll man ihn nicht so nennen? Ein Name ist so gut wie der andere.«
»Es ist das stärkste Rauschmittel, das ich jemals kennen gelernt habe«, bekannte Hoffmann.
»Gefällt Ihnen die Wirkung?«
»Nun, es erweckt Traumgesichte recht seltsamer Art. Visionen. Ich frage mich, was sie bedeuten. Luzifer erscheint darin.«
Lichtbrinck nahm eine gespannte Haltung an. Er beugte sich vor. »Luzifer?«
Hoffmann nickte. »Ich habe einen Text verfasst.«
»Ich würde ihn gern lesen!«
Hoffmann reichte ihm die Blätter.
»Darf ich Ihnen einen Schluck Wein anbieten?«, fragte Lichtbrinck.
Hoffmann nahm dankend an.
Lichtbrinck begann die Seiten zu studieren. Die Lektüre dauerte nicht lang, erzeugte jedoch eine nachhaltige Wirkung.
»Begreifen Sie, was das hier ist?«, fragte Lichtbrinck, als er die Blätter sinken ließ. »Dies ist – die Offenbarung! Sie sind auserwählt! Es ist unbegreiflich. Aber Er, Er selbst, spricht durch Sie!«
»Sie reden von Luzifer?«
Lichtbrinck hielt eine Antwort für überflüssig. Er schien in weite Fernen zu starren.
»Ich verstehe es selber nicht«, gestand er. »Aber wie könnte ich zweifeln, nachdem ich dies gelesen habe? ER spricht! Endlich! Die Wahrheit wird uns zuteil! DAS BUCH wird uns gegeben!«

17

Der Prozess gegen die Baronin von Meusen, geborene Gräfin von Weringhausen, wurde pünktlich um neun Uhr fortgesetzt. Heute trug Kriminalrat Hitzig den Fall aus Sicht der Polizei vor.
»Das Kriminalgericht«, begann er, »wurde erst zirka zwölf Stunden

nach der Tat, am Mittag des darauf folgenden Tages verständigt. Die Anzeige wurde durch den Haus- und Gutsverwalter Neubert erstattet. Inzwischen hatten die beiden gedungenen Mordhelfer natürlich längst die Flucht ergriffen und den Leichnam des Ermordeten beiseite geschafft. Durch die späte Verständigung der Polizei gewannen die Täter einen beträchtlichen Vorsprung. Daraus erklärt sich, dass sie bis heute noch nicht gefasst wurden. Demzufolge blieb auch der Ort, wo sie den Leichnam verbargen, noch unentdeckt.«

Hitzig räusperte sich an dieses Stelle, wo er eine – von ihm unverschuldete – Schwäche der Untersuchung eingestehen musste. Offensichtlich befürchtet er einen Tadel. Doch das Gericht überging den polizeilichen Misserfolg mit Stillschweigen.

»Das Zimmer, in dem der Mord geschah«, fuhr Hitzig fort, »wurde von der Polizei gründlich inspiziert. Es fanden sich unter dem Bett der Hut sowie der Gürtel und die Degenscheide des Barons. Auf dem Nachttisch stand eine leer getrunkene Weinflasche mitsamt Glas. Das Bett war frisch bezogen worden. Auf dem Fußboden waren diverse Flecke, die sich als Blutspuren erwiesen. Offenbar hatte man versucht, sie mit Kaminasche zu entfernen, denn es fanden sich Reste von Holzasche in den Ritzen der Dielen.

Daraufhin wurde die Durchsuchung des Hauses und des Gartens durchgeführt. Im Wäschekeller wurden das Laken vom Bett des Grafen, ferner ein Bettbezug sowie der Bezug des Kopfkissens gefunden. Alle diese Wäschestücke waren mit Blut und Asche befleckt.

Es wurde ferner im Gebüsch unterhalb des Schlafzimmerfensters ein Degen entdeckt, der, wie vielfach bezeugt, dem Baron gehörte. An der Klinge des Degens klebte Blut.«

An dieser Stelle machte sich Hoffmann eine Notiz.

»Die Anzeige des besagten Neubert, in dem bewussten Zimmer sei in der vorangegangenen Nacht ein tödlicher Anschlag auf den Baron verübt worden, konnte damit als begründet angesehen werden. Es galt nunmehr, die Zeugen zu vernehmen. Ferner musste die Suche nach den entwichenen Mördern eingeleitet, zudem nach weiteren

Sachhinweisen gesucht werden, die zur Aufklärung des Falles dienlich sein konnten.

Zunächst wurde der Garten des Hauses untersucht. Es erwies sich, dass dort ein frisches Erdversteck ausgehoben worden war. Darin fanden sich die Stiefel, die Uniformjacke sowie die Beinkleider des Barons.

Inzwischen hatte die Befragung der Dienerschaft ergeben, dass es nicht weniger als drei Augenzeugen für die Ermordung des Barons durch seine Gemahlin und deren Helfershelfer gab. Es handelte sich zunächst um den bereits erwähnten Neubert. Außerdem traten als Zeuginnen die Köchin Helene Becker, genannt Lene, sowie das Dienstmädchen Liese Reinicke auf. Beide berichten übereinstimmend, sie seien kurz nach Mitternacht – die Uhrzeit beruht auf einer Schätzung – von einem ›lauten Knall‹ geweckt worden. Anschließend hätten sie Schreie gehört und seien trotz ihrer großen Angst zur Tür gelaufen, um herauszufinden, was im Haus vorging. Die Stimmen und Geräusche seien aus dem ersten Stock gekommen. Die beiden Dienerinnen stiegen die Treppe hinunter, die von ihrer Mansarde in die Beletage führte. Nachdem sie auf den Gang hinausgetreten waren, sahen sie, wie zwei fremde, bewaffnete Männer auf den am Boden liegenden und sich verzweifelt wehrenden Baron einstachen, wie die Baronin sie wegen ihrer Unfähigkeit beschimpfte, schließlich den Degen ihres Gatten aus der Scheide zog und damit zustach. Eindringlich befragt, ob es wirklich die Baronin gewesen sei, die dem Opfer den entscheidenden Todesstoß versetzte, bestätigten sie übereinstimmend, sie hätten diese ganz ohne jeden Zweifel erkannt.

In dem Moment, also nach der Ausführung des Mordes, sei Neubert die Treppe hinaufgekommen. Er habe sie, die Dienerinnen, zurück in ihr Zimmer geschickt – ›gejagt‹, wie sich die Dienerin Liese ausdrückte. Neubert habe ihnen befohlen, die Zimmertür von innen zu verschließen und sich nicht mehr zu rühren, da die Mörder sonst über sie herfallen würden. Die Dienerinnen befolgten die Befehle des Hauswarts. Bis zum nächsten Morgen hätten sie ihr Zimmer nicht mehr verlassen. Natürlich hätten sie in der Nacht kein Auge zugetan.

Neubert behauptete, er habe sich in das Zimmer des Barons begeben. Dort habe er die Baronin, ihren Geliebten und zwei fremde Männer angetroffen, vor ihnen auf dem Boden den blutüberströmten Körper des Barons. Die Gräfin habe einen mit Blut besudelten Degen in der Hand gehabt, den sie, als sie seinen, Neuberts, entsetzten Blick bemerkte, aus dem Fenster warf. Zwar schätze er, Neubert, sich als beherzten Mann ein, doch habe er, seinen eigenen Worten zufolge, nun doch ›weiche Knie‹ bekommen. Die Mörder hätten ihn sogleich gepackt und ihm seine Waffe entwendet. Einer von ihnen habe ihm einen Dolch an die Kehle gehalten, zweifellos in der Absicht, ihn zu ermorden, doch die Baronin habe ihnen Einhalt geboten. Sie habe sich an ihn, Neubert, gewendet und in gefasstem Ton mit ihm geredet. Sie habe zugegeben, ihren Mann getötet zu haben. Sie habe dies tun müssen, da er ein Schurke und Ehebrecher sei, der beabsichtigt habe, sie selbst, ihre Tochter, die ganze Familie zugrunde zu richten. Sie habe sich verpflichtet gefühlt, die Ehre ihres Hauses und das Glück ihrer Tochter zu verteidigen. Sie habe Neubert beschworen, Verständnis für ihre Tat aufzubringen. Für den Fall, dass er ihr beistehe, habe sie ihm eine hohe Belohnung sowie die Stelle des Gutsverwalters in Westfalen versprochen, welche er schon lange begehrt habe. All dies habe ihm, so der Zeuge, zu denken gegeben, und er habe sich darauf eingelassen, keinen Alarm zu schlagen und die Herrin nicht ›ans Messer zu liefern‹.
Nun sei der Geliebte der Baronin vorgetreten, habe den beiden Mördern einen Beutel mit Münzen überreicht und ihnen befohlen, umgehend das Haus zu verlassen und den Leichnam mitzunehmen. Der Leichnam sei in einen Teppich gehüllt worden. Anschließend seien die Mörder mit dem toten Baron abgezogen. Seither habe man nie wieder von ihnen gehört.«
Damit endeten die Ausführungen des Kriminalrates. Der Kammergerichtspräsident wollte den Zeugen schon entlassen, als Hoffmann sich meldete und darum bat, eine Frage stellen zu dürfen, was Trützschler ihm mit den Worten: »Nun, wenn es denn sein muss. Hm, na ja«, genehmigte.

»Welches Kleid trug die Baronin in jener Nacht?«, fragte Hoffmann. Hitzig war höchst verblüfft über diese Frage. Es zeigte sich, dass er der Bekleidung der Mörderin bei der polizeilichen Untersuchung keine Bedeutung beigemessen hatte. Er musste gestehen, dass er überfragt sei.

»Äh, warum ... äh, was soll das ...?« Trützschler zeigte offen seinen Unwillen. »Möchte meinen, Garderobenfrage doch wohl nebensächlich. Ja.«

Ursprünglich hatte Hoffmann nicht beabsichtigt, sich aktiv in die Prozessführung einzumischen, da er ja nur Beisitzer mit beratender Stimme war. Doch der verhohlene Tadel seines Vorgesetzten reizte ihn zum Widerstand, und so warf er seinen Vorsatz, sich passiv zu verhalten, über den Haufen.

»Ich will auf Folgendes hinaus«, führte er aus. »Ich stelle mir die Szene in der Mordnacht vor, so, wie sie uns hier geschildert wurde. Ich sehe ein enges, schwach beleuchtetes Zimmer, in dem viel Blut fließt, wo anschließend versucht wird, Spuren zu beseitigen. Dabei wird mit Asche hantiert. Man musste zweifellos auf dem Fußboden herumkriechen ...«

»Ja, ja, wohl möglich, aber was ...?«, unterbrach ihn der Vorsitzende. Doch Hoffmann ließ sich nicht beirren.

»Denken Sie nicht, dass das Kleid der Baronin danach in einem beklagenswerten Zustand gewesen sein muss?«

»Zweifellos«, gestand Hitzig ein.

»Hat man das Kleid irgendwo im Haus oder in der Umgebung gefunden? Zum Beispiel im Wäschekeller, wo man die blutigen Bettlaken fand? Oder im Zimmer der Baronin? Oder im Garten, bei den vergrabenen Kleidern des Barons?«

Der Kriminalrat gab zu, man habe es nicht gefunden.

»Aber, zum Donnerwetter! Was ist daran gelegen?«, fragte der Präsident in ziemlich grober Manier.

»Ich denke doch, das Schloss ist gründlich durchsucht worden. Einschließlich der Öfen und Kamine?«, fuhr Hoffmann beharrlich fort.

»Selbstverständlich«, bestätigte der Kriminalrat.

»Und kein Kleid?«
»Kein Kleid.«
»Ist das nicht merkwürdig?«, fragte Hoffmann. »Da schaffen die Baronin und ihr Geliebter die Bettwäsche beiseite, vergraben die blutigen Kleider des Opfers. Alles das wird gefunden. Aber wo lassen sie das beschmutzte Kleid?«
»Wir wissen es nicht«, gestand der Kriminalrat ein.
»Na, wenn schon«, unterbrach Trützschler das Zwiegespräch. »Unwichtig, das. Hält uns nur auf. Sollten endlich fortfahren. Wachtmeister, rufen Sie die nächsten Zeugen!«
Damit war Hitzig entlassen, und Hoffmann war jedes weitere Wort abgeschnitten. Er durfte gewiss sein, sich mit seiner unbotmäßigen Einmischung die Missbilligung seines Vorgesetzten zugezogen zu haben. Als nun die beiden Bediensteten, die Köchin und das Hausmädchen, mit vielem Schniefen und Augenauswischen ihre Aussage machten, hielt er sich mit weiteren Einwürfen wohlweislich zurück.

Die Baronin blieb, während ihre Angestellten sie bezichtigten, reglos und mit unbewegter Miene auf der Anklagebank sitzen. Sie zeigte keinerlei Reaktion auf die zahlreichen ängstlichen Seitenblicke der beiden Dienerinnen, deren Furcht vor ihrer ehemaligen Herrin nur allzu deutlich zu erkennen war. Dennoch waren ihre Aussagen klar und unmissverständlich. Im Gegensatz zu dem zwielichtigen Neubert vermittelten sie einen biederen, aufrichtigen Eindruck und schienen von der Erinnerung an das Geschehnis stark erschüttert zu sein. Niemand gewann den Eindruck, sie wollten ihre Herrin womöglich aus Rache oder Missgunst verleumden. Spätestens, als sie auf die Bibel schworen, die reine Wahrheit gesagt zu haben, verflog auch der letzte Zweifel an ihrer Wahrhaftigkeit und die Waagschale der Justitia neigte sich eindeutig zu Ungunsten der Baronin. Was immer man an Einwänden und Bedenken vorbringen mochte: Hier waren zwei Augenzeuginnen, die den Mord direkt mit angesehen hatten! Was wog dagegen das Argument, einer Frau wie der Baronin

sei ein heimtückischer Meuchelmord nicht zuzutrauen? Selbst Hoffmann hielt die Schuld der Baronin für eindeutig erwiesen.
Es gereute ihn, dass er den Kriminalrat mit seiner »Kleiderfrage« in Verlegenheit gebracht hatte. Für den Freund sah es womöglich so aus, als habe Hoffmann ihn öffentlich der Nachlässigkeit bezichtigen wollen. Dabei war es verständlich, dass die Polizei der Bekleidung der Mörderin nur nebensächliche Bedeutung beimaß. Hoffmann gedachte, sich bei Hitzig für seinen Übereifer zu entschuldigen. Leider konnte er sich des Eindruckes nicht erwehren, an diesem Prozesstag eine recht unglückliche Figur gemacht zu haben. Es würde ihn wohl einige Mühe kosten, die Scharte auszuwetzen und seinem Vorgesetzten den Beweis zu liefern, dass er ein brauchbarer Richter war.

Zu Hoffmanns Erleichterung nahm Hitzig es ihm nicht übel, dass er vor Gericht Mängel der Untersuchung aufgedeckt hatte. Im Gegenteil. »Wenn es Bedenken gibt, wenn ich Fehler gemacht, mir Nachlässigkeiten habe zuschulden kommen lassen, so mögen sie aufgezeigt werden«, sagte er. »Denn schließlich geht es darum, einen Menschen wegen Mordes zu verurteilen. Das ist keine Kleinigkeit.«
Hoffmann, Hitzig und Warnke saßen in der Bürokammer und tranken Wein.
Hoffmann wiederholte, wonach er im Gerichtssaal gefragt hatte. Es wunderte ihn nach wie vor, dass dieses Kleid, das die Spuren des begangenen Mordes trage, nicht aufgefunden werden konnte.
»Man hat es verbrannt!«, versetzte Warnke leichthin, als sei dieses Problem mit dem ersten, besten Einfall zu lösen.
»Wir haben die Kamine untersucht und keine Reste verbrannter Kleidung gefunden«, hielt Hitzig ihm entgegen.
»Höre ich aus Ihren Worten einen leisen Zweifel an der Schuld der Angeklagten heraus?«, erkundigte sich Warnke bei Hoffmann.
Hoffmann schüttelte den Kopf. »Ich glaube, dass sie schuldig ist«, antwortete er. »Aber offene Fragen, selbst wenn sie belanglos erscheinen mögen, stören mich grundsätzlich. Nicht selten öffnet sich

hinter einer vermeintlichen Nebensache ein Abgrund an Fehlern, Irrtümern und Versäumnissen.«

»Ich bin bereit, mich jeglicher Kritik zu stellen«, versetzte Hitzig ein wenig pikiert. »Wie steht es mit meinen Fehlern und Irrtümern? Sprich frei heraus!«

»Der Tadel gilt nicht dir persönlich!«, beschwichtigte ihn Hoffmann. »Aber gut. Gehen wir davon aus, dass die Baronin ihr Kleid nicht im Kamin verbrannte. Sind wir uns darüber einig?«

»Nehmen wir es einmal an.«

»Die Täter wählten für alles Übrige zwei Verstecke«, fuhr Hoffmann fort. »Sie warfen die blutigen Laken in die Waschküche und vergruben die Kleider des Ermordeten im Garten.«

Hitzig nickte.

»Bleibt die Frage: Wann und wo entledigten sie sich des blutigen Kleides?«

»Darauf habe ich keine Antwort«, gab Hitzig zu.

»Warum trug sie die Laken überhaupt hinunter in den Waschkeller?«, fragte Hoffmann. »Dorthin, wo sie damit rechnen musste, dass ihre Dienerinnen sie fanden?«

»Die ohnehin schon Bescheid wussten ...«, gab Hitzig zu Bedenken.

»Darauf kam es also nicht mehr an.«

»Sie wollte die teuren Laken retten«, behauptete Warnke. »Reiner Geiz.«

»Werden in großen Häusern für die Wäsche nicht eigentlich Waschfrauen bestellt?« fragte Hoffmann und fuhr, als die beiden Zuhörer nickten, fort: »Demnach ist das Argument, die Dienerinnen hätten ohnehin Bescheid gewusst, nicht stichhaltig. Die Wäscherinnen wussten nichts. Ihnen wäre aber das blutige Bettzeug aufgefallen. Dies hätte zu Fragen geführt, zu Tratsch innerhalb des Personals. Letztlich wäre das Geheimnis durch die Waschfrauen aus dem Hause getragen worden. Als erfahrene Hausfrau musste die Baronin das wissen. Demnach hat sie das denkbar schlechteste Versteck für die Laken gewählt.«

»Daran ist etwas Wahres«, gab Hitzig zu.

»Sie machte schlicht einen Fehler«, schlug Warnke vor. »Sie dachte einfach nicht an die Waschfrauen.«
»Das mag so sein«, gestand Hoffmann ihm zu. »Doch die Frage nach dem Verbleib des Kleides ist noch immer nicht beantwortet.«
»Die mir recht irrelevant zu sein scheint«, sagte Warnke achselzuckend.
Hoffmann blieb widerspenstig. »Ich kann von diesem Thema nicht lassen«, gab er zu. »Es beschäftigte mich während des ganzen Prozesstages. Warum fanden sich die Laken an einem Ort, wo sie notwendigerweise gefunden werden mussten? Warum vergrub man die Kleider des Grafen im Garten – nicht aber dessen Hut, Gürtel und Wehrgehenk? Wo liegt da die Logik?«
»Du hast wohl Recht«, konzedierte ihm Hitzig. »Ich kann darin nur Konfusion erkennen. Die Kopflosigkeit zweier Mörder nach ihrer furchtbaren Tat.«
»Es waren vier Mörder!«, beharrte Hoffmann. »Darunter zwei, die – nun, sagen wir – einige Erfahrung, wenn auch wenig Geschick in diesem Gewerbe mitbrachten und denen gewiss nicht daran gelegen war, allzu deutliche Spuren zu hinterlassen. So entfernten sie immerhin die Leiche. Aber die Beseitigung aller übrigen Dinge überließen sie ihren Auftraggebern.«
»Sie waren betrunken. Deswegen stachen sie auch so oft daneben«, lautete Warnkes Erklärung.
»Was wäre sinnvoller gewesen, als dass sie selbst alles, was sich im Zimmer befand, mitgenommen und im selben Sumpf versenkt hätten, wo sie die Leiche abluden?«, beharrte Hoffmann eigensinnig. »Nur in einem solchen Fall, wenn nämlich nichts im Hause zurückblieb, hätten die Baronin und ihr Liebhaber die Möglichkeit gehabt, den Mord abzuleugnen und die Behauptungen der Diener – falls diese sie angezeigt hätten – als Hirngespinst hinzustellen.«
»Nach dem Prinzip: ohne Leiche kein Mord«, versetzte Warnke.
»Hätte man den Dienern ohne weiteres geglaubt, wenn sich nicht auch Indizien im Hause gefunden hätten?«, fragte Hoffmann den Kriminalrat.

»Es hätte zumindest Zweifel gegeben«, bestätigt dieser.
»Dennoch finden sich diese Indizien nicht nur zuhauf, sondern obendrein noch an Orten, wo sie selbst dem oberflächlichsten Sucher nicht entgehen können. Für mich sieht es fast so aus, als hätte man der Polizei das Auffinden von Hinweisen erleichtern wollen.«
»Was folgerst du daraus?«, wollte Hitzig wissen.
»Vorerst gar nichts. Ich führe nur an, was mir merkwürdig erscheint.«
»Mir erscheint überhaupt nichts merkwürdig«, stellte Warnke achselzuckend fest. »Immerhin gibt es vier Zeugen. Warum soll man da noch viel Wert auf dingliche Beweise legen?«
»Es geht mir nur darum, mein Unbehagen zum Ausdruck zu bringen«, erklärte Hoffmann. »In einem Mordfall sollte es nichts Unerklärliches geben.«
»Wo siehst du Unerklärliches?«, wollte Hitzig wissen.
»Mir scheint, dass es bei diesem Mord zu einer ganz ungewöhnlichen Anhäufung von Dummheiten und Fehlhandlungen kam«, erwiderte Hoffmann. »Ich denke, zum Beispiel, an den Flintenschuss.«
»Ich verstehe dich nicht.«
»Warum haben die Mörder einen Flintenschuss abgeben, der doch nichts anderes bewirken konnte, als das ganze Haus zu alarmieren? Noch dazu einen Fehlschuss! Konnte der Schütze nicht nahe genug an sein Opfer herangehen, um es sicher zu treffen? Wäre es nicht ohnehin klüger gewesen, sich eines Dolches oder Degens zu bedienen und den Mord damit in aller Stille durchzuführen? Mit dem Schuss rief man nicht weniger als drei Zeugen auf den Plan.«
»Man hätte können – aber man hat nicht«, sagte Warnke salopp. »Warum mit den Mördern rechten? Freuen wir uns ihres Ungeschicks, das sie ans Messer lieferte!«
»Wir dürfen uns nicht an das halten, was klüger gewesen wäre, sondern an das, was tatsächlich geschehen ist«, stimmte Hitzig ihm bei.
Hoffmann schüttelte den Kopf. »Mir will es nicht recht in den Kopf. Ein Schuss – in der Stille der Nacht, noch dazu bei offener Tür. Es scheint, als hätte man es geradezu darauf angelegt, Zeugen herbeizurufen.«

»Womöglich ist das Gewehr versehentlich losgegangen«, fiel Warnke ein.
»Hat man übrigens die Kugel gefunden?«, fragte Hoffmann.
Hitzig verneinte.
»Aber das ist doch wiederum höchst merkwürdig!«, entfuhr es Hoffmann.
»Wahrscheinlich steckt sie im Körper des Barons«, sagte Warnke.
»Dann müsste sie die Bettdecke durchschlagen haben. Fand man darin ein Loch?«
»Ich weiß es nicht«, gab Hitzig zu.
Schweigen trat ein.
»Hast du noch weitere Bedenken vorzutragen?«, fragte der Kriminalrat schließlich.
»Nur eines noch. Es geht um das Verhalten der Baronin. Pflichtest du mir bei, dass sie von einer tiefen und echten Mutterliebe erfüllt ist?«
»Dies zählt zu ihren wenigen angenehmen Eigenschaften«, fand auch Hitzig.
»Warum kümmerte sie sich dann in jener Nacht nicht um ihre Tochter, die voller Angst in einem verschlossenen Zimmer saß und um Hilfe schrie?«, fragte Hoffmann.
»Sie war wohl anderweitig beschäftigt«, stellte Warnke in seiner lästerlichen Art fest.
Hoffmanns verzog unwillig das Gesicht. Es wäre ihm lieber gewesen, er hätte das Gespräch mit seinem Freund allein führen können, ohne den vorwitzigen Jüngling.
»Lassen deine Einwände dich an der Schuld der Angeklagten zweifeln?«, fragte Hitzig endlich, indem er das Fazit aus dem Gespräch zog.
»Ich würde gern einige Nachforschungen anstellen«, gestand Hoffmann.
Beide Gesprächspartner sahen ihn verblüfft an.
»Du willst die Untersuchung wieder aufnehmen?«, fragte Hitzig ungläubig.

»Keineswegs!«, beschwichtigte Hoffmann. »Ich möchte nur gern den Schauplatz so vieler rätselhafter Ereignisse einmal in Augenschein nehmen.«

Unterdessen hatten sie eine und eine halbe Flasche Wein leer getrunken. Der Rest wurde nun auf die Gläser verteilt, und nach einem gehörigen »Prosit« hob man die Runde auf. Als Hoffmann das Büro verließ und sich auf dem Wege zum Posthotel machte, stellte er fest, dass die Saat des Zweifels, die er gesät hatte, am meisten bei ihm selbst aufgegangen war. Zwar schienen die Beweise für die Schuld der Baronin trotz aller Ungereimtheiten unerschütterlich. Doch keimte in Hoffmann die Vermutung auf, dass es mit diesem Gattenmord am Ende doch eine seltsame Bewandtnis haben könnte.

18

Das Haus der Baronin stand leer. Die Dienerinnen waren entlassen worden, Neubert saß im Gefängnis. Hoffmann hatte das beklemmende Gefühl, ein Spukhaus zu betreten.

Das Schlafzimmer des Barons lag im ersten Stock, wo sich auch das Zimmer der Baronin und, gleich nebenan, das Kinderzimmer befanden.

Hoffmann betrat zunächst das Schlafzimmer des Barons. Der Raum war nicht allzu groß und beinahe quadratisch. Die Einrichtung bestand nur aus wenigem Mobiliar. Darunter nahm das Bett den meisten Platz ein. Es war eine breite Liegestatt mit einem Himmel und mit Vorhängen, die seitlich an die Bettpfosten gebunden waren. Es war mit frischem Leinen bezogen. Links von dem Bett (vom Eingang aus betrachtet) stand ein Tischchen, auf dem eine leere Weinflasche und ein Glas zurückgeblieben waren. Es gab nur einen Stuhl, der sich im linken, rückwärtigen Teil des Zimmers befand. Ferner hing über dem Kamin eine verstaubte Jagdtrophäe. Am Fuß des Bettes stand eine Truhe, die frisches Leinen enthielt.

Hoffmann begann mit der Untersuchung des Zimmers. Zunächst

hielt er Ausschau nach der Kugel, die aus der Flinte des Mörders abgefeuert worden war. Er sah sich sehr gründlich um, aber weder im Bettgestell noch in der Matratze, noch in der Wand war sie zu entdecken. Es bestätigte sich außerdem, dass sowohl das Kopfkissen wie auch die Bettdecke nicht durchlöchert waren.

Hoffmann suchte fast eine Stunde lang. Am Ende stand fest, dass die Kugel nirgendwo im Schlafzimmer eingeschlagen haben konnte. Es war partout kein Einschussloch zu finden.

Es war nun allerdings denkbar, dass das Geschoss aus dem Fenster geflogen war. Es gab jedoch noch eine andere Möglichkeit. Hoffmann hatte bei der Untersuchung des Raumes festgestellt, dass die hintere Wand des Kamins nicht gemauert war, sondern aus einem eisernen Schieber bestand. Es handelte sich um einen Doppelkamin, der zwei Räume zugleich beheizen konnte. Man regulierte ihn durch das Öffnen und Schließen des Schiebers. Hoffmann untersuchte nun das Nachbarzimmer – was von der Polizei offensichtlich versäumt worden war – und stellte schnell fest, dass in einen Lehnstuhl, der vor dem Kamin stand, ein Projektil eingeschlagen hatte. Es gab keinen Zweifel, dass es sich um die Kugel aus dem Gewehr eines der Mörder handelte. Die vermisste Kugel war also durch den Kamin geflogen.

Warum aber hatte der Mörder in den Kamin geschossen? Hoffmann begab sich zurück ins Schlafzimmer des Barons, um sich die Lage zu vergegenwärtigen.

Der Kamin befand sich, vom Eingang aus betrachtet, auf der linken Seite. Von der Türschwelle aus blickte man direkt auf das Bett. Ein Schütze, der auf eine darin liegende Person zielte, konnte unmöglich aus Versehen in den Kamin schießen, selbst wenn er halb blind und äußerst ungeschickt im Umgang mit der Waffe war. Ein so grotesker Fehlschuss, wie er hier angenommen werden musste, war unerklärlich.

Es sei denn, der Schuss war nicht fehlgegangen, sondern absichtlich in den Kamin abgefeuert worden!

Hoffmann setzte die Untersuchung des Zimmers fort. Zunächst

widmete er sich dem Weinglas und der Flasche auf dem Nachttisch. Die Polizei hatte beides stehen gelassen, weil sie glaubte, es habe für die Untersuchung keine Bedeutung. Tatsächlich erkannte man erst auf den zweiten Blick, dass hier ebenfalls etwas nicht stimmte. Das Glas war nämlich gar nicht benutzt worden. Es gab weder ein zweites Glas noch einen Krug im Zimmer. Die Weinflasche jedoch war leer. Hatte der Baron etwa direkt aus der Flasche getrunken? Die Annahme war absurd. Wie sonst aber war es möglich, dass die Flasche leer war und das Glas sauber? Je länger Hoffmann über diese Fragen nachdachte, desto stärker stellte sich in ihm ein bestimmter Verdacht ein.

Was hatte sich in der Mordnacht abgespielt? Hoffmann versuchte, sich die Szene so genau wie möglich vorzustellen.

Die Mordszene war nach der Aussage der Dienerinnen hell erleuchtet gewesen. Es hatten Leuchter auf der Erde gestanden. Wo aber waren diese Laternen? Hoffmann sah sich um, konnte aber keine entdecken. Das war wiederum recht merkwürdig.

Die Zimmertür war zweiflügelig. Beide Türhälften mussten in jener Nacht geöffnet worden sein. Das ging aus der Zeugenaussage der Dienerinnen hervor. Der Todeskampf hatte auf der Türschwelle stattgefunden. Hoffmann stellte fest, dass der rechte Türflügel sich leicht und geräuschlos öffnen ließ. Der andere jedoch war oben und unten mit einem Riegel versperrt. Das Lösen dieser Riegel war mühsam und – nur von innen möglich! Die Mörder mussten sich in der bewussten Nacht demnach höchst seltsam verhalten haben. Anstatt geräuschlos einzudringen, die Tat rasch auszuführen und den Ort ebenso still und leise wieder zu verlassen, hatten sie sich anscheinend die Zeit genommen, ohne jeden Sinn beide Türflügel zu öffnen. Dadurch gefährdeten sie unnötig den Erfolg des Unternehmens. – Warum?

Hoffmann begab sich an jenen Platz, von dem aus die Dienerinnen die Mordszene beobachtet hatten. Es war zweifellos unmöglich, von diesem Platz aus in das Schlafzimmer hineinzusehen. Hatten also die Mörder die Tür so weit geöffnet, um besser bei ihrer Tat beobachtet werden zu können? Eine absurde Annahme! Und doch die einzig sinnvolle!

Hoffmann ging zurück in das Zimmer. Er stellte es sich dunkel vor, nur von einigen wenigen Leuchtern erhellt. Der Gewehrschütze stand auf der Schwelle, legte an und – schoss in den Kamin. Eine unsinnigere Tat war kaum denkbar. Es gab schlechthin kein leichteres Ziel als einen kaum drei Schritte entfernt schlafend im Bett liegenden Mann.

Aber es zeigte sich noch eine weitere Ungereimtheit. Zweifellos hielt der Baron als erfahrener Krieger seinen Degen stets griffbereit. In all den Jahren, die er im Feld oder in gefährlicher Umgebung verbracht hatte, musste ihm der Griff nach der Waffe in Fleisch und Blut übergegangen sein. Wo aber verwahrte er den Degen, wenn er schlief? Wahrscheinlich auf dem Stuhl, der an das Bett herangerückt worden war, damit er im Falle einer Gefahr schnell nach seiner Waffe greifen konnte. Nun sprang der Baron aber nach dem fehlgegangenen Schuss – unversehrt! – aus dem Bett, griff jedoch nicht nach seinem Degen! Es gab dafür nur eine Erklärung. Man hatte die Waffe zuvor aus seiner Reichweite entfernt. Also musste jemand in das Zimmer eingedrungen sein, bevor der Schuss abgefeuert wurde. (Der Schütze hatte demnach unendlich viel Zeit, um genau zu zielen!) Bei alldem blieb noch die Frage, wann und von wem der zweite Türflügel geöffnet worden war. Auch dazu musste jemand im Zimmer gewesen sein!

Alles in allem eine schwer vorstellbare Szene.

Warum schlichen die beiden Mörder nicht leise an das Bett des Schlafenden heran, erdolchten ihr Opfer, nahmen Leichnam und Blutgeld an sich und verschwanden, ohne von irgendjemandem bemerkt zu werden? Niemand hätte die Baronin jemals des Mordes verdächtigt! Stattdessen begingen sie Dummheiten zuhauf, alarmierten das ganze Haus und sorgten für ein blutiges Tohuwabohu.

Was für einen Grund gab es, so zu handeln? Hoffmann fand dafür nur eine einzige logische Erklärung: Sie hatten so gehandelt, weil sie so handeln wollten! Sie hatten es ganz bewusst darauf angelegt, bei

ihrer Tat von möglichst vielen Personen gesehen zu werden. Dafür sprach das gesamte Arrangement der Szene, deren Hauptteil sich in der weit geöffneten Tür – fast wie auf einer Bühne – abspielte. Auch der Umstand, dass die Szene gut beleuchtet war, wies deutlich auf eine Inszenierung hin. Nach Angaben der Dienerinnen hatten Leuchter auf dem Fußboden gestanden! Alles war so arrangiert worden, dass die beiden Zeuginnen die Szene auf das Deutlichste sehen *mussten*. So unglaublich es auch klingen mochte – die Mörder hatten es unverkennbar darauf abgesehen, beobachtet zu werden. Nur unter dieser Prämisse ergab ihr absurdes Vorgehen einen Sinn.
Welcher Meuchelmörder aber wäre jemals so vorgegangen?
Die Antwort auf diese Frage fiel nicht allzu schwer: Der Einzige, der bei einer schaurigen Mordszene gesehen werden will, ist – ein Schauspieler!
Je länger man es betrachtete, desto mehr fiel das Theatralische des gesamten Vorganges ins Auge. Der Schuss diente keinem anderen Zweck als dem Herbeirufen der Zuschauer! Der »Kampf auf der Türschwelle« zog sich absichtlich so lange hin, bis die Dienerinnen endlich ihre Plätze eingenommen hatten. Dann folgte der grausige Höhepunkt: Die Baronin erstach ihren Mann quasi »an der Rampe« auf eine höchst melodramatische Weise, bei der nur noch gefehlt hätte, dass sie: Stirb, Schurke! ausrief. Sofort danach trieb Neubert die Dienerinnen aus dem Parkett, denn das nun Folgende war nicht mehr für Zuschauer geeignet.
Zunächst rief der Baron sein ergreifendes: Oh, Franziska, böses Weib, lass mir mein Leben! (Oder so ähnlich.) Letzteres entsprach natürlich in keiner Weise dem Charakter des Barons, der wohl eher geflucht und seine Mörder beschimpft hätte, als sein Weib um Gnade anzuflehen. Das Ganze war offensichtlich für die Ohren eines Kindes bestimmt, das man auf diese Weise zu einer weiteren Zeugin machte.
Warum aber verschloss man die Tür des Kinderzimmers und verwehrte (oder ersparte) dem Mädchen den Anblick der Szene? Auch dafür gab es eine plausible Erklärung: Das Kind hätte vermutlich

bemerkt, dass es nicht die Mutter war, die den Vater erstach – sondern eine Schauspielerin!
Hoffmann war sich nun vollkommen sicher, dass die Behauptung der Baronin stimmte, sie habe im Bett gelegen und geschlafen, während den Dienerinnen die Mordszene vorgespielt worden war. Die einfältigen Frauen waren von dem grässlichen Anblick vermutlich so entsetzt, dass sie die Täuschung nicht bemerkten, zumal man sicherlich auf eine größtmögliche Ähnlichkeit der Mörder-Darstellerin mit der Baronin geachtet hatte.
Das Auge des Kindes wäre dadurch jedoch nicht zu täuschen gewesen. Wohl aber sein Ohr.
Die Zeugenaussagen, auf denen die Anklage beruhte, waren damit wertlos geworden.
Für Hoffmann stand nun fest: Der Mord hatte in Wirklichkeit gar nicht stattgefunden. Er war vorgetäuscht worden. Der Arrangeur dieser Szene konnte niemand anderes sein als der Baron selbst. Das aber hieß: Der Baron war noch am Leben! Seine Frau saß zu Unrecht auf der Anklagebank. Daran gab es für Hoffmann nicht mehr den geringsten Zweifel.
Warum aber hatte der Baron seinen Tod inszeniert? Auch dafür glaubte Hoffmann eine plausible Erklärung geben zu können: Meusen wurde von der Justiz verfolgt und wollte sich den Nachstellungen ein für alle Mal durch seinen »Scheintod« entziehen. Die Perfidie, seine Frau dabei als Mörderin hinzustellen, entsprach durchaus dem Charakter dieses Erzschurken. Er hatte sich vermutlich längst ins Ausland abgesetzt. Zweifellos hatte er seine Flucht ebenso gut vorbereitet wie seine »Ermordung«.
Hoffmann wusste nun, was er zu tun hatte: Er musste die Baronin vor der Verurteilung bewahren. Aber wie?
Welchen konkreten Beweis konnte er vorlegen? Zu allem Überfluss war man in höchster Zeitnot: Das Urteil sollte schon am folgenden Tag verkündet werden!
Die Aussagen der Dienerinnen konnten ins Wanken gebracht werden – falls Baron Trützschler bereit war, sie erneut vorzuladen. Was

der Kammergerichtspräsident zu einem solchen Ansinnen sagen würde, konnte Hoffmann sich leicht ausmalen.
Neubert war vermutlich mit dem Baron im Bunde. Wahrscheinlich war er für seine Mitwirkung gut bezahlt worden. Aber würde er ein Geständnis ablegen und sich damit selbst auf die Galeere bringen? Da bestand wohl wenig Aussicht. Was aber konnte er, Hoffmann, tun? Die übrigen Mitwirkenden des Komplottes zu finden war aussichtslos. Sie hatten sich vermutlich längst aus dem Staub gemacht. Aber es musste eine Möglichkeit geben!
Hoffmann dachte fieberhaft nach. Plötzlich fiel ihm etwas ein. War Baron von Meusen nicht mit einer Wirtin bigamistisch verheiratet gewesen? Vermutlich war sie in Meusens finstere Pläne eingeweiht. Womöglich hatte sie sogar die Mörderin gespielt? Man musste sie schnellstens finden, verhören und vor Gericht laden!
Die Möglichkeit, so zu einem Erfolg zu kommen, war äußerst vage. Aber gab es eine andere?
Hoffmann beschloss, sich auf die Suche nach Meusens Geliebter zu machen.

In diesem Moment wurde unten die Haustür aufgerissen und ein Trupp Soldaten drang mit aufgepflanztem Bajonett in die Vorhalle ein. Ihnen folgte ein Leutnant mit blankem Degen.
»Kammergerichtsrat Hoffmann, Sie sind arretiert!«, rief der Offizier. »Folgen Sie mir ohne Widerstand!«
Hoffmann konnte sich weder diesen Aufmarsch der Staatsmacht erklären, noch sah er einen Grund für seine Festnahme. Allerdings wusste er wohl, dass in diesem Staat schon manch einer auf die Festung gebracht worden war, dem man erst nach Monaten mitgeteilt hatte, wessen man ihn beschuldigte. Dies widerfuhr jedoch für gewöhnlich nur Personen, die als staatsfeindlich erachtet wurden. Was aber hatte er, Hoffmann, staatswidriges begangen?
Er stieg die Treppe hinunter, an deren Fuß der Leutnant wartete. Blitzende, scharf geschliffene Bajonette wurden von allen Seiten auf ihn gerichtet.

»Ich bin unbewaffnet«, sagte er.
»Den Schlüssel!«, forderte der Leutnant barsch, indem er seinen Degen einsteckte.
Hoffmann übergab ihm den Schlüssel des Hauses.
Ein Soldat stellte sein Gewehr ab und begann Hoffmanns Taschen abzuklopfen. Außer einem schmalen Geldbeutel förderte er nichts zutage.
»Abführen!«
Vier Soldaten nahmen Hoffmann in die Mitte. Gemeinsam verließen sie das Haus.
Draußen wartete eine Kutsche. Außerdem waren dort noch mehr Soldaten aufmarschiert. Insgesamt waren für Hoffmanns Verhaftung nicht weniger als ein Leutnant und zehn Mann aufgeboten worden.
Hoffmann stieg in die Kutsche.
Drinnen saß, zu Hoffmanns großem Schrecken, jener Mann, dem er zu nächtlicher Stunde in dem leer stehenden Haus neben dem »Café Kranz« begegnet war und der seitdem für ihn den Inbegriff alles Furchtbaren darstellte. Mit seiner Körpermasse füllte er beinahe die ganze Breite einer Sitzbank aus. Noch immer waren seine eiskalten Augen ebenso Schauder erregend wie sein von Grimm und Verachtung geprägtes Gesicht. Hoffmann überlief es frostig. Der Riese musterte ihn, als würde er ihm im nächsten Augenblick an die Kehle fahren.
»Was wollen Sie von mir?«, wagte Hoffmann zu fragen.
»Weiß Er, wer ich bin?«
Hoffmann verneinte, wenngleich ihn eine dunkle Ahnung befiel.
»Ich bin Baron Ermelmann. Der General-Akzise-Administrator.«
Das war es, was Hoffmann vermutet hatte. Schlagartig erhellten sich ihm die Zusammenhänge. Er rief sich ins Gedächtnis, was Lichtbrinck ihm über die Verstrickung dieses Mannes in die Morde von Misma erzählt hatte.
»Dann haben Sie nicht das Recht, mich festzunehmen. Ich bin preußischer Beamter.«
Ermelmann fixierte ihn mit seinem Basiliskenblick und schnaubte verächtlich: »Sie werden sehen, welche Rechte ich habe, Sie Wicht!«

Die Kutsche rollte an.
»Wohin bringen Sie mich?«
»Schweigen Sie!«, donnerte der Fürchterliche.
Hoffmann gehorchte.
»Was fällt Ihnen ein, sich meinen Befehlen zu widersetzen?«, fuhr der Gewaltige ihn nach einer Weile an.
»Welchen Befehlen hätte ich mich widersetzt?«
»Wozu haben Sie im Fall Meusen Nachforschungen anzustellen?«
»Das ist mein Recht als Richter«, behauptete Hoffmann unter Aufbietung seines gesamten Wagemutes.
»Sie sind kein Richter. Sie sind Beisitzer mit beratender Stimme. Sie haben zuzuschauen und den Mund zu halten. Sie sind noch nicht einmal ordentlich ernannt. Sie haben zu tun, was man Ihnen sagt. Wieso nehmen Sie sich heraus, eigene Wege zu gehen?«
»Was haben Sie dagegen einzuwenden?«, fragte Hoffmann zurück.
»Werden Sie nicht unverschämt!«, brüllte Ermelmann ihn an. »Haben Sie nicht gehört, was ich Ihnen gesagt habe? Die Baronin ist schuldig! Da gibt es nichts nachzuforschen!«
Hoffmann schwieg. Es hatte keinen Sinn, mit diesem Mann zu diskutieren, der wohl nur von Gott selbst Widerspruch entgegengenommen hätte.
Die Kutsche rasselte stadtauswärts. Also ging es womöglich zur Festung Spandau. Hoffmann hatte schon einiges über diesen schauerlichen Aufenthaltsort gehört.
»Ich verstehe nicht, warum ich festgesetzt werde«, wagte er sich aufzulehnen.
Der Baron fixierte ihn mit einem Schlangenblick. Kein Muskel zuckte unter den Fleischbergen seines Gesichtes.
»Warum liegt Ihnen so viel an einer Verurteilung der Baronin?«
»Sie nehmen sich einiges heraus!« Die Stimme klang wie das Knurren eines Wolfes.
»Warum liegt Ihnen so sehr an einer Verurteilung der Baronin?«, wiederholte Hoffmann.
»Halten Sie Ihren Mund! Sie sind vom Prozess suspendiert!«

»Darüber hat der Herr Kammergerichtspräsident zu befinden!«
»Er hat bereits befunden«, erwiderte Ermelmann mit einem vagen Anflug von höhnischem Grinsen. Einen größeren Aufwand an Gefühlsaufwallung hielt er offenbar nicht für notwendig. »Ihre Abberufung liegt bereits auf Ihrem Schreibtisch. Jedenfalls hat man mir das versprochen.«
In Hoffmann stieg eine Ahnung von dem Zusammenspiel der Mächtigen dieser Welt auf. Wie es schien, war seine Laufbahn als Kammergerichtsrat schon am dritten Tag beendet. Diese perfide Allianz der Großen erbitterte Hoffmann so sehr, dass er beschloss, lieber mit wehenden Fahnen, als mit einem Winseln unterzugehen.
»Wissen Sie, wo Baron von Meusen sich aufhält?«, fragte er.
Die Augen des Riesen wurden starr. »Was wollen Sie damit sagen?«
»Ich vermute, dass das angebliche Mordopfer noch lebt.«
Die Hände des Barons zuckten. Hoffmann fuhr unwillkürlich zurück, um seine Kehle in Sicherheit zu bringen. Er war überzeugt, dass dieser Goliath seinen Hals wie einen morschen Ast knicken konnte.
»Warum schützen Sie als einer der höchsten Beamten dieses Landes einen vielfachen Mörder?«
»Halten Sie den Mund!«
»Ist es die Stimme des Blutes? Immerhin ist es ja wohl Ihr Neffe. Oder geht es womöglich um mehr?«
»Sind Sie des Teufels? Noch ein Wort, und ich drehe Ihnen den Hals um!«
»Sie haben einen Fehler gemacht«, erwiderte Hoffmann dreist. »Ich war nicht allein in dem Haus.«
»So?«
»Assessor Warnke hat mich begleitet. Er hat sich vor Ihren Soldaten verborgen. Sie haben ihn nicht bemerkt. Zweifellos hat er das Geschehen beobachtet.«
Der Steuereinnehmer lachte verächtlich. »Glauben Sie, ich würde nicht mit zwei solchen Wichten fertig?«
»Haben Sie vor, mich umzubringen?«

Der Riese behielt sein höhnisches Grinsen bei. »Ich frage mich, wie Ihnen Ketten an Händen und Füßen stehen würden.«
»Oder ein Mühlstein um den Hals«, seufzte Hoffmann.
»Gern, wenn Ihnen das besser gefällt.«
»Muss ich mich sofort entscheiden?«, fragte Hoffmann.
Ermelmann lachte. »Immerhin besitzen Sie Galgenhumor.« Er pochte mit der Faust gegen die Rückwand der Kutsche. Die wurde daraufhin sogleich angehalten. »Sie haben Glück, Bürschchen. Ein Mann, dem ich etwas schuldig bin, hat mich gebeten, Sie unversehrt zu lassen. Ansonsten würde ich Ihnen die Ohren abreißen. Raus mit Ihnen! Kommen Sie mir nicht mehr in die Quere! Sonst muss mein Freund sich einen anderen Musiker suchen!«
»Sie reden von Baron Orlowski?«, fragte Hoffmann verblüfft.
»Er bat mich, Sie zu ihm zu bringen. Aber ich denke nicht daran. Nehmen Sie gefälligst eine Droschke.«
Hoffmann schickte sich an, auszusteigen.
»Heil, Luzifer!«, seufzte er erleichtert, als er endlich draußen stand und der davonrollenden Kutsche nachsah.

19

Mischa! Wäre sie da gewesen, alles wäre anders verlaufen. Nie wäre sie Hoffmann nützlicher gewesen als jetzt. An ihrem Busen, ganz buchstäblich, hätte er die Tumulte in seinem Inneren zur Ruhe bringen, Klarheit über seine Lage gewinnen, über seine aufgewühlten Gefühle Herr werden können. Was war ihm da nun wieder geschehen? Ein mächtiger Grobian hatte gewaltsam und mutwillig in sein Leben eingegriffen. Die Begegnung mit der rohen Gewalt war, obwohl er sie recht wacker bestanden hatte, im Nachhinein zutiefst erschreckend und verstörend. Immer noch zitterten Hoffmann spürbar die Knie. Wie? War jetzt alles aus? Die Arbeit, das Einkommen verloren? Not und Verfolgung (wieder einmal) sein Teil? Aber warum? Weil er sich, getrieben vom Wahrheitsdrang, dazu hatte hinreißen lassen, einer Macht zu widersprechen, der an einer Verurteilung der Baronin offensichtlich um jeden Preis gelegen war. Warum, warum? Es gab nur eine Antwort. Baron Meusen war nicht am Leben geblieben, wie er, Hoffmann, zuvor gemutmaßt hatte; er war tot; aber nicht seine Gattin, sondern ein anderer hatte ihn getötet. Und dieser andere wollte den Fall nun durch den Schuldspruch über eine Gattenmörderin zur Ruhe bringen, sich selbst und seine Tat hinter einem präparierten Prozess verstecken. Und er, Hoffmann, hatte sich angemaßt, alles ans Licht zu zerren! Er war gewarnt worden, hatte jedoch verkannt, wie ernst die Warnung gemeint war und wie viel Macht hinter ihr stand. Nun war er zur Gefahr geworden. War das, was er da eben erlebt hatte, noch eine Warnung gewesen, oder wurde die Drohung bereits in die Tat umgesetzt? Stand er etwa schon auf der schwarzen Liste? Hoffmann wusste sehr wohl, dass es nur eines Fingerzuckens der Macht bedurfte, um ihn, metaphorisch gesprochen, nach Sibirien zu schicken, und dass es gegen einen solchen Willkürakt keinen Richter und keinen Widerspruch gab. Die Angst, die er empfand, war nur zu begründet. Die Despotie hatte ihm ihr Gesicht gezeigt, und es war fürchterlich!

Nun, man hatte ihm offensichtlich noch eine Gnadenfrist gelassen. Er stand hier auf der Straße, statt in der Festung Spandau zu sitzen. Er konnte noch immer handeln, statt nur zu dulden und abzuwarten. Aber was tun? Sich aufmachen zu Hitzig, mit ihm die Sachlage erörtern, sein kundiges Urteil einholen, ihn prüfen lassen, ob er sich irrte oder ob er im Recht war? Aber konnte er den biederen Familienvater und gehorsamen Beamten, der Hitzig war, da mit hineinziehen? Würde er, wenn er den Freund in seine Entdeckungen einweihte, Jupiters Blitze nicht auch auf dessen Haus lenken? Es gab ein Wissen, das jeden gefährdete, der damit in Berührung kam. Offensichtlich war Hoffmann auf eine solche vergiftete Quelle gestoßen. Nun hing ihm das Pestglöckchen um den Hals. Nein, er durfte Hitzig, den Arglosen, nicht in Ungelegenheiten bringen.

Also auf zu Orlowski, dem Schutzengel, der offenbar bei Ermelmann um seinen Kopf gebeten hatte. Luzifer sei Dank! Die beiden

Barone waren offenbar Brüder im Zeichen des Rubins. Wer mochte noch alles mit ihnen im Bund sein? – War Meusen womöglich ein Opfer des Satansordens? – Wer, wenn nicht seine Gemahlin, hatte ihn umgebracht? – Hatten seine Raubzüge in Wahrheit den Teufelsbund finanziert? – Hatte Meusen es zu weit getrieben? – Hatte er Schätze veruntreut? Oder war er zu auffällig geworden, hatte man ihn beiseite geschafft, weil über ihn die Spur zum Orden der Jünger Luzifers führte? Letzteres schien Hoffmann durchaus wahrscheinlich.

Wenn es stimmte, dann war die Aussicht, die Schurken jemals zur Strecke zu bringen, äußerst gering. Hier waren höchste Staatsmächte im Spiel. Sie standen außerhalb der Reichweite gewöhnlicher Untertanen. Ermelmann war der Schatzmeister des Königs! Es war schon recht erstaunlich, dass er sich überhaupt dazu herabließ, persönlich mit einem »Wicht« wie ihn, Hoffmann, zu reden. Womöglich verdankte er auch dies den Teufelsbündnern! Vielleicht wollte Ermelmann einen Blick auf den künftigen Hauskomponisten des Ordens werfen – und ihm bei der Gelegenheit gleich seinen gebührenden Platz zuweisen.

Nun, Hoffmann hatte zu spüren bekommen, wie wehr- und hilflos er in dieser fremden Stadt war. Er war bei seinem bisherigen Vorgehen naiv und leichtfertig gewesen. Ohne Schutz und Vorsichtsmaßnahmen war er in die Bärenhöhle getappt. Kein Wunder, dass er Schrammen davongetragen hatte. Er konnte von Glück sagen, dass es ihm nicht übler ergangen war. Von nun an musste Vorsicht sein oberstes Gebot sein.

Sollte er nicht sogar besser aufgeben, sich zurückziehen, die Mühlsteine der Justiz mahlen lassen, wie sie wollten? Was ging ihn die Baronin Meusen an? Aber es war zu spät. Noch an diesem Vormittag wäre es nur Faulheit und Lässigkeit gewesen, wenn er die Dinge hätte ihren Gang gehen lassen; jetzt war es Feigheit und Schande. Seine Selbstachtung stand auf dem Spiel. Es war unerträglich, sich für den Rest seines Lebens als Jammergestalt betrachten zu müssen, die beim Anblick der »Instrumente« zusammengeknickt war. Zwar wusste er, dass schon Größere als er selbst resigniert und ihr »Eppur' si muove!« gemurmelt hatten. Aber es war immer schon leichter, das Versagen anderer zu entschuldigen als das eigene. Trotz des eisigen Schrecks, der in ihn gefahren war, wusste Hoffmann, dass er nicht aufgeben, dass er lieber brennen als verleugnen, dass er lieber Gefahr als Schmach auf sich nehmen würde.

Aber er musste vorsichtig sein, sehr vorsichtig. »Seid listig wie die Schlangen«, hieß es in der Bibel. Von nun an würde er sich wie eine Maus in einem Wald voller Raubtiere bewegen müssen, auf Schleichpfaden und durch unterirdische Gänge. Dabei verrann die Zeit! Das Urteil würde in wenigen Stunden gefällt werden, wenn es ihm nicht gelang, Sand ins Getriebe zu werfen. Aber wie?

Er konnte seinen Vorgesetzten morgen früh, vor Beginn der Sitzung, darum bitten, das Gericht zu einer außerordentlichen Beratung zusammenzurufen. Dort konnte er seine Bedenken vortragen, einschließlich des Versuches der Nötigung, dem er ausgesetzt gewesen war. Aber würde Baron Trützschler ihn auch nur anhören? Die Aussichten waren gering. Im Gegenteil, es schien höchst fraglich, ob er morgen früh noch Beisitzer sein würde.

Der offizielle Weg war ihm verbaut, so viel stand fest. Er benötigte Helfer. Aber wen?

Orlowski! Die Jünger Luzifers! Der Teufelsbund stellt offenbar eine Macht dar, die selbst einem Berserker wie Ermelmann in den Arm fallen konnte. Hoffmann musste sich der Wertschätzung, die Orlowski anscheinend für ihn hegte, bedienen. Er musste den gewünschten Preis dafür zahlen und sich mit der Messe abmühen. Das war ein Pfund, mit dem er wuchern konnte. Wenn die Jünger Luzifers von ihm, Hoffmann, etwas wollten, dann mussten sie ihn auch ihrerseits unterstützen.

Dies war, soweit er sehen konnte, der einzige Weg, auf dem er etwas zu erreichen vermochte. Also auf zu Baron Orlowski!

20

»Es freut mich, dass Sie meiner Einladung so schnell gefolgt sind«, sagte Baron Orlowski. Er saß am Kamin in der Halle des schneeweißen Jagdschlosses, das er außerhalb von Berlin, in der Nähe von Charlottenburg, bewohnte. Er trug zu einer schwarzen Offiziershose mit roten Biesen einen eleganten Hausmantel, der ihn wie einen französischen Lebemann wirken ließ. Diesen Eindruck unterstrich ein Glas Champagner, das auf einem kleinen Tisch neben seinem Lehnsessel stand; es mochte an der Beleuchtung des Raumes liegen, aber Hoffmann erschien das prickelnde Getränk als nahezu goldfarben.

»Ich wünschte, sie wäre mir auf freundlichere Art überbracht worden«, erwiderte Hoffmann. Er war zu Fuß hierher gekommen. Der Weg war weit, mehr als eine preußische Meile, aber angenehm zu gehen, da die Straße nach Charlottenburg sehr gut ausgebaut war. Unterwegs hatte er sich seine Pläne noch einmal durch den Kopf gehen lassen. Bedenken hatten sich eingestellt. War das, was er einzugehen gedachte, nicht der klassische Teufelspakt? Nun, es war zweifellos so etwas Ähnliches. Aber war Orlowski der Teufel? Gab es den überhaupt? Nach Hoffmanns Ansicht war das Böse nichts Leibhaftiges, sondern eine Eigenschaft; nicht einmal etwas Primäres, sondern eine Folgeerscheinung: das Ergebnis von Armut, Rohheit und Eigensucht. (Die Staatsverbrechen lagen auf einer anderen Ebene.) Er hatte über genügend Fälle geurteilt, um zu wissen, wo die Quelle der meisten Missetaten zu finden war: Habgier und Eifersucht zum Beispiel waren die am häufigsten vorkommenden Beweggründe für Mord, das abscheulichste aller Verbrechen. Was in der Hierarchie der Delikte darunter rangierte, entsprang meistens der Armut, der Dummheit und einer primitiven geschlechtlichen Gier. Unnötig, da einen Teufel zu bemühen. Womit also ging Hoffmann den Pakt ein? Mit einer Gruppe bizarrer Fanatiker, die, soviel Hoffmann wusste, bisher noch kein Verbrechen begangen hatte. Auf diese Weise beruhigte er sich über das, was er zu tun vorhatte. Er war kein Doktor Faustus. Er wandte lediglich außergewöhnliche Mittel an, um einen Mordfall aufzuklären, um einen Justizirrtum zu korrigieren. Das konnte er vor sich selbst rechtfertigen. Kompromittierte er sich künstlerisch? Das kam darauf an. Da er nicht strenggläubig war, bereitete es ihm keinen Gewissenskonflikt, ein Oratorium über Gottes einstigen Favoriten, den gefallenen Engel Luzifer, zu schreiben. Es war, je länger man es bedachte, durchaus ein reizvolles Thema und konnte, wenn man denn so hoch hinauswollte, ein Stück über die Gottverstoßenheit und Gottverlassenheit werden, ein Sujet, das in einer Zeit wie der gegenwärtigen tatsächlich nach Ausdruck drängte. War er, Hoffmann, nicht sogar von sich aus, wenngleich auf naiv-kolportagehafte Weise, zu diesem Gegenstand gekommen, als er seinen Roman »Die Elixiere des Teufels« zu schreiben begann? Er ging also lediglich auf dem Weg, den er bereits eingeschlagen hatte, ein Stück weiter.

Orlowski schien nicht zu verstehen, worüber Hoffmann sich beklagte.

»Das erstaunt mich«, sagte er. »Lichtbrinck verehrt Sie aufrichtig. Er hält Sie geradezu für ein Geschenk Luzifers. Wenn er Ihnen gegenüber etwas ruppig im Ton war, so schreiben Sie es seinem Enthusiasmus und seinem Mangel an Schliff zu. Er hat viele Jahre auf See und bei den Wilden verbracht.«

»Ich rede nicht von Kapitän Lichtbrinck«, erwiderte Hoffmann verblüfft. »Ich spreche von Baron Ermelmann.«

»Verzeihen Sie, wenn meine Mimik nun etwas Schafsmäßiges bekommt«, erklärte Orlowski daraufhin. »Aber ich verstehe nicht das Geringste. Was hat Baron Ermelmann mit meiner Einladung zu tun?«

Hoffmann erzählte nun in gedrängten Worten, was ihm nach der Visitation des Hauses Meusen widerfahren war.

Orlowski schüttelte daraufhin den Kopf. »Das ist nun wirklich ganz und gar ein Missverständnis, glauben Sie mir. Ich würde niemals einen so groben Klotz wie Ermelmann zu meinem Boten machen. Im Gegenteil. Sein Verhalten wird Folgen nach sich ziehen, die ihm ein paar unangenehme Tage bereiten werden. Ich hatte ihn in der Tat gebeten, Sie unbehelligt zu lassen, ihm erklärt, Sie stünden unter meinem Schutz. Er hat es für nötig befunden, meine Bitte zu ignorieren. Er fühlt sich offenbar zu mächtig. Er hat vergessen, wer er ist. Seine Todsünde ist der Hochmut. Sie wird bestraft mit Erniedrigung.« Das Letztere hatte er mehr für sich gesprochen.

Es erstaunte Hoffmann, dass Orlowski über den allmächtigen Steuerakquisiteur sprach, als sei dieser ein Untergebener, über den er Strafen verhängen konnte.

»Was hatten Sie übrigens im Haus der Äbtissin verloren? Verzeihung, so nennen wir sie in unserem Cercle.«

Hoffmann erstattete getreulich Bericht, unerachtet, dass es sich dabei um vertrauliche Gerichtsangelegenheiten handelte. Immerhin war es ja genau diese Angelegenheit, in der er Orlowskis Unterstützung zu erlangen hoffte.

»Die Baronin unschuldig, so, so.« Der Baron zuckte die Achseln. »Aber was geht Sie das an? Ist das nicht völlig einerlei?«

»Ich bin zum Richter in dieser Sache bestellt und wäre für ein Fehlurteil mitverantwortlich. Abgesehen davon, dass es mich seelisch belastet.«

Orlowski lachte, fing sich aber sofort wieder. »Verzeihung. Aber mir sind bisher noch nicht viele zart besaitete Richter untergekommen. Ich vergaß, dass Sie ein Künstler sind.«

»Im Übrigen gedenke ich eine Beleidigung nicht auf mir sitzen zu lassen.«

»Keine Sorge, Sie werden Genugtuung bekommen«, beruhigte ihn Orlowski. »Wünschen Sie ihn zu fordern?«

»Ich wäre für ihn wohl nicht standesgemäß.«

»Das lässt sich ändern.«

»Ich möchte herausfinden, ob er ein Verbrechen begangen hat und ihn dafür zur Verantwortung ziehen.«

Orlowski lachte. »Oh, da seien Sie beruhigt. Er hat zahllose Verbrechen begangen. Ohne sie geht es nicht in seiner Position. Aber Sie werden einen General nicht ins Gefängnis bringen, auch wenn es

nur ein General-Steuereinnehmer ist. Das entspricht nicht dem Komment.«
»Also wollen Sie mir nicht helfen?«, fragte Hoffmann enttäuscht.
»Oh, ganz im Gegenteil! Ich liefere ihn vollkommen in Ihre Hand. Ich verschaffe Ihnen Dokumente, die ihn zwingen werden, sich in sein Schwert zu stürzen – vor Ihren Augen, wenn Sie wollen.«
Hoffmann wurde unbehaglich. War dies nun reine Großsprecherei? Oder verfügte Baron Orlowski über wesentlich mehr Macht, als er jemals vermutet hätte? Er hatte Orlowski bisher für einen reichen Nichtstuer gehalten, für einen eitlen Stutzer, ja sogar für einen Emporkömmling, der einen gekauften Adelstitel trug und sein Ansehen einem wer weiß wie erworbenen Vermögen verdankte, keineswegs für jemanden, der mit hohen Staatsdienern umspringen konnte.
»Ich nehme an, Sie übertreiben ein wenig«, sagte er vorsichtig.
Orlowski lächelte amüsiert. »Sie haben ein falsches Bild von mir«, sagte er freundlich. »Ich habe mich Ihnen bislang als oberflächlichen Lebemann mit einigen sinistren Verbindungen päsentiert. Sie werden einen anderen Baron Orlowski kennen lernen. Übrigens ist auch dieser Name nur eine Tarnung. Sie wissen, dass ich ihn erst vor zwei Jahren käuflich erworben habe.«
Hoffmann war von dieser Offenheit zu überwältigt, um antworten zu können.
Orlowski behielt sein diplomatisches Lächeln bei. »Sie sehen, ich spiele mit offenen Karten.«
Inzwischen hatte ein Diener ein weiteres Glas Champagner für Hoffmann gebracht. »Seien Sie mir willkommen!« Orlowski hob sein Glas, um Hoffmann zuzutrinken. Hoffmann tat desgleichen.
»Ich hoffe, Sie werden hier bei mir Wohnung nehmen. Ich habe ein wunderbares Zimmer für Sie vorbereiten lassen. Natürlich finden Sie darin einen ausgezeichneten Konzertflügel. Mehr noch. Es gibt eine kleine, eigens für Sie installierte Opernbühne, die selbstverständlich voll bespielbar ist und für die ein kleines, aber vorzügliches Ensemble engagiert werden soll. Es steht Ihnen natürlich frei,

Gesangskünstler oder Instrumentalisten Ihrer Wahl zu verpflichten. Sie sind Hofkapellmeister mit allen Vollmachten. Ihr Etat wird zwanzigtausend Taler betragen. Ihre eigenen Bezüge können Sie nach Belieben festsetzen. Übrigens habe ich alle wichtigen Partituren von Mozart und Gluck zusammentragen lassen. Betrachten Sie diese als den Grundstock einer Musikbibliothek deren Ausbau ich Ihnen ans Herz lege. Sie dürfen sich demnach, wenn Sie wollen, auch Bibliotheksdirektor nennen. Ist das für Sie ein akzeptables Angebot?«
Hoffmann schwieg. Er war überwältigt und zugleich – ungläubig. Was ihm da angeboten wurde, war nicht weniger als die Position, die er sein Leben lang erträumt hatte: Kapellmeister einer eigenen, wenngleich kleinen Oper mit unbeschränkten Vollmachten, Dirigent eines Orchesters, Kustos einer Musikaliensammlung. Das Paradies! Aber war es denn auch wahr? Besaß ein Baron Orlowski tatsächlich die Mittel, die sonst nur ein Landesfürst einem Hofkomponisten zur Verfügung stellen konnte? War er wirklich ein so märchenhaft reicher Mann? Oder war das Ganze ein Schwindel? Wurde er mit leeren Versprechungen verlockt, um sich am Ende – oder schon binnen kurzem – als Bettler auf der Straße wieder zu finden, weil Baron Orlowski über Nacht seine Zelte in der Stadt hatte abbrechen müssen, nachdem man ihn als Hochstapler entlarvt hatte?
»Sie zögern?«, fragte Orlowski mit einem kaum merklichen Stirnrunzeln.
»Ich frage mich, womit ich diese vorzügliche Stellung verdiene.«
Orlowski breitete die Arme aus. »Ihrem Talent!«, rief er. »Sie haben letzte Nacht eine Kostprobe geliefert, die jeglichen Zweifel beseitigt!« Er schlug eine Mappe auf, die auf dem kleinen Tischchen gelegen hatte. Es zeigte sich, dass sie die Seiten von Hoffmanns »Schöpfungsmythos« enthielt. »Sie sind es!«, sagte Orlowski mit gedämpftem Pathos. »Wahrlich, Sie sind es! Ich ahnte und hoffte es. Nun bin ich mir dessen sicher.«
Hoffmann bemerkte wohl, dass Baron Orlowski die hohe Einschätzung teilte, die Lichtbrinck dem Produkt einer rauschhaften Nacht

entgegengebracht hatte, und dass diese Hochachtung seinen Absichten entgegenkam. Folglich hütete er sich, seinem Gastgeber zu widersprechen und die üblichen Bescheidenheitsfloskeln aufzusagen.

»Ihr Angebot ehrt mich außerordentlich«, sagte er.

»Ich bin der Geehrte«, versetzte der Baron. »Zwar habe ich, offen gesagt, nicht die geringste Ahnung, warum Luzifer ausgerechnet Sie zu seinem Evangelisten erkoren hat, aber es fällt mit selbstverständlich nicht ein, seine Entscheidung in Zweifel zu ziehen. Sie sind Sein Mann. Sein Finger weist auf Sie. Das bringt Sie in eine Stellung hoch über uns allen! Wir können nichts anderes tun, als Ihnen unser Vermögen zu Füßen zu legen und unsere Personen zur Verfügung zu stellen.«

»Nun, das scheint mir denn doch übertrieben«, erwiderte Hoffmann ein wenig erschrocken. Das Ganze nahm für ihn nachgerade bizarre Züge an.

»Die Bibel stellt den Propheten höher als den König«, entgegnete Orlowski. »Wir sind geneigt, ihr in diesem Punkt Recht zu geben, so abscheulich uns dieses Buch ansonsten auch ist.«

»Ich muss mich, offen gesagt, in die Rolle, die Sie mir zudenken, erst hineinfinden«, sagte Hoffmann ein wenig gewunden.

Er hatte durchaus nicht an einen Dauerwohnsitz in dem Charlottenburger Schloss gedacht, wenngleich es ihm selbstverständlich gefiel. Es war ein schmuckes, für königliche Verhältnisse kleines, nach bürgerlichen Maßstäben jedoch üppig bemessenes Lustschloss inmitten eines weitläufigen, mit alten Bäumen bestandenen, im englischen Stil gehaltenen Parkes, mehrstöckig und, wie es schien, mit Mobiliar im Stil des Empires ausgestattet, dessen goldstrotzender, pseudorömischer Prunk im Grunde das Einzige war, was Hoffmann an diesem ländlichen Wohnsitz missfiel.

»Ist Ihnen mein Angebot zu bescheiden?«

»Im Gegenteil!«, entfuhr es Hoffmann, wenngleich er sich ob dieser Unklugheit sogleich hätte ohrfeigen mögen.

»Für Ihre Frau Gemahlin soll natürlich ebenfalls gesorgt werden«, sagte Orlowski.

Hoffmann fühlte sich ein wenig beschämt, weil er nicht selbst an Mischa gedacht hatte. Aber schließlich war ihm die Stellung eben erst offeriert worden – und er hatte sie noch nicht akzeptiert.
»Ich weiß nicht recht, ob eine solche Umgebung ihr zusagt«, bekannte er mit einer generalisierenden Geste. »Sie würde sich in einer bürgerlichen Wohnung – mit Mann, Kind und Köchin – sicherlich wohler fühlen.«
»Oder vielleicht in einem – Kindergarten?«, fragte Orlowski mit einem verschmitzten Lächeln.
»Sie sprechen von – Mademoiselle Sawatzki?«, fragte Hoffmann verblüfft.
»Mademoiselle Sawatzki ist die Schwester meines Kammerdieners«, eröffnete ihm der Baron. »Ich bin über das, was sie tut, wohl informiert. Im Übrigen billige ich es voll und ganz. Ich habe ihr eine Art – Legat überschrieben, aus dem sie die Kosten ihrer Philanthropie bestreitet.«
»Sie sind – der Mäzen des Waisenhauses?«, rief Hoffmann verblüfft aus.
Orlowski nickte.
Hoffmann dämmerte, dass mehr dahinter steckte. »Haben Sie womöglich die Bekanntschaft zwischen ihr und meiner Frau – arrangiert?«
Der Baron ließ ein entschuldigendes Lächeln über seine Gesichtszüge huschen. »Ich hoffe, Sie verübeln mir meine kleine Intrige nicht. Ich versichere Ihnen, Ihre Gemahlin war niemals in Gefahr. Niemand in der Rosengasse würde wagen, ihr oder Fräulein Sawatzki auch nur ein Haar zu krümmen.«
»Ihr Einfluss scheint sich sehr weit zu erstrecken«, stellte Hoffmann halb anerkennend, halb verwundert fest.
»Sie werden es verstehen, wenn Sie mehr über mein Leben wissen. Ich bin, um so viel vorauszuschicken, weit herumgekommen. Und bin überdies älter, als ich scheine. Aber davon später. Zunächst zu Ihrer Frau Gemahlin. Ich stimme mit Ihnen überein, dass dieses Schloss nicht der richtige Wohnsitz für sie sein dürfte. Sie scheint mir

dort, wo sie zurzeit ist, recht glücklich zu sein, zumal sie da viel Gutes bewirken und obendrein ihren mütterlichen Neigungen nachgehen kann.«

»Sie meinen – sie sollte im Kinderheim wohnen?«

»Halten Sie das für abwegig?«

Hoffmann musste eingestehen, dass dies eine verblüffend einfache Lösung des Problems darstellte. Mischa liebte den Umgang mit Kindern. Die Sorge um so viele arme Waisen, die ihrer Liebe bedurften, würde sie über den Verlust der eigenen Tochter mehr als hinwegtrösten. Ihre Tage würden erfüllt sein wie niemals zuvor. Und die Nächte? Nun, Hoffmann konnte sie besuchen, wann immer er wollte! Womöglich würde die Distanz seine Liebe zu ihr noch vergrößern, die erotische Anziehungskraft, die sich ein wenig abgeschliffen hatte, erneut steigern.

Orlowski nippte an seinem Champagner und überließ Hoffmann seinen Erwägungen.

»Was mich betrifft, so haben Sie mich gewonnen«, entschied sich Hoffmann schließlich. »Leider habe ich jedoch diverse Rücksichten zu nehmen, wofür ich Sie um Verständnis bitte. Da ist zuallererst meine Frau, mit der dieses Angebot zu besprechen wäre und von deren Einverständnis ich das meinige abhängig machen würde. Da ist ferner mein bewährter Freund Hippel, den ich beleidigen würde, wenn ich die Stellung, die er mir verschaffte, schon nach so kurzer Zeit in den Wind schlüge. Ich müsste mir ausbitten, mit ihm zu reden und ihm meine Beweggründe darzulegen.«

»Beidem steht nicht das Geringste im Wege«, erwiderte Orlowski. »Sie bestimmen das Tempo der Fahrt.«

»Zuletzt, mit Verlaub. Ich möchte beim Kammergericht gern einen aufgeräumten Tisch hinterlassen.«

»Sie reden von dem Mordfall, mit dem Sie es zu tun haben? Oder gibt es da noch andere?«

»Nein. Um diesen geht es. Ich möchte – wenn überhaupt – nicht mit dem Bewusstsein aus dem Amt scheiden, einen Justizirrtum zugelassen zu haben.«

»Mich wundert, dass Sie das so sehr beschäftigt«, versetzte der Baron ein wenig unwillig. »Aber das liegt womöglich an der Person der Angeklagten, die mir äußerst zuwider ist. Ich wünschte, Personen wie sie würden einmal jenes Schicksal zu kosten bekommen, das sie über lange Zeit hinweg den Frauen, denen meine Sympathie gehört, angedeihen ließen.«
»Sie reden von Hexenverbrennungen?«
»Und weiteren Abscheulichkeiten des Christentums, ja. Zum Beispiel die widerwärtige Anmaßung, liebende Frauen zu Huren und ihre Leibesfrucht zu Bastarden zu erklären, wenn sie auf den Segen des Pfaffentums verzichten!«
»Ich handle nicht aus religiösen Gründen«, versicherte Hoffmann, dem der kirchenfeindliche Hass, der aus Orlowskis Worten sprach, nicht entgangen war.
»Sondern?«
»Um Recht und Gesetz Genüge zu tun.«
»Recht und Gesetz!« Der Baron schnaubte verächtlich. »Erinnern Sie sich an das, was ich Ihnen in der Kutsche darüber sagte?«
Hoffmann erinnerte sich. »Muss ich jede Ihrer Ansichten teilen, solange ich in Ihren Diensten bin?«, fragte er des ungeachtet.
Orlowski setzte wiederum sein glattes, diplomatisches Lächeln auf und verschloss damit den Einblick in die Tiefen seiner Seele, den er zuvor geboten hatte.
»Der Grundsatz: ›Der Herr bestimmt den Glauben‹, gilt nur bei christlichen Herrschern«, sagte er.
»Das beruhigt mich«, gestand Hoffmann.
»Aber wir wollen über die leidigen Gerichtsangelegenheiten reden. Was gedenken Sie zu tun?«
»Ich möchte, dass der Prozess vertagt wird.«
Der Baron überlegte eine Weile. »Einverstanden«, sagte er dann. »Das dürfte sich einrichten lassen.«
Nun war Hoffmann denn doch ein wenig überrascht. »Verfügen Sie über so viel Einfluss beim Kammergericht?«
Baron Orlowski zuckte die Achseln. »Es hat mich bislang kaum

interessiert. Ich habe keine Rechtshändel hierzulande. Zudem bin ich, wie Sie wissen, Ausländer.«
»Wie wollen Sie dann einen Prozessaufschub erwirken?«, fragte Hoffmann.
»Ich rede nicht von einem Aufschub. Ich rede von der Beendigung des Prozesses. Wir werden ihn gegenstandslos machen.«
»Wie das?«
»Ein Mordprozess ohne einen Ermordeten wäre doch wohl ein Unding, nicht wahr?«
»In der Tat.«
»Dann verrate ich Ihnen ein Geheimnis – falls es für Sie noch eines ist: Baron Meusen wurde nicht ermordet. Er hat mir ein Dokument hinterlassen, welches eindeutig beweist, dass er am Leben ist.«
Hoffmann sprang auf. »Wäre es möglich, dass, dass … Gibt es einen Beweis dafür, dass …?«, stotterte er in höchster Erregung.
Orlowski verzog das Gesicht. »Den gibt es.«
Hoffmann konnte seine Erregung weder verbal noch mimisch im Zaum halten. Auf Orlowski musste er den Eindruck eines nach Jagdbeute hechelnden Hundes machen.
Der Baron schien nachzudenken.
»Gut«, sagte er schließlich mit finsterer Miene. »Ich nehme Ihretwegen den Verrat an einem guten Freund auf mich. Aber kommen Sie mir kein zweites Mal mit solch einem Ansinnen!«
Hoffmann nickte, weil die Worte ihm im Hals stecken blieben.
»Morgen früh werden Sie Ihrem Gerichtspräsidenten den unwiderleglichen Beweis dafür vorlegen können, dass Baron Friedrich von Meusen noch lebt. Über seinen Aufenthaltsort muss ich Sie allerdings im Unklaren lassen. Ich werde ihn von meinem Treuebruch verständigen und ihm Gelegenheit geben, sich einen neuen Zufluchtsort zu suchen.«
Hoffmann bezeugte nickend sein Einverständnis.
»Und nun gehen Sie mir bitte aus den Augen. Sie haben mir eine schwere Stunde bereitet.«
»Das bedaure ich«, sagte Hoffmann zaghaft.

Orlowski zwang sich mit erkennbarer Mühe zur Höflichkeit. »Inspizieren Sie Ihre neuen Gemächer«, sagte er frostig. »Ein Diener wird Sie dorthin führen.«

Es war nicht das bescheidene Zimmer eines Hofmeisters oder Bibliothekars, in das er geleitet wurde, sondern eher ein Raum, den ein Musik liebender Schlossherr für seinen eigenen Bedarf eingerichtet hätte. Alles zeugte von einem erlesenen, wenn auch ein wenig altertümlichen Geschmack. Hohe, offene, mit Büchern und Noten voll gestopfte Stellagen standen überall dort, wo Türen, Fenster und der Kamin Platz ließen. Ein kostbarer Stutzflügel beanspruchte die eine Hälfte des Zimmers für sich allein. Nur ein Violoncell in einem Ständer leistete ihm, in einer Ecke stehend, Gesellschaft. Auf der anderen Seite erstreckte sich ein langer, solider Tisch mit zwei Schubfächern, an den ein Lehnstuhl gerückt war. Wer daran saß, blickte durch hohe Glastüren auf eine Reihe von Bäumen, die den kurz geschnittenen Rasen mit ihrem braungelben Laub sprenkelten. Zwei Lehnstühle am Kamin, eine dritter am Tisch und ein vierter einsam in einer Ecke vervollständigten das Mobiliar.
Neben der Tür, die hinaus auf den Gang, und den Glastüren, die auf die Terrasse führten, gab es zwei Ausgänge. Hoffmann prüfte sie, nachdem der Diener ihn allein gelassen hatte. Die eine führte in einen kleinen Raum, der nahezu vollständig von einem Alkoven eingenommen wurde. Zwei Kleiderschränke flankierten ein Fenster, das mit hölzernen Läden verschlossen war. Die letzte Tür, die er öffnete, führte in ein Zimmer, das man auf den ersten Blick für ein Zelt oder einen mit Markisen verhängten Wintergarten halten konnte. Gestreifte Stoffbahnen bildeten einen spitzen Giebel unter der Decke und fielen zu allen Seiten bis auf den Boden herab, der aus dunkel gebeizten Dielen bestand. Über der Tür waren die Vorhänge gerafft, ebenso über den hohen und schmalen Fenstern. Der Raum war leer. An seinem hinteren Ende befand sich die Bühne, die Hoffmann avisiert worden war. Es handelte sich, wie er als langjähriger Bühnenkenner feststellte, um ein kleines, voll funktionsfähiges Zim-

mertheater, das sich bestens für Liebhaberaufführungen und Konzerte eignete. Hoffmann beschloss, die Hinterbühne später im Augenschein zu nehmen. Zuvor drängte es ihn, die Qualität des Stutzflügels zu prüfen.
Hoffmann entledigte sich seines Mantels, nahm auf dem Schemel Platz und begann zu improvisieren. Das Instrument erwies sich als ausgezeichnet gepflegt und vorzüglich gestimmt. Hoffmann spielte eine Fantasie nach einem Thema von Mozart. Die lange nicht mehr vernommenen Klänge erfüllten ihn mit Wohlbehagen, ja mit Wollust. Ach, die Musik! Die Musik! Wie hatte sie ihm gefehlt! Hoffmann versank ganz in seinen melodischen Fantasien; seine Finger rasten und wirbelten über die Tasten. Das Spiel war wie eine Befreiung, das Hervorzerren und Zertrümmern all dessen, was ihn bedrückte und beschwerte. Es war, wie wenn ein Fels ihm von der Seele polterte! Sisyphus musste, wenn ihm die Steinkugel davonrollte, wenigstens für einen Moment glücklich gewesen sein, ledig der zu wälzenden Last, die Arme frei in die Luft werfend: So fühlte sich Hoffmann, während er sich musikalisch in sein neues Domizil einlebte.

21

Am nächsten Morgen wartete Hoffmann, allen verlegen hüstelnden Sekretären zum Trotz, im Vorzimmer des Barons Trützschler auf das Eintreffen des Kammergerichtspräsidenten, den er noch vor Beginn der Sitzung abzupassen gedachte. In seinem Schoß hielt er ein kleines, in grobes Papier gepacktes, sorgfältig verschnürtes und mehrfach versiegeltes Päckchen. Dieses war ihm am Morgen von Baron Orlowski übergeben worden, nicht ohne einen erneuten Hinweis darauf, wie schwer es ihm, dem Freunde, falle, ein gegebenes Versprechen »um der Freiheit eines widerlichen Stücks Christenfleisch willen« zu brechen. Gern hätte er von Hoffmann gehört, dass ihm die Geschichte inzwischen gleichgültig geworden wäre, dass nichts ihm ferner liege als die Sorge um das Schicksal einer verbissenen

Frömmlerin. Doch Hoffmann war fest geblieben. Diese Angelegenheit musste zu Ende geführt werden; die Wahrheit musste obsiegen. Ein wenig, das gestand Hoffmann sich ein, reizte ihn auch die Aussicht, nicht mit einem Fußtritt aus dem Kammergericht gejagt zu werden, sondern den Justizdienst, wenn schon, dann im Triumph zu verlassen. Sein Herz klopfte. Stellte der Inhalt des Päckchens auch wirklich den unwiderleglichen Beweis für das Überleben des Barons dar? Orlowski hatte es ihm zugesichert. Die Eröffnung würde im Kammergericht – und darüber hinaus – zweifellos einen Sturm auslösen.

Endlich erschien der Kammergerichtspräsident. Er zeigte sich wenig erfreut, ja geradezu verlegen, Hoffmann in seinem Vorzimmer zu finden. Hoffmann erhob sich und entbot einen höflichen Gruß.

»Nun, ahem, Rat Hoffmann, ahem, freue mich, Sie … ahem. Wollte gleichfalls. Hm. Nun ja.«

Hoffmann ergriff das Wort: »Exzellenz verzeihen meine Aufdringlichkeit, aber die Angelegenheit, in der ich vorspreche, ist dringlich und muss unbedingt noch vor Beginn der Urteilsverkündung zu Ihrer Kenntnis gelangen.«

»Hm, nun ja, der Prozess … Ahem. Zu meinem Bedauern … Nun, treten Sie ein. Aber kurz, Rat Hoffmann, kurz, wenn ich bitten darf.«

Hoffmann folgte seinem Vorgesetzten in dessen Amtszimmer. Der Diener nahm Trützschler Hut, Stock und Mantel ab und verließ mit den Kleidungsstücken das Zimmer. Zweifellos hatte er Order, in Kürze mit der Robe zu erscheinen und das Gespräch mit dem Beisitzer, das dem Baron sichtlich unangenehm war, zu beenden.

Hoffmann legte das Päckchen vor Trützschler auf den Schreibtisch. Der sah es an, als habe er dort eine Kröte deponiert.

»Was ist … Ich meine …«

»Ich bitte Euer Exzellenz, sich davon zu überzeugen, dass Siegel und Verschluss dieses Päckchens unversehrt sind.«

Trützschler sah seinen Untergebenen stirnrunzelnd an. Er zögerte, das unbekannte Ding, das ihm in den Händen explodieren mochte, anzurühren.

»Warum? Was soll …«
»Das Päckchen wurde mir heute Morgen von einem Freund Baron Meusens übergeben. Es enthält für unseren Prozess höchst wichtige Beweisstücke.«
»Freund Baron Meusens? Ahem. Nun ja. Was soll, äh … Prozess ist beendet. Im Übrigen, zu meinem Bedauern … Muss Sie als Beisitzer ablösen. Mitwirkung nicht mehr notwendig, weil ursprünglicher Beisitzer wieder wohlauf … Nimmt seinen Platz ein … War wohl noch zu viel für Sie, für den Anfang … Nehmen sich Zeit, Rat Hoffmann. Studieren Sie fleißig. Machen sich kundig. Ahem. Nun ja.«
»Baron Meusen lebt!«, platzte Hoffmann heraus, um die Suada des verlegen sich windenden Kammergerichtspräsidenten abzuschneiden. »Er wurde nicht ermordet. Hier finden Sie die Beweise!«
Auf Trützschlers Miene malte sich die schiere Verständnislosigkeit.
»Was reden … Das kann … Unfug! Unsinn! Sind Sie närrisch, Rat Hoffmann?!«
»Bitte urteilen Sie, nachdem Sie das Päckchen geöffnet haben.«
Trützschler sah Hoffmann an, als habe er einen kompletten und noch dazu unverschämten Narren vor sich. Er klingelte mit einer Tischglocke nach dem Diener. Hoffmann wähnte sich schon hinausgeworfen, doch der Baron wies auf das ominöse Päckchen und schnarrte: »Öffnen!«
Der Diener zog ein kleines, zierliches Messer aus seiner Westentasche, ergriff das Päckchen, betrachtete kurz die Siegel und trennte die Schnüre mit zwei schnellen Schnitten an der Seite durch. Die zerschnittene Schnur legte er auf Trützschlers Schreibtisch. Dann faltete er das Packpapier auseinander. All dies tat er mit gemessenen, würdevollen Bewegungen und regloser Miene.
Das Päckchen enthielt etliche Dokumente, die ebenfalls mehrfach zusammengefaltet worden waren. Der Diener entfaltete sie und legte sie, indem er sie mit seiner Hand glatt strich, Seiner Exzellenz vor. Daraufhin zog er sich schweigend zurück.
Hoffmann selbst war höchst gespannt auf den Inhalt des Päckchens.

Er sah, dass es sich um drei verschiedene Dokumente handelte, dem ersten Eindruck nach um zwei Briefe und ein Zeitungsblatt. Letzteres erregte Hoffmanns Hauptinteresse.
Der Kammergerichtspräsident starrte die vor ihm liegenden Papiere an, als handle es sich um eine Note des chinesischen Kaisers, in dessen Landessprache verfasst.
»Erlauben, Euer Exzellenz?« Hoffmann zog das Zeitungsblatt zu sich herüber. Es handelte sich um eine Ausgabe der »Spenerschen Zeitung«. Sie war zwei Tage nach dem scheinbaren Mord veröffentlicht worden. Der Hauptbericht behandelte natürlich den Aufsehen erregenden Gattenmord und die Verhaftung der Baronin Meusen. Hoffmann kannte diesen Bericht bereits. Er hatte sich in den Akten befunden. Dieses Zeitungsblatt wies jedoch eine Besonderheit auf. An seinem Rand, neben dem Mordbericht, war ein Siegel angebracht, dazu ein handschriftlicher Vermerk. Er lautete: »Falsch! Ich lebe! – Baron F. v. Meusen.« Unter dem Siegel des Barons fand sich ein knapper Zusatz. Er lautete: »Sic!« (»So ist es!«) und wurde mit Orlowskis Siegel sowie der Petschaft eines Notars beglaubigt.
Hoffmann schob das Zeitungsblatt zurück unter die Augen des Barons, der das ungeheuerliche Dokument wie vom Donner gerührt anstarrte.
»Das ist … Wir sind … bis auf die Knochen …«, murmelte er.
Hoffmann schwieg. Es gab nichts zu sagen. Die Beweiskraft des Dokumentes war unwiderleglich.
Erneut klingelte Seine Exzellenz. Der Diener trat ein, die Gerichtsrobe über dem Arm. Von Trützschler schüttelte den Kopf. »Rufen Sie das Gericht … Wir müssen … eine Beratung …«, befahl er mit tonloser Stimme. Der Diener ließ sich keine Gemütsregung anmerken. Er kehrte um und tat, wie ihm geheißen.
»Das ist … Woher haben Sie das?«, fragte der Baron nach einer Weile.
»Von Baron Orlowski, Euer Exzellenz«, erteilte Hoffmann pflichtschuldigst Auskunft.
»Wie kommt er … Wie kommen Sie …?«
»Es ist reiner Zufall«, behauptete Hoffmann. »Der Baron besuchte

einige Darbietungen der Musikalischen Gesellschaft in Warschau. Dort machte ich seine Bekanntschaft. Offenbar nahm er dies zum Anlass, mich zu sich zu bestellen und mir diese Dokumente zu übergeben.«

Hoffmann wusste, dass diese Darstellung ein eher oberflächliches Verhältnis zur Wahrheit hatte, doch glaubte er damit rechnen zu dürfen, dass Baron Trützschler in diesem Moment kein allzu kritischer Zuhörer war.

»Aber warum, warum … Konnte er denn nicht eher? Er blamiert ja … Er düpiert … Wir, das Kammergericht, die Polizei, werden der Lächerlichkeit … Das ist … Auf einem Zeitungsblatt! Man denke! Der reine Hohn! Dieser Schurke!«

Trützschler klingelte erneut.

Ein Justizwachtmeister erschien, knallte die Hacken zusammen und salutierte. »B'fehlen Eu' Ex'lenz?«, brüllte er.

»Schaffen Sie diesen Notar herbei. Cito!«

Er zeigte dem Wachtmeister, der offenbar lesen konnte, das Blatt, auf dem der Notar seinen Namen und die Anschrift seiner Kanzlei festgehalten hatte. Der Büttel prägte sich beides ein und verschwand auf ebendieselbe Art, wie er das Zimmer betreten hatte.

»Werde ihm den Kopf abreißen! Verliert seine Zulassung! Wie kann er mit ansehen, dass so ein Prozess … obwohl er Bescheid wusste … Auf die Festung schleifen, den Kerl!«

Hoffmann schwieg zu den düsteren Aussichten, die dem armen Notar da geboten wurden.

Trützschler fixierte Hoffmann mit einem finsteren Blick. »Hm. Nun ja. Muss Ihnen wohl danken, Rat Hoffmann … Haben Justizirrtum verhindert. Wenngleich höchst peinlich … Ahem. Nun ja.«

Hoffmann verneigte sich. »Falls Euer Exzellenz wünschen, kann mein Name aus der Angelegenheit herausgehalten werden.«

Trützschler blickte ihn verblüfft an.

»Es wäre dem Ansehen des Gerichts womöglich nicht zuträglich, wenn ein eben neu hinzugekommenes Mitglied das gesamte ehrwürdige Institut coram publico einer Bloßstellung aussetzt. Ich meine. Könnten diese Dokumente nicht als eine anonyme Einsendung behandelt werden? In diesem Fall hätten Sie, Exzellenz, das Recht und die Pflicht sie der Öffentlichkeit zu präsentieren, von der Unterrichtung Seiner Majestät ganz abgesehen, die mir zweifellos aufgrund meines niederen Ranges nicht zukommt. Auf diese Art ließe sich eine, hm, nun ja, Blamage vermeiden, da in diesem Fall Euer Exzellenz selbst die Aufklärung bewirkt und Schaden von der Justiz abwendet.«

Baron Trützschler sah Hoffmann an, als könne er dieses generöse Angebot nicht fassen, als wittere er dahinter eine weitere böse Überraschung. Doch schließlich setzte sein erprobter diplomatischer Instinkt sich durch, und der Blick, mit dem er Hoffmann maß, wurde respektvoll, ja anerkennend.

»Sie haben wohl Recht, Rat Hoffmann«, sagte er. »Wenn Sie bereit sind, sich im Hintergrund zu halten, dann …«

»Selbstverständlich, Euer Exzellenz. Mir ist es nicht um meine eigene Person zu tun. Im Übrigen habe ich tatsächlich keinerlei Verdienste. Ich bin, sozusagen, nur der Bote zwischen dem Baron Orlowski und Euer Exzellenz.«

»Hm. Nun ja.«

»Natürlich möchte ich meinem genesenen Herrn Kollegen seinen angestammten Platz als Beisitzer nicht streitig machen. Ich gebe gern zu, dass es mir noch ein wenig an juristischer Erfahrung fehlt.«

Für einen Moment fragte sich Seine Exzellenz offensichtlich, ob Hoffmann ihn auf den Arm nehmen wollte. Dann lächelte er und erwiderte: »Nun gut, Rat Hoffmann. Habe die Botschaft empfangen. Versichere Sie meines aufrichtigen Danks. Haben sich, hm, nun ja, um das Kammergericht verdient gemacht.«

»Ich danke Euer Exzellenz.«

Damit zog Hoffmann sich in sein Kellergemach zurück und befand sich quasi auf einer Insel der Seligen, während im Haus ringsumher wirbelnde Betriebsamkeit ausbrach. Der Notar wurde herbeigeschleppt, Orlowski vorgeladen. Die Richter verschoben den Prozessbeginn zunächst um eine Stunde, um zu beraten, was ihnen ein anonymer Bote da ins Haus gebracht hatte. Endlich erkannten sie die Tatsache, dass der Mordprozess auf einer Täuschung beruhe und die Anklage somit nichtig sei, als gegeben an, und es erging der einstimmige Beschluss, sie fallen zu lassen und die Baronin wegen erwiesener Unschuld zu entlassen.

Natürlich erregte die Angelegenheit ungeheures Aufsehen. Ganz Berlin, vom Gassenjungen bis hinauf zu Seiner Majestät, dem König, wurde in helle Aufregung versetzt. Baron Trützschler war der Held des Tages. Er hatte mit Baron Orlowski vereinbaren können, dem Publikum eine zuvor verabredete Version der Ereignisse zukommen zu lassen, dergestalt, dass Orlowski, der Ausländer, erst kürzlich in Berlin eingetroffen sei und erst jetzt von dem Prozess gegen die Baronin Meusen gehört habe, woraufhin er sich auf das Päckchen besonnen habe, das sein früherer Regimentskamerad, Baron Meusen, bei ihm hinterlegte. Gegen Orlowski konnten keinerlei Vorwürfe erhoben werden, wohingegen sich der Notar, der übrigens seine Kanzlei nicht mehr betrieb und ein geistig zerrütteter Greis war, wegen der Vortäuschung einer Straftat verantworten musste. Doch wurde das Verfahren wegen Senilität des Angeklagten eingestellt. Der alte Mann verstarb kurz darauf an Altersschwäche.

Baron Meusen war also lebendig, der Prozess eine schrille Komödie, ein Affentheater! So schrieen es die Spatzen von den Dächern, im Chor mit den Bäcker- und Schusterjungen, die es in allen Gassen ausriefen. Ganz Berlin spottete und lachte. Man hieß den entflohenen Baron entweder einen Teufelskerl oder einen tollen Narren. Am Königlich Preußischen Kammergericht blieb indessen kein Makel hängen, da es ja selbst im letzten Moment das Ruder herumgerissen hatte. Auch der Polizei lastete man nicht an, auf die raffinierte Inszenierung des Barons hereingefallen zu sein.

Auf Meusen konzentrierte sich das allgemeine Interesse. Es wurden nach und nach Einzelheiten aus dem Leben des Schurken bekannt. Zunächst lachte man noch über seine Bigamie und seine groteske Ehe mit der Gräfin Weringhausen. Doch dann erhielt die »Spenersche Zeitung« einige gezielte Hinweise, vermutlich durch

Kriminaldirektor Mohr. Wenngleich diese stark zensiert wurden, erfuhr die Bevölkerung doch, dass amtliche Obstruktion die Verfolgung des Massenmörders von Misma verhindert hatte. Immerhin hatten die Nachforschungen der sächsischen Polizei den Schurken dazu veranlasst, sich auf so denkwürdige Weise für tot auszugeben. Zweifellos hoffte er, durch seine fingierte Ermordung jede weitere Suche nach ihm zu unterbinden. Natürlich wurde auch die Verwandtschaft des Akzise-Administrators mit dem Räuberhauptmann bekannt. Erste Anzeichen dafür, dass Seine Majestät seinem obersten Steuereinnehmer die Gnade entzog, wurden registriert.
Hoffmann, der sein Licht freiwillig unter den Scheffel gestellt hatte, erhielt den Beweis, dass Baron Trützschler seinen Dank nicht nur rein floskelhaft ausgesprochen hatte: Er stand fortan in hoher Gunst beim Kammergerichtspräsidenten, der sogar so weit ging, seine Abneigung gegen Druckwerke zu überwinden und seinem Untergebenen gnädigst das Verfassen literarischer Quisquilien zu gestatten. Hoffmann nutzte die Gunst der Stunde und suchte um Urlaub nach, um seinen Pflichten als »Hofkomponist« nachkommen zu können. Baron Trützschler beschied ihn, er möge tun, was ihm beliebe; er sei von den Bürozeiten dispensiert. Hoffmann war's zufrieden.
Er war nach wie vor eine unbekannte, unbeachtete Erscheinung in der großen Stadt. Nur wenige, darunter sein Freund Hitzig, wussten von seiner Rolle beim Platzen des Mordprozesses, und diese Wenigen waren zum Stillschweigen verpflichtet.
Die Zeitungen beruhigten sich allmählich; die Balladensänger packten die Lieder und Klappbilder wieder ein, die sie zu dem Prozess verfertigt hatten, die Buchhändler gaben die liegen gebliebenen Konterfeis der Baronin an die Fischweiber, die damit Aale und Flussbarsche einwickelten. Die Baronin selbst kehrte nach Westfalen zurück.
Die Polizei nahm die Suche nach dem verschwundenen Baron Meusen auf. Hoffmann empfand nun keine Verpflichtung mehr, sich weiter um den Fall zu kümmern. Entdeckte man Meusen, würde alles

Übrige seinen Gang gehen. Sein Rachedurst gegenüber dem Baron Ermelmann war gestillt. Orlowski hatte seinen Teil des Vertrages erfüllt. Nun war es an Hoffmann, das Gleiche zu tun.
So nahm er, wenn auch nicht offiziell, vorläufig Urlaub vom Königlichen Preußischen Kammergericht.

Zuvor jedoch fuhr er hinaus zur ehemaligen von Pfuhl'schen Kaserne, um Mischa zu beichten, welche Verpflichtung er, ohne sie zu unterrichten, übernommen hatte, und sich ihr nachträgliches Plazet zu holen.
Mischa reagierte mit erfreulicher Gelassenheit auf die zeitweilige Trennung von ihrem Mann, die sie nicht als eine Störung ihrer ehelichen Verbindung aufzufassen schien. Sie freute sich darüber, dass es Hoffmann gelungen war, die Unschuld der Baronin zu beweisen, damit »dies arme Mensch nicht muss sitzen unschuldig in dunklen Kerker«. Hoffmann erklärte ihr, dass er den Kompositionsauftrag auch deshalb annehme, um während der gehaltlosen Zeit beim Kammergericht zu Geld zu kommen. Er versprach, so viel wie irgend möglich von seinem Komponistenhonorar zu sparen, um damit eine gemeinsame Wohnung einzurichten. Das Geld, das Orlowski ihm zahle, sei insofern ein Geschenk des Himmels, als das Leben in Berlin sehr teuer und mit »Phantasiestücken in Callots Manier« zweifellos weniger Geld zu verdienen sei als mit einem Oratorium zur Kircheneinweihung.
Mischa bewohnte unter dem Dach des Waisenhauses zwei schöne Zimmer mit Blick auf die Spree. Dort würde sie sich wohlfühlen, bis sie und Hoffmann die Mittel hatten, eine eigene Wohnung zu beziehen. Hoffmann musste sich ihretwegen durchaus keine Sorgen machen. Sie liebte das Betreuen und Umsorgen der Kinder und konnte sich nichts Schöneres vorstellen, als mit so vielen kleinen Schützlingen zusammen zu sein.
Nun erfuhr Hoffmann, wie seine Frau die vergangenen Tage verbracht hatte.
»Armes Kind ist schwer krank! Hat Scharlach. Und ist Mutter ge-

storben. Hat es niemanden mehr. Bleibt hier, bis wieder gesund. Dann wir sehen weiter.«

Fräulein Sawatzkis Nachbarin war eine junge Dirne, die an der notorischen Krankheit ihres Berufsstandes, der Lungenschwindsucht, erkrankt war. Die Frau hatte eine vierjährige Tochter, die sie in dieser Lage nicht einmal mit dem Nötigsten zu versorgen vermochte. Mischa und Fräulein Sawatzki hatten das Kind halb verhungert und verdurstet angetroffen und sich seiner unverzüglich angenommen. Leider überlebte die Mutter den folgenden Tag nicht. Das arme Kind wurde daraufhin in das Waisenhaus gebracht. Mischa blieb bei ihm, um es über seine Einsamkeit hinwegzutrösten. Natürlich war das Mädchen ihr dabei ans Herz gewachsen. Es war offensichtlich, dass es ihr schwer fallen würde, sich von dem Kind wieder zu trennen.

Nun, einstweilen war alles in bester Ordnung, und Hoffmann konnte sich nach Charlottenburg aufmachen, um dort seinen Dienst als Hauskapellmeister anzutreten.

Als Hoffmann das Musikzimmer betrat, saß dort eine junge Frau in einem der Sessel. Sie legte das Buch, in dem sie gelesen hatte, beiseite und erhob sich. Es war ein großes, schweres, in blaues Saffianleder gebundenes Buch: die Partitur zu Hoffmanns Oper »Undine«.

Die Frau war klein, kaum größer als Hoffmann selbst. Ihre Figur war jedoch höchst zierlich und anmutig. Sie trug ein einfaches, weißes Kleid mit einem blauen Stoffgürtel um die Taille und Stickereien an den Hüften und am Saum. Sie war jung, wohl kaum älter als zwanzig Jahre, eine leichte, jugendliche Gestalt. Ihr Haar war von einem delikaten, blassen Braun, schlicht in der Mitte gescheitelt, hinter die Ohren zurückgekämmt und am Hinterkopf zu einem »Vogelnest« geflochten. Ihre Augen waren von einem weichen, sehr hellen Blau; was ihre Form betraf, so waren sie oval und von einem innigen, tiefen Ausdruck. Sie stellten das eigentliche Schöne in ihrem Gesicht dar, das nicht wirklich als hübsch gelten konnte, denn Nase und Mund waren insofern disproportioniert, als die Nase sehr klein, schmal und ein wenig nach oben gestülpt war, die schwellenden Lippen (bei einem nicht sehr ausgeprägten Kinn) dazu einen üppig-sinnlichen Kontrast bildeten.

»Guten Tag, Maestro. Mein Name ist Johanna Jaenicke«, stellte die Frau sich vor. »Verzeihen Sie mein Eindringen. Ich bin hier, um mir die Partitur Ihrer Oper auszuleihen. Der Baron wünscht, dass wir sie in seinem kleinen Schlosstheater aufführen.«

Hoffmann wusste, wer die junge Frau war. Johanna Jaenicke war erst kürzlich nach Berlin gekommen, um in das Ensemble der Königlichen Oper als Sängerin einzutreten. So jung sie noch war, so eilte ihr doch schon ein beträchtlicher Ruhm voraus. Ihre Stimme galt als überaus klar und rein, von einem für die zarte Gestalt erstaunlichen Volumen und einem lyrischen Schmelz in den hohen Tönen, der alle Kenner zu Ausdrücken höchster Begeisterung hinriss. Man sagte ihr nach, sie sei der neue, aufgehende Stern am Berliner Opernhimmel, zumal sie auch als Darstellerin, wie es hieß, Außerordentliches leistete und sich mit ihren Fähigkeiten sowohl auf einer Sprechbühne wie im Opernhaus sehen lassen konnte. Hoffmann hatte sie noch nicht leibhaftig auf der Bühne erlebt. Umso erstaunter war er, sie nun hier in seinem Zimmer, beim Lesen seiner Partitur anzutreffen. Er begrüßte sie herzlich und bat sie, wieder Platz zu nehmen.

Doch die junge Sängerin sagte, sie sei leider in Eile. Sie habe nur vorgesprochen, um die Partitur zu holen, mit deren Studium sie und ihre Kollegen sogleich beginnen wollten. Es würde sich natürlich nur um eine Liebhaberaufführung handeln; Hoffmann möge von vornherein die Mängel einer solchen ins Kalkül stellen; doch hoffe sie selbst, als »Undine« vor seinen Augen und Ohren zu bestehen.

Hoffmann erwiderte, er sei hoch erfreut, dass seiner schlichten Wasserfee eine so vorzügliche Stimme und eine so anmutige Gestalt verliehen werde. Johanna knickste zum Dank für das Kompliment. Hoffmann bedauerte sehr, dass sie nicht noch ein wenig länger bleiben konnte. Dann läutete er einem Diener, dem er befahl, die schwergewichtige Partitur zur Kutsche der Primadonna zu tragen. Er küsste Johanna die Hand. Diese nahm den Schal und den Hut, die sie auf das Klavier gelegt hatte, lächelte Hoffmann zum Abschied zu und verließ das Zimmer.

Kurz darauf kam Orlowski. Er fragte, wie Hoffmann die kleine Überraschung, die er sich zum Einstand ausgedacht habe, gefalle. Hoffmann entgegnete, er freue sich darauf, die Jaenicke als »Undine« zu sehen und vor allem: zu hören, denn von ihrer Stimme habe er äußerst Vielversprechendes vernommen. Orlowski brachte nun das Anliegen vor, das ihn hierher geführt hatte.

»Es ist notwendig, dass Sie in der gebührenden Form in unseren Orden aufgenommen werden. Aus diesem Grund wird heute Abend – in etwa einer Stunde – eine kleine Feier stattfinden. Ich habe mir erlaubt, sie in den kleinen Theatersaal nebenan zu verlegen, da mir dieser für diesen Zweck am besten geeignet erscheint. Es bedarf von Ihrer Seite keiner besonderen Vorbereitung. Im Gegenteil, ich rate Ihnen, nicht Ihre teuersten Kleider anzuziehen, da man sie Ihnen fortnehmen und auf rituelle Weise verbrennen wird, ehe man Ihnen das Ordensgewand anlegt und den Rubin umhängt. Sie verstehen zweifellos den Symbolgehalt dieser Handlung. Ich gebe zu, das Einführungsritual ist zurzeit noch ein wenig roh und ungeschlacht. Ich hoffe, es gelingt uns mit Ihrer Hilfe, es zu verfeinern und zu veredeln.«

Wiewohl Hoffmann mit einem derartigen Ritus hatte rechnen müssen, war er doch unangenehm berührt. Zwar besaß er kaum irgendwelche Erfahrung mit derartigen Ritualen, doch schwante ihm, dass es dabei düster und blutig zugehen werde. Wurden Teufelspakte nicht mit dem Lebenssaft besiegelt? Würde am Höhepunkt der Messe der Messner mit dem Messer kommen? Hoffmann schluckte schwer bei diesem Gedanken, doch blieb ihm nichts anderes übrig, als dem Hausherrn (den Hoffmanns verhaltene Reaktion offensichtlich amüsierte) mitzuteilen, er werde sich den Gepflogenheiten des Hauses beugen. Daraufhin wurde er von Orlowski allein gelassen.

Hoffmann fand unter den Dingen, die auf das Schloss gebracht worden waren, auch sein altes Tagebuch, in das er in der letzten Zeit nur wenige Eintragungen gemacht hatte. Er beschloss, das Tagebuchschreiben wieder aufzunehmen, dies jedoch nicht in Form tagtäglicher Eintragungen, sondern in Gestalt von fiktiven Briefen, die das Geschehen mehrerer Tage bündig zusammenfassten, und die er zum Schein an seinen Freund Hippel richten wollte, wenngleich dieser sie in Wahrheit niemals zu Gesicht bekommen würde. Einige dieser Briefe schließen wir, soweit sie für unsere Geschichte von Belang sind, in den nun folgenden Abschnitt unserer Erzählung ein, da sie uns geeignet erscheinen, die Sichtweise unseres Helden auf die in Rede stehenden Ereignisse kenntlich zu machen.

ZWEITER TEIL

1
Erster Brief

… Wenn Orlowski den Ritus der Einführung, dessen sich sein Orden bediente, grob und ungeschlacht nannte, so kann ich nicht anders als ihm beipflichten. Was dort geschah entbehrte nicht sowohl aller heiligen und würdigen, als vielmehr jeglicher Form; es war den Gebräuchen eines Urwaldstammes (wenngleich ich keinen solchen kenne) näher als denen etwa der Freimaurer (die mir gut bekannt sind). Der Kult war, ich muss dieses derbe Wortpaar verwenden, schmutzig und obszön.

Wenn ich nun also schildere, welchen Dienst ich dem Orden Luzifers als Komponist und Regisseur als Erstes leistete, so komme ich nicht umhin, Dinge zu schildern, die dem christlichen Gemüt ein Gräuel und dem Sittlichkeitsgefühl zuwider sein müssen, doch, wie gesagt, ich komme nicht umhin, denn dies war es nun einmal, was ich vorfand. Was blieb mir übrig, als, dem Sprichwort nach, in Rom den Gebräuchen der Römer zu folgen? Hier nun also die Schilderung der ersten »Schwarzen Messe«, an der teilzunehmen ich die Pflicht hatte.

Ich wartete im Arbeitszimmer, während ich hörte, wie sich die Jünger Luzifers im Nebenzimmer versammelten. Ich vernahm von dorther Lärm, als wären Bühnenarbeiter am Werke. Doch es wurden keine Instrumente gestimmt, woraus ich richtig schloss, dass das Ritual ohne musikalische Begleitung ablaufen werde, ich also, während es vonstatten ging, schon einmal mein Augenmerk auf diejenigen Stellen richten sollte, an welchen Musik am Platze wäre.

Ich gestehe, ich war nicht wenig erregt. Mir schwante, wie schon gesagt, allerlei von Blut und Schwefelgestank. Wie ein Kind vor dem verbotenen Zimmer versuchte ich, zu lauschen und durchs Schlüsselloch zu spähen, doch ich sah nichts, und den Geräuschen war kaum mehr zu entnehmen, als dass dort Gegenstände bewegt wurden. Schließlich wurde die Tür aufgetan (ich notierte mir innerlich, dass dabei künftig ein musikalisches Signal verwandt werden solle), und ich betrat den Raum.

Es war jenes merkwürdige, zeltartige, mit grünweißem Stoff ausgeschlagene Zimmer. Nun war es zwar nicht in der Form, wohl aber in den Farben gänzlich verändert. Rote und schwarze Stoffbahnen verhüllten nun Decke und Wände. Der Fußboden war schwarz ausgelegt. Das Licht war schwach; es kam von vier mannshohen Kerzenständern, die in den Ecken aufgestellt waren. (Man sieht, dass die Veranstalter nicht viel von wirkungsvoller Theaterbeleuchtung verstanden.) Ein großer, schwarzer Altar mit einer schlichten, ebenen Platte stand mitten im Raum. Daneben ein großes eisernes Becken auf einem Dreifuß, in dem glühende Kohlen brannten. Acht Männer in schwarzroten Roben standen aufgereiht an den beiden Längsseiten des Raumes. Selbstverständlich bedeckten Kapuzen ihre Gesichter. Die Roben waren Mönchskutten ähnlich geschnitten.

Ich blieb still nahe der Tür stehen und harrte der Dinge, die da kommen sollten.

Unvermittelt wurde ein nackter Mann hereingeführt. Unschwer war er als eine Verkörperung des Gekreuzigten zu erkennen, denn er trug eine Dornenkrone sowie das gewöhnliche Lendentuch. Der Mann wurde mit Geheul und Wutgeschrei empfangen. Die Satansjünger zogen Peitschen aus ihren Kutten und begannen auf den Passionsdarsteller einzuschlagen; sie bespieen und schmähten ihn, während sie ihn Spießruten laufen ließen. Bald erschienen blutige Platzwunden auf der Haut des Gepeinigten – Wunden, die mir durchaus echt zu sein schienen. Ich fragte mich, woher dieser Mann kam, der sich so schwer und blasphemisch misshandeln ließ. War es ein Strafgefangener? Ein Bettler? Hatte man ihn für Geld gekauft? Ich weiß es nicht. Ich hätte den armen Kerl gern von seinen Leiden erlöst, doch das Bewusstsein, hier derjenige zu sein, der auf die Probe gestellt wurde, hinderte mich daran, gleich bei der ersten Prüfung aus der Rolle zu fallen. So nahm ich das Schauspiel schweigend hin. Endlich kroch der Mann, aus zahlreichen Platzwunden blutend, aus dem Zimmer.

Nun sprang einer der Männer – ich hielt alle acht Robenträger für männlich, obwohl ich dessen nicht ganz sicher sein konnte – auf den Altar. Er riss sich die Kutte und die Kapuze vom Leib und stand da als – der Leibhaftige! Es war doch recht erstaunlich, was die Kunst des Masken- und Kostümbildners, dem die dämonische Erscheinung offensichtlich zu verdanken war, hier geleistet hatte. Der Dämon war höchst lebensecht und – er stank! Ein durchdringender Kot- und Schwefelgeruch, der bis dahin nur leicht spürbar im Raum geschwebt hatte, verbreitete sich nun ungehindert und schwängerte ihn mit einem pestilenzialischen Hauch. Möglich auch, dass bittere Kräuter und scheußliche Essenzen, die heimlich in das Kohlenbecken geworfen wurden, den Effekt verstärkten. Deutlich erkennbar war, dass man auch hier die christliche Messe parodierte, von deren Vorgaben man sich ohnehin nur wenig freizumachen vermochte, indem man schlicht Weihrauch durch Schwefel und ähnliche beleidigende Dünste ersetzte.

Der Dämon trug ein Zottelfell, zwei Hörner auf dem Kopf und einen Bocksfuß. Sein Kopf war eine Mischung aus Wolf, Affe und Stier; gewaltige Hauer zierten das geifernde Maul. Er warf glühende Blicke aus feuerroten Augen in die Runde und heftete sie schließlich auf mich, der ich mich durch die Aufmerksamkeit des Dämons keineswegs geschmeichelt fühlte. Ich gestehe es: Der Lauerblick des Untieres hatte etwas Beunruhigendes, Beängstigendes, als befände man sich im selben Raum mit einem wilden Bewohner des Urwaldes. Der Unhold ging in Hockstellung, als wolle er mich anspringen. Stattdessen wuchs ihn aus den Hüften ein langes, schwertförmiges, dem Gemächt eines Hengstes ähnliches Glied, das er, indem er sich aufrichtete, stolz präsentierte. Sein gellender Brunstschrei erfüllte den Raum.

Nun wurde ein Mädchen ins Zimmer geführt, das heißt, sie trat in

Begleitung zweier Diener, die wie Henker gekleidet waren, hinter einem der Vorhänge hervor. Das Mädchen war im Ganzen wohl gebildet, jung und zart, mit einer auffallend schneeweißen Haut – zumindest bis zum Hals. Dort ging der Menschenleib in den Kopf eines Schafes über.

Nun wurde mir die Konstellation deutlich: Es handelte sich um den »Stier« und das »Lamm«.

Das schafsköpfige Mädchen wurde auf den Altar gehoben, wo es regungslos liegen blieb, während der Stier (mit den artfremden Reißzähnen) es umtanzte und umbalzte. Immer wieder legte er seine Pranken auf den Leib der Schönen, wobei er sich zusehends auf die verbotenen Stellen kaprizierte. Die Kapuzenmänner traten langsam näher heran, um das Ganze genau beobachten zu können.

Endlich besprang der Stier das Lamm.

Die Satansjünger heulten auf. Indes der Dämon das Mädchen begattete (was eine gute Weile dauerte), wurden auch die Jünger von Sinnlichkeit erfasst. Sie hoben ihre Kutten und begingen Handlungen, die im Einzelnen zu schildern mir widerstrebt. Stelle dir, wenn du magst, eine in brünstige Raserei verfallene Affenherde vor. Es zeigte sich übrigens, dass tatsächlich auch Frauenleiber unter den Kutten steckten, die Satanisten also kein reiner Männerorden waren. Die Jünger trieben Unzucht nicht nur miteinander, sondern auch mit allerlei heiligen Gegenständen, bevorzugt mit Kruzifixen, während der Dämon oben auf dem Altar die Jungfrau mit einer fabelhaften Ausdauer besprang.

Doch schließlich ließ er von dem Mädchen ab, deutete mit ausgestrecktem Arm auf mich und schrie: »Du!«

Die Köpfe der Jünger fuhren herum. Acht Paar Augenschlitze starrten mich an.

Der Dämon schrie: »Ah! Unser neuer Bruder! Wir haben schon auf dich gewartet.«

Ich gab keine Antwort.

»Komm hierher!«, befahl das Ungeheuer, dessen Glied noch immer gestreckt von ihm abstand.

Ich näherte mich dem Altar. Sogleich wurde ich von den Jüngern umringt. Ich erschrak, als ich sah, wie sie Dolche aus ihrer Kleidung zogen. Begann nun der blutige Teil des Rituals?
»Entkleide dich!«, flüsterte Satans Abgesandter.
Ehe ich dem Befehl gehorchen konnte, wurde ich von allen Seiten gepackt. Die Dolche fuhren – zum Glück – nicht in mich, sondern in meine Kleider. Stoff wurde zerschnitten. Was ich am Leibe trug, wurde mir heruntergefetzt, gerissen und geschnitten, sodass ich am Ende splitternackt unter den Jüngern stand, die mir darin, wie gesagt, nur halbwegs ähnlich waren.
Der Dämon streckte mir seine Rute entgegen und forderte mich auf, sie zu küssen.
Zweifellos war dies der Höhepunkt des Abscheulichen. Du magst dir vorstellen, wie schwer es mir fiel, meinen Ekel zu überwinden. Denke dir das Dämmerlicht, in dem das Ganze stattfand, die üblen Gerüche, die inzwischen den Raum anfüllten, ferner die Perfektion des Kostüms, und du kannst dir vorstellen, dass es mir vorkam, als solle ich nicht einen künstlichen Gegenstand, sondern wahrhaftig ein tierisches Zeugungsglied in den Mund nehmen. Hättest du, lieber Freund, dies fertig gebracht? Nun, mir blieb nichts anderes übrig. Die Runde, die mich mit Dolchen in den Händen umstellte, verlieh dem Befehl des Dämons unmissverständlichen Nachdruck. Ich spürte die spitzen Klingen an zahlreichen Stellen meines Körpers. Ich hörte, wie die Jünger den Befehl des Dämons mit schauderhaften, bedrohlichen Stimmen wiederholten. Kurzum: Ich musste fürchten, den Raum nicht lebend zu verlassen, wenn ich mich dem abscheulichen sodomitischen Akt verweigerte.
Ich weiß, dass ich mit dem, was ich nun tat, in vielen katholischen Ländern mein Leben verwirkt hätte! Ich näherte meine Lippen dem mir entgegengestreckten Gebilde, versuchte mir vorzustellen, dass es sich nur um etwas Unorganisches, den Teil eines Kostüms, handelte und – küsste es.
Jubel umbrandete mich; man umarmte, herzte und küsste mich als neuen Bruder, während ich Mühe hatte, mich nicht zu erbrechen –

was zweifellos als entsetzlicher Frevel aufgefasst worden wäre. Man half mir aus der Verlegenheit, indem man eine Flasche Wein (oder waren es mehrere, ich weiß es nicht) aus dem Altar hervorholte und mich mit vorzüglichem Rotwein traktierte, der selbstverständlich auch bei den übrigen Jüngern die Runde machte. Endlich wurde mir ein Kelch gereicht, dessen Inhalt mir zunächst wie Blut erschien. (Doch es war, zum Glück, Wein.) Ich trank recht viel und überwand so allmählich mein Ekelgefühl.

(Übrigens reichte man mir auch eine »Hostie«. Ich weiß nicht, woraus sie bestand.)

Die Feier wäre nun vermutlich in ein allgemeines Gelage übergegangen, wäre da nicht noch ein Ritual zu vollziehen gewesen, denn der Adept einer dualistischen Religion, der ich nun einmal war, musste nicht nur dem Gott der Finsternis, sondern auch der Göttin des Lichtes huldigen. Dies sollte auf eine Art geschehen, die mir auf den ersten Blick weitaus angenehmer erschien als die »Taufe« durch den Stier.

»Nimm sie dir! Sie ist dein Gastgeschenk!«, riefen meine Brüder und Schwestern mir zu, indem sie auf das auf dem Altar ausgestreckte Lamm wiesen. Der Chor begann monoton und unmelodiös zu singen. »Nimm sie! Nimm sie dir!«, lautete der einfältige Text.

Ich hätte dem Befehl gern entsprochen. Leider aber sah ich mich dazu rein physisch nicht in der Lage.

Der Dämon erkannte meine Verlegenheit. »Siehe, er kann's nicht!«, rief er.

»Er kann's nicht! Er kann's nicht!«, sekundierten ihm die Jünger.

»Doch da haben wir ein Mittel!«, flüsterte der Dämon. »Glaube gibt Kraft.«

»Glaube gibt Kraft!«, riefen die Jünger.

»Glaubst du an Luzifer, den Stier und das Lamm?«, fragte der Dämon.

»Ja, ich glaube!«, sagte ich. (Der Himmel möge mir verzeihen!)

»Glaube fest, so wird er fest!«, sangen nunmehr die Jünger, indem sie begannen, mich mit Federn zu kitzeln und zu streicheln.

Ich bemühte mich ganz verzweifelt um jenen festen Glauben, der angeblich den erwünschten Effekt hervorbringen sollte, allein, es war vergebens.

Plötzlich erhob sich das Lamm von dem Altar. Es stieß den Stier, der sich das ohne Widerstand gefallen ließ, zur Seite, und wandte sich mir zu.

»Liebst du mich nicht?«, flüsterte das Lamm, indem es mich mit einem schmelzenden Blick ansah. »Siehe, ich bin das Lamm.«

Nun bin ich im wirklichen Leben durchaus kein Freund dieser blökenden, blödäugigen Tierart, habe überhaupt niemals ein Schaf (oder ein Lamm) eines mehr als oberflächlichen Blickes gewürdigt. Dies war vermutlich ein Fehler, denn urplötzlich, beim Anblick dieses Zwitterwesens, erfasste mich ein Gefühl des Entzückens, der Liebe und – des Begehrens. Tatsächlich, mir schien, als hätte ich niemals zuvor ein so liebliches Wesen gesehen. Und dies betraf keineswegs nur den Mädchenleib, der ja wirklich, wie schon gesagt, vollendet geformt war, sondern auch den Tierkopf, das mir zugewandte, schneeweiße Gesicht des Lammes, das mir einen Blick von unbeschreiblicher Wärme und Liebe zuwarf. Und wenn das Herz angesprochen wird, folgt ihm auch bald der Leib. Das Lamm schmiegte sich an mich; ich spürte die zarten Brüste auf meiner Haut, fühlte mich von den zärtlichen Händen liebkost. Kurzum, ich fiel in Liebe zu dem göttlichen Wesen, dessen Blick aus tiefen blauen Augen mich zu magnetisieren schien. Und plötzlich überkam mich die Erkenntnis. Diese Augen! Ich kannte sie! In dieses blasse Blau hatte ich zuvor schon geblickt. Sie gehörten – Johanna Jaenicke!

Ich war plötzlich fest davon überzeugt, keine andere als die junge, gefeierte Sängerin in den Armen zu halten. Sie hatte sich den Lammskopf aufgesetzt, so wie einer ihrer Kollegen in das Stierfell geschlüpft war.

Übrigens roch das Lamm, wohl als einziges Wesen in diesem Raum, höchst angenehm. Je näher man ihm kam, desto mehr bot sein Blumen- und Wiesenduft Schutz vor dem grässlichen Gestank, der den Raum erfüllte, sodass es schon allein aus diesem Grund entschuldbar war, dass ich ihre Nähe suchte.

Inzwischen hatte auch der Chor festgestellt, dass ich bereit war. Wir legten uns auf den Altar. Ich sank dem Lamm in die Arme und vollzog die »unio mystica« mit dem Wesen, das zur Linken Luzifers saß. Als wir geendet hatten und ich halbwegs wieder zu mir gekommen war, ließ man mich von dem Altar hinabsteigen und davor niederknien. Das Lamm und der Stier hängten mir gemeinsam einen Rubin an einer goldenen Kette um den Hals. Die Brüder und Schwestern brachen in Beifallsbekundungen aus.

Ich war somit in den Orden der Ritter Luzifers (so bezeichnet er sich) aufgenommen.

Die Brüder nahmen meine Kleider und warfen sie auf das Kohlenbecken, wo sie in Flammen aufgingen. Ich wurde in eine schwarzrote Robe gekleidet. Man überreichte mir einen Dolch und eine Peitsche, die geheimen Symbole der Gemeinschaft. Dann wurde erneut ein Kelch herumgereicht, der nun mit schwerem »Syrakuser« gefüllt war. Endlich wurden die Kerzen gelöscht. Nur die rote Glut aus dem Kohlenbecken beschien den »geselligen Teil des Abends«, zu dem die Schwestern und Brüder nun übergingen.

Ich erwachte in meinem Alkoven, nachdem ich wer weiß, wie lange in rauschhaften Träumen geschwelgt hatte – wobei sich Reales wohl mit Fantasiertem vermischte. Ich beschloss, meine Laufbahn als Hauskomponist mit einer »Hymne an das Lamm« zu beginnen.

Natürlich konnte es mir nicht gleichgültig sein, was meine gute Mischa über all dies dachte. Ich war jedoch nicht verwegen genug, ihr in allen Einzelheiten mitzuteilen, was mir im Haus des Barons Orlowski widerfuhr. Tatsächlich berichtete ich niemandem von meiner offiziellen Aufnahme bei den Jüngern Luzifers. Bis heute bin ich der Ansicht, dass sie mir nicht zur Ehre gereicht. Das Ereignis hatte denn auch einen gehörigen Katzenjammer zur Folge, der mich am nächsten Morgen mit aller Macht überfiel. Am liebsten wäre ich zu Mischa geeilt, hätte vor ihr niedergekniet, eine Beichte abgelegt und einen Vorhang vor meine »teuflischen« Exzesse gezogen. Aber das ging nun einmal nicht an. Es war zu spät. Die Zeremonie – oder was auch immer – hatte mich in den Bann der Satansjünger gezogen. Ihr »Geist«, wenn man so will, erfüllte und verführte mich. Oh, wie geschickt hatte der Ordensmeister seine Leimruten ausgelegt! Mich mittels der Kunst, durch eine Fleisch gewordene »Undine« zu fangen, war zweifellos ein genialer Einfall, dem ich nicht zu widerstehen vermochte. Es war, als wäre Johanna wirklich mit Hexen- und Zauberkünsten ausgestattet. Offen gesagt, bin ich überzeugt, dass mir ein Liebestrank, oder was auch immer, verabreicht worden war. Wer jemals unverhofft von einer wilden, unbändigen Leidenschaft erfasst wurde, der weiß, wovon ich rede. Ich, Hoffmann, war, solange ich im Bannkreis der Luziferianer weilte, eine doppelte, eine gespaltene Persönlichkeit, wobei die eine das, was die andere tat, mit Argwohn und Missfallen betrachtete. Während der Ehemann und Kammergerichtsrat Hoffmann das Treiben seines Alter Ego missbilligte, verlachte der »Kapellmeister Satans« und Anbeter des Lammes das Schuldbewusstsein und die heimliche Reue des Biedermanns. Ja, ich dachte oft an Mischa, die von allem, was ich hier tat, zum Glück nichts erfuhr; doch stärker als mein Wunsch nach einem trauten Heim und stillen Eheglück war die Erregung, die von meiner neu erwachten musikalischen Leidenschaft ausging und die mir durchaus ein Produkt jener anderen, unwiderstehlichen Passion zu sein schien. Ich hatte nicht aufgehört, Mischa mit den warmen und stillen Gefühlen zu lieben, welche die stürmischen Gefühle unserer frühen Ehejahre schon seit langem ersetzt hatten; sie war der ruhig daliegende See, in dem meine Seele sich spiegelte und an dessen Ufern ich Erholung und Frieden fand – doch nun brausten die Wirbel eines neu erwachten Gefühlssturms über mich hinweg, dessen Peitschenhiebe mir um die Ohren fetzten und gegen dessen Gewalt ich mich machtlos wie ein loses Blatt fühlte. Ich war in jenen Tagen seit jener unseligen Nacht nicht Herr meiner selbst.

Es kam zu keiner zweiten »magischen Hochzeit« mit dem Lamm. Auch nahm ich an keiner weiteren Satansmesse oder Anbetung Luzifers mehr teil. Ich goss alles, was an Gefühlen in mir aufgewühlt worden war und was, wie ich glaubte, die neue Muse mir eingab, in die Musik. Einige Tage lang stürzte ich mich wie ein rasender in die Komposition und beschäftigte mich in den wenigen Stunden, die ich notgedrungen der Erholung widmen musste, mit Werken über den religiösen Dualismus, den Okkultismus und die Magie, um die Quelle, aus der ich schöpfte, genauer zu erforschen. Auf diese Art hoffte ich Kenntnisse zu gewinnen, die mich dem Zentralgestirn des Ordens, Luzifer, näher brachten – der mir, offen gesagt, noch immer wie eine Fiktion seiner Jünger, eine pure Fantasiegestalt, vorkam.

Natürlich war es Johanna, der ich am folgenden Tag meine erste Komposition in diesem Haus, die »Hymne an das Lamm« widmete, da ich tatsächlich jene meinte, indem ich dieses anrief. Ich schrieb einen reinen Liebesgesang mit den drei Sätzen »Sehnsucht, Erfüllung und Dankbarkeit«. Ich war, ich kann es nicht leugnen, in heißer Liebe zu Johanna Jaenicke entbrannt.

Diese Liebe, zweifellos ein Geschenk des Satans, brachte mir in den folgenden Wochen allerdings mehr Verzweiflung als Erfüllung, denn Johanna wollte sich, als ich sie das nächste Mal wieder sah, durchaus nicht zu ihrer Inkarnation als »Lamm« bekennen. Im Gegenteil: Sie erwies sich als überaus spröde, wies meine zärtlichen Annäherungen mit heftigem Widerwillen ab. Kurz, meine Liebe war so unglücklich, wie sie nur sein konnte! Johanna gehörte, wie ich bald feststellen sollte, einem anderen.

Allein, ich konnte es nicht ändern: Meine Liebe zu der Sängerin wuchs mit jedem Tag, jeder Nacht. Ich war ihr verfallen; ich lag als Sklave zu ihren Füßen. Doch – es zerreißt mich, es niederzuschreiben – sie betrog mich vor meinen Augen mit einem anderen. Sie zuckte über meine rasende Eifersucht gleichgültig die Achseln. Sie spottete insgeheim über meine Gefühle. Sie verriet und misshandelte mich. Ich wurde für meinen Eintritt in den Satansorden wahrhaftig schwer bestraft!

Wie merkwürdig ist es, nun, mit ruhiger Hand, über den seltsamen, verwandelten Menschen zu schreiben, der ich damals war. Möge es

sich jeder, der mit »teuflischen Gedanken« spielt, zur Warnung dienen lassen!
Einige Tage später bat mich Baron Orlowski um einen Besuch in seinem Privatzimmer.

2

Der Diener führte Hoffmann in einen großen Saal. Er war ein junger, ein wenig affektierter Mann namens Czylinski.
Der Baron saß an einem Flügel. Er spielte Ausschnitte aus der »Undine«.
»Willkommen, Maestro«, begrüßte er den Eintretenden. »Ich habe eine Nachricht für Sie. Mein Freund Meusen ließ mich wissen, dass er nach Berlin zu kommen und sich seinen Richtern zu stellen gedenkt.«
Keine Mitteilung hätte überraschender für Hoffmann sein können.
»Sein Schiff dürfte schon unterwegs sein und in den nächsten Tagen in Stettin eintreffen«, fuhr Orlowski fort. »Dort wird er von Gardeoffizieren in Empfang genommen und auf die Festung Spandau geleitet.«
»Er stellt sich freiwillig?« Hoffmann konnte es nicht fassen. »Aber – das kommt einem Selbstmord gleich. Er wird unweigerlich am Galgen enden!«
Orlowski schüttelte lächelnd den Kopf. »Er will seine Unschuld beweisen«, sagte er.
»Seine Unschuld an dem Überfall auf das Gut in Misma?«
Orlowski nickte. »Außerdem will er Aufklärung geben über die Gründe, die ihn veranlassten, seine Ermordung zu fingieren.«
»Ich muss gestehen, dass ich diesem Auftritt mit größter Spannung entgegensehe«, versetzte Hoffmann.
»Das dachte ich mir. Ich glaube, ich kann Ihre Neugier befriedigen. Erfreulicherweise hat mein Freund Meusen mir mitgeteilt, wie er seine Verteidigung zu führen gedenkt. Es handelt sich um ein kleines,

unvollendetes Theaterstück, das er im Exil verfasste und mir per Boten zukommen ließ. Zum Glück steht uns das Schlosstheater zur freien Verfügung, ebenso eine gute Schauspieltruppe, der ich Gelegenheit gab, sich mit dem Text vertraut zu machen. Erwarten Sie aber bitte keine perfekte, künstlerisch hoch stehende Aufführung.«

»Ich muss Sie bitten, selbst den Mundschenk zu spielen«, sagte der Baron, als sie im Theatersaal angelangt waren. »Allzu viel Dienerschaft wäre bei dieser Aufführung fehl am Platz.«
Hoffmann nickte nur, da ihm nicht nach trinken zumute war. Orlowski trat an ein Stehpult, das seitlich des Proszeniums aufgestellt worden war. Dort lag ein Manuskript, von dem er offenbar abzulesen gedachte.
»Ich muss darauf hinweisen, dass es sich bei diesem Stück nur um eine Skizze handelt. Das heißt: Es gibt noch keinen Dialog. Ich werde folglich als Erzähler fungieren und mich dabei von Schauspielern pantomimisch unterstützen lassen«, erläuterte der Baron.
Da Hoffmann keine Einwände erhob, klatschte Orlowski in die Hände. Daraufhin öffnete ein unsichtbarer Inspizient den Vorhang. Die Dekoration zeigte ein Schlafzimmer.
»Das Stück spielt auf einem Gutshof in Sachsen«, begann der Baron. »Wir ersparen uns eine Einführungsszene, die uns über die Verhältnisse auf dem Gut informiert. Wir begnügen uns damit, die Personen, die hier leben, kurz vorzustellen. Da ist einmal der Gutsherr selbst, ein Mann um die Sechzig, Witwer. Ferner haben wir zwei Töchter, von denen die ältere mit einem früheren Offizier verheiratet ist. Die jüngere Tochter ist unverheiratet. Sie schläft mit der Tochter des Ehepaars in einem Schlafzimmer, das sich hinter der Tür rechter Hand befindet – die von Ihrem Platz aus hoffentlich gut genug zu erkennen ist?«
Die Frage war an Hoffmann gerichtet. Der bestätigte, dass er gut sehen könne.
»Es gibt ferner einige Diener, die in einem abseits gelegenen Gesindehaus schlafen. Neben der Köchin und dem Kutscher wohnen dort

ein Gärtner mit seiner Frau sowie zwei junge Diener, mit denen es eine besondere Bewandtnis hat. Davon später. Eine wichtige Person ist erst seit einiger Zeit im Haus. Es ist ein junger Hofmeister. Auch mit ihm hat es eine besondere Bewandtnis.«

Auf dieses Stichwort hin erschienen eine junge Schauspielerin und ein junger Schauspieler auf der Bühne. Das Mädchen war in ein Nachtgewand gekleidet, während der junge Mann gewöhnliche Hauskleidung trug. Beide fielen einander, kaum, dass sie die Bühne betreten hatten, in die Arme und tauschten leidenschaftliche Küsse aus.

»Bist du bereit?«, flüsterte der junge Mann.

»Ich bin es!«, antwortete das Mädchen.

»Heute Nacht komme ich mit dem Wagen.«

»Ja, ja. Wir wollen fliehen! Weit weg von hier!«

»Verlass dich auf mich. Es wird alles gut gehen. Begib dich jetzt ins Bett. Alles muss wirken wie gewöhnlich. Niemand darf einen Verdacht schöpfen.«

Das Mädchen verschwand durch die Tür in der rechten Seitenkulisse (die schlecht befestigt war und bedenklich wackelte). Der Lehrer gönnte ihr einen letzten, schmachtenden Blick, dann verschwand er eilig, da zwei Männer den Raum betraten. Der eine war zweifelsohne Leutnant Eberhard, der andere vermutlich einer der Diener.

»Halt!«, rief Baron Orlowski in der Rolle des Regisseurs. »An diesem Punkt müssen wir etwas über den Charakter und die Gewohnheiten des Leutnants einflechten. – Ich nehme an, Sie waren niemals in einer Kadettenschule?«

Die Frage war wieder an Hoffmann gerichtet. Die Antwort war selbstverständlich ein Nein.

»Dann muss ich Ihnen vorführen, wie es in einer solchen Zuchtanstalt zugeht, besonders bei Nacht.«

Vier junge Männer kamen hinter der Bühne hervor. Zwei von ihnen trugen jeweils ein Feldbett, das sie vor der Bühne aufstellten. Die Jungen mochten etwa vierzehn Jahre alt sein. Einer von ihnen legte sich ins Bett. Die anderen zogen sich in den Schatten zurück.

Der Bühnenvorhang wurde unterdessen geschlossen.
»Es ist Nacht«, flüsterte Orlowski. »Im Schlafsaal herrscht Stille. Aber nicht alle Kadetten schlafen. Viele liegen heimlich wach, denn sie wissen, dass in dieser Nacht etwas geschehen wird. Die Starken freuen sich auf ein köstliches Schauspiel. Die Schwächeren zittern und beten, dass nicht sie es sind, die es trifft.«
In dem Moment kamen die drei Jungen, die zuvor abgegangen waren, wieder zum Vorschein. Einer von ihnen spielte den Anführer, was er zu verstehen gab, indem er den anderen ein Handzeichen machte, ihm zu folgen. Sie schlichen auf das Feldbett zu, auf dem der vierte Junge schlief. Plötzlich drangen sie auf ihn ein, rissen ihn aus dem Bett, stopften ihm einen Knebel in den Mund. Einer von ihnen flüsterte: »Still, oder du bist des Todes!« Sie zwangen ihr Opfer, sich vornüberzubeugen und zogen ihm das Nachthemd über den Kopf. Zu zweit hielten sie ihn in der gebückten Stellung fest. Der Anführer hob eine Peitsche und ließ sie dem Jungen auf das Hinterteil klatschen. Hoffmann erschrak. Der Getroffene zuckte zusammen, doch der Knebel und das über den Kopf gezogene Nachthemd erstickten seinen Schrei. Ohne dass er sich wehren konnte, wurde er von dem größten und ältesten der Jungen gnadenlos ausgepeitscht.
»So etwas geschieht allnächtlich in den Schlafsälen der preußischen Kadettenanstalten«, behauptete der Baron. »Ich selbst bin Kadett gewesen und musste diese Behandlung viele Male ertragen. – Bedenken Sie«, kommentierte er, während der Vorhang wieder geöffnet wurde, dass dies die einzige Form ist, unter der unsere jungen Offiziere das Geschlechtsleben kennen lernen und in der sie es bis zu ihrer Entlassung aus der Schule ganz ausschließlich ausüben. Zuerst sind sie das Opfer, das vergewaltigt wird, später dann werden sie selbst die Nutznießer. Peitsche und Sodomie – vier Jahre lang. Die einen überstehen diese Erfahrung mehr oder weniger unbeschadet und vergessen sie, sobald sie die Schule verlassen. Anderen bleibt sie für ihr ganzes Leben in die Seele gebrannt. Die Kombination von Lust und Gewalt prägt sich ihnen ein. Einigen wird sie zur Passion. Sie können auf keine andere Weise mehr zur Erfüllung kommen.

Ein solcher von der Schlafsaal-Unzucht geprägter Mann ist unser Leutnant Eberhard.
Als ehemaliger Offizier hatte er seinen Burschen mit auf das Gut gebracht. Mit diesem hatte er schon vor seiner Heirat Sodomie getrieben, wie das viele Offiziere tun.«
»Das ist nicht wahr!«, murmelte Hoffmann ungläubig.
»Ich selbst hatte einen Burschen, der mein Geliebter war. Nur wenige Offiziere verzichten auf diesen Dienst. Man spricht nicht darüber, aber es ist gang und gäbe.
Der Bursche des Leutnants Eberhard war ein übler Charakter. Er war hübsch wie ein Mädchen, dabei boshaft wie ein Panther. – Doch wir wollen uns vorerst einer anderen Szene zuwenden.«
Das Bühnenbild hatte sich verwandelt. Mit einfachen Mitteln wurde das Innere eines Gasthofes präsentiert.
»Wir befinden uns in einem Gasthof in Misma«, erläuterte der Baron. »In diesen Gasthof ist vor ein paar Tagen eine Schauspieltruppe eingekehrt. Bemerken Sie es wohl: eine *Schauspieltruppe*.« Zu seinen Worten traten etliche Personen auf, die offensichtlich die besagte Truppe darstellen sollten.
Hoffmann ahnte, was Orlowski ihm bedeuten wollte, indem er das Wort »Schauspieltruppe« so stark betonte.
»Es waren acht Personen – nebst zwei abwesenden. Die Truppe war zu einem Aufenthalt an diesem Ort gezwungen, weil zwei weibliche Mitglieder der Gesellschaft in einem nahe gelegenen Hospital untergebracht waren. Eine der beiden Damen hatte sich eine gefährliche Bauchfellentzündung zugezogen, die andere stand ihr bei. Auch wenn die Gesellschaft ihren Thespiskarren nicht aufgeschlagen hatte, Kostüme und Requisiten sich unter Verschluss befanden – man konnte sie dennoch keineswegs mit einem Trupp ehemaliger preußischer Soldaten verwechseln.«
»Sie wollen sagen, die Räuberbande, von der in dem Polizeibericht die Rede ist, existierte gar nicht?«, fragte Hoffmann ungläubig.
»Es gab weit und breit nur diese eine Gruppe von Fremden – und das waren Schauspieler«, insistierte der Baron.

»Können Sie sich dessen sicher sein?«
Die Schauspieler auf der Bühne hatten sich währenddessen um einen der beiden Tische gruppiert und gaben sich Mühe, eine fröhlich zechende, ausgelassene Runde darzustellen.
»Es gibt daran keinen Zweifel.«
»Warum bezeichnete sie der Wirt dann als Räuberbande?«
»Vermutlich, weil er dafür bezahlt wurde. – Aber fahren wir fort. Die Schauspieler waren nicht die einzigen Gäste des Dorfgasthofs. Am Abend zuvor war dort ein Edelmann mit Begleitung eingetroffen.«
»Baron Meusen nebst Marketenderin«, unterbrach ihn Hoffmann.
»Marketenderin?«, fragte Orlowski verblüfft und verlor für einen Moment den Faden.
»So nannte sie der sächsische Kriminalrat. Man kann auch sagen: seine Buhle«, erläuterte Hoffmann.
»Darauf kommen wir später, wenn's gestattet ist. – Der Edelmann war hier, um einem Freund bei der Entführung seiner Geliebten beizustehen. Sein Name, der des Edelmanns, war – Baron Meusen. Der Freund, dem er helfen wollte, war ein armer Akademiker, der sich in die jüngere Tochter des Quartiermeisters Jenitzsch verliebt hatte. Natürlich dachte der Alte nicht daran, seine Tochter einem Habenichts zu geben. Heiraten hatten der Mehrung des Vermögens zu dienen.«
»Der junge Mann schlich sich daraufhin als Hauslehrer bei ihm ein«, nahm Hoffmann den Faden auf.
»So ist es. Das Paar schmiedete heimlich Fluchtpläne. Da der junge Mann jedoch keine eigenen Mittel besaß, nicht einmal eine Kutsche aufzutreiben verstand, wandte er sich an einen Bekannten aus früheren Tagen.«
»An Baron Meusen?«
»Exakt. Der junge Mann hatte sich damit dem Richtigen anvertraut. Baron Meusen war immer für ein Abenteuer zu haben. Also machte er sich mit einer Kutsche auf nach Misma. In einer bestimmten Nacht sollte sein Freund zu ihm stoßen. Dann wollten sie gemeinsam die Braut von dem Gutshof entführen.«

»Der Baron war also nicht der Anführer der Räuberbande?«

»Welcher Räuberbande? Da war keine Räuberbande. Es war eine *Schauspieltruppe*!«

»Das ist Ihre Version. Aber fahren Sie fort!«

»Der junge Mann traf kurz nach Mitternacht in Misma ein. Es war verabredet, dass er und Baron Meusen gegen ein Uhr nachts aufbrechen und die Braut auf dem Gut in Empfang nehmen sollten.«

»Wenn die Räuberbande eine Schauspieltruppe, der Lehrer kein Spion und Baron Meusen kein Mörder war – wer unternahm dann den blutigen Überfall?«

»Darauf kommen wir sogleich, wenn wir auf den Gutshof zurückkehren.«

Hinter dem Vorhang begann, während Orlowski weitererzählte, der Rückbau der Dekoration.

»Der Zufall wollte es, dass die beiden Diener, die der Leutnant für seine abscheuliche Lust missbrauchte, just diese Nacht gewählt hatten, um ein lange geplantes Verbrechen auszuführen.«

»Sie reden von dem Burschen des Offiziers und seinem Zimmergefährten?«, fragte Hoffmann, um sich zu vergewissern, dass er auf dem Laufenden war.

»Dieselben«, bestätigte Orlowski. »Sie hatten sich, der Verhältnisse auf dem Gut überdrüssig und obendrein von schnöder Geldgier getrieben, dazu entschlossen, den Gutsherrn und seinen Schwiegersohn zu berauben. Sie wussten, dass in dem Haus große Schätze verborgen waren. Leider hatten sie jedoch trotz allen Lauschens und Herumspionierens nicht herausbekommen, wo sich die Verstecke befanden. Nun waren sie entschlossen, sich diese Information mit Gewalt zu verschaffen. Der Hass auf ihre Herrschaft erzeugte die dafür notwendige Grausamkeit.«

»Die beiden Diener sollen das Massaker angerichtet haben?«, rief Hoffmann ungläubig.

Orlowski erzählte weiter: »Sie hatten seit Wochen darüber gesprochen und es sich in allen Einzelheiten ausgemalt. Jeder von ihnen wusste genau, was er zu tun hatte. Während der eine, nennen wir ihn

Franz, an jenem Abend dem Leutnant zu willen war, ging Karl in den Pferdestall und spannte den Phaeton an. Er umwickelte die Hufe des Pferdes mit Lappen und führte es auf den Hof. Der Wagen sollte als Fluchtfahrzeug und zum Abtransport der Beute dienen. Sie rechneten mit einer sehr großen Beute, und sie hatten Säcke und Körbe bereitgestellt, um sie fortzuschaffen.«

Hoffmann schüttelte den Kopf. Es war unfassbar. Dies war eine völlig neue Version des Geschehens. Konnte man sie tatsächlich glauben?

»Die nun folgende Pantomime zeigt die Ereignisse jener Nacht. Leider sind Grausamkeiten dabei nicht zu vermeiden.«

Die Szene, die nun auf der Bühne ablief, entsprach im Großen und Ganzen dem, was Hoffmann bereits dem Polizeibericht entnommen hatte. Die Schauspieler zeigten, wie Franz und Karl den Leutnant und seine Familie misshandelten und umbrachten, wie sie das Vermögen des Leutnants aus dem Versteck holten und fortbrachten.

Als sie das Zimmer mit ihrer Beute verlassen hatten, trat die Geliebte des Hauslehrers auf, die jüngere Tochter des Rittmeisters. Entsetzt starrte sie auf die grausame Szene. Dann stürzte sie von der Bühne.

»Die jüngere Tochter des Quartiermeisters hatte voller Entsetzen mit angesehen, was im Schlafzimmer ihrer Schwester und ihres Schwagers geschehen war. Es gelang ihr, die Flucht zu ergreifen. Sie floh zunächst in Richtung Misma. Unterwegs verließen sie jedoch die Kräfte. Sie versteckte sich in einem Wald. Es ist möglich, dass sie in Ohnmacht fiel.«

»Warum weckte sie nicht die Diener?«, fragte Hoffmann.

»Das wissen wir nicht genau. Vermutlich versperrten ihr aber die beiden Mörder, die draußen auf den Hof ihre Beute verluden, den Weg zum Gesindehaus.

Inzwischen brach Baron Meusen mit seinem Freund, dem jungen Liebhaber, von Misma auf. Der Weg bis zum Gut betrug etwa eine preußische Meile.

Währenddessen zerrten die beiden Schurken den alten Rittmeister aus dem Bett. Sie wussten, dass er bei weitem reicher war als der Leutnant und sein riesiges Vermögen an einem geheimen Ort im Keller versteckt hatte. Sie führten den Baron in den Keller und forderten ihn auf, seine Schätze herauszugeben. Der Alte blieb jedoch hartnäckig. Sein Geiz war stärker als seine Furcht. Daraufhin begannen die beiden Räuber, ihn zu foltern, bis sie ihn endlich zum Reden gebracht hatten. Nun waren sie im Besitz eines gewaltigen Reichtums. Während sie noch damit beschäftigt waren, die Beute auf ihren Wagen zu laden, hörten sie das Herannahen einer Kutsche. Es waren der Liebhaber und sein Helfer, die kamen, um die Braut des Hofmeisters zu entführen.«

»Unglaublich!«, murmelte Hoffmann.

»Den Räubern gelang es gerade noch rechtzeitig, sich und den Wagen außer Sicht zu bringen. Baron Meusen und sein Freund erkannten jedoch sogleich, dass auf dem Gut etwas nicht stimmte. Die Haustür stand weit offen, die Zimmer waren beleuchtet. Zunächst glaubten sie, ihr Entführungsplan wäre entdeckt worden. Als sie ins Haus traten, erkannten sie jedoch die schreckliche Wahrheit ...«

Plötzlich hörte man einen schrillen Schrei: »Julia!«

»Der Bräutigam war verzweifelt«, erläuterte der Baron von seinem Pult her. »Wo war Julia? Sie hatte vermutlich die Kutsche, die sie hatte fortbringen sollen, in Richtung Gutshof an sich vorbeifahren sehen. Vielleicht hatte sie versucht, auf sich aufmerksam zu machen, doch dies misslang. Daraufhin entschloss sie sich, da sie nun Helfer zur Hand wusste, zum Gutshof zurückzukehren.«

»Was sicherlich unklug war«, murmelte Hoffmann.

»Inzwischen fanden die beiden Freunde im Keller den zu Tode gemarterten Quartiermeister. Sie ahnten nicht, dass zwei im Hause beschäftigte Diener die Täter waren. Sie glaubten vielmehr – so wie später die Polizei – eine auswärtige Räuberbande sei in das Haus eingedrungen. Währenddessen überlegten die beiden Mörder draußen, was zu tun sei. Sie wagten es nicht, den Kampf mit den beiden wehrhaften Männern aufzunehmen. Sie beschlossen, in ihrem Versteck zu bleiben und abzuwarten.«

»Was tat Baron Meusen?«, fragte Hoffmann.
»Er schickte den Hauslehrer, die Diener zu wecken. Er selbst jagte zurück nach Misma, um Hilfe zu holen. Niemand ahnte, dass die Mörder noch immer auf der Lauer lagen. Man hatte die leeren Schatzkammern gesehen und daraus geschlossen, die Räuber seien längst über alle Berge. – Dieser Irrtum war verhängnisvoll.
Der Hauslehrer suchte unterdessen seine Geliebte. Sie war nirgendwo zu sehen, weder unter den Toten noch unter den Lebenden. Inzwischen war die Dienerschaft erwacht. Auch die beiden Diener kamen aus ihrem Versteck und stellten sich harmlos. Tatsächlich verfiel niemand auf den Gedanken, ihnen die Tat zuzuschreiben. Der Hauslehrer beschloss endlich, sich außerhalb des Gutshofs auf die Suche zu machen. Er ließ sich eine Laterne geben und entfernte sich. Sobald er fort war, fielen die beiden Diener über das Gesinde her und metzelten sämtliche Personen nieder.
Als sie endgültig fliehen wollten, kehrte die jüngere Tochter des Hauses zurück auf den Hof. Sie muss Waldwege benutzt haben. Weder ihr Geliebter noch der Baron waren ihr begegnet.«
»Um Himmels willen!«, rief Hoffmann, dem das Vorauswissen über das, was geschehen würde, die Haare sträubte.
»Die Schurken hatten offensichtlich genug vom Blutvergießen. Sie sperrten das Mädchen in den Keller, zu ihrem ermordeten Vater.«
»Das war dumm von ihnen«, stellte Hoffmann fest. »Das Mädchen kannte sie und konnte sie verraten.«
Orlowski zuckte die Achseln. »Gleichviel. Sie taten, was sie taten.«
»Was unternahm der Baron währenddessen?«
»Er besann sich, dass es wohl besser wäre, zum Gut zurückzufahren und dort zu helfen. Er kehrte also auf halbem Weg um. Auf dem Weg zum Gut begegneten ihm die beiden Diener auf dem mit Diebesgut beladenen Wagen. Es kam zu einem kurzen Gespräch. Die Diener behaupteten, sie seien unterwegs nach Misma, um Hilfe zu holen. Leider ließ sich der Baron täuschen. Zu spät bemerkte er, dass der Karren schwer beladen war. Er hielt die beiden Diener nun für Plünderer und stellte sie zur Rede. Die beiden Männer griffen ihn darauf-

hin an. Baron Meusen verteidigte sich tapfer, aber er unterlag der Übermacht. Er wurde verwundet und im Straßengraben liegen gelassen. Die Mörder verschwanden auf Nimmerwiedersehen.
Meusen kam schließlich wieder zu sich. Kurz darauf stieß er auf den Hauslehrer, der immer noch nach seiner Geliebten suchte. Inzwischen dämmerte bereits der Morgen.
Die beiden Männer begaben sich nach Misma, wo der Wirt alarmiert wurde. Dieser verständigte die Gendarmerie. Meusen entschloss sich, seiner Verletzung wegen, zurück nach Berlin zu fahren. Eine der Schauspielerinnen begleitete ihn. Unterwegs hatten sie einen Unfall mit ihrer Kutsche und mussten mit einem Mietfahrzeug vorlieb nehmen.«
»Was wurde aus dem Hauslehrer?«, fragte Hoffmann.
»Sie können es ihn selbst fragen«, erwiderte Orlowski. »Er ist hier in Berlin – zusammen mit seiner Braut, der Gutsherrentochter.«
»Sie haben überlebt?«, rief Hoffmann ungläubig.
»Ja. Sie vegetiert seit jener Nacht im Wahnsinn dahin. Man hat sie vor einigen Tagen in die Charité gebracht, wo der berühmte Professor Koreff sie untersuchen will.«
»Ich kenne Koreff«, warf Hoffmann ein. Er war dem Arzt und Magnetiseur bei der Poetenversammlung im »Café Kranz« begegnet.
»Und ihr Geliebter ist bei ihr?«, versicherte er sich.
Orlowski nickte.
»Er ist ihr ständiger Pfleger. Es heißt, er habe sie seit dem Überfall nicht verlassen.«
»Ich möchte sie sehen! Beide!«, verlangte Hoffmann.
»Das sollte möglich sein. Übrigens vertraue ich Ihnen das Schicksal meines Freundes Meusen an. Da Sie sich offenbar auf Kriminaluntersuchungen so gut wie auf die Musik verstehen, hoffe ich zuversichtlich, dass es Ihnen gelingen wird, einen unschuldigen Mann vor dem Schafott zu bewahren.«

Nur dank seiner Bekanntschaft mit Professor Koreff, der als Arzt an der Charité praktizierte, ließ man Hoffmann am nächsten Morgen zu der Patientin, die, wenn man so will, den menschlichen Überrest der einstigen Gutsherrentochter Julia Jenitzsch darstellte. Das Mädchen bot einen erschütternden Anblick; es schien, als hätte ihr Geist sie ganz und gar verlassen und wäre dem noch lebenden Leib voraus ins Totenreich enteilt. Sie war völlig erloschen. Koreff, der Hoffmann in das Zimmer begleitete, wo man das Geschöpf vorübergehend untergebracht hatte, erläuterte seinem Besucher, dass nichts – außer der Berührung durch seinen Freund und Pfleger – das Mädchen dazu veranlassen könne, sich aus der versunkenen Haltung, in der es gewöhnlich verharre, zu lösen. Wäre dieser Freund nicht als sein ständiger Begleiter dauernd um sie, wäre es wohl bereits verhungert oder verdurstet, da es aus eigenem Antrieb nichts zu sich nehme. Hoffmann sah, dass die Kranke trotz der liebevollen Pflege, die ihr Begleiter – der natürlich der ehemalige Hauslehrer auf dem sächsischen Gut war – ihr angedeihen ließ, entsetzlich abgemagert war, kaum noch mehr als ein mit Haut überzogenes Skelett darstellte. Das Haar war stumpf und zum Teil ausgefallen. Die Backenknochen traten spitz hervor; die Haut war welk und blass; kurz: Von der einstigen Schönheit des jungen Mädchens war nicht das Geringste mehr übrig; man vermochte nicht einmal mehr zu sagen, wie sie in ihren besseren Tagen einmal ausgesehen hatte. Die Krankheit hatte sie auf grauenvolle Weise gezeichnet; der Verfall war so weit fortgeschritten, dass man sie nur noch als eine Elendsgestalt bezeichnen konnte. Als Zeugin in einem Gerichtsverfahren, erklärte der Professor, sei die Kranke natürlich vollkommen unbrauchbar.

Hoffmann musste dem Augenschein nach zugeben, dass der Professor wohl Recht hatte.

In ihrem Zustand brachte die frühere Gutsherrentochter offensichtlich keinerlei Nutzen für den Versuch, Licht in die Ereignisse auf dem Gut in Misma zu bringen.

Hoffmann bat, mit dem jungen Mann sprechen zu dürfen.

Der einstige Hofmeister erwies sich als ein Mensch, dem das Leiden die Merkmale eines weit höheren Alters aufgedrückt hatte, als es nach den Daten seines Taufscheines angemessen war. Nichts an ihm erinnerte an den Romeo aus dem Stück, das Orlowski Hoffmann vorgeführt hatte. Vielmehr gemahnte die Erscheinung an einen Mönch in einem Hospital, der sich in der aufopferungsvollen Pflege Schwerkranker verzehrte. Zwar trug der Mann kein klösterliches Habit, doch seine Kleidung war schlicht, ja ärmlich. Es war offensichtlich, dass er auf äußere Dinge keinerlei Wert mehr legte. Seine Haare waren lang, zum Teil vorzeitig ergraut. Ein ungestutzter Bart umhüllte sein Gesicht, das dort, wo man es sah, einzig Züge der Askese, ja der Auszehrung erkennen ließ, so die tief in den knochigen Höhlen liegenden Augen und die hohe, vielfach gefurchte Stirn. Ungefragt überreichte er Hoffmann einen Taufschein, den er in seiner Hosentasche verwahrte. Dieser wies ihn als Martin Schwarz aus. Auch einen auf diesen Namen ausgestellten Pass mit vier Wochen Gültigkeit zeigte er vor. Er sprach leise, flüsternd. Er sagte, er könne nicht lange reden; seine Stimme sei dessen entwöhnt; er lebe seit langem in einem Reich der Stille, sei zwar nicht eigentlich stumm, werde aber schon nach wenigen Sätzen heiser und binnen kurzem erlösche seine Stimme ganz. Das komme daher, dass er oft wochenlang keinen Ton sage. Seine Freundin sei unfähig zu reden, die Tanten, bei denen er lebe, seien stocktaub. Er sei daher zu einem längeren Gespräch mit Hoffmann unfähig. Dennoch könne er mit einer Darstellung seiner Geschichte dienen. Er habe in den langen Nächten, die er als Pfleger am Bett seiner Freundin wachte, damit begonnen, Aufzeichnungen anzufertigen, die neben einem kurzen Abriss seines Lebens alles das enthielten, was er über die Geschehnisse in Misma wisse und mitteilen könne. Er stelle diese Seiten dem Herrn Kammergerichtsrat gern – mit der Bitte um Rückgabe – zur Verfügung. Um ihre Echtheit zu bezeugen ... Hier versagte dem ehemaligen Magister die Stimme. Hilflos breitete er seine Arme aus.

Hoffmann begab sich mit den Blättern, die man ihm überlassen hatte, zum Kammergericht – wo man erstaunt war, ihn zu sehen. Der Prozess gegen die Baronin war mittlerweile nicht mehr in aller Munde;

er war beinahe passé. Hoffmann machte sich an das Studium der Blätter. Die Seiten waren über erwarten gut leserlich. Offenbar hatte der Verfasser aus seiner Zeit als Lehrer eine klare und akkurate Handschrift bewahrt.

Inhaltlich erfuhr Hoffmann wenig Neues – abgesehen von dem recht gewöhnlichen Lebenslauf eines Handwerkersohnes aus dem Bergischen Land, der als einziges Kind seiner Eltern von diesen zu einem höheren und besseren Leben bestimmt worden war. Diese Leute hatten sich als Betreiber einer Gerberei die Schul- und Kolleggelder ihres Sohnes buchstäblich vom Mund abgespart, ebenso wie Kost und Logis während der langen, verdienstlosen Jahre des Lernens. Der Sohn hatte seine Eltern offenbar nicht enttäuscht; er war – wie die beigefügten Zeugnisse bewiesen – ein fleißiger und begabter Student gewesen, der neben seinem Hauptfach, der Philosophie, die französische Sprache gründlich studiert und sich so das Eintrittsbillet in die adeligen Häuser verschafft hatte, wo er dann auch gleich nach dem Ablegen seines Magisterexamens als Hauslehrer zu wirken begann. Er war sechsundzwanzig Jahre alt gewesen, als er nach Misma kam, nachdem er zuvor zwei andere Stellungen inne gehabt hatte (Zeugnisse waren beigefügt). Kurz, bis dahin hatte Hoffmann den überschaubaren, ereignisarmen Lebenslauf eines durchschnittlichen, aus der ungebildeten in die gebildete Armut aufgestiegenen jungen Akademikers vor sich. Es folgte der Bericht über die Ereignisse in Misma. Um es kurz zu machen: Die Aufzeichnungen des Magisters bestätigten voll und ganz die Darstellung, die Baron Meusen seinem Freund Orlowski überlassen und die dieser am Abend zuvor auf der Bühne des Schlosstheaters präsentiert hatte. Ging es nach diesen Blättern, so waren die Anschuldigungen der sächsischen Polizei gegenüber dem Baron nichts als reine Verleumdungen. Der Bericht bestätigte, dass Meusen nur deswegen nach Misma gekommen sei, um dem Verfasser bei der geplanten Entführung seiner Braut Hilfe zu leisten. Der entsetzliche Anblick, der sich ihnen bei ihrem nächtlichen Eintreffen auf dem Gutshof geboten habe, wurde in ergreifenden Worten geschildert. Alles entsprach bis in die kleinsten Einzelheiten dem, was

Hoffmann auf die besagte ungewöhnliche Art bereits von Orlowski erfahren hatte. Leider war die Schilderung jedoch unvollständig. Offenbar war der Verfasser unfähig gewesen zu beschreiben, wie er seine Geliebte im Keller des Gutshauses, der zum grausigen Folterkeller geworden war, neben der Leiche ihres Vaters gefunden hatte, was er dann getan und wohin er sich gewandt hatte. Wie es schien, war der Schreiber noch nicht bis zu diesem Punkt gediehen, oder die Schilderung hatte seine seelische Kraft überfordert. Hier blieb ein Rätsel. Doch bis dahin war der Bericht lückenlos.

Wenngleich Meusens Verteidigung nun schon auf einer recht soliden Grundlage stand, blieben für den erfahrenen Ermittlungsrichter etliche Fragen offen. Erstens enthielt der Bericht des Hauslehrers nichts über die Gesellschaft, die in dem Gasthaus in Misma versammelt gewesen war. Der Magister erwähnte diesen Gasthof nur nebenbei. Von größerer Bedeutung war, dass der Lehrer nicht persönlich bezeugen konnte, dass die beiden Diener für das Massaker auf dem Gutshof verantwortlich waren, denn er war nicht auf dem Gutshof gewesen, als die Morde stattfanden. Zwar entlastete seine Darstellung Baron Meusen, doch konnte niemandem stattdessen die Schuld zugewiesen werden. Unbeantwortet blieb auch die Frage, die Hoffmann unwillkürlich in den Sinn kam: Wie war es zu einer freundschaftlichen Verbindung zwischen einem Scholaren aus einfachen Verhältnissen und einem zuchtlosen, rastlos in ganz Europa umherziehenden Landsknechts-Hauptmann wie dem Baron Meusen gekommen? Kurz, es blieben einige Fragen zu klären. Die wichtigste jedoch, die nach der Schuld des Barons, schien durch die Darstellung des bewundernswerten Mannes eindeutig beantwortet.

Baron Meusen war unschuldig, kein Zweifel. Die sächsische Polizei verfolgte ihn zu Unrecht. Aber warum hatte Meusen dann fliehen müssen? Warum hatte er die bizarre Mordszene inszeniert? Darüber würde er nun wohl selbst Auskunft geben. Hoffmann war sehr gespannt auf seine erste Begegnung mit diesem Mann.

Blieb eine letzte Frage: Waren die Aufzeichnungen echt? Darüber gab ein Vergleich der Handschriften Bescheid: Die älteren und die

neueren Dokumente, die hier zusammengestellt waren, stimmten diesbezüglich überein. Die Schreiben des jungen, unbeschwerten Magisters wiesen die gleichen graphologischen Merkmale auf wie der in späterer Zeit verfasste leidvolle Bericht des treuen Liebhabers, den das Schicksal in eine Welt des Schweigens verbannt hatte.
Am Ende konnte Hoffmann feststellen: Es würden zwar noch einige Zeugen zu vernehmen sein, doch es ging dabei nur noch um die Schuld und den Verbleib der beiden Diener, während der Baron sich zur allgemeinen Verwunderung außer Verfolgung gesetzt sah.
Natürlich blieben, während er die unwiderleglichen Beweise für Meusens Unschuld zur Kenntnis nahm und die unabweisbaren Folgerungen daraus, Zweifel bei Hoffmann bestehen, und ungläubiges Kopfschütteln begleitete mehr als einmal die unfassbare Verwandlung des Schurken Saulus in das Unschuldslamm Paulus. Auch Hitzig und Warnke ließen gelegentlich die Ansicht verlauten, dass man es hier mit einem geschickt eingefädelten Betrug zu tun hatte, aber die Dokumente zeugten unerbittlich gegen die Einwände der Ungläubigen und der Skeptiker. Zwar grenzte Meusens Metamorphose geradezu an ein Wunder, und in den Annalen des Kammergerichts war nichts auch nur entfernt Ähnliches verzeichnet, doch lernte man allmählich, das, was man nicht fassen konnte, zu glauben. Wie Hitzig und Warnke, so auch Hoffmann.

Dadurch, dass der Fall nun keinen preußischen Adeligen mehr betraf, war die Angelegenheit allerdings auch der Zuständigkeit des Kammergerichtes entzogen und er, Hoffmann, hatte weder einen Grund noch das Recht, sich weiter darum zu kümmern. Was ihn betraf, so würde er allenfalls ein Gutachten darüber abzugeben haben, ob eine Anklage gegen den Baron in dieser Sache angezeigt sei, und da würde sein Votum wohl negativ ausfallen. Das Ganze war nach der Rehabilitation des Barons Meusen im Grunde keine preußische Angelegenheit mehr. Misma lag in Sachsen, also im Ausland. Folglich war die Aufklärung von Verbrechen, die sich dort ereigneten, den dortigen Behörden zu überlassen.

Hoffmann schrieb die Gedanken, die ihm angesichts der ihm vorgelegten Dokumente gekommen waren, ins Unreine. Er ging dabei von der Sachlage aus, dass gegen den für tot gehaltenen Baron keine Klage bei einem preußischen Gericht vorlag, weder wegen der Taten in Misma noch wegen der vorgetäuschten Ermordung. Es war jedoch damit zu rechnen, dass in beiden Fällen Untersuchungen angestellt würden. Im Falle Misma würden diese von der sächsischen Polizeibehörde beziehungsweise den dortigen Kriminalgerichten vorzunehmen sein. Es würde vermutlich ein langer Prozess werden, mit dem Hoffmann jedoch nicht befasst wäre. Es reichte festzustellen, dass die vorliegende Darstellung des Geschehens durch den einzigen überlebenden Augenzeugen dazu ausreichte, einer Schuldzuweisung an den Baron die Grundlage zu entziehen.
Im Königreich Preußen war Baron Friedrich von Meusen damit ein freier Mann. Der einzige Vorwurf, der hierorts gegen ihn erhoben wurde, lautete auf Irreführung des Gerichtes und Vortäuschen einer strafbaren Handlung.

Am Nachmittag beriet Hoffmann sich mit seinem Freund Hitzig über die Angelegenheit.
Hitzig war bereits darüber informiert, dass Baron Meusen gedenke, nach Berlin zurückzukehren. Da er mit dem Fall bereits vertraut war, hatte man ihn mit der Befragung des Heimkehrers beauftragt.
»Man darf gespannt sein, welchen Aufschluss uns dieses Gespräch über das Motiv dieses Schurken gibt«, sinnierte Hoffmann. »Ich wäre, wenn du gestattest, gern dabei.«
»Ich habe nichts dagegen. Im Gegenteil. Deine Anwesenheit würde die Sache erleichtern beziehungsweise den Ablauf verkürzen. Es muss darüber entschieden werden, ob dem Baron wegen der Vortäuschung einer Straftat von Amts wegen der Prozess gemacht wird. In dem Fall wäre es eine Angelegenheit des Kammergerichts und käme wohl auf dich zu.«
»Um eine Anklage wird er wohl kaum herumkommen«, erwiderte Hoffmann. »Immerhin hat er die Justiz zum Narren gehalten.«

»Ich rechne in diesem Fall noch mit einigen Überraschungen«, entgegnete Hitzig. »Er wäre wohl kaum aus dem Exil zurückgekehrt, wenn er nicht damit rechnete, in dieser Angelegenheit glimpflich davonzukommen.«

Hoffmann berichtete seinem Freund nun, wie es um die Anschuldigung des Massenmordes gegen Meusen stehe. Das Stichwort »Raubüberfall« entlockte Hitzig einen tiefen Seufzer.

»An eine Anklage gegen den Baron ist schon darum nicht zu denken, weil sich in allen Polizeiwachen des Landes die Akten über unerledigte, unaufgeklärte Raubüberfälle in unvorstellbarer Weise häufen. Da du die Besatzungszeit nicht hier in Preußen, sondern zum größten Teil im ruhigen und friedlichen Bamberg verbracht hast, machst du dir keinen Begriff über die Zustände, die in den vergangenen sechs Jahren in diesem Lande herrschten. Wie du weißt, weilte der König nicht hier in Berlin, sondern in Memel, im äußersten östlichen Zipfel seines Reichs. Das Land war de facto unregiert, sieht man von dem willkürlichen, raubgierigen Besatzungsregime ab. Die Franzosen raubten das Land in einer unvorstellbar rücksichtslosen Weise aus. An jedem Stadttor, an jeder Brücke, an jeder Poststation war eine Zollstelle; man hatte für alles und jedes zu zahlen, bis zum Weißbluten. Einen Schutz gegen die ewigen Beschlagnahmungen oder die plötzlichen Überfälle von Zollbeamten, die nach Belieben in jedes Haus, jedes Kontor eindrangen, gab es nicht. Alle inländischen Waren wurden mit absurd hohen Zöllen belegt. Das Handwerk, die Industrie brachen zusammen. Diese Politik führte zu einer unvorstellbaren Verarmung der Bevölkerung. Je länger die Kontinentalsperre dauerte, desto grauenvoller wurde das Elend. Hinzu kam, dass wir zwei Jahre hintereinander von Missernten heimgesucht wurden. All dies bewirkte, dass Diebstahl und Räuberei in einem ungeheuren Maß um sich griffen, zumal die Franzosen keinerlei Interesse am Schutz der deutschen Bevölkerung hatten. Man sah lachend zu, wie das Land buchstäblich in die Hände von Räubern und Marodeuren fiel.«

»Übertreibst du da nicht ein wenig?«, fragte Hoffmann.

»Keineswegs. Die Räuberbanden stellten jahrelang eine regelrechte Landplage dar. Kaum ein Gutshaus oder Bauernhof blieb verschont. Es half nichts, Wachposten aufzustellen, bewaffnete Knechte im Haus schlafen zu lassen, dieses mit festen Türen und Fensterläden zu versehen. Die Räuber kamen mit zwanzig, dreißig Bewaffneten. Nichts widerstand ihnen.«

»Und dagegen wurde nichts unternommen?«

»Wenig. Die Landwehren hatte die Armee eingezogen. Die noch vorhandenen Gendarmen waren machtlos oder hatten Angst. Der König und seine Garde weilten in der Ferne. Weite Teile unseres Landes lebten praktisch im Zustand der Rechtlosigkeit.«

»Du meinst, eine Tat wie die in Misma stellt keine wirkliche Ausnahme dar?«

Hitzig zuckte die Achseln. »Sie verschwindet unter einer Vielzahl gleichartiger, unerledigter Fälle. Gräuel dieser Art werden den Kriegszeiten zugeschrieben und die Akten der Bearbeitung durch die Nagetiere überlassen.«

»So mancher Verbrecher wird demnach ungestraft davonkommen.«

»Zweifellos«, erklärte Hitzig. »Baron Meusen hat wohl keine gründliche Untersuchung seiner Vergangenheit zu befürchten.«

3
Zweiter Brief

Werter Freund! Siehe, Du findest mich in der großen Stadt mittlerweile wohl installiert. Was es mit dem Kammergericht auf sich hat, schrieb ich Dir bereits. Nun zum Höchsteigenen: Ich habe mitsamt meiner geliebten Gattin soeben ein propres Domizil bezogen: In der Französischen Straße, No. 28, zwei Treppen hoch. Es sind bescheidene Stübchen, fürwahr, aber sie sind reinlich und hell, und viel unterzustellen haben wir alten Nomaden ja einstweilen noch nicht. Ein Bett ward neu angeschafft (50 Rth.!); ansonsten kam viel aus allerlei Quellen zusammen. Tafelweiß und Silber stiftete die Gattin

meines Freundes Hitzig, mit der Mischa unterdessen eine so innige Freundschaft verbindet, als kennten sie sich schon ihr Lebtag. (Der Gatte der Letzteren, Herr Kriminalrat Hitzig, machte mir übrigens den Quartiermeister.) Sehr hilfreich ist mir ein junger Kollege namens Warnke, der die Treppen wie ein Steinbock auf und ab springt, immer etwas Nützliches unter dem Arm. Auch ein alter Seebär namens Lichtbrinck erweist sich als ein wahrer Genius im Hervorzerren von Brauchbarem aus allen Winkeln der Stadt. Wir befinden uns wie die Meisen im Frühling beim Nestbau.
Das Neueste zu dem berühmten Prozess, mit dem ich befasst bin, bist Du natürlich ebenfalls berechtigt zu hören. Mit dem geht es nun auf höchst merkwürdige Art voran. Der berüchtigte Baron Meusen kam vor wenigen Tagen, wie angezeigt, hier an und ward in der Hausvogtei einquartiert. Zu dem Zeitpunkt war er jedoch bereits der gewichtigsten Anklage, die gegen ihn erhoben wurde, los und ledig: Ein ganz unwiderlegbarer Zeuge hochedlen Charakters bescheinigte ihm gänzliche Unschuld bei dem Überfall auf das Rittergut bei Misma. Es blieb also nur der Vorwurf, die Justiz an der Nase herumgeführt zu haben. Wie es mit dieser Sache steht, soll der Gegenstand dieses Briefes sein.
Mein Freund Hitzig und ich besuchten den Baron am zweiten Tag nach seiner Ankunft. Der Herr erwies sich als eine eindrucksvolle Erscheinung. Übrigens hatte ich bei unserem Gespräch das Gefühl, nicht in einer Festungszelle, sondern in der Kapitänskajüte (sagt man so?) eines die Wellen durchpflügenden Schiffes zu sitzen, und der Unterzeichnete musste tatsächlich mehrmals aus dem Fenster sehen und sich dessen versichern, dass draußen das solide Geviert eines steinernen Gefängnishofs sich erstreckte und keine schimmernden, windgekräuselten Wogen. Dieses maritime Gefühl entstand dadurch, dass Meusen Tisch und Bett mit Landkarten und Messinstrumenten überhäuft hatte. (Einige der Karten erwiesen sich später als Schlachtpläne, von denen er eine große Sammlung besitzt.) Die Geografie, namentlich die Seekunde, ist sein Hauptinteresse, Reisebeschreibungen in einem Dutzend Sprachen bilden seine Lektüre; Kompass und

Sextanten benutzt er wie unsereins Messer und Gabel. Finnland war, nach seiner eigenen Bekundung, Meusens Hauptaufenthalt in den letzten Monaten gewesen. Er war bis zum Nordkap, dem nördlichsten Punkt unseres Kontinents, vorgedrungen. Du siehst, mein Freund, hier haben wir einen echten Abenteurer vor uns. Er ist stämmig von Gestalt. Mag sein, dass die Uniform ihn ein wenig imponierender erscheinen lässt, als er wirklich ist (hilft doch hierzulande jeder Leutnant der Natur mit wattierten Schultern und stramm geschnürtem Korsett nach), doch da spricht womöglich der Neider. Kurz, diesem Menschen zu widerstehen, ihn gar für einen brutalen Verbrecher zu halten fällt schwer.
Meusens Haar ist schwarz und sehr dicht. Er trägt es als üppigen (ich scheue mich zu sagen: prachtvollen) Lockenkopf. Ein wuchernder Bart überzieht sein Gesicht. Die Haut, soweit sie durch die Widderwolle hindurchschimmert, erscheint als wettergegerbt. Die Augen sind nicht weiter bemerkenswert. Der Blick dessen, der ihn ansieht, wird ohnehin ständig auf das irritierendste von einer breiten, roten Narbe abgelenkt, die sich von seiner Nasenwurzel quer über die rechte Stirnhälfte zieht. Man starrt nolens volens immerzu auf diesen grässlichen Wulst, der das Ergebnis eines fürchterlichen Säbelhiebes sein muss. Mir will scheinen, dass dieser Gesichtsschmuck den Mann weniger entstellt, als dass er ihm etwas Briganten- und Seeräuberhaftes verleiht. Kurz und gut, der Mann hat etwas überaus Anziehendes, wie ein kühner, einsamer Seewolf. Er ist übrigens achtunddreißig Jahre alt, bestätigt jedoch den Spruch, dass Feldzüge jung erhalten (sofern man sie überlebt). Er bevorzugt die französische Sprache, da er, wie er behauptet, des Deutschen nur noch unvollkommen mächtig ist. Übrigens kann er sich im Polnischen und Russischen ausdrücken.
Es mag bei der Grundverschiedenheit der Aufmachung und des Auftretens merkwürdig erscheinen, aber mir kam es so vor, als bestünde zwischen Meusen und dem Baron Orlowski eine gewisse Ähnlichkeit. (Ich sah beide allerdings niemals zusammen in einem Raum.) Natürlich ist Orlowski eine gänzlich andere Erscheinung. Schlank

und wohl gepflegt bis an den Rand der Stutzerhaftigkeit, sticht er von der rauen Schale seines Freundes bedeutend ab. Es mag die besagte Ähnlichkeit wohl auch weniger im Physischen liegen als in einer bestimmten Ausstrahlung, einer starken männlichen Anziehungskraft.

Übrigens war Freund Hitzig weit mehr imstande als ich, den Mann »durch die Aktenbrille hindurch« zu sehen und sich den üblen Leumund, den Meusen im persönlichen Verkehr so leicht vergessen macht, beständig vor Augen zu halten. In ihm fließt offenbar das reinere Polizistenblut, während es bei mir wohl nur einen Teil der Mischung ausmacht.

Genug. Das Gespräch dauerte mehrere Stunden, und der Inhaftierte stellte sich ihm mit großer Geduld. Nach Misma befragt, deckten sich seine Angaben ganz und gar mit dem, was sich mir bereits als wahres Bild der Ereignisse aufgedrängt hatte. Mein Freund Hitzig stellte bohrende, sehr ins Detail gehende Fragen, konnte jedoch keinen Anhaltspunkt dafür finden, dass Meusen etwa nicht die Wahrheit sagte. Er nannte uns den Arzt, der die Stichwunde behandelt hatte, die er beim Kampf mit den beiden Dienern davongetragen hatte. Er entledigte sich sogar seiner Jacke und rollte die Ärmel auf, um uns den Stich durch den Oberam zu zeigen, der seine Rechte lahm gelegt und ihn kampfunfähig gemacht hatte. Alles dies mit letzter und penibelster Genauigkeit zu prüfen ist Sache des Kriminalrats, nicht meine. Auch die Vernehmung des Gastwirts, das Auffinden und Verhören der Schauspieler, die seinerzeit in Misma logierten, obliegt ihm. Es werden wohl Wochen vergehen, bis alles beieinander und der Fall restlos und zweifelsfrei aufgeklärt ist. Doch vorerst besteht aus Sicht des Kammergerichts, also der meinigen, kein Grund, Anklage gegen Baron Meusen zu erheben oder ihn im Gefängnis zu halten.

Es klärte sich im Übrigen auch die Frage, woher der raue Krieger den zart besaiteten Hauslehrer kannte. Nämlich – du wirst es kaum glauben – er kannte ihn so gut wie gar nicht! Wohl aber war dessen älterer Bruder ihm gut bekannt; dieser war unter seinem Kommando Soldat gewesen. So lernte er den jungen Hauslehrer bei einem Besuch auf Misma flüchtig kennen. (Dort war er einige Male – »in Geschäften«.) Seine Hilfsbereitschaft galt übrigens primär dem jungen Mädchen, das er reizend und anmutig fand. Zudem gefiel ihm der Gedanke, dem »alten Geizkragen« Jenitzsch eins auszuwischen. So eng ist die Welt, und so vielfältig sind ihre Verknüpfungen. Auch dieser letzte Punkt konnte also befriedigend erklärt werden. Kriminalrat Hitzig nahm das Ganze zu Protokoll und wird weiter zu ermitteln und Zeugen auszuforschen haben. Für mich hingegen scheint das Massaker auf dem Gutshof bei Misma wohl endgültig zu den erledigten Dingen zu zählen.

Wir kamen dann, nachdem all dies gründlich erörtert worden war, zu dem fingierten, seiner Gattin unterschobenen Mord. Hier nun erlebten wir eine große Überraschung. Der Baron teilte uns nämlich mit, der Mord sei keineswegs »une fiction«, sondern habe tatsächlich stattgefunden. Nur sei nicht er selbst das Opfer gewesen, sondern ein Ersatzmann.

Die Geschichte, die uns berichtet wurde, klang äußerst abenteuerlich, und ihre Nachprüfung nimmt seither den größten Teil meiner Dienst- und Lebenszeit in Anspruch.

Der Baron habe, so seine Version, einen triftigen Grund gehabt, zu seiner Familie zurückzukehren, nämlich den der Liebe – allerdings weniger zu seiner Frau als zu seiner Tochter, die zu einem überaus reizenden, liebenswerten Geschöpf herangewachsen war. (Letztere Eigenschaften kann der Unterzeichnete bestätigen!) Er habe schlicht und einfach Vatergefühle entwickelt! Die Baronin habe ihm die Rückkehr jedoch strikt verweigert, habe ihm ihr Haus und jeglichen Umgang mit dem Kind untersagt, kurz: Sie habe seinen Trotz und seinen Zorn geweckt, und er habe sie daran erinnert, dass er als ihr Ehemann immerhin gewisse Rechte besitze und diese durchzusetzen vermöge. Daraufhin habe sie, die Baronin, zusammen mit ihrem Geliebten Mordpläne ausgeheckt, von denen er, als in einschlägigen Kreisen bestens bekannte Persönlichkeit, natürlich frühzeitig erfahren habe. Er habe sich seine christlich-prüde Gemahlin nun allerdings

durchaus nicht als Meuchelmörderin vorstellen können, doch habe es ihn gereizt herauszufinden, wie weit sie in ihrem Ressentiment gegen ihn wohl zu gehen bereit wäre, und er habe zwei »alte Bekannte« beauftragt, sich als potentielle Mörder bei ihr zu verdingen.
Ihr Liebhaber, der Professor, sei mehrmals in der Rosengasse erschienen, wo er sich mit den beiden Totschlägern traf und ihnen höchst dilettantische und undurchführbare Mordpläne unterbreitete, wie sie nur ein Gelehrtenhirn auszusinnen vermöge. Die »Totschläger« hätten jedoch darauf bestanden, dass die Tat bei Nacht und im Haus der Baronin stattfinden müsse. Endlich sei dann ein passender Zeitpunkt vereinbart worden. Der Mord sollte in der ersten Nacht stattfinden, die der Ehemann unter dem Dach der Baronin verbringen würde.
Natürlich wäre es niemals zur Ausführung eines solchen Plans gekommen. Kein »brigand ordinaire«, kein gewöhnlicher Verbrecher also, hätte einen solchen Auftrag von einer »personage ridicul« wie dem Professor akzeptiert. Man hätte diesen vielmehr nach Kräften ausgenommen und am Ende der Polizei ausgeliefert.
Nun trafen aber einige für den Baron recht unglückliche Ereignisse zusammen. Er besaß nämlich einige gefährliche, ernst zu nehmende Feinde in seinem Milieu, war sogar das Objekt einer schwebenden Blutrache, was heißt, die beiden Meuchelmörder ließen sich nicht nur von dem Professor, sondern auch noch von anderen für den Mord bezahlen und hatten nun die feste Absicht, ihn tatsächlich durchzuführen.
Meusen wurde jedoch gewarnt und beschloss, eine Leibwache mitzunehmen. Diese bestand nur aus einem einzigen Mann – der bedauerlicherweise in jener Nacht ums Leben kam. Der Baron ließ ihn unbemerkt ins Haus und führte ihn in sein Schlafzimmer, wo er hinter der Tür wachen sollte. Doch leider erwies sich der Mann als untauglich. Er betrank sich, sank auf das Bett des Barons und fiel in tiefen Schlaf. Somit blieb Meusen nichts anderes übrig, als sich im Nebenzimmer einzuquartieren. Dort sei er im Sessel eingedämmert und erst vom Knarren der Schlafzimmertür nebenan erwacht. Er

habe zu seiner Pistole gegriffen, diese jedoch vom Tisch gestoßen, sodass sie mit lautem Krach zu Boden gefallen sei. Daraufhin habe einer der Eindringlinge durch den offenen Kamin auf ihn geschossen. Die Kugel habe ihn nur knapp verfehlt.

Inzwischen sei im Zimmer nebenan der Mann, der an seiner Stelle im Bett gelegen habe, mit einem Dolchstich in die Kehle getötet worden. Meusen sei nun, mit dem Degen in der Hand, in das Schlafzimmer gestürzt, um die Meuchler zu überwältigen. Es habe einen heftigen Kampf gegeben. Derweil sei auch das Haus aufgewacht. Neubert sei die Treppe hinaufgekommen, und so hätten die beiden Mörder, die ihn, Meusen, fast schon überwältigt hatten, einen neuen Gegner vor sich gesehen. Als die Baronin erkannte, dass die beiden Mörder versagten, ergriff sie selbst den Degen des Ermordeten (nicht den des Barons!) und stach damit auf ihren Gatten ein, im Versuch, mit eigener Hand auszuführen, was die gemieteten Schurken nicht zuwege brachten. Doch war sie im Umgang mit der Waffe nicht geschickt genug, und es gelang endlich, ihr den Degen zu entreißen und aus dem Fenster zu werfen.

Neubert hielt die beiden Mörder mit einer Pistole in Schach. Meusen nahm Neubert die Pistole ab, richtete sie auf die gedungenen Mörder und zwang sie, die Leiche des Erstochenen aus dem Bett zu holen, in einen Teppich zu wickeln und mitzunehmen. Er hatte beschlossen, sie an einen geeigneten Ort zu bringen und dort mit ihnen abzurechnen (»pagare il conto«, sagte er, plötzlich ins Italienische wechselnd.) Seiner Frau und deren Geliebten drohte er seine baldige Rückkehr und ebenfalls einen schmerzhaften »Kontoausgleich« an. Dann verließ er das Haus. Neubert nahm er zu seiner Unterstützung mit. Die Männer begaben sich zu einem Platz an der Spree, der ihnen zum Verbergen einer Leiche geeignet schien. Dort vergrub man den Toten. Man könne ihn, so der Baron, noch immer finden.

Ursprünglich habe er die Absicht gehabt, die beiden Attentäter mit dem Tode zu bestrafen, doch habe er Gnade vor Recht ergehen und sie entkommen lassen, weil sie allzu erbärmlich um ihr Leben flehten. Die beiden seien in der Nacht verschwunden. Über ihren Ver-

bleib könne er nichts sagen. (Der Unterzeichnete weiß darüber mehr und wird es demnächst mitteilen!)
Er habe nun zurück zum Haus der Baronin reiten wollen, um seiner Gattin und dem Professor die Ohren abzuschneiden. Doch sei es ihm ratsam erschienen, Berlin so schnell wie möglich zu verlassen. Plötzlich sei er auf die Idee verfallen, sich für tot auszugeben, ermordet von seiner Gemahlin. Er habe noch in derselben Nacht mit Neubert, den er mit viel Geld dazu bewogen habe, verabredet, dass jener am nächsten Morgen zur Polizei laufen und seine Ermordung anzeigen solle. Er selbst sei nicht sicher gewesen, ob dieser Plan glücken würde, doch wie man sehe, sei das Ziel erreicht worden. Er habe dann mit seinem Freund Orlowski Vorbereitungen für die endgültige Auswanderung getroffen und sich zwei Tage später über Polen und Russland in den Hohen Norden aufgemacht. Seinen Berliner Feinden habe er nun für tot gegolten, und sie hätten ihre Nachstellungen aufgegeben. Von dem Verlauf des Prozesses gegen seine Frau habe er nichts gehört, da in den Hohen Norden kaum jemals Nachrichten aus der Außenwelt drängen.
Soweit die Erzählung des Barons.
Natürlich könne Neubert dies alles bezeugen. Dieser selbst habe das Schlafzimmer und die Indizien so hergerichtet, dass alles nach einem bezahlten Mord aussah.
Nun sage mir, mein guter Freund: Kann man diese Geschichte glauben?
Natürlich begann ich sogleich mit der gerichtlichen Untersuchung. Ich ordnete an, die Augenzeuginnen, die Dienerin und die Köchin, herbeizuschaffen und befragte sie erneut. Es kam, wie ich erwartet hatte, nicht viel dabei heraus. Beide blieben bei ihrer im Prozess protokollierten Aussage, die mir im Übrigen nach wie vor glaubwürdig schien. Wie zuvor belasteten die Zeuginnen die Baronin und beschworen, sie habe auf ihren am Boden liegenden Mann eingestochen. Dies stimmte (rein theoretisch) sowohl mit meinem Verdacht überein, Meusen habe seine Ermordung nur fingiert, als auch mit dessen neuer Version des Tathergangs. Letztlich hatten die beiden

Frauen kaum mehr als den szenischen Höhepunkt des Ganzen mit angesehen: den Moment, da der Degen in der Hand der Mörderin sich in die Brust des wehrlos am Boden Liegenden senkte. Dass dies so geschehen war, der »Todesstoß« aber keinen ernsten Schaden angerichtet hatte, behauptete nun aber auch Baron Meusen. Folglich brachten die Aussagen dieser Zeuginnen die Untersuchung nicht weiter.

Auf die Einvernahme der Tochter, die ja lediglich einen Schrei gehört hatte, glaubte ich verzichten zu können.

Ich ließ ferner an der von dem Baron angegebenen Stelle nach einer vergrabenen Leiche suchen. Tatsächlich fand sich ein stark verwester Leichnam, der mit einem Dolchstich in die Kehle getötet worden war. Dies sprach zweifellos zugunsten der Aussage des Barons, doch einen Beweis dafür, dass dieser Mann im Haus der Baronin ums Leben gekommen war, ließ sich natürlich nicht erbringen. Morde unter Verbrechern waren in Berlin nicht selten. Meusen hingegen hatte vorzügliche Verbindungen zur Unterwelt und konnte auf alle möglichen Arten erfahren haben, wann und wo eine Leiche vergraben worden war, um die herum er dann die Fäden seiner Geschichte spann.

Alles kam somit auf die Aussage des Schurken Neubert an, der ja nach meiner Kenntnis immer noch in Haft saß. Es würde nicht schwer sein, ihn zur Sache zu befragen.

In jedem Fall aber hatte sich das Blatt gewendet: Anstatt des Barons stand nun wiederum die Baronin unter Anklage, denn sie war ja, falls die Erzählung des Barons sich als wahr erwies, tatsächlich eine Mordanstifterin, wenngleich es nicht ihren Gatten, sondern jenen unbekannten Leibwächter, der den unglücklichen Einfall hatte, sich in der entscheidenden Nacht zu Bett zu legen, getroffen hatte. Aus dem Angeklagten war unversehens ein Ankläger geworden. Der Vorwurf der Täuschung des Gerichts konnte gegen ihn unter diesen Umständen nicht mehr erhoben werden. Stattdessen musste der Anschuldigung nachgegangen werden, die er gegen seine Gattin erhob.

Ich brachte die Empfehlung zu Papier, der Baron von Meusen sei aus der Festungshaft zu entlassen und auf sein Ehrenwort in Hausarrest zu nehmen. Als dafür geeigneten Ort empfahl ich das Palais des Ehepaares in der Berliner Neustadt, wo einst die Baronin gelebt und wo sich der in Frage stehende Mord wie auch immer ereignet hatte. Die Gefahr, dass dort Beweise präpariert würden, bestand meiner Auffassung nach nicht.

Ferner empfahl ich, die Baronin Meusen aus Weringhausen, wo sie inzwischen wieder weilte, nach Berlin zu bringen, wo sie erneut dem Gericht vorgeführt werden solle, welches dann über ihr weiteres Schicksal zu befinden habe. Der Kammergerichtspräsident stimmte diesem Verfahren zu.

So kommt es, lieber Freund, zu einer seltsamen neuen Lage: Die Baronin steht ein weiteres Mal unter Mordverdacht und wird vermutlich wiederum angeklagt werden. Der Baron hingegen, eben noch als der Erzschurke im Spiel erachtet, erscheint plötzlich als Triumphator, vollständig rein gewaschen von allen Anklagen und Vorwürfen, Herr seines (bzw. ihres) Hauses sowie des gemeinsamen Vermögens, quasi von den Toten auferstanden, um hinfort als reicher Edelmann hierselbst zu residieren.

Wer hätte das vor wenigen Wochen gedacht?!

Ich gestehe es frei, guter Freund, mir ist ein wenig blümerant zumute. War ich nicht kürzlich noch der Retter der verfolgten Unschuld? Nun bin ich wieder ihr Verfolger, stürze sie ins Unglück und mache ihren liederlichen Ehemann zum Herrn über ihr Haus und ihre Güter! Ja, niemand anders als ich ist für diese Wendung der Ereignisse verantwortlich, denn ohne mein Eingreifen wäre Meusen wohl für immer im Hohen Norden geblieben! Aber trage ich deswegen eine Schuld? Ich denke, nein. Ohne mich wäre die Baronin vermutlich wegen Gattenmordes verurteilt worden. Jetzt ist sie immerhin in Freiheit, und ihr Schicksal scheint noch lange nicht besiegelt, denn es wird noch einer langen und gründlichen Nachforschung bedürfen, bis feststeht, wer in diesem Fall die Wahrheit sagt, sie oder ihr Mann.

Natürlich ist unter diesen Umständen an musikalisches Schaffen

nicht zu denken. Ich bin wieder voll und ganz mit der Wahrheitsfindung – und nebenbei ein wenig mit dem Ameublement meiner Wohnung – beschäftigt. Morgen werde ich die Befragung des Häftlings Neubert vornehmen, über deren Ergebnis ich dir natürlich getreulich Bericht erstatten werde.
Übrigens ist Baron Orlowski aus Berlin abgereist. Er weilt, wie er mir brieflich mitteilte, in Polen, wo Fragen des Grundbesitzes zu regeln sind. (Polen wird ja wohl an den Zaren fallen, ob als Provinz oder als abhängiges Großherzogtum, wird sich erweisen.)
Baron Meusen hat sein neues Domizil inzwischen bezogen. Was seine Rückkehr in Berlin für einen Aufruhr verursacht, magst du dir selbst ausmalen. Er zeigt sich jedoch klugerweise nicht oft außer Haus, lebt zurückgezogen, verkehrt mit niemandem, sodass es der Sensationslust einstweilen an aktuellem Stoff fehlt und sie sich mit dem Wiederkäuen desselben ausgedroschenen Strohs begnügen muss. (Der Agronom in dir möge die Korrektheit dieser Metapher beurteilen.)
Die Baronin ist, wie uns ein vorausreitender Eilbote vermeldet, auf dem Weg nach Berlin – ohne ihre Tochter, die bei westfälischen Verwandten verbleibt. Der Baron wird enttäuscht sein!
So viel einstweilen. Wann ich Gelegenheit haben werde, diesen Bericht fortzusetzen, vermag ich nicht zu sagen. Ich stecke bis zum Hals in Dienstgeschäften sowie im Quartiermachen, teile mir beides mit meinem jungen Kollegen Warnke und habe den Künsten nahezu vollständig entsagt.
Mir steht übrigens noch eine delikate Aufgabe bevor. Ein Dir nicht bekannter Herr namens Lichtbrinck, der dem Baron Meusen einst Blutrache geschworen, ist höchst erregt über dessen Ankunft hierorts und muss dazu gebracht werden einzusehen, dass seinen sanguinen Gelüsten infolge erwiesener Nichtschuld des Barons die Grundlage entzogen wurde. Er will, so insistiert er, dem Baron ins Gesicht sehen, ehe er das alles glaube. So steht mir die Vermittlung einer heiklen Bekanntschaft bevor. In der Hoffnung, dass der Schicksalslenker auch dieses zum Besten wenden möge, verbleibe ich als Dein Dir zutiefst ergebener Freund Hoffmann. (Kapellmeister a. D.)

4

Was die Wahrheitssuche im Mordfall Meusen betrifft, so kam man in dieser Sache während der ersten Novembertage nur wenig voran. Der Verwalter Neubert, den Hoffmann im Stadtgefängnis aufsuchte (um auch diesen Ort einmal kennen zu lernen), erklärte die Aussage des Barons rundheraus für kompletten Unsinn. Er bestritt, sich an einem Komplott gegen die Baronin beteiligt zu haben. Er habe in seinem Bett gelegen, sei von dem Flintenschuss geweckt worden. Im Schlafzimmer des Barons habe er die schreckliche Mordszene gesehen, sei von den beiden Verbrechern bedroht und von der Baronin beschworen worden, sie nicht zu verraten. Die beiden Mörder hätten »mit der Leiche« das Haus verlassen.

Hoffmanns Frage, wessen Leiche das denn gewesen sei, brachte ihn in Verlegenheit.

»Die Leiche des Barons«, sagte er. Zumindest habe er das geglaubt.

Das war natürlich vollkommen lächerlich. Denn der Baron musste in jener Nacht lebendig vor ihm gestanden haben! Es ging ja nicht um die Szene auf der Türschwelle, bei der, so oder so, niemand ermordet worden war, sondern um das, was sich zuvor im Schlafzimmer des Barons abgespielt hatte, genauer um die Frage, ob dort eine fremde Person erdolcht worden war oder nicht.

Hoffmann verlangte von Neubert eine genaue Schilderung dessen, was dieser in der Mordnacht im Schlafzimmer des Barons gesehen, vor allem, welche Personen er dort lebendig oder tot angetroffen habe. Von dieser Szene gab es mittlerweile dreierlei Varianten. Neubert ließ deutliche Anzeichen von Unsicherheit erkennen; er geriet ins Stottern und verstrickte sich in Widersprüche. Er könne nicht sagen, wessen Leiche er da auf dem Schlafzimmerboden gesehen habe. Nun konnte es aber die des Barons logischerweise nicht sein. Falls da überhaupt eine Leiche war – was Neubert in seiner Not behauptete –, dann musste es zwangsläufig die einer anderen Person sein. Wo aber war dann Meusen?

»Können Sie den Baron nicht von einem Fremden unterscheiden?«, fragte Hoffmann.
Neubert geriet mehr und mehr ins Stammeln.
»Die ... die Leiche war in einen Teppich gerollt«, behauptete er.
»Dann sind Sie wohl sehr langsam und vorsichtig die Treppe hinaufgegangen?«
»Ich erinnere mich nicht.«
»Wohl aber erinnern sich die beiden Dienstmädchen. Sie seien die Treppe hinaufgestürmt, sagen sie.«
»Nun, ja, ich bin wohl ...«
»Schnell oder langsam?«
»Schnell.«
»Die Mädchen sagen ferner, dass sie die Leiche hätten sehen müssen, und zwar unverpackt. Wer also war der Tote?«
Hier stand Neubert vor einem Problem, das ihn überforderte. Gab er zu, dass er den Baron lebend gesehen hätte, bezichtigte er sich damit automatisch einer falschen Beschuldigung. Gab er an, dass dort ein fremder Toter gelegen hatte, konnte die Baronin zwar weiterhin als Mörderin gelten, doch blieb es für ihn, Neubert, beim Vorwurf der falschen Beschuldigung, denn er hatte ja den Baron als das Mordopfer angegeben. Gestand er ein, dass überhaupt niemand ermordet worden war, stellte er sich selbst als kompletten Lügner und Intriganten dar. – Wie also sollte er Hoffmanns Frage, wer denn der Tote gewesen sei, beantworten?
»Der Baron«, sagte der Dummkopf.
Hoffmann schüttelte den Kopf. »Der Baron lebt und konnte daher nicht als Leiche am Boden liegen. Es gibt nur zwei Möglichkeiten: Entweder lag dort ein Ermordeter in seinem Blut, oder es lag dort – niemand.«
»Dort lag – ein Fremder«, antwortete der Elende.
»Dann ist also Ihre frühere Aussage, es habe sich um den Baron gehandelt, falsch. Demzufolge sitzen Sie zu Recht hier im Gefängnis, und zwar wegen Falschaussage.«
Neubert erkannte wohl, dass er sich zwangsläufig in Misshelligkeiten

brachte. Anders als die Bediensteten konnte er sich nicht auf einen Irrtum herausreden. Dafür hatte er der Leiche zu nahe gestanden.
»Geben Sie mir eine einfache, klare Antwort. Sahen Sie den Baron tot am Boden liegen oder einen Fremden?«
»Ich … ich weiß es nicht. Ich war erregt. Ich …«
»Das ist eine alberne Lüge!«
Der Beschuldigte schwieg.
»War der Baron anwesend? Sprach er mit Ihnen?«
»Nein.«
»Wann hat er das Haus verlassen?«
»Ich weiß es nicht.«
»Es gibt nur zwei Möglichkeiten. Entweder war die Mordszene fingiert. Dann müssen Sie den Baron in seinem Zimmer angetroffen haben – aber keine Leiche. Oder es wurde der Falsche ermordet, wie es der Baron behauptet – dann müssen die Mörder, die Baronin und der Baron in dem Zimmer gewesen sein – lebend. Was also trifft zu?«
»Ich weiß es nicht.«
»Herr Neubert, Sie machen sich einer Falschaussage schuldig.«
»Ich weiß es nicht.«
Dabei blieb es. Neubert war ganz offensichtlich verwirrt und suchte nach einem Ausweg aus seiner verfahrenen Situation. Was immer er letztlich sagte: Seine Behauptungen würden immer zweifelhaft sein, da er sie nicht nach dem Kriterium der Wahrheit abgab, sondern nach der Erwägung dessen, was für ihn am wenigsten schädlich war. Für Hoffmann stand fest, dass der Verwalter entweder an einem fingierten oder an einem missglückten Mord teilgenommen hatte. Hoffmann sah nur einen Ausweg: Er beschloss, Neubert bei nächster Gelegenheit mit Meusen zu konfrontieren und die beiden Männer ihre Widersprüche vor seinen Augen austragen zu lassen.

Unterdessen war Assessor Warnke auf der Suche nach dem Gastwirt sowie der Schauspieltruppe in Misma gewesen. Der junge Mann kehrte unverrichteter Dinge nach Berlin zurück. Der Wirt hatte seine Schenke inzwischen aufgegeben und war davongezogen. Über

sein Ziel machten die Dorfleute unterschiedliche Angaben. Es würde viel Zeit kosten, ihn zu finden.
Das Gleiche galt für die Schauspieler. Die Truppe war natürlich längst weitergezogen. Von den Dorfbewohnern war keine klare Aussage darüber zu erlangen, ob es sich um Komödianten oder eine Bande ehemaliger Soldaten gehandelt habe. Der Dorfschmied bestätigte, dass man ihm seine Werkstatt für einen halben Tag abgemietet habe, doch mochte er sich nicht darauf festlegen, was während dieser Zeit dort getan wurde. Es konnte sowohl Eisen wie auch Edelmetall bearbeitet worden sein. Es gab also keine verlässliche Aussage darüber, ob in der Schmiede ein Nachschlüssel oder etwas anderes – etwa ein Teil eines Theaterkostüms, ein Harnisch oder dergleichen – angefertigt worden war.
Assessor Warnke hatte auch den Gutshof besucht, ihn jedoch verlassen und verfallen gefunden. Die Zimmer waren vollkommen leer geräumt worden.
Warnke hatte vorgeschlagen, sich zum Wohnort des Hauslehrers zu begeben und zu überprüfen, ob der Magister die Wahrheit sagte. Die Reise wurde ihm jedoch nicht genehmigt Man scheute die Kosten, zumal man den Zeugen in Berlin hinreichend hatte vernehmen können. Überdies hatte der Innenminister des Königsreiches Sachsen sich über die Nachforschungen eines preußischen Beamten auf sächsischem Boden beschwert – was zweifellos eine Retourkutsche darstellte.
Warnkes Reise erbrachte also nichts Neues.

Im November fand schließlich die Konfrontation des Barons Meusen mit dem Verwalter Neubert statt. Hoffmann entschied, dass sie im Palais des Barons stattfinden sollte. Als Zeugen hatte er Warnke und seinen Freund Hitzig hinzugebeten.
Schon auf dem Weg zum Ort des Geschehens hatte Neubert zu zittern und zu schwitzen begonnen. Als er ins Zimmer geführt wurde, gewahrte man an ihm alle Anzeichen panischer Angst. Sobald der Baron den Raum betrat, brach er auf erbarmungswürdige Weise zu-

sammen. Was kein strenges Verhör bei ihm bewirkt hatte, schaffte der bloße Anblick des Barons: Neubert fiel auf die Knie, widerrief unter Jammern und Flehen seine Verdrehungen und Verfälschungen, gestand, dass alles stimme, was der Herr Baron gesagt habe, und bettelte um Gnade und Barmherzigkeit – wobei offensichtlich nicht die Gnade der Justiz gemeint war, sondern die des Hausherrn.

Damit war die Sache, um in der Juristensprache zu reden, gerichtsfest. Neuberts Aussage, wenn er sie nicht noch einmal widerrief, wog weit schwerer als die aller übrigen Zeugen, denn er hatte bei weitem mehr gesehen als die Köchin und die Magd. Er hatte am Ende sogar beim Fortschaffen der Leiche geholfen. Alle Aussagen zusammen ergaben nun aber ein Bild der Tatnacht, das die Baronin aufs Neue schwerstens belastete, ja ihre Verurteilung unvermeidlich machte.

Natürlich war Neubert ein Schurke, und seine Behauptungen mussten mit Vorsicht behandelt werden. Doch so streng er auch von Hoffmann und Hitzig befragt wurde – auch in Meusens Abwesenheit –, er schwor felsenfest, diesmal die volle Wahrheit gesagt zu haben.

Hätte Neubert nicht die gesamte Zeit seit der Ankunft des Barons in der Gefängniszelle verbracht, so hätte sich zweifellos der Verdacht ergeben, der Verwalter sei von seinem Herrn bedroht oder unter Zwang gesetzt worden. Doch hatte es nachweislich keinerlei Verbindung oder Unterredung zwischen den beiden gegeben. Offensichtlich reichte schon der bloße Anblick des Barons aus, um den halsstarrigen Lügner kollabieren zu lassen.

Nachdem die Aussage zu Protokoll genommen und bezeugt worden war, blieb gegen den Baron nur mehr die Beschuldigung der Vertuschung einer Mordtat übrig – gegen die er sich leicht mit der Behauptung wehren konnte, er habe seine Gemahlin schonen wollen, zumal Neubert so weit ging zu bekunden, er habe die Baronin ohne Wissen und Einwilligung des Barons angezeigt, nachdem dieser die Stadt bereits verlassen hatte. Der erbärmliche Mensch nahm demnach unverhofft den Löwenanteil der Schuld auf sich. An ihm haftete aller Makel, während der Baron allmählich, wie Warnke es ausdrückte, wie frisch aus dem Purgatorium entlassen dastand.

Übrigens ergab sich bald ein Hinweis darauf, wie Neubert möglicherweise zu seinem Gesinnungswandel veranlasst worden war. Ihm sei, so berichtete ein Gefängniswärter, eines Tages eine Zeitung älteren Datums in die Zelle geschickt worden. Die Zensur habe nichts dagegen eingewandt, so habe man sie dem Gefangenen ausgehändigt. Der habe, nachdem er kurz darin gelesen hatte, plötzlich einen Schrei ausgestoßen, das Blatt habe ihm in den Händen gezittert. Hoffmann ließ sich die Zeitung kommen und stellte fest, dass sie eine Meldung über den Geköpften enthielt, dessen abgeschnittenes Haupt man in der Rosengasse gefunden hatte. Es war zweifellos dieser Bericht, der den Häftling außer Fassung gebracht hatte. Falls dies tatsächlich eine versteckte Drohung gewesen war, so war sie dem Betroffenen auf äußerst geschickte Weise übermittelt worden. Natürlich vermochte niemand nachzuweisen, dass Baron Meusen hinter der Angelegenheit steckte.

Baron Orlowski war übrigens noch nicht von seiner Reise zurückgekehrt.

Die Baronin Meusen, geborene Weringhausen, traf unterdessen nach einer mehrtätigen Reise in Berlin ein und wurde wieder in die ihr bereits vertraute Zelle gewiesen.
Sie empfing Hoffmann hochmütig und äußerst ungehalten, beschwerte sich über den Aberwitz der Justiz, die sie zweimal desselben Verbrechens anklagte – mit dem voraussehbaren Erfolg, sie auch ein zweites Mal wieder freisprechen zu müssen, denn die Beschuldigung, die man gegen sie erhebe, beruhe auf nichts als der böswilligen, infamen und verlogenen Aussage des Mannes, dem ihre unverzeihliche Jugendtorheit den Status ihres Ehegatten verschafft habe, eine Stellung, derer sich würdig zu erweisen ihm offenbar jede Neigung fehle. Ihren Richtern, so sie diesen Namen verdienten, habe sie nichts weiter zu sagen, als was sie bereits in ihrem ersten, für das Gericht blamabel geendeten Prozess bekundet habe: Sie habe in jener Nacht fest geschlafen und von den Ereignissen in ihrem Haus

keinerlei Kenntnis genommen. Sie beklage zutiefst, dass sich das Königlich Preußische Kammergericht zu dem dauerhaften Versuch ihres charakterlosen Gatten hergebe, ihren guten Leumund zu untergraben. Im Übrigen vertraue sie auch diesmal auf die Hilfe Gottes.
Hoffmann sah sich erneut mit einem Musterbeispiel sturer und selbstgerechter Frömmigkeit konfrontiert. Übrigens fiel es ihm nach wie vor schwer, sich die Baronin als eine entfesselte Furie vorzustellen, die im Schlafgemach ihres Ehemanns mit dem Degen auf wehrlos am Boden liegende Menschen einstach.

5

Mitte November wurde Hoffmann schwer krank. Er bekam hohes Fieber. Schmerzen in allen Gliedern, Schüttelfrost und Schweißausbrüche plagten ihn. Er konnte keine Nahrung zu sich nehmen und vermochte nur Wasser zu trinken. Nur vormittags, wenn das Fieber gesunken war, konnte er sich mit Freunden und Besuchern unterhalten; nachts, wenn das Fieber stieg, wälzte er sich in Gluthitze, litt unter Visionen, murmelte Unverständliches vor sich hin, sah im Zimmer Gestalten umherwandeln, die niemand außer ihm wahrnehmen konnte. In einer dieser Nächte erschien ihm das Lamm.
»Warum bist du mir untreu geworden?«, fragte es. »War ich nicht gut und liebevoll zu dir? Warum hast du dich zum Helfer des Bösen gemacht?«
»Ich habe mich nicht zum Helfer des Bösen gemacht.«
»Oh, doch, das hast du!«
»Was habe ich getan? Sag es mir?«
»Bist du so töricht, dass du es nicht weißt? Du hast den Stier zurückgeholt. Er war verbannt in den hohen und kalten Norden. Nun ist er wieder hier. Du hast seine Rückkehr bewirkt.«
»Du redest von Baron Meusen?«
»So nennt er sich. Aber in Wahrheit ist er ein anderer.«

»Wer ist er?«
»Er ist der Sohn des Stiers. Der Sohn des Bösen. Der Sohn Satans.«
»Es stimmt, dass man ihm Übles nachgesagt«, erwiderte Hoffmann. »Aber vieles davon ist offensichtlich Verleumdung.«
»Oh, du irrst dich!«
»Er hat die Morde, die man ihm vorwirft, nicht begangen.«
Das Lamm seufzte. »Er hat viele, viele Morde begangen. Mehr, als du ahnst. Zurzeit trägt er den Mantel der Unschuld, das ist wahr. Du selbst halfst ihm, ihn anzulegen. Aber es ist eine Verkleidung. In Wirklichkeit hast du das Böse hierher gebracht. Erkenne dies, Hoffmann!«
»Ich habe versucht, die Wahrheit ans Licht zu bringen, nichts anderes.«
»Ach, Hoffmann! Was weißt du über die Wahrheit? Alles, was er tut, ist Täuschung und Blendwerk.«
Hoffmann stöhnte. »Du quälst mich. Du weckst Zweifel in mir. Was soll ich tun?«
»Bekämpfe ihn! Schicke ihn zurück in die Verbannung!«
»Wie könnte ich das?«
(Mischa, die an seinem Bett saß und ihn Unverständliches murmeln hörte, betupfte seine schweißglänzende Stirn mit Wasser.)
»Entdecke die Wahrheit!«
»Welche Wahrheit?«
»Finde das Buch.«
»Welches Buch?«
»DAS BUCH!«
Das Lamm entfernte sich.
»Ich verstehe dich nicht!«, rief Hoffmann ihm nach.
(Mischa hatte alle Mühe, ihren Mann daran zu hindern, sich aufzurichten und das Bett zu verlassen. Zum Glück war er matt und schwach vom Fieber. Sie sah, dass Hoffmann offenbar einer Gestalt folgen wollte, die er in seinem Fieberwahn erblickte.)
Das Lamm wandte sich noch einmal um. »Das Tagebuch des Teufels!«, sagte es. Dann war es verschwunden.

»Sei ruhig«, sagte Mischa. »Niemand ist da. Nur leeres Zimmer. Leg dich und schlaf!«

Nach einer Woche hatte Hoffmann sich so weit erholt, dass er wieder vernünftige Überlegungen anstellen konnte. Seine Nächte waren nun frei von Fieberfantasien. Er schlief besser, konnte wieder essen.

Von all dem, was seine Visionen ihm vorgegaukelt hatten, war ihm nur der Besuch des Lammes deutlich in Erinnerung geblieben. Er ließ sich sein Tagebuch bringen und trug darin ein, was ihm das Lamm mitgeteilt hatte.

Es war nur zu offensichtlich, dass er dem Lamm die Stimme seiner eigenen inneren Zweifel verliehen hatte. Hatte er wirklich das Richtige getan, als er die Unschuld des Barons Meusen bewies? Sicherlich, ohne sein Eingreifen wäre die Baronin verurteilt worden. Er hatte sie vor einem schrecklichen Fehlurteil bewahrt. Aber was hatte er dadurch bewirkt? Stand sie nicht erneut vor Gericht – wegen derselben Sache? Hatte er, insgesamt gesehen, die Lage nicht eher verschlimmert?

Meusen war frei. Nach Jahren der Verbannung in eine der unwirtlichsten Regionen Europas war er in die Residenz zurückgekehrt, war Herr einer reichen, westfälischen Grafschaft – denn ihm gehörte nun, solange seine Frau im Gefängnis saß, die Mark Weringhausen an der Ruhr.

All dies war gut so, falls die Baronin und ihr Geliebter tatsächlich versucht hatten, ihn zu ermorden. Wenn dies aber nicht der Fall war? (Und in Hoffmann wollten die nagenden Zweifel nicht zur Ruhe kommen.) Dann hatte er mit seinem gutwilligen Eingreifen etwas Entsetzliches angerichtet!

Diese quälenden Fragen, diesen bohrenden Argwohn hatte er im Fieber dem Lamm in den Mund gelegt. So zumindest glaubte er.

Was aber sollte er tun? »Das Buch finden«, hatte ihm das Lamm gesagt. »Das Tagebuch des Teufels.«

Was sollte das sein?

Hoffmann grübelte während der Tage seiner Wiederherstellung darüber nach, kam jedoch zu keinem Ergebnis. Er hielt das Ganze schließlich für eine bedeutungslose Fieberfantasie.

Seit wann führte denn der Teufel ein Tagebuch? Nein, es war lächerlich. Falls Meusen ihn tatsächlich betrogen hatte, gab es nur ein Mittel, das herauszufinden: die Vernunft. Nicht die Mystik, sondern die Logik war das Instrument zur Feststellung der Wahrheit. Daran glaubte er fest und würde sich von diesem Pfad nicht abbringen lassen.

Während er darniederlag, war ihm ein Brief überbracht worden, den er erst jetzt, nach seiner Genesung, ausgehändigt bekam. Er stammte von Baron Orlowski.

»Verehrter Maestro«, schrieb ihm der Baron. »Der Brief, den Sie in diesem Moment zu lesen sich anschicken, hat einen langen und zweifellos abenteuerlichen Weg hinter sich. Ich, der zeitversetzt am anderen Ende dieses Weges sitzt und gerade eben zu schreiben begonnen hat, kann nur hoffen, dass meine Boten alle Schwierigkeiten überwinden werden und Sie, mein Freund, in einer anderen Gegenwart tatsächlich das in Händen halten, was ich zu Papier zu bringen mich anschicke. Bitte, verzeihen Sie mir dieses Spiel mit Zeiten und Räumen.

Der seltsame Beginn meines Briefes entspricht meiner seltsamen Lage, von der Ihnen Mitteilung zu machen der Sinn meines Schreibens ist. Ich bin, wie der abgedankte Kaiser der Franzosen, gefangen auf einer Insel. Falls Sie eine entsprechende Landkarte besitzen, so führen Sie Ihren Zeigefinger von Berlin aus geradewegs nach Norden. Dort finden Sie, im Baltischen Meer gelegen, eine kleine, lang gestreckte Insel namens Hiddensee. Das Eiland ist nur sehr dünn besiedelt; zurzeit brausen eisige Herbststürme darüber hin; es regnet viel und heftig; man hat das Gefühl, dass einem die Knochen zu Eis gefrieren.

Auf dieses öde und kalte, dem Meer entstiegene Stück Heide hat man mich verbannt. Das die Insel rings umgebende, nicht allzu tiefe, doch eisige und nicht zu überwindende Salzwasser hindert mich an der Rückkehr zum Festland, dies umso wirksamer, als man sämtliche Boote von der Insel entfernt und mich – nebst den wenigen hier lebenden Eingeborenen – zu einem Dasein gezwungen hat, das traurige Ähnlichkeit mit dem des Kaisers Napoleon hat.

Ich schreibe dies, wohlgemerkt, nicht, um ausgerechnet Sie um meine Errettung zu bitten – wiewohl ich dazu einige Ursache hätte, denn Ihnen verdanke ich die Verbannung letzten Endes. Ich bin jedoch klug genug, um zu erkennen, dass die Repatriierung meiner Person außerhalb Ihrer Möglichkeiten liegt. Wussten Sie, dass der Staat Preußen über kein einziges größeres Schiff mehr verfügt? Wahrhaftig, es ist so! Mit Beginn der Kontinentalsperre wurden sämtliche Handelsschiffe, die noch auf den Meeren schwammen, von den Engländern gekapert. Was in den Häfen lag, blieb dort fest vertäut und wurde nach und nach, eins nach dem anderen, von einer geheimnisvollen Handelsmacht aufgekauft, die es für richtig befand, sie allesamt aus den norddeutschen Häfen zu entfernen. Ebendies veranlasste meine Reise nach Polen; ich gedachte, mir wenigstens ein letztes seetüchtiges Schiff zu sichern, doch derjenige, der die Reste von Preußens Seemacht an sich gebracht hat, fiel mir in den Arm, entführte mich und setzte mich hier fest.

Nun zu einem anderen Thema. Wussten Sie, dass Preußen einst eine afrikanische Kolonie besaß? Sie ist klein und an einem Ort namens »Goldküste« gelegen. Der Name verrät, was es mit diesem Land auf sich hat. Es strotzt förmlich von jenem edlen Metall, das den Einheimischen belanglos, uns Europäern aber als der Güter höchstes erscheint. Gold und Diamanten lassen sich beinahe mit den bloßen Händen aus der Erde kratzen. Inzwischen ist – dank der Kontinentalsperre – das Eldorado seit sieben Jahren nicht mehr von uns angesteuert worden. Falls die Engländer es nicht besetzt haben (was ich bezweifle), müssten sich in dieser Zeit dort ungeahnte, unvorstellbare Reichtümer angehäuft haben, denn die dortigen Bergwerksgesellschaften schürfen und fördern unablässig.

Alle diese Schätze sind, da der Schiffsverkehr nicht mehr behindert

wird, nun wieder erreichbar – jedoch nur dem, der Schiffe besitzt! Verstehen Sie, verehrter Maestro, worauf ich hinaus will? Die Schiffe sind, wie gesagt, nicht mehr im Besitz Seiner Majestät, des Königs von Preußen. In wessen Besitz aber befinden sie sich? Strengen Sie Ihren bewährten Scharfsinn an, lieber Freund, und ich bin sicher, die Beantwortung dieser Frage wird Ihnen nicht schwer fallen.
Warum schreibe ich Ihnen dies? Weil ich, verehrter Maestro, letztlich doch die Hoffnung hege, durch Sie aus meinem öden Exil befreit zu werden. Natürlich erwarte ich von Ihnen nicht, dass Sie sich nach Hiddensee einschiffen, was mangels verfügbarer Schiffe wohl auch unmöglich wäre, sondern weise Ihnen einen anderen Weg, den Irrtum zu korrigieren, den Sie begingen, als Sie Baron Meusen zurück in die bewohnte Welt holten. Es gibt ein Buch, in dem er seine sämtlichen Schandtaten, beginnend mit seiner frühesten Jugend, aufzeichnete. Falls Sie es, in Ihrer Eigenschaft als Kammergerichtsrat, in die Hände bekommen, wird es ihn zwingen, von seinen Plänen abzusehen und sich erneut in die Emigration zu begeben, da es denjenigen, auf deren Hilfe er angewiesen ist, die Augen über seine entsetzlichen Schandtaten öffnen wird.
Ich kam, als Meusen in Bedrängnis geriet, in den Besitz dieser Aufzeichnungen. Ich behauptete dem Verfasser gegenüber, ich hätte sie vernichtet. In Wahrheit habe ich sie auf (wie ich hoffe) geschickte Weise verborgen, indem ich sie nämlich von einem Buchhändler meines Vertrauens zurechtschneiden und in ein harmlos erscheinendes Werk einbinden ließ, das sich seitdem in meiner Bibliothek befindet. Es handelt sich um ein Werk von so ausnehmender Langeweile, dass kaum ein Mensch es jemals in die Hand genommen und sein Geheimnis entdeckt haben dürfte. Es handelt sich um …«
Hier war das Papier, das offenbar unter Gefahren über das Meer geschmuggelt worden war, von Salzwasser durchtränkt und der Rest des Schreibens dadurch unleserlich gemacht worden. Alle Versuche Hoffmanns, das Verwischte zu entziffern, blieben vergebens. Orlowskis Brief hatte ihm dadurch zwar bedeutende Aufschlüsse geliefert. Das letzte, wichtigste Geheimnis aber blieb im Verborgenen.

Natürlich lag die Vermutung nahe, dass es sich bei dem, was ihm in der Fiebervision als »Tagebuch des Teufels« bezeichnet worden war, um dasselbe Buch handelte, von dem Orlowski in seinem Brief berichtete.

Aber wie sollte er dieses Buches habhaft werden? Es befand sich, so schrieb Orlowski, in seiner Bibliothek, somit höchst wahrscheinlich in dem Charlottenburger Jagdschloss. Dort gab es, wie Hoffmann wusste, eine riesige Bibliothek. Sie zu durchsuchen würde mindestens einige Tage erfordern. Hoffmann musste sich folglich dort einquartieren. Dies konnte unter dem Vorwand geschehen, seine unvollendete Komposition fortsetzen zu wollen.

Doch war das, was Orlowski da schrieb, überhaupt ernst zu nehmen?

Der Brief stellte Meusen in ein gänzlich anderes Licht, als Orlowski es bisher über seinem angeblich besten Freund hatte scheinen lassen. Doch war Meusen, wie Hoffmann inzwischen selbst erfahren hatte, durchaus ein Mann, dessen »Charakterbild in der Geschichte« schwanken konnte; einerseits zog er die Menschen mit der Kraft seiner abenteuerlichen Persönlichkeit an, zum anderen konnte er ihnen zweifellos gehörige Furcht einjagen. Die Freundschaft mit ihm hatte etwas von der Gemeinschaft mit einem Tiger – dem es nun ganz offensichtlich beliebt hatte, dem Gefährten die Krallen zu zeigen.

Hoffmann beschloss, Lichtbrinck ins Vertrauen zu ziehen und ihn, der es sich zweifellos leisten konnte, zu bitten, eine Reise an die Küste zu unternehmen, um dort festzustellen, ob es mit Orlowskis Behauptungen, seinen Aufenthaltsort und die Lage der preußischen Marine betreffend, seine Richtigkeit hatte. Ferner würde er den Assessor Warnke bitten, die Archive nach Mitteilungen über die angebliche afrikanische Kolonie, von der Hoffmann noch nie etwas gehört hatte, zu durchforsten. Er selbst würde sich nach Charlottenburg begeben und die dortige Bibliothek nach dem »Tagebuch des Teufels« durchsuchen.

6
Dritter Brief

Lieber Freund. Inzwischen wandle ich in Uniform einher! Sie macht mich zu einer stattlichen Erscheinung. Fürwahr, die Damen führen ihre Lorgnons ans Auge, und die Schutzleute reißen die Hacken zusammen, wenn ich vorüberschreite, stolz wie ein Leutnant! Es ist doch wohl etwas an dem Spruch, dass die Uniform den Menschen macht. Leider kostet mich die ganze Herrlichkeit 111 Taler! Nun, genug davon.

Es gibt höchst beunruhigende und merkwürdige Dinge zu vermelden. Heute Morgen fuhr ich, wie geplant, nach Charlottenburg. Doch, siehe da, das Schloss stand verwaist. Die Türen waren versperrt, die Fensterläden geschlossen. Selbst das Personal schien entlassen worden zu sein. Es fiel schwer, einen Menschen aufzuspüren, der mir Auskünfte erteilen konnte. Ich fand schließlich einen alten, halb tauben Gärtner, den ich dazu bewog, im Kampf mit den Schwärmen wirbelnden Laubes für einen Moment inne zu halten. Er berichtete mir, das Schloss sei von seinem zeitweiligen Bewohner, dem Baron Orlowski, aufgegeben worden. Sämtliche Besitztümer des Herrn seien abgeholt und nach Berlin verbracht worden, viele, viele, Kisten und Körbe. Und Bücher, ja. Zwei Frachtwagen voll mit Büchern. Die armen Gäule, die diese Last die Chaussee entlangzuzerren hatten! Ich konnte von außen einen Blick in mein früheres Musikzimmer werfen und fand es gänzlich leer geräumt, ohne ein Notenblatt, ohne ein Instrument. Ein trauriger Anblick, wie Du Dir vorstellen kannst.

Nun, es war nicht schwer zu erraten, wer die Räumung des Schlosses veranlasst hatte. Orlowskis Brief beantwortete mir die Frage. Tatsächlich bestätigte mir der Gärtner, dass ein Herr erschienen sei und einen Brief vorgewiesen habe, in dem er beauftragt wurde, den feudalen Haushalt des Herrn Barons (nämlich Orlowskis) aufzulösen. Ich überließ den Mann dem herbstlichen Blättergestöber und machte mich gedankenverloren auf den Weg zurück nach Berlin.

Ich muss Dir gestehen, dass mir dieser Baron Meusen zusehends

unheimlicher wird. Ich weiß nicht, warum ich geradezu zwanghaft an meine Vision von dem Lamm und dem Stier denken muss. In Orlowskis Haus habe ich das Lamm kennen gelernt (das ich, nebenbei bemerkt, sehr vermisse). Nun scheint mein Leben im Zeichen des Stieres zu stehen.
Meusen ist ganz Herr der Lage; er schaltet und waltet wie ein Eroberer. Doch der Reihe nach!
Nachdem er sich von allen gegen ihn erhobenen Vorwürfen rein gewaschen hatte und zum Herrn sowohl des hiesigen Hauses als auch der westfälischen Güter seiner Frau geworden war, hatte Baron Meusen von seinem Vaterrecht Gebrauch gemacht und seine Tochter nach Berlin bringen lassen. Man kann sich vorstellen, wie diese Handlungsweise die Baronin in Aufregung versetzte. Stellt doch ihr Mann für sie nicht weniger als den Inbegriff alles Bösen dar. Ihre innig geliebte Tochter in den Händen eines solchen Unholds zu wissen, musste sie in dem Gefängnis, in dem sie hilflos eingeschlossen sitzt, schier zur Verzweiflung treiben.
Zweifellos liegt es durchaus in der Absicht des Barons, seine Frau Seelenqualen leiden zu lassen.
Übrigens könnte ihm niemand vorwerfen, dass er das Mädchen schlecht behandelt. Im Gegenteil: Er bemüht sich nach Kräften, das Vertrauen der Zwölfjährigen zu gewinnen, stellt sich dem Kind als Retter seiner Mutter aus den Klauen der Justiz dar. Er sei von seiner Expedition zu den Lappländern zurückgekehrt, sobald er von der unsinnigen Anklage erfahren habe. Diese habe man zweifellos angezettelt, um an ihr Vermögen zu kommen. Doch nun sei alles gut. Er werde fortan nicht mehr »verreisen«, sondern mit Frau und Tochter ein harmonisches Familienleben führen. Davon, dass die Mutter erneut unter Anklage steht, weiß das Kind nichts. Der Vater behauptet ihr gegenüber, die Baronin sei »krank«.
Letztlich begann das Kind plötzlich unter heftigen Alpträumen zu leiden. Ein Arzt wurde ins Haus geholt. Er schrieb die Träume den seelischen Heimsuchungen zu, die das Kind zu ertragen hatte. Natürlich fragte das Mädchen viel nach seiner Mutter. Es wurden ihm

in der Regel zartfühlende, ausweichende Auskünfte gegeben. Der Vater selbst, so hörte man, war dafür, dem Kind die Erlaubnis zu einem Besuch bei der Mutter zu erteilen (in Gegenwart einer Aufsichtsperson), um dem Mädchen zu beweisen, dass sie noch am Leben sei. Man könne, so sagte er, den Besuch so gestalten, dass keine zusätzliche Aufregung, sondern eine Besänftigung des kindlichen Gemütes zu gewärtigen sei.

Nun, nach meiner Genesung, wurde ich seitens des Kammergerichts aufgefordert, meine Meinung zu der Frage kundzutun.

Ich traf den Baron in seinem Hause. Er bewohnt, wie ich bei der Gelegenheit erfuhr, sogar sein altes Schlafzimmer, dasselbe, in dem sich die Mordszene abgespielt hatte. Seine Nervenstärke ist wahrhaft erstaunlich! Zweifellos verdankt er sein robustes Gemüt seinem früheren Leben als Landsknechtshauptmann.

Er trägt mittlerweile ganz und gar schwarze Kleidung, die ihm, wie ich zugeben muss, gut zu Gesicht steht. Wie schon bei unserer ersten Begegnung empfand ich Respekt vor seiner stattlichen Erscheinung.

Das Mädchen bekam ich nicht zu sehen. Es führte, wie ich vernahm, zusammen mit seinem Kindermädchen sein Hündchen im Tiergarten spazieren.

Wir nahmen vor dem Kamin Platz. Der Baron legte mir seine Meinung bezüglich eines Besuchs seiner Tochter bei ihrer Mutter dar. Er meinte, dieser Besuch könne nicht schaden, wenn man zweierlei Dinge beachte: Das Kind dürfe die Mutter nicht in einem »Kerker« sitzen sehen; auch dürfe man den Mordfall nicht vor dem Mädchen erörtern; vielmehr solle man eine Krankheit der Mutter vorschützen. Auf diese Weise bekäme das Kind eine natürliche Erklärung für deren Abwesenheit, und die Alpträume, die aus der Ungewissheit entstünden, würden nachlassen. Zum Trost könne die Mutter dem Kind, zum Beispiel, eine Haarlocke überlassen. Derartige kleine Dinge trügen, in der Art eines Talismans, sicherlich viel zur Beruhigung ihres Gemütes bei.

Ich konnte nicht umhin, diese Maßnahme für wohl überlegt und rücksichtsvoll gegenüber Mutter und Kind zu erachten. Natürlich befürwortete ich den Besuch.

Es bedurfte dazu einiger Vorbereitungen. Vor allem musste die Mutter dazu bewogen werden, bei der gut gemeinten Täuschung mitzuwirken und sich ihrer Tochter nicht als verfolgt und eingekerkert, sondern als krank und in Pflege befindlich zu präsentieren. Nun, die Baronin erklärte sich einverstanden, und so wurde das Kind zu ihr gebracht. Bei dem Gespräch anwesend waren ein Offizier der Hausvogtei sowie das Kindermädchen. Ersterer hatte Anweisung, den Besuch bei einem »falschen Wort« der Baronin abzubrechen. Es geschah jedoch nichts dergleichen. Die Baronin ließ sich zuletzt, wie verabredet, eine Locke abschneiden, die sie dem Kind, mit einer Schleife umwickelt, übergab.

Der Besuch zeitigte prompt den gewünschten Erfolg: Die Alpträume des Kindes hörten auf. Es fand sich angesichts der Aussicht, dass seine Mutter irgendwann geheilt zu ihr zurückkehren werde, weitaus bereitwilliger als zuvor in sein neues Berliner Leben ein, zumal man ihm, zumindest am Anfang, eine wöchentliche Wiederholung des Besuches gestattete.

Der Grund, warum die Besuche dann doch wieder eingestellt werden mussten, ist ein trauriger und beunruhigender.

Die Baronin fühlte sich plötzlich von Dämonen verfolgt! Zweifellos handelte es sich um den plötzlichen Ausbruch einer Geisteskrankheit. Offensichtlich war die Erregung, in die der Besuch ihrer Tochter sie gestürzt hatte, zu viel für die Baronin gewesen. Hatte sie zuvor immer gefasst, ja stolz und abweisend in ihrer Zelle gesessen, so brach sie nun vollständig zusammen. Sie behauptete, ein riesiger Dämon bewache die Tür ihres Zimmers und ein anderer, kleinerer hocke auf dem Fensterbrett. Natürlich wurde ein Arzt herbeigerufen; es wurden ihr beruhigende Mittel verabreicht. Jedoch ihr Zustand verbesserte sich nicht. Sah sie am Tag nur die zwei oben bezeichneten »Wächter« in ihrem Zimmer, so wurde sie in der Nacht von einer solchen Vielzahl an scheußlichen Ausgeburten der Hölle bedrängt, als wäre das berühmte Gemälde über die »Versuchung des heiligen

Antonius'« in ihrer Zelle lebendige Wirklichkeit geworden. Dieser plötzliche Sturz in den Wahnsinn war umso schauerlicher, als zuvor keinerlei Anzeichen auf die Möglichkeit einer so unverhofften Geistesverwirrung hingewiesen hatten. Im Gegenteil. Die Baronin hatte ihre Umgebung durch ihren felsenfesten christlichen Glauben beeindruckt; Gebet und Bibellektüre sowie Gespräche mit dem Pfarrer der Hausvogtei bestimmten ihren Tag. Selbstverständlich bemühte sich auch dieser Pfarrer nach Kräften, der Kranken die Tröstungen und heilsamen Wirkungen der Religion zukommen zu lassen. Doch die Gebete und frommen Gespräche halfen wenig, ja, der Pfarrer musste erleben, dass die ihm Anbefohlene seinen Zuspruch eher als Verschlimmerung ihrer Lage betrachtete, da fromme Worte die Dämonen angeblich erzürnten. Zumal der Türwächter, wie die arme Kranke behauptete, zu knurren und die Zähne zu fletschen pflegte, wenn in seiner Gegenwart von Jesus Christus gesprochen werde. Man wusste sich schließlich nicht anders zu helfen, als einen Exorzisten zu Rate zu ziehen.

Das Kammergericht (nicht ich persönlich) sowie der Kommandant der Hausvogtei genehmigten das Verfahren. Ich selbst war nur einmal bei einer solchen Prozedur anwesend und kann dazu nur sagen, dass sie zum Scheußlichsten und Abstoßendsten gehört, was ich je zu ertragen hatte. Ich möchte, werter Freund, nicht allzu ausführlich auf diesen Gräuel eingehen. Stelle Dir eine vom Geheul der Patientin (oder ihres innewohnenden Dämons) sowie vom gebieterischen Gebrüll des Exorzisten erfüllte Zelle vor; eine schweißüberströmte, sich aufbäumende, zähnefletschende, geifernde und spuckende Besessene, ihr gegenüber einen augenrollenden, brüllenden, sie mit dem Kruzifix bedrängenden Priester, diesen ganzen Wahnsinn über Stunden und Stunden ausgedehnt, nur von Pausen äußerster Erschöpfung unterbrochen; stelle Dir diese Zelle (die übrigens einer gemütlichen Wohnstube glich) erfüllt von Schweißgeruch und Uringestank (sic!) vor – dann hast Du ein ungefähres Bild eines solchen magischen Ringkampfes jenseits alles Menschlichen. Das Schamgefühl verbietet die Mitteilung all der Beschimpfungen und Obszönitäten, die der

Baronin dabei über die Lippen kamen – und die, wie der Priester versicherte, von dieser gar nicht wahrgenommen würden, da der Dämon ganz von ihr Besitz ergriffen habe und sie nur die ohnmächtige Hülle für das Rasen des höllischen Unholds sei. Ich weiß nicht, was von derartigen Mystifikationen zu halten ist, die offenbar einen offiziellen Teil der christlichen Religion darstellen. Kurzum, was dort geschah, war abscheulich zu sehen und zu hören. Und es erbrachte – nichts. Der Priester war zu schwach; am Ende unterlag er der Kraft des Dämons; dieser verharrte, wo er war, und der Priester hatte »mit hängenden Kruzifix« (wenn ich so sagen darf) das Feld zu räumen. Die Baronin blieb »besessen«, oder, um es weniger mystisch auszudrücken: wahnsinnig. Angesichts des Zustandes der Baronin ist an die Eröffnung eines Prozesses natürlich nicht zu denken.

Die Besuche der Tochter bei ihrer Mutter wurden noch eine Weile fortgesetzt. Doch hat die Baronin ganz offensichtlich die Sprache verloren; mehr als ein mattes, entrücktes Lächeln und ein schwaches Handauflegen kann sie ihrem Kind nicht mehr zuteil werden lassen. Das Mädchen ist ganz der Fürsorge seines leiblichen Vaters überlassen.

Kurz darauf wurde dem Gesuch des Barons, seine Frau in häusliche Pflege zu nehmen, stattgegeben. Er stellte eine Pflegerin zur Betreuung der Kranken ein – übrigens ein mit strotzender Dummheit sowie erheblicher Körperkraft ausgestattetes Wesen. Von dieser Person berichte ich später Näheres.

Somit hat sich das Schicksal der leidgeprüften Familie ganz und gar zugunsten des Barons gewendet. Er ist uneingeschränkter Herr des Hauses, hat vorerst keinen Prozess zu fürchten, verfügte frei über das beträchtliche Vermögen seiner Gattin. Wie glückt dem Mann alles, was er anfasst! Er, der die Stadt vor wenigen Wochen in Ketten betrat und von aller Welt als abscheulicher Verbrecher und sicherer Festungskandidat betrachtet wurde, beginnt sich zu einer bedeutenden gesellschaftlichen Stellung emporzuarbeiten. Allmählich wandelt sich das allgemeine Urteil über ihn; die Stimmung drehte sich zu seinen Gunsten. Neugier kommt darüber hinaus ins Spiel. Zweifellos

werden ihm bald die ersten Einladungen aus »vorurteilsfreien Kreisen« überbracht. Man wird ihn wie ein gefangenes Rhinozeros schaudernd bewundern. Aber schließlich wird man sich an ihn gewöhnen und als vollwertiges Mitglied der Gesellschaft akzeptieren.
Nun frage ich Dich, mein Freund: »Ging das alles mit rechten Dingen zu?«
Du wirst sagen: Nach der Aktenlage geurteilt, zweifellos. Doch steckt nicht mehr dahinter?
Dunkel erinnere ich mich, dass die Baronin bei ihrer Vernehmung am ersten Tag des abgebrochenen Prozesses etwas von einem »Teufelspakt« gesprochen hat, den ihr Ehemann womöglich eingegangen sei. Selbstverständlich wirst Du dieses törichte »Gerede einer Verrückten« weit von Dir weisen (ungeachtet wir alle doch den »Faust« des Geheimrats Goethe mit Ehrfurcht lesen).
Aber: Die Baronin war damals (noch) nicht verrückt. Und – ist sie es heute? Ist sie nicht vielmehr zum Verstummen gebracht, zum Schweigen verurteilt worden? Wie ist das so unverhofft geschehen? Nichts an der Baronin hat jemals auf einen möglichen Ausbruch von Wahnsinn hingedeutet. Ich halte es angesichts dessen nicht für abwegig anzunehmen, dass hier eine Beeinflussung durch schwarze Magie stattgefunden hat.
Ja, Du liest richtig! Ich rede wahrhaftig von schwarzer Magie!
Erinnerst Du Dich an die Locke, die das Kind von seiner Mutter geschenkt bekam?
Nun bitte ich Dich: Lies in den einschlägigen Büchern nach, was Du dort über die Rituale der schwarzen Magie findest! Erkläre mich, bitte, nicht für verrückt, wenn ich Übereinstimmungen entdecke zwischen dem, was hier geschieht, und dem, was uns über das Hexen- und Zauberwesen mitgeteilt wird. Kurz: Ist es völlig ausgeschlossen, dass die Baronin »verhext« wurde?
Ich sehe Dich, bester Freund, erbleichen über den auf geistige Abwege geratenen Kammergerichtsrat, der offensichtlich die gräulichen Hexenprozesse wieder aufleben lassen will. Natürlich ist dies nicht so. Ich habe meine fünf Sinne noch immer beisammen. Aber gibt es

Dir nicht zu denken, dass der Baron viele Jahre im Hohen Norden, in der Heimat der so genannten »Schamanen« zugebracht hat? Was, wenn er dort in deren magische Künste eingeweiht wurde und sich ihrer hier und jetzt bedient?
Es ist keine rationale Gewissheit, die mich vor Baron Meusen und seinen Plänen zittern lässt. Es ist ein Gefühl, ein Instinkt. Baron Meusens Aufstieg hat etwas Unfassbares, Unwirkliches. Hier ist mehr als das Raffinement eines genialen Verbrechers am Werk. Womöglich finden wir im »Faust« die Erklärung für das, was hier geschieht.
Dies ist nun ein recht seltsamer Brief geworden, voll Dämonenspuk und magischen Mutmaßungen. Nun, ich werde wohl bald mehr darüber erfahren, denn ich wurde von dem Baron gebeten, einen »musikalischen Abend« in seinem Haus auszurichten. Es sollen bei dieser Gelegenheit Auszüge sowohl aus der »Undine« wie aus der »Hymne an das Lamm« zu Gehör gebracht werden. Ich habe natürlich zugesagt. Morgen früh werde ich mit den Proben zu der Soiree beginnen.

7

Der Abend fand in beinahe familiärem Kreise statt. Kriminalrat Hitzig war, nach einigem Widerstreben, mit seiner Gattin erschienen. Es behagte ihm nicht, sich in das Haus eines Mannes zu begeben, gegen den eine polizeiliche Untersuchung im Gang war. Mischa kam in einem neuen Kleid, in dem sie eine vorzügliche Figur machte. Ganz unvermeidlich war die Anwesenheit des eifrigen Assessors Warnke. Hingegen hatte es Lichtbrinck Überwindung gekostet, das Haus des »Dämonenfürsten« zu betreten. Auf Hoffmann besonderen Wunsch hatten sich die Mitglieder der Seraphinen-Bruderschaft, die Poeten und Künstler, eingefunden.
Hoffmann hatte als Eröffnung die große Arie der »Undine« – »Morgen so hell« – ausgewählt. Sie wurde vorgetragen von der schönen Johanna Jaenicke, die sich in beklagenswerter Launenhaftigkeit geweigert hatte, an irgendwelchen Proben teilzunehmen, sodass Hoff-

mann noch am Beginn der Soiree über die Art ihres Vortrages durchaus im Ungewissen war. Johannas Weigerung, ihm wenigstens für eine einzige Probe zur Verfügung zu stehen, hatte Hoffmann wohl mit Recht als Zurückweisung seiner Person empfunden, ein Affront, der umso mehr schmerzte, als seine Gefühle für das »Lamm« noch nicht erkaltet waren. Ansonsten waren die Musiker, die er verpflichtet hatte, vortrefflich. Hoffmann dirigierte vom Pianoforte aus, das er selbst besetzte. Er hatte einen gemischten Chor zusammengestellt und verfügte in einem Herrn namens Hartmann über einen vorzüglichen Tenor, der die »Hymne an das Lamm« mit wehmütiger Inbrunst vortrug.

Trotz dieser glücklichen Voraussetzungen und (bis auf Johanna) durchweg günstig eingestimmten Mitwirkenden blieb dem Abend ein durchschlagender Erfolg versagt. Womöglich trug dazu die Tatsache bei, dass ein allzu gemischtes Publikum in dem Konzertsaal versammelt war. Entscheidend für den unglücklichen Verlauf der Soiree war die Tatsache, dass der Sängerin, deren Arie den Abend einleitete, der Vortrag gründlich misslang. Sie verfehlte in der unglücklichsten Weise den Ton, verschleppte das Tempo und ließ der Arie insgesamt so viel Misshandlung angedeihen, wie eine lustlose Primadonna einem ihr missliebigen Komponisten nur irgend zufügen kann. Mit jedem Takt schien sie auszudrücken: Seht her, welch ein reizloses Stück man mir hier zumutet!

Der anschließende, gelungene Vortrag der »Hymne an das Lamm« rettete den Abend zwar vor einem gänzlichen Fiasko, doch war der Missklang, mit dem er begonnen hatte, zu schrill (und zu offensichtlich beabsichtigt), als dass die redliche Mühsal des Chores und des kleinen Orchesters ihn hätten vergessen machen können. Hätte nicht der brave Tenor, im deutlichen Gegensatz zum Verhalten der Diva, demonstrativ sein Bestes gegeben, der Abend wäre wohl ins Wasser gefallen und die Musik unter höflichem Applaus in die Vergessenheit gesenkt worden.

Das Blatt wendete sich, als Hoffmann auf dem Pianoforte zu improvisieren begann. Er griff das Thema der Hymne auf, variierte es und

transponierte es dabei aus dem strahlenden Es-Dur in ein düsteres F-Moll. In dieser Tonart nahm er ein neues Thema auf, einen vollendeten musikalischen Ausdruck der Frage, die ihn innerlich am heftigsten bewegte: Lamm, warum verachtest du mich?
Es waren zuerst die Musiker – und erstaunlicherweise auch der Baron Meusen – die verstanden, was Hoffmann hier ausdrückte. Er legte all sein Gefühl in die nun folgende Passage, ließ all seinen Schmerz und all seine Klage darin aufklingen, bis ihm schließlich das erste musikalische Wunder dieses Abends gelang: Angerührt von der Musik brach Johanna Jaenicke plötzlich in Tränen aus. Jedermann im Saal spürte, dass sie sich schämte, weil sie den Abend beinahe verdorben hatte.
Hoffmann schlug nun versöhnliche, freundliche Töne an und war schon im Begriff, die Improvisation damit ausklingen zu lassen, als er plötzlich das seltsame Empfinden hatte, dass seine Hände nicht mehr ihm, sondern einem fremden Willen gehorchten. Mit Erstaunen, ja Befremden sah er seine Finger über die Tasten fliegen und Klänge hervorzaubern, die ihn auf geradezu physische Weise erschütterten und zerrissen. Das Publikum saß wie vom Donner gerührt; die Musiker waren fassungslos, da ihnen mehr als den anderen das Unerhörte dieser jähen musikalischen Ekstase deutlich war. Tatsächlich war Hoffmann nicht mehr er selbst und wusste später nicht zu sagen, welche Macht ihn da ergriffen und seiner selbst überhoben hatte. Es war Koreff, der die Bemerkung fallen ließ, Hoffmann habe wie in Hypnose gespielt.
Der Abend blieb allen, die daran teilnahmen, denkwürdig.
Leider war Hoffmann nicht imstande, das, was er gespielt hatte, auf Notenpapier festzuhalten.

Mitte November machte sich Lichtbrinck, während kalte Novemberstürme über das flache Brandenburg fegten, auf die beschwerliche Reise an die Küste. Dort traf er, wie er Hoffmann bei seiner Heimkehr unterrichtete, die Verhältnisse tatsächlich so an, wie der Verbannte sie in seinem Brief geschildert hatte: Kein einziges größeres

Schiff, das unter preußischer Flagge segelte, lag in den Häfen. Jeglicher Handelsverkehr wurde von ausländischen Schiffen abgewickelt. Unter diesen Umständen war an eine Überfahrt nach Hiddensee nicht zu denken. Kein Schiffer, kein Fischer erklärte sich bereit, für Lichtbrinck den Fährmann zu spielen. So fuhr der Kapitän schließlich unverrichteter Dinge zurück nach Berlin, ohne Auskünfte über den Exilanten auf der unerreichbaren Insel mitzubringen. Keiner der wettergegerbten Männer, die er befragt hatte, wusste Näheres über einen Polen, der angeblich allein und abgeschnitten auf dem öden Eiland lebte. Aufgrund des Fehlens jeglicher Kommunikation zwischen Insel und Festland waren verlässliche Nachrichten über das Schicksal des Vermissten nicht zu bekommen.

Was unterdessen der Assessor Warnke über die preußische Kolonie in Afrika herausfand, war recht wenig. Der Große Kurfürst Friedrich Wilhelm hatte sie vor einigen hundertundfünfzig Jahren erworben. Vermutlich war ihm die Erlaubnis, eine Flotte auszurüsten und mit ihr auf Entdeckungs- und Kolonisierungsreise zu gehen, von einigen abenteuerlustigen ostpreußischen Kapitänen abgetrotzt worden. Deren Expedition war offensichtlich von Glück begünstigt: Man eignete sich ein Stück sumpfiger Mangrovenküste und einige Morgen hitzedampfenden Urwaldes an, übergab sie dem Landesherrn, der den territorialen Neuzugang indes mehr zu den Akten als in Besitz nahm. Hundert Jahre lang fristete Preußens einziges überseeisches Besitztum ein missachtetes Dasein; Kolonie und Mutterland wollten nie so recht zusammenwachsen. Schließlich verkaufte der Enkel des Großen Kurfürsten, der ebenfalls »groß« genannte Erste Friedrich, das Land an eine Handelsgesellschaft. Das geschah im Jahre 1760, etwa hundert Jahre nach der »Entdeckung«. Während dieser Zeit hatte eine kleine preußische Siedlung sich dort unten am Leben erhalten, und es scheint, als seien die Siedler selbst es gewesen, die ihrem gleichgültigen König jenes Stück Land abkauften, das sie inzwischen »Goldküste« genannt hatten – ein offenbar voll berechtigter Name für ein Gebiet, das sich unversehens als ein Eldorado entpuppt hatte. Seither verlieren sich die Spuren der Afrikapreußen in den Abgründen des Staatsarchives. Es war schlechterdings nichts darüber zu erfahren, wer dieses Land derzeit regierte, wie viele Bewohner es hatte, was es eintrug und was mit den dort gefundenen Schätzen geschah. Es schien, als sei die Goldküste herrenlos.

Allabendlich fanden nun in Meusens Haus Gesellschaften statt. Man trank und spielte, tanzte und genoss Tanzdarbietungen auf Pariser Art, dazu die passende Begleitmusik. Es fanden sich vor allem Meusens alte Kumpane aus den düsteren Spelunken ein, um über die festen und flüssigen Vorräte des Hauses herzufallen. Natürlich nahmen die Nachbarn Anstoß an den mefitischen Gestalten, denn sie befürchteten nicht ganz zu Unrecht, es könnten im Hause Meusen Anschläge auf ihr Eigentum, wenn nicht gar ihr Leben ausgeheckt werden. Nur wenige konnten jedoch der Versuchung widerstehen, einen Blick in das geheimnisumwitterte Haus zu werfen. Wer es aber tat, den hatte der Baron schnell für sich gewonnen. Was mit einem Kartenspiel oder einer Weinprobe begann, endete oft mit einem Aufenthalt im Dampfbad oder im Chambre séparé. So gelang es Meusen, in die so genannte gute Gesellschaft einzudringen, indem er die reifen Früchte vom Baum pflückte. Manch ein biederer Berliner fühlte sich in seinem Hause wie in Paris. Im Übrigen brauchte niemand etwas für seine Genüsse zu bezahlen. Das Vermögen der Baronin kam für alles auf. Meusen verprasste ganz ungeniert den Besitz seiner Gemahlin. Schon bald hieß es, dass er deren westfälische Güter zu verkaufen gedenke.

Wie leicht war es doch, eine Moral, die auf Heuchelei und der Verleugnung heimlicher Wünsche beruht hatte, zu unterminieren! Bald sprach es sich in Berlin herum, dass unter Meusens Dach jedermann tun konnte, was er insgeheim schon immer begehrt hatte.

Übrigens machte sich der Baron ein Vergnügen daraus, seine Gattin zu später Nachtstunde, auf dem Höhepunkt eines satyrischen Festes, in den Rollstuhl zu setzen und durch das Haus zu geleiten, damit sie sehe, auf welche Art ihr Vermögen durchgebracht wurde.

Hoffmann nahm an keiner der Ausschweifungen teil. Er stellte weiterhin seine richterlichen Ermittlungen an, jedoch ohne damit so recht weiterzukommen. An die Eröffnung eines Prozesses gegen die Baronin oder den Baron war nicht zu denken.

Wenn er in Meusens Haus kam, wühlte er oft stundenlang in den auf dem Speicher abgestellten Bücherkisten, blätterte Hunderte von Bänden durch. In keinem von ihnen fand sich jedoch Meusens ominöses Tagebuch.

Hingegen erfuhr er auf mündlichem Wege einiges über Meusens abenteuerliches Vorleben.

Meusen saß gern mit ihm vor dem Kamin und erwies sich als offen für Fragen nach seiner Lebensgeschichte. Er erzählte, er sei in einem Zuchthaus aufgewachsen, wo sein Vater Kommandant gewesen sei. Dieser sei ein grausamer Mensch gewesen, sodass seine Gemahlin, Meusens Mutter, sich schließlich von ihm getrennt habe. Der Wüterich habe sich dafür an dem zurückgelassenen Knaben gerächt, habe all seinen Zorn auf das untreue Weib an dem »Bastard« ausgelassen. Der Junge wurde wie ein Gefangener behandelt, bei der geringsten Verfehlung in eine Zelle, oft sogar in ein dunkles Verließ gesperrt, auf Wasser und Brot gesetzt, mit Stock und Peitsche traktiert und so weiter. In seiner Not habe er sich mit den Gefangenen angefreundet und ihnen all die geheimen Künste abgelauscht, von denen sie sich ernährten. Auch habe er den Hass auf die Wohlgeborenen von ihnen übernommen, wenngleich er selbst einen Baronstitel trug. In einem Gefängnis, so erzählte er, säßen nicht nur rohe Dummköpfe, sondern auch kluge und geschickte Männer, gefallene Priester ebenso wie Wunderdoktoren und Scharlatane; sogar Goldmacher habe es gegeben. Diese Herren hätten ihn, den Kommandantensohn, als gewitzten und anstelligen Knaben betrachtet, und so mancher habe ihm angeboten, mit ihm durch die Lande zu ziehen und ihn die Schliche der Bauernfängerei zu lehren. Natürlich habe er nicht wenige Kostproben dieser edlen Kunst gleich an Ort und Stelle bekommen. In das betrügerische Karten- und Würfelspiel sei er schon eingeweiht gewesen, noch ehe er das Vaterunser habe aufsagen können.

Im Übrigen, so erfuhr Hoffmann, habe es mit dem »Bastard« seine Richtigkeit, denn sein Vater sei tatsächlich unfruchtbar und er das Kind eines Edelmannes, der im väterlichen Zuchthaus als Vorzugsgefangener gehalten wurde. Er, Meusen, könne demnach den Rachedurst des Alten durchaus verstehen, wobei er sich allerdings dasselbe Recht zubillige.

Meusen bekannte sich offen zu seiner Lust an Grausamkeit, die schon in jungen Jahren, im Gefängnis, in ihm geweckt worden sei. Was körperliche Grausamkeit angehe, habe er frühzeitig Lektionen erhalten. In dem Lande, aus dem er stamme, sei die Folter noch erlaubt gewesen, und sein Vater habe es für gute Erziehung gehalten, den Jungen mit ansehen zu lassen, wie Menschen peinlich befragt wurden, vorgeblich, um ihm ein warnendes Beispiel vorzuführen. Die Vorführungen hätten jedoch keineswegs Abscheu oder gar Alpträume bei ihm ausgelöst, sondern das Gegenteil: Er habe sich nichts sehnlicher gewünscht, als es den Scharfrichtern und Henkersknechten gleich tun zu können. Er wünschte sich tatsächlich, ein Folterknecht zu sein; und er hätte es, wären ihm die Instrumente anvertraut worden, weitaus schlimmer getrieben als die stumpfen Faulpelze, die der Herzog dafür bezahlte. Er habe auch häufig von Leichenschändung geträumt. Sein sehnlichster Wunsch sei es gewesen, sich an zu Tode Gefolterten zu vergehen. Er habe, so sagte er, seine blutigen Orgienfantasien schließlich in die Tat umgesetzt, dabei jedoch nicht versäumt, sie in geduldiger Arbeit zu Papier zu bringen, um es seinem Vorbild, dem göttlichen Marquis de Sade, gleichzutun.

Natürlich könne er seine Arbeit nicht veröffentlichen, weil man hierzulande nicht nur für die Taten selbst, sondern schon für deren bloße Aufzeichnung auf die Festung käme – was der einzige Punkt sei, an dem er sich den göttlichen Marquis nicht zum Vorbild zu nehmen gedenke.

Mit derartigem Geplauder brachten Hoffmann und der Baron manche nächtliche Stunde hin. Meusen liebte es, seine »Philosophie« mit einem verständigen Zuhörer zu erörtern. Er betrachtet die Braven

und Gesitteten allesamt für Heuchler und Heimlichtuer. Das Einzige, was sie auf dem Pfad der Tugend hielte, sei die Feigheit, und zwar nicht nur die Furcht vor der Hölle und der gesellschaftlichen Entehrung, sondern die Angst vor der Tat selbst, vor dem nackten Fleisch, dem Blut und dem Kot. Hätte man sie erst einmal über diese Schwelle hinweggeführt, so sei es um die Moral geschehen.
Ob er das Ende aller Kultur anstrebe, fragte Hoffmann ihn.
Er pfeife auf die Kultur, erwiderte Meusen. Der Mensch solle tun, was ihm gemäß sei. Verbote dürfe es nicht geben. Wenn einer morden wolle, solle er morden. Wenn er stehlen wolle, solle er stehlen. Wenn er Unzucht treiben wolle, solle er dies tun, auch wenn er ein Sodomit oder Päderast sei.
»Das wäre die Hölle auf Erden!«, wandte Hoffmann ein. »Niemand könnte sich seines Lebens mehr sicher sein.«
Meusen lachte. »Soll es das Privileg der hohen Herren sein, den Tod unter das Volk zu bringen? Alle Räuber Westfalens zusammen haben in hundert Jahren nicht so viele Männer getötet und Frauen geschändet wie einer jener berühmten Feldherren, deren Namen Sie in den Schulbüchern lesen. Außerdem«, sagte er, »würde es mit dem Morden gar so schlimm nicht werden. Zuerst nähme wohl das Stehlen überhand, wenn die Welt von Gesetzen befreit würde, aber nur, bis sich die Dinge ausgeglichen hätten, bis jedermann in etwa das Gleiche besäße und es niemand an Nahrung und Behausung fehle. Zunächst würden alle von Raub und Diebstahl leben wollen, aber nach der ersten großen Hungersnot würden sie zur Vernunft kommen und sich wieder der Arbeit zuwenden – jeder nach seinen Bedürfnissen. Knechtschaftsverhältnisse gehörten natürlich abgeschafft – und damit auch einer der Hauptgründe für Hass. Bliebe als Motiv zum Mord nur die Leidenschaft. Am Ende würde es wohl zugehen wie in einer Affenhorde: Die Stärksten bekämen die Schönsten, der Rest finde sich ab. Im Übrigen würde jeder auf seine Kosten kommen. Jeder Mann und jedes Weib könne seinen Gelüsten frönen, anstatt sie im Verborgenen halten oder abtöten zu müssen. Die Liebe werde ein freies Gut sein. Eine solche Welt wäre womöglich ein wenig

unsicherer als die jetzige, aber das Leben darin wäre reizvoll und abenteuerlich.«

Meusen erging sich gern in derartigen Fantasien, wenngleich (oder weil) Hoffmann ihm nur in wenigen Punkten beistimmte.

Insgeheim machte Hoffmann sich große Sorgen um das Kind und bemühte sich immerfort, zu seinen Gunsten zu wirken. Vor allem versuchte er, den Baron zu überreden, die gemeine Pflegerin zu entlassen und an ihrer statt Mademoiselle Sawatzki einzustellen. Baron Meusen lachte nur und sagte, er sei mit der Pflegerin vollkommen zufrieden. Oft fragte sich Hoffmann, warum er dem Treiben kein Ende machte, indem er dem Herrn eine Kompanie Stadtsoldaten auf den Hals schickte und die Lasterhöhle ausräuchern ließ? Warum ersuchte er nicht seinen treuen Freund Hitzig um Hilfe?

Es gab dafür zwei Gründe. Der eine hieß: Ermelmann.

Der fette Akzise-Administrator war häufiger Gast im Hause Meusen, und er zählte nach wie vor zu den einflussreichsten Persönlichkeiten des Königreiches. Sein Wort wog schwerer als das eines Kammergerichtsrates in spe. Solange dieser Mann seine schützende Hand über seinen Neffen hielt, war Hoffmann machtlos.

Der andere Grund hieß: Johanna.

Niemals hätte Hoffmann es über sich gebracht, der Sängerin die Laufbahn am Königlichen Opernhaus zu verderben, indem er sie in einen schmutzigen Skandal verwickelte, der ihr womöglich die Ausweisung aus der Stadt eingetragen hätte. Auch die Primadonna war leider ein ständiger Gast im Hause Meusen und zu Hoffmanns unsäglicher Seelenpein die Geliebte des Steuereinnehmers geworden. Für Hoffmann aber war sie immer noch »das Lamm«. Kurzum, es war unglückliche Liebe, die aus Hoffmann einen stummen Dulder und Förderer des Lasters machte. Der unglückliche Komponist hoffte ebenso inbrünstig wie vergebens, die kapriziöse Sopranistin zu Gefühlen zu bewegen, wie er sie in seiner »Hymne an das Lamm« ausgedrückt hatte. Johanna gab jedoch, wie es schien, dem »Stier« bei weitem den Vorzug.

Hoffmann litt unter Schlaf- und Ruhelosigkeit. Wie ein Wolf lief er im Haus umher. Nichts hielt ihn. Alles ekelte ihn an. Die Musik mied er. Berührte er die Tasten des Klaviers, kam es ihm vor, als versenge er sich die Finger. Mitunter, wenn er sie versunken anstarrte, erschienen sie ihm wie ein grinsendes Gebiss, und er schloss den Deckel mit einer Wut, als schlüge er dem Instrument die Zähne ein. Mit zunehmendem Abscheu hörte er Meusens Kriegserzählungen zu, die an Scheußlichkeit alles übertrafen, was er je zuvor gehört hatte. Da hatten sie im Spanienkrieg Menschen zerhackt, zerstückelt, gehäutet und gepfählt … Morgen, so sagte Hoffmann sich, wenn er im ersten Morgenstrahl heim in seine Wohnung ging, morgen werde ich Meusens Haus meiden! Doch dann, wenn Mischa im Bett lag, wenn er sich an seinem Schreibtisch zerquälte und zergrübelte, wenn die Stunden in der stillen Wohnung verstrichen und man die Nachtwächter draußen mit ihren Schlüsseln klirren hörte, zog es ihn wie mit einem Magneten, und er schrieb Mischa eine Nachricht, er treffe sich mit seinen Poetenfreunden, verließ das heimische Nest und strebte der Meusen'schen Villa zu, denn er konnte nicht leben ohne den täglichen Anblick des Lammes, obwohl er hätte heulen können, wenn er sie auf dem Schoß ihres fetten Liebhabers sitzen und ihm den Specknacken kraulen sah. Fragte ihn Mischa, wenn er im Morgengrauen, aufgewühlt und verzweifelt, zurückkehrte, nach seinen nächtlichen Erlebnissen, so log er, wich aus, drehte alles ins Harmlose, zerstreute ihren Verdacht, er könne etwas mit einer anderen haben, was durchaus glaubhaft war, denn wie ein glücklicher Liebhaber, der soeben aus den Armen seiner schönen Freundin kam, sah er wahrhaftig nicht aus. Er quäle sich, sagte er ihr, mit seinen neuen Werken. Schaffensqualen, behauptete er, seien der Grund für seine Unrast und Schlaflosigkeit.

Er wusste inzwischen, dass sich im Keller des Meusen'schen Hauses die unaussprechlichsten, unausdenkbarsten Dinge abspielten, alles, was man im Katalog der Todsünden fand, Praktiken, die einen Inquisitor hätten schamrot werden lassen. Hier gellten die Lust- und Schmerzschreie, hier klatschte das Peitschenleder, hier wurden alle

Begattungsarten, die Zeus erfunden hatte, probiert, von Männern sowohl wie von Weibern. Hier gab es, in einer geheimen Kammer, arabische Stuten; Hündinnen mit samtenen Zungen. Und immerzu floss der Wein, als springe er aus einem Gebirgsquell; nie wurden die Platten mit den scharf gewürzten Speisen leer;

Einmal, ein einziges Mal stieg Hoffmann hinab in das Pandämonium der Lüste. Er konnte es nicht mehr ertragen, in seinem einsamen Zimmer zu brüten, das gebleckte Gebiss der Klaviertasten anzustarren. Er folgte der Einzigen, die er begehrte. Er stieg die Stufen hinunter, suchte im Gewühl der Leiber verzweifelt nach Johanna, der Sängerin. Er wurde umgirrt, betastet, geprüft, mal verschmäht, mal für gut befunden. Wein plätscherte aus nimmermüden Brunnen, ließ sich mit Bechern und Pokalen auffangen. Hoffmann trank viel, aber er suchte das Lamm. Er stieg über Leiber, stolperte, fiel auf einen fett gepolsterten Leib. Es war Baron Ermelmann! Und da lag sie bei ihm! Johanna! Sie lag dem Fetten in den Armen, stopfte ihm Pasteten zwischen die wulstigen Lippen, lachte, girrte, ließ sich betasten, ergreifen, zurechtrücken, alles vor Hoffmanns entsetzt geweiteten Augen.

Hätte Hoffmann ein Messer besessen, er hätte den Ungeschlachten verschnitten! Mit einer Gabel hätte er ihm die Augen ausgestochen! Er heulte vor Wut auf, griff nach der Heißbegehrten, wollte sie losreißen von dem verhassten Fleisch, doch sie stieß ihn beiseite. Wie konnte sie ihm das antun! Jedem hätte er sie gegönnt, aber nicht diesem!

Hoffmann stürzte sich auf den Koloss, zerrte ihn an den Haaren, trat nach ihm. Der Gewaltige richtete sich auf, brüllte, nahm Kampfstellung ein wie ein Ringer, stand mit Säulenbeinen, kolossalem Leib und Armen wie Schweineschenkel vor dem unterlegenen Gegner, den die Eifersucht für die Unterschiede der Dimensionen blind machte und der in wütendem Hass auf ihn einschlug. Hoffmann trat, kratzte und biss, doch der Großmächtige verschüttete ihn mit seinen Massen, als ginge eine Lawine über ihm nieder. Hoffmann wurde von zwei gewaltigen Armen in den Würgegriff genommen und mit knochenzerbrechender Macht gepresst und erstickt, mochte er auch in wildem Hass auf die Fettwülste seines Gegners trommeln. Der Koloss überwältigte ihn mühelos. Hoffmanns Kopf wurde in eine Armbeuge gequetscht und in diesem Schraubstock zusammengedrückt, bis ihm schwarz vor Augen wurde und der Sieger den Ohnmächtigen in die nächstbeste Ecke warf.

Hoffmann musste sich danach als gedemütigt und geschlagen bekennen. Er hatte sich vor seiner Angebeteten lächerlich gemacht. Da saß der fette weiße Gorilla mit seiner Beute, der er sein elefantöses Bauchgewölbe als Ruhekissen überließ, während sein lädierter Feind an ohnmächtigem Hass erstickte. Hoffmann war übel; er würgte und übergab sich, ihm stürzten bittere Tränen aus den Augen. Er schluchzte, bis eine Bezechte sich zu ihm setzte und ihm mit lallender Zunge einen unverständlichen Trost zusprach.

Zaghaftes, doch hartnäckiges Klopfen weckte Hoffmann am nächsten Morgen. Es war, als begehre eine Maus Einlass oder ein junger, noch etwas unsicherer Specht versuche sich vorsichtig an seinem ersten Nistloch. Hoffmann öffnete. Draußen stand die Tochter der Baronin.

Die Haut des Kindes war von jenem feenhaften Weiß, um das die Sonnenstrahlen sozusagen einen Bogen machten. Das hellblonde Haar fiel ihm als goldener Wasserfall auf die Schultern. »Meine Mutter bittet Sie um einen Besuch«, hauchte das Mädchen. Ihre Worte schienen auf den Lippen innezuhalten und sich vorsichtig umzusehen, ehe sie sich als filigrane Schallwellen in Bewegung setzten.

»Sie möchte Sie sprechen.«

»Spricht sie denn wieder?«

»Sie spricht«, erwiderte das Mädchen.

»Ich komme«, sagte Hoffmann. Er konnte nur schwer der Versuchung widerstehen, sich die Brust zu kratzen. Durch den exakt in seiner Augenhöhe liegenden Scheitel des Kindes blickte er wie durch ein Visier auf die geöffnete Tür auf der gegenüberliegenden Seite der Halle. Das Mädchen stand vor ihm, als könne es sich nicht entscheiden, ob es zu Fuß oder durch die Luft zu seinem Zimmer zurückkehren sollte. Es wäre Hoffmann wie eine Gewalthandlung erschienen, ein solches Geschöpf durch das Schließen der Tür zu beleidigen, und er wiederholte, ein wenig ratlos, sein Versprechen: »Ich komme«, als sei dies die geheime Formel, mit der man traumverlorene Elfen in Bewegung setzte.

Die Baronin lag in ihrem Bett. Sie empfing den Eintretenden mit einem wachen Blick, der nichts mehr von den bodenlosen Abgründen des Wahnsinns ahnen ließ, in denen sie in der letzten Zeit herumgeirrt war. Dennoch schien es, als habe das Leiden ihr Furchen ins Gesicht gegraben, um darin zu überwintern und als Frühlingssaat neu aufzugehen. Das ergraute Haar der Baronin war wie ein schlecht gewebtes, verstaubtes Stück Stoff über das Kissen gebreitet.

Hoffmann verneigte sich.

»Ich danke Ihnen, dass sie gekommen sind«, begrüßte ihn die Baronin mit einer Stimme, die klang wie ein um Hausecken streichender Wind.

»Wie befinden sich Frau Baronin?«, fragte Hoffmann.

»Es geht mir besser. Danke.«

Das Mädchen entfernte sich nahezu schwebend auf die stumme Aufforderung ihrer Mutter hin.

»Wir haben nicht viel Zeit.« Es knisterte im Mund der Baronin, als sei ihre Zunge ein welkes Blatt. »Darum will ich schnell zur Sache kommen.«

Hoffmann trat zum besseren Verständnis einen Schritt näher.

Der linke Arm der Baronin hob sich auf beinahe spiritistische Art von der Bettkante, und ein knochenbleicher Zeigefinger wies auf einen zarten Frisiertisch, der auf goldbestrumpften Beinen auf dem Teppich tänzelte.

»Bringen Sie mir die Schmuckschatulle«, keuchte die Kranke.

Hoffmann gewahrte die silberne Monstranz einer Schatulle auf dem Rokokotischchen. Er ging hin, hob sie mit einem priesterlichen Griff empor und trug sie so behutsam, als enthielte sie die Requisiten der letzten Ölung, ans Bett der Kranken.

Die Baronin nestelte einen kleinen Schlüssel aus ihrem Negligé und vollzog mit zitternden Fingern die geheimen mechanischen Riten des Aufschließens. Vermutlich verbarg sich unter dem filigranen Relief der Schatulle ein Schweizer Uhrwerk aus geheimen Fächern und Mechanismen. Tatsächlich öffnete sich an einer Stelle, wo Hoffmann es niemals vermutet hätte, ein Türchen von der Größe einer Spielkarte. Dahinter befand sich ein mit Samt ausgeschlagenen Hohlraum, der offensichtlich zum Verbergen illegitimer Kleinode gedacht war. Beim näheren Hinsehen enthielt der kleine Tresor jedoch nur ein ovales Medaillon von der Größe eines Spatzeneies.

»Das ist mein Mann!«, raschelte es aus dem Mund der Baronin.

Hoffmann blickte in die winzige Vitrine, aus der ihn das mit von genialer Künstlerhand verfertigte Miniaturporträt eines Mannes anlächelte.

»Das ist mein Ehemann!«, wiederholte die Wahnsinnige, während Hoffmann seine Gedanken sortierte. Der hier abgebildete Mann war Baron Orlowski.

In dem Moment platzte die Pflegerin in das Zimmer. »Was haben Sie hier zu suchen?«, rief sie, die Fäuste in die Hüften gestemmt. »Wollen Sie etwa stehlen?«, fügte sie hinzu, als sie die Schatulle in Hoffmanns Händen bemerkte.

»Mäßigen Sie sich!«, wies Hoffmann sie zurecht. »Was fällt Ihnen ein, mich zu beschuldigen?«

Das furchtbare Weib schien sich darauf zu besinnen, dass ihre Position nur die eines Lakaien war, während Hoffmann den Status eines vornehmen Hausgastes innehatte. Mit Mühe hielt sie ihren Zorn im Zaum.

»Die Kranke darf nicht gestört werden!«, wiederholte sie den kategorischen Imperativ des medizinischen Personals.

»Ich sollte kein Recht auf einen kurzen Besuch haben? Das nähme mich wunder«, versetzte Hoffmann, der von der Ungeschlachten keine Unverschämtheiten zu dulden gedachte.

»Ich rufe den Herrn Baron!«, drohte die Pflegerin, ihre letzte Trumpfkarte ausspielend.
»Ich werde in der nächsten Zeit häufiger nach der Baronin sehen«, kündigte Hoffmann an. »Sie scheint wieder in der Lage zu sein, Besuch zu empfangen.«
»Das geht nicht! Das ist unmöglich!«, fuhr der Dragoner auf. »Der Doktor hat verboten …«
»Vergessen Sie nicht, dass noch eine gerichtliche Untersuchung im Schwange ist.«
Mit diesen Worten, die der stupiden Person kaum verständlich gewesen sein dürften, drückte Hoffmann dem Weib die Schatulle in die Hand und verließ das Zimmer.

Die plötzliche Genesung der Baronin war erfreulich, aber doch auch verwunderlich. Offensichtlich hatte der Dämon, der sich so erbittert gegen den Exorzisten gewehrt hatte, beschlossen, aus freien Stücken auszufahren – womöglich, weil er es satt hatte, in einem blutlosen, unsinnlichen Körper zu versauern.
Was aber war das mit der Behauptung, Baron Orlowski sei ihr Ehemann? Handelte es sich hier um die letzten Überreste der Geistesverwirrung? Wie kam überhaupt ein Medaillon mit Orlowskis Konterfei in den Besitz der Baronin? Es war Hoffmann vollkommen neu, dass die Baronin den polnischen Edelmann überhaupt kannte. Er wusste nicht recht, was er von dieser Sache zu halten hatte.
Was aber sollte er tun? Es war seine Pflicht, die Baronin vor Gericht zu stellen, sobald sie wieder in einem anklagefähigen Zustand war. Zum Glück ließ ihre körperliche Verfassung noch keinen derartigen Gedanken zu. Die Kranke wieder ins Gefängnis zu bringen, einen neuen Prozess gegen sie zu eröffnen war das Letzte, was Hoffmann sich wünschte. Leider führte, wenn ihre Genesung noch weiter fortschritt, kein Weg daran vorbei!
Als Hoffmann zurück in sein Zimmer ging, hörte er laute Männerstimmen, die, offensichtlich im Streit, aus dem Schlafgemach des Barons drangen. Was war da los? Hoffmann stand still und horchte.

Derjenige, der gerade lospolterte, war der Baron selbst. Hoffmann erschrak, als er die Worte hörte: »Du hast sie umgebracht! Ich weiß es!«

Derjenige, der sich dagegen, ebenfalls lautstark, verwahrte, war offensichtlich Baron Ermelmann. »Das ist Unsinn! Einbildung!«, schrie der Fette.

Zweifellos war in dem Zimmer eine höchst interessante Unterhaltung im Gange. Hoffmann war im Begriff, sein Ohr an die Tür zu legen, als ihm einfiel, dass es ja eine weit komfortablere Möglichkeit gab, das Streitgespräch zu verfolgen. Er schlüpfte in das Zimmer neben dem Schlafzimmer des Barons, das von diesem nur durch den eisernen Kaminschieber getrennt war. So konnte er dem Wortgefecht bequem vom Sessel aus folgen. Und siehe da: Der eiserne Schieber war sogar geöffnet. Klar und deutlich klangen die Worte von nebenan zu ihm herüber.

»Lüg mich nicht an! Ich weiß es besser. Ich habe mit dem Hofkonditor gesprochen. Er kommt häufig zu mir ins Haus!«, schrie der Baron.

»Was weiß denn der alberne Zuckerbäcker darüber?«, verteidigte sich Ermelmann.

»Du hast sie verlassen! Du hast sie in dem verfallenen Haus ausgesetzt! Dort ist sie elend zugrunde gegangen. Krepiert, könnte man wohl sagen!«

»Und? Hast du dich um sie gekümmert? Warst du nicht ebenfalls in Berlin?«

»Ich wusste nichts von ihrem Aufenthaltsort!«, schrie Baron Meusen außer sich. »Du hast mich belogen! Hätte ich gewusst, dass sie noch lebt, hätte ich sie zu mir genommen!«

»In deine Spelunke!«, erwiderte Ermelmann höhnisch. Es entstand daraufhin ein Gerangel. »Ich bringe dich um!«, rief Baron Meusen. Anscheinend hatte er sich auf Ermelmann gestürzt. Das Getümmel war schnell beendet. Offenbar war ein Fleischberg wie Baron Ermelmann selbst für einen Raufbold wie Meusen ein schwerer Brocken.

»Nimm dich zusammen!«, herrschte Ermelmann den Angreifer an, nachdem er ihn offenbar abgewehrt hatte.

»Zum Teufel, sie war meine Mutter!«

»Die dich sitzen gelassen hat.«

»Ebenso wie du.«

»Ich wusste nicht, dass du …«

Meusen schnitt seinem Gegner das Wort ab. »Sie soll dir nicht gesagt haben, dass du mein leiblicher Vater bist? Das soll ich dir glauben? Hältst du mich für einen Trottel?«

»Was hätte es dir genützt, wenn wir dich mitgenommen hätten? Wir waren beide arm wie die Kirchenmäuse. Ich habe dreißig Jahre gebraucht, um das zu werden, was ich jetzt bin.«

»Du hast meine Mutter zugrunde gerichtet! Und mich dazu! Das zahle ich dir heim!«

»Mach dich nicht lächerlich! Du machst nicht gerade den Eindruck eines zugrunde gerichteten Mannes. Also, ich muss zu meinen Geschäften. Sag, was du von mir willst!«

»Die Handelsgesellschaft.«

»Wie?!«

»Du hast recht gehört. Ich verlange das Kommando über die Gesellschaft.«

»Und wenn ich es dir nicht gewähre?«

»Dann vernichte ich dich.«

Der Akzise-Administrator schnaubte wie ein gereizter Stier. »Du wagst es, mir zu drohen? Mir?«

»Du weißt, dass ich dich ruinieren kann.«

»Ich drehe dir den Hals um!«, schrie Baron Ermelmann.

»Wenn ich meinem Freund, dem Kammergerichtsrat, den Postsack übergebe, kannst du dich aufhängen!« Diese finstere Drohung schleuderte Baron Meusen dem Mann ins Gesicht, der – wenn Hoffmann es richtig verstanden hatte – sein leiblicher Vater war!

»Du vergisst, dass wir in einem Boot sitzen. Im Zweifelsfall hängen wir beide am Galgen.«

»Ich fürchte den Tod nicht«, versetzte Meusen. »Im Gegensatz zu dir.«

»Warum sollte mir das Leben mehr wert sein?«, wandte Ermelmann mit bestechender Logik ein.
»Weil du dich verliebt hast. In das zierliche Goldkehlchen, das so gern Frau Baronin heißen möchte. Das macht dich schwach. Ein Mann, der liebt, will leben. Diesen Vorteil werde ich nutzen.«
»Du bist ein elender Schurke.«
»So danke ich meinen liebevollen Eltern für ihre Mühen und Sorgen!«, höhnte Baron Meusen.
»Du willst Rache?«
»Ich will Macht. Macht und Reichtum. Du bist alt. Du hast genug. Zieh dich mit deinem Vögelchen in ein goldenes Nest zurück!«
»So hat noch niemand mit mir zu reden gewagt!«
»Du hattest noch nie mit einem Gegner wie mir zu tun!«
»Mein eigener Sohn!«
»Du berufst dich auf Blutsbande? Du? Das ist zum Lachen!«
»Ich lasse mich nicht unter Zwang setzen! Von dir nicht und von niemandem sonst.«
»Denkst du, dein Täubchen heiratet einen Entehrten, Davongejagten?«
»Wer sollte mich davonjagen. Der König ist Wachs in meinen Händen.«
»Es gibt noch Richter in Berlin«, zitierte Meusen hohnlachend.
»Du redest von diesem lächerlichen Zwerg? Den zerdrücke ich wie eine Fliege an der Wand.«
»Unterschätze ihn nicht. Er ist schlau – und er hasst dich. Er ist rasend eifersüchtig. Er würde mit Freuden Rache an dir nehmen. Ich könnte ihm die Möglichkeit dazu bieten. Noch in dieser Stunde!«
»Lächerlich!«
»Nun, lass es auf eine Probe ankommen!«
Ermelmann schwieg.
»Du hattest vor, mich zu ruinieren«, ergriff Meusen wieder das Wort. »Dafür bestrafe ich dich.«
»Das ist Unsinn. Wie hätte ich dich ruinieren können, ohne mich selbst zu gefährden?«

»Du glaubtest, mein Vermögen einziehen zu können. Meine arme Lebensgefährtin, die Baronin, sollte als Mörderin verurteilt werden. Warum? Zweifellos, um ihr Vermögen einziehen zu können. Einen Teil für den König, einen Teil für dich. Was seid ihr nur für Schurken! Ich komme mir fast harmlos vor gegen euch.«
»Das sind unbewiesene Vorwürfe! Kein Wort davon ist wahr.«
»Jedes Wort ist wahr! Aber nun Schluss. Ich erwarte bis heute Abend ein Dokument, in dem du mir die Handelsgesellschaft überträgst. Ansonsten erhält der Kammergerichtsrat den Postsack.«
Ermelmann schwieg. Offenbar kalkulierte er seine Möglichkeiten. Dann antwortete er: »Also gut. Was liegt daran. Das Gold ist ohnehin unerreichbar.«
»Wir werden sehen«, sagte der jüngere Baron.
»Ist dein Mütchen damit gekühlt, oder erhebst du weitere Ansprüche?«
»Ich werde darüber nachdenken.«
»Zum Teufel, was willst du denn noch?«, schrie der Administrator.
Meusen lachte: »Solange ich in Berlin bin, hast du mich auf dem Hals wie eine Landplage.«
»Wir hätten dich mitnehmen und im Wald aussetzen sollen!«, entfuhr es dem Baron.
»Eine verpasste Gelegenheit kehrt niemals wieder«, erwiderte Meusen kalt. »Und jetzt entschuldigst du mich. Ich muss mich um meine Gäste kümmern.«

8
Vierter Brief

... Ich verließ das Haus des Barons an jenem ereignisreichen Vormittag, ohne den Hausherrn noch einmal zu sprechen, und begab mich schnurstracks ins Kammergericht, wo ich über das Gehörte in Ruhe nachzudenken gedachte.
Viele Neuigkeiten waren auf mich eingestürmt, weiß der Himmel!

Bei näherer Betrachtung zeigte sich jedoch, dass die Saat auf einen wohl vorbereiteten Boden gefallen war. Zum Beispiel hatte ich erfahren, dass Baron Meusen der natürliche Sohn Baron Ermelmanns war. Zuvor jedoch hatte mir Baron Meusen bereits von seinem Aufwachsen im Gefängnis und dem Durchbrennen seiner Mutter mit einem Geliebten erzählt. Dieser Geliebte war nun also Baron Ermelmann. Alles, was ich über Meusens traurige Kindheit gehört hatte, lag in meinem Gedächtnis bereit und erstand als deutliche Vorstellung vor meinen Augen. Ich konnte mir die Einsamkeit des Kindes ausmalen, das, von seiner Mutter verlassen, in den Händen eines bösartigen Vaters und in einer üblen Umgebung dazu verleitet wurde, sich dem Bösen zuzuwenden, das seinen Zorn und seine Trauer umwandelte in eine Auflehnung gegen eine Welt, die so schlecht geordnet war, gegen eine Moral, die sich als Heuchelei und gegen ein Rechtsystem, das sich als brutal entpuppt hatte.
Ich konnte mir vorstellen, wie Meusen später, nach Jahren der Verrohung im Feld, geprägt von der Verderbtheit der Landsknechte, nach Berlin kam und dort seinen leiblichen Vater traf, der es inzwischen zu Reichtum und Einfluss gebracht hatte. Seine Mutter hingegen lebte verlassen in einem öden Haus, nachdem die Liebe zwischen ihr und ihrem Entführer erloschen war. Hatte Meusen sie noch einmal wieder gesehen? Vermutlich nicht. Er war nicht der Mann, sich einer elenden, womöglich geistig umnachteten Frau anzunehmen, selbst wenn sie seine leibliche Mutter war. Die Vorwürfe, die er seinem Vater ihretwegen machte, schienen eher taktisch bedingt. Er stürzte sich, wie man wusste, in ein wüstes Lasterleben, bis die Nachforschungen der Justiz ihn allzu sehr bedrängten.
Zwischen seinem leiblichen Vater und ihm entspann sich ein Verhältnis, das von Hass und gegenseitiger Abhängigkeit geprägt war. Meusen unternahm – offenbar im Auftrag seines Vaters – einträgliche Raubzüge, wobei er seinem Hang zur Grausamkeit immer ungehemmter freien Lauf ließ. Ermelmann stand zweifellos an der Spitze des gemeinsamen Unternehmens. Er verfügte über die notwendigen Kenntnisse und Fähigkeiten, um ein solch großes Geschäft in Gang

zu halten. Jenitzsch war sein Statthalter in Sachsen. Lichtbrinck schmuggelte einen Teil seiner angehäuften Waren nach Amerika, wo er sie mit Gewinn verkaufte – zumindest bis zum Beginn der Kontinentalsperre.

Alles dies wusste ich von Lichtbrinck.

Die Abriegelung des Kontinents durch Napoleon dauerte sieben Jahre. In dieser Zeit tobten in Europa allenthalben die Kriege, wurde geraubt, gestohlen, geplündert. Es mussten sich in diesen Jahren ungeheure Schätze angehäuft haben. Diese Reichtümer waren ganz offensichtlich der Zankapfel zwischen Vater und Sohn. Um ihren Besitz wurde erbittert gerungen.

Was aber hatte es mit dem »afrikanischen Gold« auf sich, von dem die Rede gewesen war? Es war, wenn ich mich recht erinnerte, nur einmal kurz, in einem beiläufigen Satz, erwähnt worden. Dennoch reichte dieser knappe Hinweis, um mich ins Bild zu setzen. Warum? Ich war durch Orlowskis Brief darauf vorbereitet worden.

Dieser Brief gewann nun mein besonderes Interesse. Ich nahm ihn mir vor, las ihn mehrere Male, begann, über seinen Inhalt unter neuen Aspekten nachzudenken.

Wie kam Orlowski darauf, mir etwas über »angehäuftes Gold« in Afrika zu erzählen? Er wollte mein Interesse wecken! Es sollte mir deutlich gemacht werden, dass es hier um viel Geld ging – aber ohne mir tatsächlich die Wahrheit zu sagen! Man lenkte meinen Blick in die Ferne, auf die entlegene, unerreichbare Goldküste. In Wahrheit aber lag das Gute, wie es im Sprichwort heißt, vermutlich viel näher, nämlich hier in Berlin.

Afrika war eine Schimäre, ein Ablenkungsmanöver. Wenn ich alles, was ich von Meusen, Lichtbrinck und Orlowski erfahren hatte, zusammenfasste, ergab sich folgendes Bild:

Das angehäufte Gold, um das es ging, war nichts anderes als jene Kriegsbeute, die Ermelmann in den »sieben mageren Jahren« hatte zusammenrauben lassen, die er jedoch nicht absetzen konnte. Es lagerte nicht auf dem schwarzen Kontinent, sondern quasi vor meinen Augen. Ermelmann musste über gewaltige Lager von Kunst- und

Wertgegenständen verfügen, Beutegut aus aller Herren Länder, Millionen an Wert, die sich nun, da die Kontinentalsperre beendet war, wieder zu Geld machen ließen. Kein Wunder, dass Vater und Sohn, die Häupter der Räuberbande, just zu diesem Zeitpunkt aneinander gerieten!

Es war die Nachricht von der Aufhebung des Handelskrieges, dem Ende der Kontinentalsperre, die Meusen aus dem Hohen Norden hierher gelockt hatte. Er wusste, dass sein Vater nun darangehen würde, seine Beute zu Geld zu machen, und er wollte sich seinen Anteil sichern.

Ich prüfte meinen Gedanken gründlich nach allen Seiten, fand jedoch nichts auszusetzen. Ich war sicher, das Richtige getroffen zu haben.

Ich wusste nun, dass es hier um die Macht und den Besitz eines riesigen Vermögens ging.

Mir fiel jetzt auch auf, wie geschickt man mich mit den Informationen versorgt hatte, die zum Verständnis der Zusammenhänge notwendig waren. Meusen, Lichtbrinck und Orlowski hatten in dieser Hinsicht ganz offensichtlich gemeinsam gewirkt.

Das Streitgespräch zwischen Vater und Sohn hatte alles, was ich zuvor schon wusste, noch einmal zusammengefasst, ergänzt und alldem, wenn man so will, die Krone aufgesetzt.

Mir kam der Verdacht, dass dieses Gespräch ganz bewusst auf mich gezielt, für meine Ohren bestimmt gewesen war.

Warum fand es in dem Zimmer statt, das neben dem meinen lag? Dort gab es, wie ich mich erinnerte, nur einen einzigen Stuhl! Ohnehin verlegt man geschäftliche Unterredungen gemeinhin nicht in ein Schlafzimmer. Ich habe dafür jedoch eine plausible Erklärung: Meusen wusste, dass ich mich meist in dem Raum neben seinem Schlafzimmer aufhielt, wenn ich in seinem Haus weilte, und dass dieses Zimmer durch den Doppelkamin geradezu ideal zur Spionage eingerichtet war. Der eiserne Schieber war geöffnet worden, was der Zugluft wegen nur selten geschah. Konnte es einen deutlicheren Hinweis geben, dass man mir bewusst einen Logenplatz eingerichtet hatte.

Ich sollte den Streit zwischen Vater und Sohn in allen Einzelheiten mitbekommen.

Aber was war der Grund? Worum ging es?

Ich kam zu dem Schluss, dass es Meusens Absicht gewesen war, mich von ihm abzulenken und meinen Jagdinstinkt auf Baron Ermelmann zu richten. Das Glück begünstigte ihn dabei insofern, als ich auf den Fetten ohnehin eifersüchtig war. Anscheinend wollte Meusen mich als Werkzeug benutzen, um seinem Vater zu schaden. Welche Absicht steckte dahinter?

Es konnte, natürlich, kein anderes Motiv geben als das Geld. Und plötzlich ging mir ein Licht auf!

Wo hatte Ermelmann die angehäuften Schätze gelagert, wo lagen sie sicher, wo war die Drachenhöhle mit dem Nibelungenschatz? In seinem eigenen Hause! Nur so konnte er sie vor Räubern und betrügerischen Mitwissern bewahren. Er selbst musste sie hüten! Er brütete auf ihnen wie die Gans auf den goldenen Eiern.

Das aber bedeutete: Sobald man das Recht erwirkte, sein Haus zu durchsuchen, war es um ihn geschehen. Man würde in üppiger Fülle Beweise dafür finden, dass Ermelmann jahrelang geraubt und geplündert, dass er sich der Hehlerei und Unterschlagung schuldig gemacht hatte, dass er, der Akzise-Administrator, selbstverständlich keine Abgaben für seine eigenen Handelsunternehmungen entrichtete.

Das war es! Meusen lieferte mir seinen Rabenvater ans Messer!

Nachdem ich die Summe meiner Informationen gebildet hatte, musste ich nur noch darüber nachdenken, wie ich Ermelmanns Ruin praktisch bewerkstelligen konnte.

Ich überprüfte meine Hypothese natürlich nach allen Seiten, verbrachte den ganzen Tag damit, sie hin und her zu wälzen, in Zweifel zu ziehen, zu kritisieren – doch letztlich erhob die Theorie vom Familienstreit um das große Gold immer wieder siegreich ihr Haupt. Allerdings fehlten mir, so viele Hinweise es auch gab, die Beweise gegen Ermelmann. Da war nun von einem ominösen Postsack die Rede gewesen. Was hatte es damit auf sich?

Offensichtlich war dieser Behälter beziehungsweise sein Inhalt der Schlüssel zu allem. Er war der Grund, warum Ermelmann nach der Pfeife seines Sohns tanzen musste. Der Akzise-Administrator hatte nicht widersprochen, als Meusen behauptete, er könne ihn durch das, was der Postsack enthielt, vernichten. Mochte es sich dabei um Briefe handeln – was der Name »Postsack« nahe legte – oder andere verräterische Dokumente, gleichviel. Ihr Bekanntwerden bewirkte todsicher Ermelmanns Untergang.
Dies war die Spur, auf die Meusen mich lenken wollte, kein Zweifel. Aber warum tat er dies? Brachte er sich nicht selbst auf das Schafott, wenn er seine Drohung in die Tat umsetzte und seinen Vater vernichtete, da sie ihre Schurkereien doch schließlich gemeinsam begangen hatten? Nun, es lag an Meusen selbst, mir die Beweisstücke zu überlassen oder nicht. Zweifellos hatte er sie gut verwahrt. Vorerst reichte ihm die Drohung gegenüber seinem Vater, sie mir zu übergeben, um diesen gefügig zu machen.
Ob er sie mir jemals wirklich aushändigte, stand auf einem anderen Blatt.
Ich war nichts als ein Werkzeug in seinen Händen! Diese Erkenntnis wuchs in mir, je länger ich über die Angelegenheit nachdachte. Es war Meusen, der die Figuren auf dem Spielfeld umherschob – und ich war eine von ihnen.
Noch etwas wurde mir plötzlich offenbar: der Grund, warum Meusen seinen Vater gerade jetzt so massiert angriff. Ermelmann wollte heiraten! (Es gab mir einen Stich!) Natürlich war es reine Spekulation, was ich folgerte, doch sei's drum. Ich setze es hierher.
Ich vermutete nämlich, dass Ermelmann Meusen als seinen natürlichen Sohn anerkannt hatte. Wahrscheinlich hatte Meusen ihn dazu gezwungen (er verstand sich darauf, Zwang auszuüben). Damit war er, falls Ermelmann kinderlos verstarb – dessen Erbe.
Nun war der Akzise-Administrator womöglich im Begriff, mit Johanna Jaenicke einen Sohn zu zeugen, der Meusen in der Erbfolge voranging.
Eine solche Enterbung musste er verhindern. Dafür gab es nur eine

Möglichkeit: Die Ehe musste hintertrieben werden. Entweder dadurch, dass man die Liebenden einander entzweite, was schwierig war. Oder – indem man einen von ihnen umbrachte (oder beide) beziehungsweise in den Tod trieb. Ich glaube kaum, dass Meusen vor einem derartigen Mittel zurückschreckte.
Allerdings war ihm das Schafott sicher, wenn er eine hoch gestellte Person wie den Akzise-Administrator ermordete. In diesem Fall konnte er seinem Erbe Adieu sagen. Er musste also einen anderen Plan hegen. Worin der bestand, war nicht schwer zu erraten. Das Losungswort hieß wieder einmal »Postsack«. Ich war sicher, dass dieses ominöse Behältnis demnächst in Berlin auftauchen, dass die schwarzen Wolken sich dicht über Ermelmanns Haupt zusammenziehen würden – und dass ich als Schicksalsbote ausersehen war.
Soweit stellten sich mir die Dinge klar vor Augen. Nur war mir ein Rätsel, wie Meusen sich selbst vor den Folgen einer solchen Offenbarung bewahren wollte. Vernichtete er seinen Vater, vernichtete er sich selbst. Darüber waren sich die beiden Streithähne einig gewesen. Es stand patt zwischen ihnen.
Wollte Meusen nur seine Rache? War ihm sein eigenes Schicksal gleichgültig? Nein. Er wollte seinen Triumph genießen. Er wollte seinen Rivalen tot zu seinen Füßen sehen. Er liebte das Leben, auch wenn er dies leugnete. Er liebte die Macht und das Mittel, das ihm zu derselben verhalf: das Geld. Zweifellos hatte er einen Plan, der zur Vernichtung seines Rivalen führen sollte, ohne ihm selbst zu schaden. Doch ich mochte grübeln, soviel ich wollte, an diesem Punkt versagte sich mir die Erleuchtung.
Lieber Freund, Du wirst lachen, wenn Du vernimmst, auf welche Art ich schließlich die Wahrheit erkannte. Nämlich indem ich zeichnete! Mir war, wie erinnerlich, an jenem Vormittag noch ein weiteres Rätsel aufgegeben worden. Es betraf das Medaillon mit Orlowskis Konterfei. Die Baronin hatte Orlowski, nicht Meusen als »ihren Mann« bezeichnet. Ich musste mich von dem Gedanken freimachen, dass dies nur das unsinnige Gerede einer Närrin wäre. Es steckte ein Sinn dahinter. Nur, welcher? Was hatte mir die Baronin sagen wollen?

Ich grübelte hin und her, und während ich dies tat, ergriff ich einen Crayon und begann auf einem vor mir liegenden Blatt Papier herumzukritzeln. Du weißt, wie es manchmal »in uns denkt«, scheinbar ohne dass wir selbst aktiv daran beteiligt sind. Die Gedanken schweifen umher, wie ein unterirdischer Bach unter der Felsdecke einherfließt und plötzlich, ganz unverhofft, als Quelle zutage tritt. So erging es mir an jenem denkwürdigen Morgen.
Die Lösung kam, weil mein Verstand durch das lange Nachdenken hellwach war, ich ihm jedoch keine Zügel anlegte, sondern ihn frei schweifen sich seinen Weg selber suchen ließ. Und, beim Himmel, er fand ihn!
Ich zeichnete zunächst dies und das, bedeutungslose Dinge. Doch je länger ich mit dem Medaillon herumspielte (das ich mitgenommen hatte), desto deutlicher verwandelte sich mein Gekritzel in eine Kopie des Porträts meines Freundes Orlowski. Mein Zeichentalent (das leider zusehends verkümmert) brachte schließlich ein treffendes Abbild seines Antlitzes zustande. Ich verbesserte es allmählich so weit, dass schließlich aus der Skizze ein veritables, getreues Konterfei wurde. Und plötzlich, aus einer Eingabe heraus, verlieh ich dem eleganten, glatt rasierten Orlowski einen wilden, schwarzen Bart, schwarze Prachtlocken und einen hässlichen Narbenwulst quer über die Stirn. Und, siehe da! Orlowski war Meusen!
Die Erkenntnis traf mich wie ein Hieb. Meusen war Orlowski!
Natürlich war dies zu jenem Zeitpunkt nur eine rein visuelle, physiognomische Übereinstimmung. Aber sie war allzu frappant, um auf einem bloßen Zufall zu beruhen.
Plötzlich fiel mir auf, wie »dick aufgetragen« Meusens Maske war, wie über-charakterisiert seine Erscheinung. Der narbige Brigant Meusen stellte einen so vollkommenen Gegensatz zu dem stutzerhaften Libertin Orlowski dar, dass auf den ersten Blick ganze Welten zwischen den beiden Erscheinungen zu liegen schienen. Aber war nicht, als Verkleidung betrachtet, Meusens Maske höchst simpel, die Mittel nahezu grob, ja schlichtweg dreist zu nennen? Der Bart verbarg das Gesicht, die Locken die Kopfform, die Narbe lenkte den

Blick von den Augen ab, die noch immer das sicherste Merkmal einer Persönlichkeit darstellen. Die Stimme war leicht zu verändern; jeder Schauspieler kennt die dazu geeigneten Mittel.
Ich probierte es mehrfach. Ich zeichnete Orlowskis Porträt mit noch größerer Sorgfalt, versah es aus dem Gedächtnis mit den Merkmalen Meusens. Das Ergebnis war immer das Gleiche.
Meusen war Orlowski. Zumindest nach den Kriterien der Zeichenkunst. Ich begann meine Hypothese aus allen möglichen Perspektiven zu überprüfen.
Ich kam, natürlich, zunächst wieder auf die Baronin zurück. Jetzt, wo mir ein Licht aufgegangen war, wurde mir deutlich, wie sehr ich mit Blindheit, auch psychologischem Unvermögen geschlagen gewesen war. Hätte eine Frau wie die keusche und spröde Gräfin Weringhausen sich wohl jemals mit einer Abenteurergestalt wie Meusen in seiner jetzigen Erscheinung eingelassen, ja auch nur abgegeben? Keineswegs. Sie hätte ihn verachtet und verabscheut. Niemals wäre sie die Frau eines solchen Menschen geworden. Nein, der Mann, den sie vor Gericht geschildert hatte, war – Baron Orlowski. Ein kultivierter, zartfühlender, Vertrauen erweckender Kavalier, nebenbei ein Heuchler und Tartüff. Er besaß – ganz anders als Meusen – eine für fromme Jungfern anziehende Erscheinung. Er trat nicht schüchtern und unmännlich auf wie der gelehrte Bibliothekar, den sie später erwählte, war aber auch kein »wilder Mann«, dem nur die Augenklappe zum Piraten fehlte. Kurzum: Der Mann, der mit viel Mühe ihr Herz erobert hatte, war tatsächlich Friedrich Meusen in der vorweggenommenen Gestalt des Barons Orlowski, die er sich dann später zeitweise wieder zugelegt hatte.
Da die Baronin »Orlowski« niemals gesehen hatte, war die Abbildung ihres Mannes auf dem Medaillon ein schlagender Beweis für die Identität der beiden Personen. Meusen hatte einst, als er die junge Gräfin freite, wie nachmals sein Alter Ego ausgesehen, natürlich um einige Jahre jünger. Dies war es, was die Baronin mir zu verstehen geben wollte: Ihr Mann hatte sich verkleidet! Ich begriff jetzt, was das Bildnis des jungen Barons Meusen für meine Untersuchung

bedeutete. Zweifellos wurde die Baronin dadurch zu einer wichtigen Zeugin für meine Ermittlungen. Ich musste sie umgehend zu meiner Verbündeten machen!
Übrigens fiel mir auf, dass ich Meusen und Orlowski bislang noch nie zusammen gesehen hatte. Nun bot sich mir auch eine Erklärung für Orlowskis »Verbannung«! Er war in Wirklichkeit niemals auf einer Insel namens Hiddensee gewesen, sondern immer hier in Berlin. Da Meusen jedoch nicht zwei Personen in einer sein konnte, musste derjenige von beiden, der aktuell nicht benötigt wurde, fortgeschafft werden. Folglich schickte Meusen sein Alter Ego zeitweilig ins Exil. Orlowskis Brief an mich diente dem Zweck, dessen Aufenthalt auf der Insel glaubhaft zu machen.
Ich beschloss auf der Stelle, Warnke nach Hiddensee zu schicken und dort, koste es, was es wolle, die Wahrheit herauszufinden. Ich war sicher, eine gründliche Nachforschung würde ergeben: Orlowski war niemals auf Hiddensee!
Ich erinnerte mich, dass der angebliche Pole seinen Titel vor noch nicht allzu langer Zeit erworben hatte. Der Zweck dieses Namenswechsels war offensichtlich: Meusen war von seiner Gattin »ermordet« worden und tauchte nun, optisch verändert und anders benannt, als gesellschaftlicher Neuzugang wieder in Berlin auf. Er mied sein vertrautes Milieu! Er siedelte sich außerhalb der Stadt an, verkehrte in einer eher obskuren, auf Heimlichkeit bedachten Gesellschaft. Es gelang ihm so, sich von »alten Bekannten« fern zu halten, die ihn hätten entlarven können. Er suchte sich neue Freunde, solche wie mich, die den verschollenen Baron Meusen nicht gekannt hatten. Die Dreistigkeit dieses Vorgehens war überwältigend, ich möchte fast sagen: genial. Die Camouflage gelang, eben weil sie so unvorstellbar war und jedermanns Fantasie überforderte. So hielt er uns alle zum Narren, während er sich heimlich an der zu erwartenden Verurteilung seiner Gemahlin als seiner Mörderin weidete.
Warum nahm er die Verbindung mit mir auf, nachdem ich zum Beisitzer bei dem Prozess ernannt worden war? Sah er in mir eine Gefahr für seine Intrige? Er kannte mich, wie er sagte, aus Warschau

(dort kann er während des Krieges tatsächlich gewesen sein!). Hatte er von meinen »Triumphen« als Kriminalist gehört, von meinen Abenteuern in Plozk?
Er hatte versucht, mich dem Kammergericht abspenstig zu machen. Womöglich muss ich darin weniger eine Wertschätzung meiner künstlerischen Talente erblicken als vielmehr den Versuch, meinen juristischen Scharfsinn von seinen Angelegenheiten abzulenken. So schmerzlich dies wäre, es kommt der Wahrheit vermutlich nahe.
Die »Sinfonie des Teufels« – nichts als ein Ablenkungsmanöver!
Wusste Ermelmann von dem Ganzen? Zweifellos. Ich nehme an, dass er es war, der seinem Sohn den Erwerb des neuen Baronstitels finanzierte – wobei er sich vermutlich genügend Sicherheiten überschreiben ließ, um keinen allzu schmerzhaften Verlust zu erleiden.
Es konnte ihm nur recht sein, wenn Meusen tot war und ein gewisser Orlowski an seine Stelle trat: Letzterer konnte ihm nichts anhaben. Er war quasi ein Niemand, eine fiktive Existenz. Anders als Meusen stellte er keine Gefährdung dar. Alles war damit in schönster Ordnung – bis ich erschien und den Mordprozess platzen ließ. Dadurch wurde der Stein ins Rollen gebracht. Meusen war gezwungen, wieder auf der Walstatt zu erscheinen und persönlich den Kampf aufzunehmen. Er entschloss sich, nach seiner Art, zu einem kühnen Hasardspiel. Man nennt es wohl Vorwärts-Verteidigung, Abwehr durch Angriff. Wie man weiß, hatte er mit dieser Strategie zunächst großen Erfolg.
Du siehst, werter Freund, meine Rolle in dieser Angelegenheit ist wahrhaftig nicht klein. Ich wollte Gutes tun und bewirkte (unschuldig) allerlei Schlimmes. An mir ist es nun, die Scharte wieder auszuwetzen, die verkehrte Welt wieder auf die Füße zu stellen, den Schurken und Edlen wieder ihre angemessenen Plätze im Spiel zuzuweisen.
Aber wie soll das geschehen?
Nun, ich musste zunächst einmal prüfen, ob meine Hypothese, Meusen und Orlowski seien dieselbe Person, sich auch auf andere Weise verifizieren ließ als durch den Zeichenstift.

Dies zu tun war schwierig, denn ich durfte dabei keinesfalls offen vorgehen. Sobald Meusen den Verdacht hegte, dass ich ihn durchschaut hatte, würde er nicht zögern, mich auszuschalten. Ich hatte es mit einem skrupellosen Mörder zu tun, obendrein einem Mann von wachen Instinkten, der zweifellos auf der Hut war und mich unter Beobachtung hielt. Ich durfte also keine allzu auffälligen Schritte unternehmen. Ich musste so vorgehen, dass mein Verhalten ihm unverfänglich erschien.

Während ich über die Art meines Vorgehens nachdachte, fiel mein Blick immer wieder auf Orlowskis Brief von der Insel Hiddensee, und plötzlich ging mir auf, dass es eine unauffällige Möglichkeit gab, einen weiteren Beleg für die Identität von Meusen und Orlowski zu bekommen: Ich besaß hier eine Handschriftenprobe von »Orlowski«. Wenn ich nun eine Probe von Meusens Hand dagegenhalten konnte ... Das Theaterstück! Urplötzlich fiel es mir ein. Meusen hatte, nach Orlowskis Angabe, mit eigener Hand das Manuskript zu jenem Theaterabend verfasst, an dem mir seine Version der Ereignisse in Misma vorgeführt wurde! Es dürfte nicht schwer sein, sich die Blätter zu verschaffen, und dann – hatte ich eine Handschriftenprobe Meusens! Stimmten beide überein, war auch die Personengleichheit wieder ein Stück wahrscheinlicher.

Erst einige Tage später kam mir eine zusätzliche Idee. Ich setze sie dennoch hierher, weil sie zu dem hier behandelten Gegenstand gehört. Ich fuhr nach Charlottenburg und befragte noch einmal den schwerhörigen Gärtner, der, wie ich wusste, in einem eigenen, kleinen Häuschen im Garten wohnte und so beinahe ständig auf dem Grundstück anzutreffen war. Dieses Mal nahm ich die Konterfeis, die ich gezeichnet hatte, mit und wies sie dem Alten vor. Der erkannte sogleich Orlowski (den ohne Bart und Narbe) als denjenigen, der den Haushalt im Schloss aufgelöst hatte. Einem »wilden Mann« wie Meusen hätte man das Fortschaffen seiner Besitztümer wohl nicht gestattet. Damit war bewiesen: Orlowski war zu der besagten Zeit nicht, wie er behauptete, in Hiddensee, sondern hier in Berlin. Meusen hatte zu dem Zweck, sich seines »doppelten Haushalts« zu

entledigen, für einen Tag die Maske gewechselt, ein Fehler, der ihm trotz aller sorgfältigen Planung unterlaufen war.
Der Grund war offensichtlich. Es galt, seine heimlichen Memoiren vor mir sicher zu stellen. Hätte ich in aller Ruhe die Bibliothek im Charlottenburger Schloss durchstöbern können, wären sie mir gewiss nicht entgangen. Damit, dass ich dies tun würde, musste er rechnen, da er selbst mich auf das Buch hingewiesen hatte. Warum? Um mich neugierig auf »Meusen« zu machen, um die Fiktion, es handele sich um zwei verschiedene Personen, zu verstärken. Zudem sollte die Suche nach dem Buch (das er natürlich unauffindbar versteckt hatte) mich an das Haus binden, wo er mich gut unter Beobachtung halten konnte.
Alles ergab somit einen Sinn. Blieb die Frage, wie ich nun vorgehen sollte. Ich grübelte einige Stunden lang darüber nach, wanderte auf und ab, erwog dieses und jenes, zerbrach mir den Kopf … Und endlich würde mir die Erleuchtung zuteil!
Man musste den Teufel mit seinen eigenen Waffen schlagen!

Ich benötigte die ganze Nacht, um meine Vorbereitungen zu treffen. Es war vor allem Schreibarbeit, die ich zu leisten hatte.
Am nächsten Tag begab ich mich zu Baron Meusens Haus. Ich teilte ihm mit, dass eine neue Anklage gegen ihn vorläge und ich, falls sie nicht alsbald widerlegt werde, nicht umhinkäme, ihn in Festungshaft nehmen zu lassen. Ich wies ihm als Beleg für meine Behauptung zwei Briefe vor. Beide stammten von Baron Orlowski. Der eine entsprach in etwa dem, den ich oben bereits zitierte. Nur fehlten die Hinweise auf Afrika und die Bemerkungen über die preußische Flotte. Dafür teilte das Schreiben dem Kammergerichtsrat Hoffmann mit, der Verfasser sei im Besitz eines »Postsacks«, in dem sich Dokumente befänden, mit welchen sich die Schuld seines »Freundes« Meusen sowie des Barons Ermelmann an dem Massaker in Misma beweisen ließen. Meusen selbst habe sie ihm zur Aufbewahrung gegeben; nun fordere er sie zu seiner Sicherheit zurück. Er, Orlowski, habe die Stadt verlassen und fühle sich von Häschern, die

sein »Freund« nach ihm aussende, bedroht. Der zweite Brief teilte kurz und bündig mit, Orlowski sei nur knapp einem Mordanschlag entgangen. Er habe die Absicht, nach Berlin zu kommen und dem Kammergericht die Beweise gegen Meusen und Ermelmann vorzulegen. Er werde jedoch nach wie vor verfolgt. Sollte ihm etwas zustoßen, oder sollte er nicht zum verabredeten Termin in Berlin erscheinen, so möge das Gericht davon ausgehen, Meusen habe ihn ermordet.

Der Baron erbleichte. Natürlich wusste er ebenso gut wie ich, dass die Briefe Fälschungen waren, hätte er sie doch, wären sie echt gewesen, selbst geschrieben haben müssen. Da dies nicht der Fall war, stand er vor einem Rätsel: Wer schrieb da in Namen eines nicht existierenden Barons Orlowski Briefe an das Gericht?

Zweifellos verdächtigte er mich als den Urheber. Allein, er konnte mir weder etwas beweisen, noch mir die Fälschung auf den Kopf zusagen. Immerhin war ich königlich preußischer Kammergerichtsrat. Er hingegen saß in der Falle. Ein weiterer Mordprozess mit einer »verschwundenen Leiche« (nämlich derjenigen Orlowskis) würde ihm erheblich schaden – und Ermelmann die Möglichkeit bieten, ihn zu enterben. Meusen wusste: Ich konnte ihn aufgrund dieser »Beweise« so lange in Haft behalten, wie Ermelmann benötigte, um Fräulein Jaenicke zu heiraten und mit ihr in die Flitterwochen zu reisen. Womöglich würde das Paar in angemessener Zeit mit einem legitimen Erben aufwarten. Meusen wusste, dass seine Uhr ablief.

Ihm blieb nur eine Möglichkeit. Er musste beweisen, dass Orlowski noch lebte! Er musste sich – wenigstens für einen Tag – wieder in »Baron Owlowski« verwandeln, so vor dem Gericht erscheinen und die beiden Briefe als »Erzeugnisse einer geistigen Verwirrung« bezeichnen.

Und eben darauf kam es mir an!

Ich musste, und sei es nur für wenige Stunden, »Baron Meusen« aus dem Weg schaffen.

Ich setzte den Schurken zusätzlich unter Druck, indem ich ihm mitteilte, Assessor Warnke sei ausgesandt worden, um zuverlässige

Nachrichten über Orlowskis Schicksal einzuholen; dem Gericht sei von einer Wegelagerei nahe Berlin berichtet worden.

Ich begab mich nunmehr zum Kammergericht zurück und wartete. Ich muss gestehen, mir war nicht recht wohl in meiner Haut. Um es rundheraus zu sagen: Es war schiere Furcht, die mich erfüllte. Ich hatte mich mit einem höchst gefährlichen Gegner eingelassen! Er konnte natürlich leicht erraten, wer die beiden Briefe, die ihn in diese unverhoffte Schwierigkeit brachten, verfasst hatte! Vermutlich war mein Verhalten für ihn unbegreiflich. Es war jedoch unverkennbar, dass ich ihm den Kampf angesagt hatte. Wenn mein Plan misslang, würde er sich an mir rächen und mit mir verfahren, wie er es bisher noch mit jedem Gegner getan hatte. Eine Aussicht, die mich nicht eben beruhigte.

Nun, es geschah, was ich erwartet hatte. Noch am selben Nachmittag erschien »Baron Orlowski« im Kammergericht. Er zeigte sich gut gelaunt, freundlich, kavaliersmäßig wie immer. Er plauderte auf das geläufigste über die Reise, die hinter ihm lag, über die stürmischen Abende auf Hiddensee. Ich muss gestehen, er verhielt sich geschickt. Mit keinem Wort erwähnte er die Briefe (denn er musste ja leugnen, sie jemals geschrieben zu haben). Er wartete, bis ich zwangsläufig auf dieses Thema zu sprechen kam.

Ich ließ mir hingegen ebenso viel Zeit wie er, zwang ihn, seine Fantasie gehörig zu strapazieren, um »Reiseerlebnisse« zu produzieren, mit denen er die Unterhaltung bestritt. Ich genoss es, ihn auf die Folter zu spannen (außerdem benötigte ich nun meinerseits einige Zeit, um den zweiten, wichtigsten Teil meines Planes ins Werk zu setzen).

Ich wartete, bis ich ein heimliches, zuvor verabredetes Signal erhalten hatte. Dann legte ich im endlich die beiden Briefe vor. Natürlich entlarvte er sie mit Leichtigkeit als Fälschungen. Er tat es, indem er mir bewies, dass seine Handschrift eine gänzlich andere sei als die des Briefschreibers (kein Wunder!). Zudem bekundete er, mit Baron Meusen nach wie vor bestens befreundet zu sein. Von Morddrohungen sei keine Rede. Von einem »Postsack« habe er nie etwas gehört. Seiner Meinung nach sei Baron Meusen an dem Verbrechen in Misma gänzlich unschuldig. Und so weiter und so weiter.

Ich nahm all dies getreulich – und ein wenig umständlich – zu Protokoll, ließ es ihn unterschreiben und bezeichnete die Sache somit als erledigt. Mir entging nicht, dass Orlowski mir einen drohenden Blick zuwarf, der mir für meine nächste Begegnung mit Meusen nichts Gutes verhieß.

In dem Moment klopfte es an der Tür. Ein Gerichtsdiener trat ein und meldete mir, ein »Baron Meusen« sei erschienen und habe dem Gericht, vertreten durch mich, eine wichtige Mitteilung zu machen.

Orlowski erstarrte.

Ich bat den Diener, Baron Meusen in einen bestimmten Raum zu führen, wo ich ihn sogleich aufsuchen werde. Orlowski gegenüber tat ich, als wundere ich mich sehr über diesen Besuch.

Orlowski seinerseits war durchaus verwirrt. Wie war es möglich, dass »Baron Meusen« hier erschien, wo doch er, sein Alter Ego, leibhaftig hier vor mir saß?

Ich beendete nun unser Gespräch, geleitete ihn höflicherweise zur Tür und den Gang hinunter. Dort stand (natürlich rein zufällig!) eine Tür ein wenig offen, und ich ließ Baron Orlowski einen Blick durch den Spalt werfen. Und siehe, da saß »Baron Meusen« auf einem Stuhl, mit allen Kennzeichen seiner auffälligen Persönlichkeit ausgestattet, vom Bart bis zur schrecklichen Narbe! Schnell schloss ich die Tür, ehe Orlowski auf den Gedanken kommen konnte, dem Freund »seine Aufwartung zu machen« – und ihm womöglich den falschen Bart herunterzureißen.

In dem Fall wäre die Physiognomie des Assessors Warnke zum Vorschein gekommen.

Mit Hilfe des Dieners und vieler höflicher Floskeln nötigte ich Orlowski, das Gericht zu verlassen und den verstörenden Anblick eines zum Leben erwachten »Barons Meusen« ins Freie mitzunehmen.

Nun galt es, schnell zu handeln. Ich hatte einen bedeutenden Vorsprung, indem Orlowski natürlich nicht in seiner jetzigen Gestalt ins

Haus Baron Meusens zurückkehren konnte. Er hätte sich dort als Besucher anmelden müssen. Besucher wurden aber zurzeit nicht empfangen! Ich hatte dafür Sorge getragen, dass zwei Stadtsoldaten mit strikten Befehlen vor der Eingangstür standen.
Orlowski alias Meusen war also aus seinem eigenen Haus ausgesperrt! Statt seiner geleitete ich nun den von mir präparierten »Baron Meusen« in die Villa, wo er ohne weiteres als Hausherr anerkannt wurde. »Meusen« war nun wieder daheim, während »Orlowski« sich in höchster Verlegenheit befand. Er konnte nicht einfach »die Maske wechseln« und den Usurpator aus dem Haus weisen, denn auch er war ja nur ein Maskierter! Wäre er als »echter Meusen« erschienen, wäre er zugleich mit dem Hochstapler entlarvt worden. Sein Doppelspiel wäre aufgeflogen. Folglich musste er bleiben, was er war – nämlich »der zurückgekehrte Baron Orlowski« – und der Dinge harren, die da kommen sollten.
Er quartierte sich, wie ich hörte, in einem nicht sehr standesgemäßen Hotel ein. Offenichtlich gingen seine Mittel zur Neige. Als Baron Orlowski besaß er ja keinen Zugriff auf die Reichtümer des Barons Meusen – die nun wieder ganz in der Verfügungsgewalt der Baronin standen. Ich hingegen holte zum vernichtenden Schlag aus. Ich hatte in jener ominösen Nacht, die der Fälscherkunst gewidmet war, nicht nur die beiden Briefe verfasst.
Am nächsten Tag gab ich bekannt, dass Baron Meusen auf die Hausvogtei verbracht worden sei, da er ein umfassendes Geständnis seiner Schandtaten abgelegt habe.
Ich ordnete eine Durchsuchung des Hauses an (die nichts erbrachte) und veranstaltete einen gehörigen Spektakel. Zahlreiche Zeugen sahen »Baron Meusen« in Ketten in die Gefangenenkutsche steigen und kurz darauf von Wachtmeistern geleitet in die Hausvogtei einziehen. (Warnke hatte dort einige Tage lang Gelegenheit, sich ungestört dem Rollenstudium zu widmen.)
Natürlich musste ich dem Kammergerichtspräsidenten Rede und Antwort stehen. Ich war jedoch gut präpariert. Ich wies ein langes Protokoll des angeblichen Geständnisses von Baron Meusen vor. Ich

schilderte darin den Verlauf des Überfalls so, wie er mir als die Wahrheit erschien, sowie den fingierten Mord und die falsche Beschuldigung gegen die Baronin. Ich behauptete, dies sei nur der Anfang. Meusen sei im Begriff, weitere Schandtaten aus seinem bewegten Leben zu gestehen. Er habe mir, fuhr ich fort, das Versteck eines »Postsacks« mitgeteilt, der Beweise für Meusens Verbrechen und Angaben über seine Mittäter enthielte. Ich hätte mir die Freiheit genommen, Assessor Warnke auszuschicken, um diese Beweismittel herbeizuschaffen.

Natürlich wusste der echte Baron Meusen, dass der Postsack nicht in meinem Besitz war. Doch er durfte sein Wissen nicht offenbaren. Er saß als »Orlowski« in seinem Hotelzimmer und musste meinen Machenschaften ohnmächtig zusehen. Mein Erfolg war grandios! Meusen war mit einem Schlag ruiniert. Er war aus dem Haus gewiesen, mittellos, ohne eine Möglichkeit, der Falle, die ich ihm gestellt hatte, zu entkommen.

Natürlich lief auch für mich die Zeit unerbittlich ab. Unendlich lange würde ich meine Fälschung nicht aufrechterhalten können, die darauf beruhte, dass »Meusen« alias Warnke nur wenigen, auserwählten Personen zu Gesicht kam. Warnke, ich muss es ihm attestieren, spielte seine Rolle vorzüglich! Endlich konnte er einmal sein schauspielerisches Talent zur Geltung bringen. Dennoch, sobald man mir gründlicher auf die Finger sah, würde man mir auf die Schliche kommen – und mich wahrscheinlich wegen Fälschung von Beweismitteln hinauswerfen.

Einstweilen war ich jedoch in der günstigeren Position. Orlowski war in allergrößter Bedrängnis. Mein Plan beruhte darauf, dass er tatsächlich mittellos war, ja sogar in Schulden steckte (was tatsächlich der Fall war) und sich dringend Barmittel verschaffen musste. Da er als dubioser ausländischer Edelmann, der keine »Sicherheiten« zu bieten hatte, offiziell nicht kreditwürdig war, gab es für ihn (so kalkulierte ich) nur eine mögliche Geldquelle: Ermelmann. Um bei dem hartherzigen Akzise-Administrator zum Ziel zu kommen, musste er den »Postsack« ins Spiel bringen!

Nun war aber Ermelmann seinerseits nicht dumm. Zweifellos zählte er zu den Wenigen, die mein Spiel durchschauten, denn er wusste ja, dass Orlowski und Meusen identisch waren und dass »Meusen« daher nicht im Gefängnis sitzen konnte, solange »Orlowski« in Freiheit war. Einer von beiden war notwendigerweise falsch, und Ermelmann ahnte natürlich (oder wusste sich die Gewissheit zu verschaffen), dass der Gefangene der unechte war.

Natürlich hätte er dem Spiel ein rasches Ende machen können. Es hätte nur eines Wortes von ihm bedurft. Aber er tat, womit ich gerechnet hatte: Er dachte nicht daran, »Meusen« zu befreien. Er schwieg, denn er erkannte, dass ihm die Inhaftierung »Meusens« eine sehr günstige Möglichkeit bot. Der falsche, in seiner Zelle sitzende Meusen wusste nämlich nicht das Geringste über seine, Ermelmanns, Machenschaften. Derjenige, der über alles Bescheid wusste, der sämtliche Geheimnisse kannte, war der hilflos in der Falle sitzende »Orlowski«! Ermelmann wäre nicht der Mann gewesen, der er war, wenn er sich diesen Vorteil nicht zunutze gemacht hätte.

Aber auch Orlowski war, wenn er es gründlich bedachte (womit ich rechnete), in keiner ganz und gar aussichtslosen Lage. Er besaß den Postsack. Er kannte Ermelmanns Schurkereien in allen abscheulichen Einzelheiten. Und er war in einer günstigen Position, da er – als »Orlowski« – keine direkte Gefahr lief, wenn er den Sack öffnete. Denn schließlich saß »Meusen« ja im Gefängnis! Ihn, Orlowski, würde man so schnell nicht belangen. Er hatte Zeit, sich in Sicherheit zu bringen, während es Ermelmann unweigerlich an den Kragen ging, wenn er »auspackte«.

Diesen Vorteil würde er zu nutzen versuchen, um Ermelmann zu erpressen, dessen war ich gewiss. Es würde zu einer geheimen Aussprache zwischen den beiden Männern kommen. Orlowski würde von dem Alten Geld verlangen; dieser würde dafür die Herausgabe der ihn belastenden Dokumente fordern. Der ominöse Postsack würde endlich aus der Verborgenheit auftauchen – vermutlich, um unverzüglich dem Feuer übergeben zu werden.

Um zu verhindern, dass dies geschah und dass Vater und Sohn sich hinter meinem Rücken verständigten, musste ich mich in die Höhle des Löwen begeben. Ich ließ mich also bei Orlowski melden und besuchte ihn, bewaffnet mit einem Stockdegen und einer Pistole, in Begleitung meines Freundes Hitzig in seinem Hotelzimmer. Zuvor hatte ich bereits dafür gesorgt, dass Orlowski unter ständiger Beobachtung stand. Hitzig hatte zu dem Zweck zwei geschickte Polizisten aus seiner Abteilung abgestellt, deren Instruktionen lauteten, Orlowski auf Schritt und Tritt zu verfolgen, ihn dabei durchaus wissen zu lassen, dass man ihn im Auge behielt. Die Überwachung dauerte Tag und Nacht. Zur Begründung reichte aus, dass er ein »verdächtiger Ausländer« sei. Meine Absicht war, dafür zu sorgen, dass Orlowski den Postsack vorerst nicht aus seinem Versteck holen konnte.

Orlowski empfing mich äußerst missmutig. Die Kavaliersmaske hatte er fallen gelassen. Da er schlecht rasiert war und sein Haar nicht mehr pomadisierte, glich er allmählich einer Mischung aus Meusen und Orlowski.

»Wie lange wollen Sie diese Possen noch treiben, Herr Kammergerichtsrat?«, fuhr er mich an.

»Sie setzen mich in Erstaunen. Wovon reden Sie?«, lautete meine Eröffnung.

»Sie haben einen falschen Baron Meusen inhaftiert!«

»Wie können Sie dessen so sicher sein?«, erwiderte ich heuchlerisch.

»Sie brauchen ihn nur am Bart zu ziehen, dann haben Sie Ihre Sicherheit!«

»Wenn er der Falsche ist, wo wäre dann der echte?«, fragte ich scheinheilig. »Warum erscheint er nicht und entlarvt die Posse, wie Sie es nennen?«

Er war in die Enge getrieben. Er musste bekennen – oder von seinem Vorwurf ablassen.

»Kommen Sie zur Sache!«, forderte er mich stattdessen auf. »Was ist Ihre Absicht?«

»Ich werde Baron Meusen aus der Welt schaffen«, erwiderte ich.

»Wie bitte?«

»Ich werde Baron Meusen zu einem Verhör ins Kammergericht laden. Unterwegs wird er versuchen zu fliehen. Man wird auf ihn schießen. Er wird getroffen und stirbt. Sein blutüberströmter Leichnam wird fortgebracht und noch am selben Tag begraben.«
»Das ist Unsinn!«, rief der wirkliche Meusen aus. »Man wird sofort feststellen, dass es sich um den falschen Baron handelt.«
Nun war es an Hitzig, das Wort zu ergreifen. Er tat es in dem Sinn, den wir vorher verabredet hatten.
»Man wird nichts feststellen«, sagte er kopfschüttelnd. »Ich werde die Untersuchung leiten.«
»Die Leichschau wird mein Freund, Professor Koreff vornehmen«, ergänzte ich. »Ein vorzüglicher und sehr berühmter Arzt, an dessen Wort niemand zweifeln wird.«
»Wozu soll diese Komödie dienen?«
»Ich würde sie eher als Drama bezeichnen. Sei's drum. Baron Meusen wird auf diese Weise ein für allemal aus der Welt geschafft werden. Kurz darauf wird man Sie, Baron Orlowski, aus der Stadt eskortieren.«
»Aus welchem Grund?«
»Wegen Ihrer Geldschulden«, antwortete Hitzig an meiner statt, der diesen Punkt gründlich recherchiert hatte.
»Das sind Schurkereien!«, rief Orlowski.
Ich zog es vor, ihn meine Pistole sehen zu lassen, die ich zu diesem Zweck ein Stück aus der Tasche zog. Auch Hitzig war übrigens bewaffnet.
Meusen alias Orlowski ging im Zimmer auf und ab.
»Was fordern Sie, wenn Sie auf diese Maßnahme verzichten?«, wandte er sich schließlich an mich.
»Den Postsack«, sagte ich schlicht.
Orlowski lachte auf. »Ich dachte mir, dass es Ihnen darum geht. Nun, nehmen wir an, ich weiß, wo er zu finden ist. Was gedenken Sie dann zu unternehmen?«
»Ich schenke Ihnen eine Höhle voll Gold!«, erwiderte ich.
»Sind Sie närrisch?«, fuhr der Baron mich an.

Ich schüttelte den Kopf. »Es befindet sich in Afrika«, sagte ich.
Orlowski begriff. Er besaß einen schnellen Verstand, das muss ich ihm zugestehen.
»Sie meinen, Sie überlassen mir – die Handelsgesellschaft?«, erkundigte er sich misstrauisch.
»Nebst einem Schiff samt Mannschaft und Kapitän.«
»Was für ein Kapitän? Ein Geheimpolizist, der mich unterwegs über Bord werfen lässt?«
»Sein Name ist Lichtbrinck«, erwiderte ich.
Orlowski sah mich verblüfft an. Dann hellten sich seine Züge auf. »Ich habe Sie unterschätzt, Hoffmann«, gestand er dann. »Sie wollen mich also entkommen lassen? Trotz meiner zahllosen Verbrechen?«
Der Satz sollte ironisch klingen. Für mich aber entsprach er der reinen Wahrheit.
»Sofern Sie mir genügend Beweise überlassen, um den Akzise-Administrator zu belangen.«
»Und mich zugleich!«, rief Orlowski.
Ich schüttelte den Kopf. »Nicht den Baron Orlowski«, sagte ich. »Nur Baron Meusen. Und der wird tot sein.«
»So denken Sie sich das also.«
Ich ließ ihm Zeit, meinen Plan gebührend zu würdigen.
»Ein seetüchtiges Schiff. Und Lichtbrinck als Kapitän?«, hakte er schließlich nach.
Ich nickte. »Und Ermelmanns Siegel unter dem Vertrag, der Ihnen die afrikanischen Schürfrechte überträgt.«
»Wie wollen Sie das zuwege bringen?«
Ich lachte. »Sie werden es zuwege bringen!«, sagte ich.
»Wie sollte ich das?«
»Indem Sie Ihrem Onkel, Verzeihung, Ihrem Vater, einen Brief schreiben. Hier, in unserer Gegenwart. Sie bieten ihm einen Handel an. Den Sack gegen Schiff, Vertrag und ein angemessenes Reisegeld. Ich bin sicher, er wird akzeptieren. Ich werde die Ehre haben, Ihr Schreiben zu überbringen. Denken Sie daran: Der Kontrakt muss

auf den Namen Orlowski lauten, nicht auf Meusen. Letzterer wird ja tot sein.«

»Gut. Und wie weiter?«

»Sie schlagen ihm einen Treffpunkt für die Übergabe vor. Wir, mein Freund, der Kriminalrat, und ich, werden natürlich dabei anwesend sein, nebst einigen Bewaffneten, die sich im Verborgenen halten. Sobald alles auf dem Tisch liegt, greifen wir zu. Ermelmann wird verhaftet, Sie werden zu Ihrem Schiff geleitet. Natürlich müssen wir uns zuvor davon überzeugen, dass die Beweise gegen Ermelmann ausreichen, um ihn festzusetzen. Wir wollen kein Fiasko erleben.«

»Das sind harte Bedingungen.«

»Das würde ich nicht sagen. Sie bleiben, obwohl Sie zahlreiche Verbrechen begangen haben, in Freiheit, leben als reicher Mann in Afrika oder begeben sich, nachdem Sie Ihr Gold geholt haben, an einen anderen, angenehmen Platz im Ausland.«

»Gut«, entschied der Baron, nachdem er sich noch eine Weile bedacht hatte. »Ich schreibe den Brief. Ich hatte ohnehin etwas Ähnliches vor – allerdings, ohne die Polizei einzubeziehen.«

»Haben Sie Feder und Tinte zur Hand?«

Orlowski alias Meusen nickte. »Sie haben mich schachmatt gesetzt«, sagte er, ehe er am Tisch Platz nahm. Er legte Papier zurecht, tauchte die Feder ein. »Wie haben Sie mich durchschaut?«, fragte er.

»Das ist eine längere Geschichte. Ich werde sie demnächst aufschreiben. Falls Sie mir Ihre Anschrift mitteilen, werde ich Ihnen eine Kopie des Berichtes zukommen lassen.«

Er begann zu schreiben, unterbrach sich jedoch sogleich. »Wo soll die Übergabe stattfinden?«, fragte er. »Ich nehme an, Sie haben einen Ort dafür vorgesehen.«

»In der Gertraudenkirche.«

Er nickte anerkennend. »Der Ort ist gut gewählt«, sagte er und fuhr fort zu schreiben.

»Wann?«

»In zwei Tagen.«

Er schrieb. Nach einer Weile fragte er: »Apropos, was ist mit der Ode an Luzifer?«

»Ich fürchte, sie wird zu meinen ungeschriebenen Werken gehören.«

»Das ist sehr schade.«

»Das Schicksal hat anders entschieden.«

Er schrieb weiter.

»Nebenbei, wo befindet sich das Buch mit Ihren geheimen Aufzeichnungen?«

»Im Pythagoras.«

»Und wo befindet sich dieser?«

»In einem guten Versteck.«

»Ich möchte sie zum Teil unseres Handels machen«, sagte ich.

Meusen schüttelte den Kopf. »Ausgeschlossen.«

»Ich bestehe darauf.«

Meusen hielt erneut mit Schreiben inne und sah mich an. »Sie bekommen die Memoiren unter einer Bedingung.«

»Die wäre?«

»Im Austausch gegen die Ode an Luzifer. Die Sinfonie des Teufels. Eine Arbeit ist der anderen wert.«

Ich dachte nach. »Einverstanden«, sagte ich. »Ich werde Ihnen die Partitur nach Afrika schicken.«

Meusen schüttelte den Kopf. »Wie kann ich mich darauf verlassen, dass Sie Ihr Bestes geben und nichts zusammenpfuschen?«, fragte er.

»Ich gebe Ihnen mein Wort.«

Er schüttelte abermals den Kopf. »Nein. Ich muss sicher gehen. Sie spielen die Sinfonie einer Person meines Vertrauens vor. Er wird mich verständigen, ob sie gelungen ist. Fällt sie zu seiner Zufriedenheit aus, überreicht er Ihnen das Buch.«

»Handelt es sich um einen Musiker?«, fragte ich.

»Um eine Person meines Vertrauens«, antwortete er, indem er sich wieder seinem Brief zuwandte. »Sie werden schon sehen.«

»Einverstanden.«

»Sie wissen, ich liefere Ihnen meinen leiblichen Vater ans Messer«, murmelte er, während die Feder über die Seite fuhr.

»Fällt es Ihnen schwer?«
»Im Gegenteil. Ich genieße es.«
Kurz darauf hatten wir den Brief in Händen. Ich prüfte ihn, befand ihn für brauchbar und steckte ihn ein, nachdem er mit Sand abgelöscht worden war. Ich war sicher, dass Baron Ermelmann auf die Verabredung eingehen würde.
»Und nun bringen Sie uns zum Versteck des Postsacks«, forderte ich.
»Gut. Unter einer Bedingung.«
»Die wäre?«
»Sie ziehen Ihre Beobachter von mir ab. Sobald Sie die Dokumente haben, besteht ohnehin kein Grund mehr, mich zu überwachen.«
Ich verständigte mich durch einen kurzen Blick mit Hitzig, bekam sein Einverständnis signalisiert und versprach Meusen daraufhin, die Geheimpolizisten abzuziehen.
Kurz darauf verließen wir das Hotelzimmer.

Was den Postsack betrifft, so war der Triumph diesmal ganz auf Seiten meines Widersachers. Dein Freund Hoffmann sah sich nämlich durchaus beschämt, als ihm das Versteck offenbart wurde. Ich hatte ihn seit geraumer Zeit buchstäblich vor der Nase gehabt, hatte ihn einige Male achtlos beiseite gestoßen, als ich nach dem Buch mit den geheimen Aufzeichnungen gesucht hatte, ja, denke Dir, ich hatte sogar einmal hineingesehen, den Inhalt jedoch nicht als bemerkenswert empfunden! Der Sack, ein ganz und gar unscheinbares Ding, hing schlicht an einem Nagel auf dem Dachboden des Meusen'schen Hauses von der Decke! Sein Inhalt war – ein Buch! Ich hatte es betrachtet, aber, wie gesagt, nicht beachtet, denn es enthielt etwas, das mich von je her nicht interessiert hat, nämlich Zahlen. Es handelte sich um ein so genanntes Hauptbuch. Erst bei näherem Hinsehen offenbarte sich seine Bedeutung: Dank der Bürokratie des Akzise-Administrators war das Buch nicht weniger als eine penible Aufstellung sämtlicher Beutestücke, die Ermelmann von Räubern und Plünderern in Kriegs- und Friedenszeiten erworben hatte; Tausende von Einzelstücken waren aufgezählt; es fehlten weder die Namen der

Lieferanten noch die der späteren Käufer. Wie Meusen in den Besitz dieses Buches gekommen war, bleibt rätselhaft. Sein Name erschien häufig darin; offensichtlich war er ein unermüdlicher Räuber gewesen. Die Beute, die er eingebracht hatte, betrug laut Buch mehr als hunderttausend Taler! Auch der Name Lichtbrinck tauchte einige Male auf; er hatte gestohlene Waren im Umfang von mehr als fünfzigtausend Talern an den Mann gebracht. Ich suchte nach dem Namen Misma und wurde fündig! Da stand, Stück für Stück, peinlich genau aufgezählt, was auf dem Gut Jenitzsch gestohlen worden war! Der Name des Räubers, der die Beute einbrachte (und dafür mit einem Bruchteil ihres Wertes bezahlt wurde) lautete – Meusen. Damit war der Beweis erbracht: Seine Geschichte von einer Schauspieltruppe und der Entführung einer Braut war blauer Dunst! Die Tat war nichts anderes als ein Raubüberfall, und zwar, wie man den nüchternen Zahlen entnehmen konnte, ein besonders einträglicher. Wie grausam und blutig er verlaufen war, ließ sich der Buchhaltung jedoch nicht entnehmen! Kurzum, wir konnten zufrieden sein. Das Buch war in seiner nüchternen, unansehnlichen Erscheinung eindeutig ein umfassendes Geständnis, von allen Tatbeteiligten persönlich unterzeichnet. Für die Polizei war es ein ungeheurer Glücksfall: Zahllose Raubüberfälle konnten anhand dieser Listen aufgeklärt werden. Alles, was an Diebesgut in Kriegs- und Friedenszeiten durch Ermelmanns Hände gegangen war, stand hier verzeichnet. Meusen hatte wahrhaftig nicht übertrieben: Ermelmann war vernichtet und mit ihm zahllose andere Schurken, einschließlich des Mörders von Misma.
Nun, da wir dieses unschätzbare Beweismittel in Händen hatten, konnte der letzte Akt des Dramas über die Bühne gehen.

Pünktlich zur vereinbarten Stunde fand ich mich mit meinem Freund Hitzig in der Kirche ein. Wir hatten das Gebäude heimlich von Soldaten umstellen lassen, zudem waren Gendarmen in der Sakristei postiert. Wir selbst hielten uns im Dunkel des Seitenschiffes verborgen. Ermelmann erschien pünktlich. Er wurde von nicht weniger als vier

Leibgardisten begleitet. Er ließ sie bei der Tür stehen und ging allein voran zum Altar, der mit allerlei Werkzeugen bedeckt war, welche die Handwerker dort abgelegt hatten. Er rief: »Heda!«, doch niemand meldete sich. Hitzig und ich blieben stumm. Wir warteten, dass Meusen alias Orlowski erscheinen würde.
Wir warteten vergebens.
Mir begann zu dämmern, dass ich einen Fehler begangen hatte. Wir hätten Orlowski weiterhin beobachten müssen. Nun hatte er sich, wie zu befürchten stand, aus dem Staub gemacht. An dem afrikanischen Gold schien ihm nichts zu liegen, ebenso wenig wie am Besitz der »Handelsgesellschaft«, von dem Schiff und dem Reisegeld zu schweigen.
Auch Hitzig begriff, dass es unklug von uns gewesen war, uns auf Meusens Wort zu verlassen beziehungsweise zu glauben, dass ihn die Not zur Einhaltung unserer Verabredung zwingen würde.
Wir ließen einige Zeit verstreichen. Orlowski erschien nicht. Schließlich verlor Ermelmann die Geduld; er war wütend; er fühlte sich von seinem Sohn genasführt. Auch wir hatten, nebenbei bemerkt, Grund, so zu empfinden. Tatsächlich stellte sich bald heraus, dass es noch viel schlimmer stand: Wir waren die reinsten Tölpel gewesen.
Nun, wir hatten nicht die Absicht, Ermelmann unbehelligt gehen zu lassen. Übrigens wäre auch Meusen von uns verhaftet worden. Es ging schließlich nicht an, einen mehrfachen Mörder straflos entkommen zu lassen. Vermutlich hatte er uns durchschaut beziehungsweise war aus einem gesunden Misstrauen heraus nicht erschienen.
Nun, wir hatten Ermelmann, und wir hatten das Buch!
Als der Baron die Kirche verlassen wollte, erteilten wir den Gendarmen den Befehl, ihn zu ergreifen. Wir zeigten uns, gaben uns mit Namen und Titeln zu erkennen und teilten Ermelmann mit, dass er verhaftet sei.
Natürlich war der Baron nicht die Person, sich widerstandslos arretieren zu lassen. Der Baron bedachte uns mit einem gehörigen Wutausbruch, einem ganzen Schwall von Beschimpfungen, Drohungen und Beleidigungen. Er forderte seine Leibwächter auf, uns zu befreien.

Allein, wir hatten vorgesorgt und waren in der Übermacht. Eine Gefangenenkutsche war zur Stelle, und der allmächtige Akzise-Administrator musste es sich gefallen lassen, in das wenig standesgemäße (jedoch meiner Ansicht nach angemessene) Gefährt einzusteigen und unter Bedeckung in die Hausvogtei expediert zu werden. Dort konfrontierten wir ihn mit unseren Beweisen für seine unsauberen Geschäfte. Er tobte, brüllte und gebärdete sich wie rasend. Er drohte uns mit dem Henker, dem Teufel und seiner Majestät, dem König. Er war der bei weitem schwierigste Gefangene, mit dem ich jemals zu tun hatte.

All dies hatte Meusen vermutlich vorausgesehen. Er war keineswegs geflohen, wie wir geglaubt hatten. Er nutzte die Galgenfrist, die er sich verschafft hatte, sehr gut, wie ich zugeben muss, und erwies sich wieder einmal als ein vorzüglicher Stratege.

Der Überfall auf Ermelmanns Haus ging als einer der dreistesten Raubzüge, die jemals in Berlin vollbracht wurden, in die Verbrechensgeschichte ein.

Ermelmann hatte sein Palais in der Neuen Friedrichstraße mitsamt seiner persönlichen Leibwache noch nicht lange verlassen, als vier Kutschen und ein Lastenwagen angerollt kamen und vor dem Haus hielten. Aus jeder der Kutschen sprangen sechs Männer. Sie waren allesamt maskiert und bewaffnet. Meusen (der echte, in seiner bewährten Maske!) war der Anführer; er zeigte als Einziger sein Gesicht, damit man erkenne, wem die Tat zuzuschreiben war. Tatsächlich machte er seinen Namen damit zur Legende.

Auf dem Lastenwagen stand eine Kanone, die mit einer Plane bedeckt gewesen war. Die Abdeckung wurde entfernt, die Kanone auf die Haustür gerichtet und abgefeuert. Nun stürmten die Räuber das Haus, machten kurzerhand alles nieder, was sich ihnen in den Weg stellte – die Hälfte der Wachen war mit Ermelmann unterwegs –, öffneten jede verschlossene Tür und jedes Eisengitter mit Hilfe von Pulverfässern. Sie trieben alles Gesinde, alle Wächter zusammen. Ein Tapferer, der sich wehrte, büßte dabei zwei Finger ein. Schließlich sprengten sie das Gitter und die mächtige Tür des Tresorraums, in

dem der Akzise-Administrator seine Schätze verwahrte. Sie nahmen nicht die geringste Rücksicht auf die gewaltigen Zerstörungen, die sie in dem Haus anrichteten. Nun verstauten sie alles, was sie an Gold, Silber und anderen Werten vorfanden, in Säcke, zwangen auch Ermelmanns Dienerschaft, mit zuzupacken, und hatten bald, da sie über viele kräftige Arme verfügten, den größten Teil von Baron Ermelmanns Vermögen in ihre Kutschen und auf den Lastenwagen geschafft. Kein Soldat, kein Gendarm war auf dem Schauplatz erschienen. Unbehelligt, wie sie gearbeitet hatten, machten sie sich nach kaum mehr als einer halben Stunde wieder von dannen.
All dies wäre nur ein gewöhnlicher Raubzug gewesen, doch Meusen wusste mehr daraus zu machen. Er lenkte eine der drei Kutschen in die Rosengasse. Dort erkletterte er das Wagendach, ließ mehrere Geldkisten hinaufbringen und warf mit beiden Händen Münzen unter die Neugierigen. Man kann sich denken, dass sich binnen kürzester Zeit eine Menge zusammenfand, die den Geldregen auf sich niederprasseln ließ, die Münzen im Fluge auffing oder sie von der Straße klaubte. Wahrlich, es war ein Festtag, wie ihn die Rosengasse noch niemals erlebt hatte. »Leute, trinkt auf mein Wohl! Baron Meusen nimmt Abschied!«, rief der edle Spender ein ums andere Mal. Endlich kamen Gendarmen herbei, doch wurden sie von der begeisterten Menge abgedrängt und wären vermutlich gevierteilt worden, hätten sie es gewagt, auf den Räuberhauptmann zu schießen. Der entschwand schließlich im Schutz seiner Anhänger. Seine Spur verlor sich im Gewirr der Kellergänge, Hausfluren und untereinander verbundenen Dachböden, die aus den Häusern der Rosengasse ein ideales Rattennest und Räuberversteck machten. Baron Meusen tauchte nie wieder auf. Es war Baron Orlowski, der schließlich irgendwo aus einer Haustür trat, ein Pferd bestieg und friedlich durch das Stadttor ritt.
Hätten wir dieses dreiste Husarenstück voraussehen können? Sicherlich nicht. Der Fehler, den man uns vorwerfen kann, ist der, dass wir Meusen nicht unter Beobachtung hielten und ihm so die Gelegenheit gaben, seinen Meisterstreich vorzubereiten, Helfer zu rekrutieren

und so weiter. Man mag uns womöglich auch einfältig nennen, weil wir fest mit seinem Erscheinen in der Kirche rechneten. Wir glaubten ihn sicher in der Falle. Nun waren wir die Gelackmeierten. Meusen hatte uns einen denkwürdigen Abschiedsgruß hinterlassen.

Die Untersuchung des Falles Ermelmann zog sich über ein halbes Jahr hin. Es gibt nicht viel darüber zu sagen. Es war eine Angelegenheit der Buchhalter und Pedanten. Der Baron verlor nicht nur seine Stellung, seine Ehre sowie sein Hab und Gut, er verlor auch Johanna Jaenicke, die es vorzog, nach Hamburg überzusiedeln, wo sie, wie man hört, eine umjubelte Primadonna wurde. Ermelmann selbst machte seinem Leid schließlich ein Ende, indem er nach Offiziersart darum bat, in einem Zimmer mit einer geladenen Pistole allein gelassen zu werden.

Wir befreiten »unseren« Meusen auf die bewährte Art, die wir dem echten Baron abgeschaut hatten. Wir holten ihn »zum Zweck eines Verhörs« in ein diskretes Zimmer innerhalb der Hausvogtei, wo er sich kurzerhand (und mittels von uns eingeschmuggelter Kleidung) in den Assessor Warnke verwandelte und mit uns gemeinsam unbehelligt das Gefängnis verließ. Sein Verschwinden blieb ein unlösbares Rätsel. Der Gefangene hatte sich buchstäblich in Luft aufgelöst. Im Übrigen trug auch diese so genannte »Flucht aus der Hausvogtei« zu der Legende bei, die sich um den Namen des Räuberhauptmannes zu spinnen begann.
Was aus Meusen/Orlowski und Kapitän Lichtbrinck wurde, soll zum Abschluss ein wenig ausführlicher dargestellt werden.

Zuvor noch ein Wort zu der Baronin. Ein paar Wochen lang schwebte sie auf einem dünnen Seil über dem Abgrund des Todes. Endlich jedoch schulterte der Schnitter seine Sense und zog unverrichteter Dinge von dannen. Die Baronin konnte schon eine Woche später mit ihrer Tochter in die hirschreichen Bergwälder ihrer Heimat zurückkehren. Ich bin ihr niemals wieder begegnet.

9
Die Sinfonie des Teufels

Einige Tage nach Meusens letztem großen Raubzug erhielt Hoffmann einen Brief, der wohl noch vor dem Verschwinden des Barons geschrieben, von dem Boten aber, sei es aus Nachlässigkeit, sei es, weil man ihn so instruiert hatte, erst nachträglich an den Empfänger ausgeliefert wurde.

Der Verfasser des Briefes erinnerte Hoffmann an den »Tausch meiner Memoiren gegen die Messe für Luzifer«. Die Person seines Vertrauens sei benachrichtigt und werde gewiss zur Uraufführung der Komposition erscheinen. Als Zeitpunkt für die Premiere müsse er leider unbedingt den zwanzigsten Dezember, abends sechs Uhr, gewöhnlich die Vesperstunde genannt, festsetzen. Er müsse um äußerst pünktliche Einhaltung dieses Datums und dieser Uhrzeit bitten, ansonsten er den Vertrag als nicht erfüllt ansehe. Natürlich habe die Aufführung in der Gertraudenkirche stattzufinden. Was das Honorar beziehungsweise die Erstattung der Auslagen für Sänger, Musiker et cetera angehe, so habe er einen großzügig bemessenen Betrag in der »Goldenen Kugel« deponiert. Der Auftraggeber bat Hoffmann, sein ganzes Herz in diese Komposition zu legen, da er sie als sein »Requiem« betrachte. Es werde ein »sehr heikler Rezensent« bei der Aufführung erscheinen, dessen »Unwillen man besser nicht erregen sollte«. Falls der Kritiker sich jedoch zufrieden zeige, was er zuversichtlich hoffe, werde man die Partitur mit Freuden gegen den »Pythagoras« eintauschen.

Hoffmann blieben demnach für die Komposition sowie für die Proben kaum mehr vier Wochen Zeit.

Zunächst ließ sich die Arbeit schwerfällig an. Es wollten sich keine überzeugenden musikalischen Einfälle einstellen. Hoffmann dachte schon daran, die ganze Sache aufzugeben. Dann setzte er sich eines Tages ans Klavier – ein billiges, gemietetes Instrument – und begann zu improvisieren.

Plötzlich mischten sich neue, fremdartige Klänge unter das Altvertraute. Ein dunkles, unheimliches Motiv schien auf, schuf sich Raum, trat ab, kehrte zurück, setzte sich durch, dominierte. Es war kein heiteres Motiv. Im Gegenteil: Es klang bedrohlich, unheimlich, zugleich wie eine Warnung vor etwas Gefährlichem, ein »Rühr es nicht an!«. Aufsteigend aus den tiefen Akkorden der linken Hand, wurde ihm sogleich von der Rechten widersprochen, zaghaft zuerst, doch dann immer dringlicher. Hoffmann übernahm das Grundmotiv in die Rechte, transponierte es in höhere und höchste Tonreihen, und tatsächlich, da kam es zu sich selbst, triumphierte. Es war etwas Unerhörtes, das dort unten, im Bassbereich, die Tasten erschütterte, das bei getretenem Pedal im Inneren des Resonanzkasten schollerte und grollte: Es ließ die Sopranstimmen voller Furcht und Entsetzen in immer höhere Dissonanzen fliehen. Es lief Hoffmann bei seiner eigenen musikalischen Erfindung eiskalt über den Rücken.

Was stieg da Entsetzliches aus den Tiefen, was kämpfte sich dort empor, überbrüllte alles Frohe und Heitere, schrie es in die Flucht, in den hysterischen Diskant, jagte es umher, bis ans äußerste Ende der hohen Tonskala, ins eben noch Hörbare, ins grelle Kreischen und Schrillen? – Das war »Luzifer«, kein Zweifel!

Es war kein freundlicher Schöpfer, kein Lust- und Lichtbringer, der da aus den Tiefen stieg, eine Schwefel- und Gewitterstimmung aufziehen ließ, in der nur eine schwarze Wolke von Raben über dem Haupt des sich emporstemmenden Ungeheuers zu kreisen wagte. Da krachte die Pranke des gepanzerten Scheusals auf den Rand des Kraters, dem es entschlüpfte! Da wand es sich, lang gestreckt, tonnenschwer, aus der Erdspalte: ein riesiger, geschuppter Reptilienleib, getragen von Saurierfüßen, unter deren Tritt der Erdboden zitterte. Das Teufelsthema! Da war es! Das alles zerstampfende, zermalmende Hauptmotiv, großartig und überwältigend.

Wenn jemals eine Melodie, gespielt von einem inspirierten Orchester, im Konzertsaal ein allgemeines Nervenfieber erzeugen würde, dann diese! Die Höhen rangen mit den Tiefen. Flöten gegen Bassgeigen! Dazwischen nervös, aufgeschreckt die zweiten Violinen, aufsteigende Glissandi des gemischten Chores: sirrende, flimmernde,

aufheulende Stimmen. Unartikuliert. Aus jeder Harmonie fallend. Die geängstigte Menschheit, grell und schrill, die den verzweifelten Kampf um das Überleben auf Erden verloren, weil alle Ordnung zerbrach, das Chaos sich zurückholte, was es geboren hatte, weil das Dämonische triumphierte. Die Bläser, die Hörner, im Dienste des Hauptmotivs, trieben die widerstrebenden Scharen vor sich her, zu ihm hin, auf dass sie verschlungen, zertreten, mit Feuer und Asche bedeckt wurden. Im Zerfall aller Regeln stürzte die Musik zurück ins Elementare, Vorzeitige. Aufschreie der Fanfaren; Wehklage gestopfter Trompeten; Angst und Panik im Chor. Am Ende tanzte und brüllte das Untier. Als letztes, erkennbares Motiv das Satansthema, das Triumphgeschrei des siegreichen Bösen. Alles Übrige zerbrach im rasenden Missklang.
Völlig erschöpft sank Hoffmann auf die Tasten, in seinem Innern ein Nachbeben, Nachklingen des Ungeheuren. Nun wusste er, was er zu tun hatte. Keine Messe, nur eine große Sinfonie konnte diese Aufgabe bewältigen: das Zerbrechen aller Regeln, die Zerstörung und Zertrümmerung der Harmonie.

10
Fünfter Brief

Lieber Freund. Der großartige musikalische Einfall beflügelte mich. Der Grundstein ist gelegt; nun wurde der sinfonische Bau schneller errichtet, als ich je gedacht. Den Tönen waren Flügel gegeben; sie nahmen wie von selbst auf dem Notenpapier Platz.
Ich gestehe, die Töne klangen unerhört, aufwühlend, die Nerven wurden überreizend, und so manches Mal hielt ich mich für wahnsinnig, als wäre ich kein Musiker, sondern ein Narr, der sinnlos die Pauke schlägt, verquer in die ihm unbekannte Trompete bläst und quäkende Töne auf einer Geige hervorbringt, die er niemals zu spielen gelernt hat. Man würde mich auslachen und zum Teufel jagen!

Aber ich hielt durch. Ja, Freund, ich hab's gewagt! Meine Teufelssinfonie, die mir zeitweilig auf klägliche Weise zu misslingen drohte, triumphierte, weil ich nicht von dem Gedanken abging, der mir beim Improvisieren gekommen war: Nicht der Verstand, das Urteilsvermögen war es, was ich anzusprechen hatte, vielmehr war dieses komplett auszuschalten und der reinen Sinnlichkeit die Herrschaft zu überlassen. Ich sprach, sagen wir es nur frei heraus, den Unterleib an. Und da hatte ich, wie sich zeigen sollte, durchaus die richtige Stelle berührt, denn dort sitzt der Teufel, von dorther entfaltet er seine Macht. Diese Macht nicht nur gezeigt und im selben Atemzug verdammt zu haben wie die Priester, sondern sie berufen und beschworen, ihre ganze ungeheure Macht entfesselt und den Menschen vor Augen gestellt zu haben ist das Verdienst meiner »Sinfonia Luziferi«. Ja, es gelang! Ich übertrug die Raserei aus dem Orchester ins Parkett, ins Publikum. Ich sehe die erste und einzige Aufführung meiner Sinfonie vor mir: Niemand, der es miterlebte, wird vergessen, wie die Zuhörer mit auf die Ohren gepressten Händen dastanden und schrieen, gegen die nervenzerrüttenden Glissandi des Chors anschrieen, sich die Seele buchstäblich aus dem Leib schrieen; ich sehe sie in den Veitstanz ausbrechen, stampfen, springen, in dionysischem Wahnsinn kreischen, ekstatisch sich winden und Mänaden gleich heulen im Wunsch, die Musiker und ihre Instrumente zu übertönen und zu übertrumpfen. Und wie sie am Ende doch alle dahinsanken, sich Luzifer ergaben und aus der Sinfonie endlich die Messe wurde, doch erst, nachdem die Musik bereits geendet hatte, denn diese Messe brauchte keine Musik mehr: Es war das wilde, rasende, entfesselte Gewühl der Leiber …

Unvergessen, mein Freund, ist dieser seit der Antike nicht mehr erlebte Ausbruch des Dionysischen, diese Orgie, die keiner anderen Quelle entsprang als der durch die Macht der Musik zum Ausbruch gebrachten Sinnlichkeit.

Ja, mein Guter, ich habe meinen Vertrag erfüllt. Aber die »Ode an Luzifer« wird wohl nur dieses eine Mal zu hören gewesen sein.

Ich übertreibe durchaus nicht, wenn ich das, was bei der ersten Aufführung geschah, mit den Dionysien der Antike vergleiche. Sollten irgend Zweifel daran bestehen, dass die Religion, ja die gesamte Kultur nur eine dünne Haut über einem gewaltigen Abgrund von Sinnlichkeit darstellt, dass neun Zehntel der Menschenseele noch immer im finsteren, blutigen Heidentum, ja in der reinen Tierwelt verharren – hier war der Beweis dafür augenfällig. Wie wenig wissen wir über uns, mein Freund! Vielleicht sollten wir nicht mehr wissen. Ich wage das nicht zu entscheiden. Meine Sünde, wenn das Wort irgend sinnvoll ist, besteht darin, einmal, für eine Nacht, die Dämonen befreit, die Tünche der Kultur abgekratzt und die unvorstellbare Macht des Archaischen zum Ausbruch gebracht zu haben. Wer es erlebte, vergisst es nie. Aber es wird, wie gesagt, dieses Erlebnis nie mehr zu wiederholen sein. Doch eines kann ich bezeugen, denn ich sah es mit eigenen Augen: Luzifer ist da!

Du ahnst nun wohl, teurer Freund, wie schwer mir das Schreiben der nun folgenden Zeilen fällt. Ich muss gewärtigen, der Blasphemie, wenn nicht gar des Wahnsinns bezichtigt zu werden. Aber ich sah ihn! Ihn, Luzifer! Niemand anders als Er war der »heikle Rezensent«, den Orlowski mir angekündigt hatte. Und wahrhaftig, er erschien, um mir die Approbation zu erteilen. Ich hatte ihn hervorgerufen mit meiner Musik, die er offensichtlich als den adäquaten Ausdruck seines Wesens und Wirkens empfand, denn er blieb stumm, stand nur wie eine riesige, den gesamten Altarraum ausfüllende, geisterhafte Statue im Hintergrund. Sahen ihn alle? Ich weiß es nicht. Die meisten waren wohl mit sich selbst beschäftigt. Auch ich kann nicht sagen, ob er emporwuchs oder aus dem Nichts in Erscheinung trat. Er war da! Plötzlich, als ich die Augen aufhob, stand er hoch über mir, eine zwanzig Meter hohe Gestalt, pechschwarz, in erhabenem Schweigen. Er tat nichts. Er kam und sah. Er wandte sein riesiges, tierhaftes Haupt mir zu und – nickte.

Später, als alles vorbei war, fand ich auf meinem Notenpult anstelle meiner Partitur den »Pythagoras«. Die Notenblätter – und zwar sämtliche! – blieben verschwunden. Wer sie einsammelte, fortbrachte – ich weiß es nicht. Ich habe nicht vor, die »Sinfonia Luziferi« aus dem

Gedächtnis zu rekonstruieren. Sie war nur für diesen einen Anlass, für dieses spezielle Publikum bestimmt.
Das war es, was ich Dir von der Uraufführung meiner Sinfonie zu berichten habe. Sie fand zur vereinbarten Zeit am verabredeten Ort statt. Die Gertraudenkirche war gut gefüllt. Wohl jeder heimliche Satanist dieser Stadt hatte sich eingefunden. Ich spielte daher für ein gläubiges, gut eingestimmtes Publikum, was einen Teil der Wirkung erklären mag, die ich erzielte. Orlowski alias Meusen selbst erblickte ich nicht, aber er war zweifellos anwesend. Als Meister der Verkleidung gelang es ihm vermutlich, unerkannt zu kommen und zu gehen.
Wie die Aufführung verlief, schrieb ich bereits.
Bleibt die Frage, warum sie unbedingt am 20. Dezember stattfinden musste. Nun, sie lässt sich beantworten. Erinnerst du dich, was am folgenden Tag, dem 21. Dezember 1814, geschah?

11

Die Teufelsjünger versammelten sich am Tag der Wintersonnenwende um Mitternacht in der Gertraudenkirche, deren Balken und Bänke im Frost knackten und deren Fenster mit Eisblumen überzogen waren. Sie feierten drinnen eine Messe, während draußen gut fünfzig Wagen sich drängten, Esel und dürre Pferde müde in den Deichseln hingen, dabei hin und wieder zum Zeichen, dass sie noch lebten, mit den Hufen stampften. Um zwei Uhr nachts verließ die Gemeinde die Kirche, und die Auswanderer setzten sich in Bewegung. Die Leute bildeten einen Zug, der die Wenigen, die sahen, wie er sich durch die Straßen Berlins wand, an längst vergangene Zeiten erinnerte: an einen Pilgerzug des Mittelalters, an Kolonisten zurzeit der Ordensritter oder an Flüchtlinge aus einem brennenden Dorf zurzeit der Waräger. Viele der Menschen hatten Lappen an den Füßen, räudige, mottenzerfressene Pelze über den Schultern, andere waren besser gekleidet; manche trugen ihre Habe auf dem Buckel, in einer Kiepe, andere lenkten einen hoch beladenen Wagen. Nachtwächter, die Auskunft über das Woher und Wohin der Kolonne verlangten, blieben unbeachtet; schweigend, ohne Gesang, langsam wie ein Beerdigungszug rollte der Treck an ihnen vorbei.

Mühelos erzwangen die Auswanderer am Schönhauser Tor den Auszug aus der Stadt. Ein Vortrupp stürmte die Torwache, entwaffnete und band die Soldaten und ihren Leutnant, raubte ihnen die Waffen, während andere das Tor öffneten und der Zug sich hindurchwälzte. Schweigend schlurften die Bepackten, ohne einen Blick zurück wandten sich die Hundert, die der Stimme Luzifers folgten, gen Norden. Da es dauerte, bis sie in ihrem müden Schritttempo das Tor passierten, fragte der Leutnant der Torwache nach dem Ziel der Wanderung.

Es gehe, so wurde ihm beschieden, auf eine ferne Insel, deren Namen niemand je gehört hatte. Spät erst, als schon mattes Wintersonnenlicht die Wege beschien, machte man sich an die Verfolgung. Eine Schwadron Kavallerie saß auf und galoppierte die Straße entlang, an deren Rändern die ausgestreckten Arme fassungsloser Gaffer ihnen den Weg wiesen. In einem Wäldchen lieferte man ihnen das erste Scharmützel. Man hatte den Soldaten eine Falle gestellt: Bäume stürzten krachend quer über den Weg, Pferde scheuten und warfen die Reiter ab, Flintenschüsse taten ein Übriges. Die Reiter des Königs waren eingekreist, mussten sich ergeben oder wurden niedergemetzelt. Um ihr Leben zu retten, warfen sie ihre Waffen zu Boden. Man schickte sie zurück nach Berlin – zu Fuß. Die Pferde, so hieß es, würde man am Hafen zurücklassen; einstweilen dienten sie den Mühseligen und Beladenen als Packtiere. Offenbar war der Führer der Auswanderer ein geschickter und erfahrener Feldhauptmann. Gedemütigt und mit Schmach bedeckt kehrten die Soldaten zurück in die Kasernen.

Noch mehrmals kam es zu Treffen. Doch die Besessenen schossen vorzüglich. Schließlich beschränkte sich der Obrist, den man ausgesandt hatte, darauf, sie zu eskortieren. Die Auswanderer hatten verhandelt: Sie versprachen, von Plünderungen abzusehen, niemandem ein Haar zu krümmen, sofern man sie unbehelligt des Weges ziehen ließe. Es war ein Narbiger, der die Verhandlung übernahm. Offenbar war er ein geschickter Parlamentär, denn fortan hielten die Verfolger sich im Abstand, und kein Huhn wurde entlang des Weges gestohlen.

In Stettin bestiegen die Auswanderer ein Schiff. Es war ein stolzer Dreimaster; er gehörte einem Baron von Meusen. Zwei Stunden dauerte das Stauen der Ladung; dann legte man ab; die Segel knallten im Ostwind. Pferde und Karren ließ man, wie versprochen, im Packhof zurück. Ein paar Ruderboote, besetzt mit neugierigen jungen Fischern, gab dem Segler Geleit bis an die Mole. Dann enteilte ihnen das Schiff, und seine stolz gespreizten Segel wurden eins mit dem Nebel über der Ostsee.

Zwei Tage später wurde ein ausgebranntes, verkohltes Wrack an die Küste getrieben, ein pechschwarzes Totenschiff. Fischer legten sich in die Riemen, um zu retten. Bald sahen sie: Es war das Auswandererschiff, das hier ausgebrannt war, kein Zweifel. Es gab nur eine Erklärung: Auf hoher See war Feuer an Bord ausgebrochen, ein mächtiger, jäh aufflammender Brand zweifellos; die Flammen hatten sich rasend schnell durch alles Brennbare gefressen. So etwas geschah nur höchst selten; seit Menschengedenken hatte der rote Hahn kein Schiff mehr geholt. Niemand wagte, die verkohlten Planken des Geisterschiffes zu betreten. So kehrte man unverrichteter Dinge zurück an Land, um in den Fischerkneipen über so viel Pech den Kopf zu schütteln. Die havarierte Bark dümpelte als schauriges Mahnmal noch eine Weile am Horizont, bis schließlich ein Sturm sich seiner annahm und es zu Kleinholz schlug, das von der Flut auf den Strand gespült wurde, zuletzt als Brennholz in den Ofen kam und den Fischern die Aalsuppe wärmte.

liches Mistral Während ich den Kumpanen (Kopany) die schaur...

NACHTRAG

Auszug aus Baron Meusens Memoiren, aus dem Französischen übersetzt:

»Ich bin beinahe so etwas wie ein gemeiner Räuber und Wegelagerer (villain) geworden, ein unwürdiger und entehrender Zustand. Um den Fetten zu ärgern, kaprizierte ich mich in der letzten Zeit vornehmlich auf Kircheneinbrüche. Verdarb ihm die Laune mit der Schilderung geschändeter Kruzifixe und Altäre. Verursachte ihm Übelkeit mit dem Weihrauchgestank meiner Beute.

Nun hat er offenbar Ärger mit dem Gauner in Misma. Der Sachse wähnt, durchaus mit Recht, er werde von uns betrogen. Will größeren Anteil. Droht, sonst den König zu instruieren. Welch reizender Gedanke! Offenbar fühlt sich der alte Schurke im Schutz seines Herrn Lieutenants sicher. Er ahnt nicht, mit wem er es zu tun hat.

Ich rief meine treuen Gefährten zusammen. Die Botenstafette ging ab. Wir treffen uns vor Ort. Mein Erzeuger wünscht, dass Jenitzsch ein aide mémoire verpasst werde. Ich habe meine eigenen Pläne. Zu lange war ich ein schlichter, harmloser Räuber. Es gilt, Zeichen zu setzen.«

Hier war die Schilderung unterbrochen. Auf der Seite blieb ein freier Raum. Die Erzählung wurde auf einem neuen Blatt fortgesetzt.

»Oh, großartiges Misma! (Ah, Misma, le merveilleux!) Die Tage von Aranjuez sind zurückgekehrt. Lasst, die ihr dort eintretet, alle Hoffnung fahren! Empfindet Ehrfurcht vor dem, der dort am Werk war! Leutnant Eberhard, dieser Tropf, zeigte tatsächlich Lust zum Widerstand! Mit welcher Lust rammte ich ihm meinen Degen durch die Brust! Ließ ihn jedoch leben, damit er Anteil nehmen konnte an dem, was mit seinem Weib geschah! Oh, herrliches Misma! Oh, herrliches Misma! Während ich den Kumpanen (copains) die Schätze aus dem Keller überließ, nahm ich mir diejenigen aus dem benachbarten Schlafzimmer! Herrliches, herrliches Misma!

Der Höhepunkt der Veranstaltung fand jedoch im Keller statt. Man denke, der alte Uhu (grand-duc) blieb stur, obwohl wir ihn die Überreste seiner Verwandten als warnendes Beispiel sehen ließen! Welch eine Freude war es, ihn zum Reden zu bringen! Hätte er doch nur noch länger widerstanden. Wie lieblich knackten die alten Knochen, die Finger, das Nasenbein! Hättest du, göttlicher Marquis, uns am Werk gesehen! Dein ergebener Diener glich wahrhaftig einem Metzger. Besäße ich doch nur die Macht der Poesie, durch die sich Deine begnadete Feder auszeichnet! So kann ich mich Dir zwar nicht als Meister des Wortes, wohl aber als Mann der Tat an die Seite stellen. Oh, unsere Orgie im Blutkeller von Misma wäre wert, in deine »100 Tage von Sodom« aufgenommen zu werden!

Am Schluss passierte etwas Kurioses: Jemand, den wir wohl übersehen hatten, hatte das Dienstpersonal alarmiert, und sie kamen – tatsächlich! – mit Knüppeln und einem lächerlichen Exemplar (espèce) von einer Flinte herbeigeeilt. Narren! Nun liegt mir ja gewöhnlich das Wohl des gemeinen Volkes am Herzen. Ich schlachte keine Mägde – wenn es nicht sein muss. Leider verhielten sich die Köchin und das Kammerkätzchen beim Anblick dessen, was aus ihren Herrschaften geworden war, wie hysterische Hennen und gaben nicht eher Ruhe, als bis man sie zur letzten Ruhe bettete. Tant pis. Die beiden Diener sahen aus wie Schurken und waren es auch. Wir boten ihnen einen Anteil an der Beute und Mitgliedschaft in unserer Gemeinschaft an – und sie akzeptierten. (Wie ich höre, hängte mein Freund C. sie später an zwei Bäume. Nun baumeln sie in der Nähe von Dresden.)

Den beiden verdankten wir übrigens den letzten Höhepunkt dieser denkwürdigen Nacht. Sie zählten in unserem Namen die Leichen und wiesen uns darauf hin, dass es zwei zu wenig waren. Es gab da noch einen Hauslehrer und ein Fräulein, die jüngste Tochter des Hausherrn. Ich erinnerte mich ihrer plötzlich von einem früheren Besuch in Misma her. Man denke, diese beiden Personen bildeten ein romantisches Pärchen! Dummerweise war uns die Flucht der beiden Liebenden entgangen. Umso fataler, weil das junge Ding mich kannte! Nun, sie wurde gefunden und eingeliefert (deutsch im Original!). Dem Federfuchser machte ich kurzerhand den Garaus. Für die Tochter dachte ich mir etwas Erlesenes aus! Ich ließ sie im Keller an die Wand ketten. Dort konnte sie ihrem Herrn Papa beim Verfaulen zusehen und in aller Ruhe wahnsinnig werden! Was sagst Du dazu, göttlicher Marquis? Bin ich Deiner würdig?

Natürlich erfuhr mein Erzeuger haarklein, wie ich mich in Misma benommen hatte! Er schien recht ungehalten. Das sei nicht unser Auftrag gewesen! Wie nervenschwach er wird, wenn es um Blut geht! Nur der Geruch von Gold ruft ihn zuverlässig zurück ins Leben. Ich fügte unserem berühmten Postsack ein weiteres Dokument hinzu, das uns weit über die Bande des Blutes hinaus in Ewigkeit aneinander kettet.

P. S. Wie man hört, hat das dumme Ding den Keller überlebt! Aber der Schock hält sie gefangen, sie lebt in Nacht und Grausen. Soll sie!

P. P. S. Ein Feuer löschte das Leben meiner Kameraden aus! So bekommen sie einen Vorgeschmack auf die Hölle! Wir sehen uns an Luzifers Tafel, Freunde!«

Mehrere Jahre später bekam Hoffmann eine französische Zeitung zugeschickt, die einen Bericht über eine seltsame Kolonie auf einer nordafrikanischen Atlantikinsel namens Teneriffa enthielt. Rund hundert Personen männlichen wie weiblichen Geschlechtes betrieben dort eine sehr erfolgreiche Landwirtschaft, die ihren eigenen Bedarf deckte und ihnen obendrein noch Gewinn brachte, indem sie ihre überschüssigen Erzeugnisse (Früchte, Fleisch, Wein und Wolle) an die Orienthändler verkauften, die ihre Schiffe gern dort ankern ließen, um sich vor der Umrundung Afrikas mit frischen Vorräten zu versorgen. Von diesen Seeleuten stammt übrigens die Kunde von der Kolonie.

Es hieß, die Siedler lebten sehr abgeschottet, ließen keine Fremden auf ihr Gebiet und nähmen neue Mitglieder nur nach langer Probe-

zeit und einer schwierigen, geheimen Prüfung auf. Sie seien Anhänger einer fremdartigen, unheimlichen Religion.
»Gouverneur« dieser Kolonie sei ein polnischer Baron, der sich niemals vor Fremden zeige, was übrigens auch die anderen Siedler nach Möglichkeit vermieden. Nur einer von ihnen sei ein wenig zutraulicher: ein ehemaliger Kapitän mit dem merkwürdigen Namen »Lichtbrinck«, der sich gern mit durchreisenden Schiffsführern unterhielte und sie unter anderem nach Neuigkeiten aus dem fernen Preußen frage.
Am Abend, wenn sich die Kolonisten versammelten, trage der Wind mitunter seltsame Klänge über die Insel: sirrende, flirrende Singstimmen, die sich zu einem durchdringenden, Furcht erregenden Geheul steigerten, ein immerfort an- und abschwellender, zuletzt in einem wilden Schrei endender Chor. Man habe derartige Musik nie gehört; man könne sie als »vokale Glissandi« bezeichnen; etwas Schauerlicheres als diese Musik habe man noch in keinem Erdenwinkel vernommen.
Hoffmann wusste nicht recht, was er von dieser Meldung halten sollte. Waren die »Jünger Luzifers« nicht auf hoher See verbrannt? Oder waren sie doch gerettet worden? Waren sie auf ein neues Schiff umgestiegen und hatten das alte den Flammen übergeben, um ihre Spuren zu verwischen? Hatten sie unter den Südsternen eine neue Heimat gefunden? Und war es seine, Hoffmanns, Musik, waren es die Choralfugen seiner Luzifersinfonie, die sie dort sangen?
Wer will es wissen?

DIETER HIRSCHBERG

Geboren 1949 in Hagen (Westfalen). Studium der Germanistik, Theaterwissenschaft und Philosophie. Theaterarbeit in Dortmund, Heidelberg und Bochum; Hörspieldramaturg beim SWF Baden-Baden; TV-Produzent, Dramaturg und Autor in Hamburg; lebt als Drehbuchautor in Weimar. Verfasser u. a. von Theaterstücken und Hörspiel-Krimis. Im berlin.krimi.verlag erschien von ihm »Die schwarze Muse. Ein Fall für E. T. A. Hoffmann«.